Le strade
382

I edizione: febbraio 2019

Via Isonzo 42, Roma

ISBN: 978-88-9325-477-9

www.fazieditore.it

Desy Icardi

L'annusatrice di libri

Fazi Editore

Capitolo 1

«Tutte le brave scolare si somigliano, ogni scolara somara è somara a modo suo».

Una lieve risatina proruppe dal primo banco, subito seguita da una risata più grossolana.

«Signorine!», le zittì il reverendo Kelley aggrottando le ispide sopracciglia grigie, mentre la povera Adelina se ne stava impalata accanto alla cattedra con lo sguardo rivolto al pavimento e le sottili trecce di un color biondo spento che, come il suo umore, pendevano verso il basso.

Il quadretto, a un ignaro spettatore, sarebbe potuto apparire anacronistico: un'aula austera e fatiscente, un professore dal volto arcigno in abito talare e delle ragazzine che rabbrividivano di paura nelle loro divise scolastiche. Se non fosse stato per le chiome eccessivamente voluminose di alcune delle allieve e per un vago sentore di lacca che aleggiava tra i banchi, chiunque avrebbe potuto pensare di trovarsi nel bel mezzo del diciannovesimo secolo, anziché nel 1957.

«Perché sta ridendo, signorina Bosio?», domandò il professore con voce profonda, resa ancor più minacciosa dall'accento straniero.

Giuditta Bosio, secondogenita di un gioielliere di via Roma, scattò in piedi come un goffo e tarchiato soldatino, emanando dalla sua ingombrante ed elaborata acconciatura l'odore sintetico dello spray fissante.

«Coraggio, signorina Bosio, perché stava ridendo?».

Lo sguardo di Giuditta incontrò quello di Adelina all'incirca sulla medesima piastrella. Giuditta non aveva idea del perché si fosse messa a ridere, o meglio, sapeva di averlo fatto per emulare la sua compagna di banco.

«Lei invece perché stava ridendo, signorina Vergnano?».

Luisella Vergnano, primogenita di un notaio di piazza Solferino, si alzò in piedi con maestosa lentezza, scostò un ciuffo riccioluto dalla fronte e puntò lo sguardo dritto sul volto accigliato e giallastro del professore. «Stavo ridendo», attaccò con voce ferma, «per la frase che ha appena pronunciato».

«Le ha dato della somara», s'intromise Giuditta, colta da una folgorazione.

«Per questo rideva, signorina Vergnano?», proseguì l'uomo indicando Adelina ancora impalata, che ora fissava le compagne con quei suoi occhi azzurri che si perdevano nel visino pallido come macchie d'inchiostro slavato su un foglio bianco. «Lei stava ridendo perché ho dato della somara alla sua compagna?».

«No, professore», rispose Luisella mentre un lieve rossore coloriva le sue guance floride. «Ridevo per la citazione».

Il volto del professore s'illuminò di orgoglio, mentre il volto della ragazza recuperava il consueto colorito.

«Vuole parlarmi di questa citazione?», proseguì il reverendo senza più curarsi dell'allieva interrogata in origine, che ora, per vincere la tensione, si torceva una treccia.

«Si tratta dell'incipit di *Anna Karenina*», continuò Luisella mentre percepiva gli sguardi ammirati delle sue compagne accarezzarle le spalle. «La frase suona all'incirca così: le famiglie felici sono tutte uguali, mentre le famiglie infelici lo sono ognuna a modo suo».

«Questa sarebbe la frase che ho usato io?».

«No, non esattamente», Luisella esitò un istante e il soffuso rossore riaffiorò. «Lei ha fatto...».

«Cosa ho fatto, signorina?», la incalzò lui.

«Una parodia», disse tutto d'un fiato mentre il rossore svaniva nuovamente.

«Esatto», confermò il reverendo distendendo in maniera appena percettibile i lineamenti arcigni. «Mi porti il diario».

Un lampo d'indignazione balenò negli occhi verdi di Luisella che, tuttavia, era pronta a obbedire.

«Non le metta una nota, la prego», sussurrò Adelina, compiendo un enorme sforzo per sollevare lo sguardo dal pavimento. «Ha riso di quanto sono somara e non è colpa sua se lo sono così tanto».

«Lei ha ragione e torto insieme», rispose il reverendo prendendo il diario che Luisella gli stava porgendo. «Ha ragione quando afferma di essere una somara, ma ha torto quando crede che metterò una nota alla signorina Vergnano. Tenga», disse restituendo il diario alla proprietaria. «Dieci e lode».

«Ma non sono stata interrogata», balbettò Luisella.

«Lo è stata e merita un voto, come del resto la sua compagna, non crede?». Adelina fu attraversata da un brivido.

«Signorina Vergnano», proseguì rivolgendosi all'allieva prediletta, «non pensa che la sua compagna meriti un due?».

Luisella percepì il peso di trentotto pupille nuovamente intente a fissarla.

«Credo che non dovrebbe darle un due», rispose istintivamente per poi subito pentirsene.

«Ha fatto scena muta».

«Sì ma…», Luisella squadrò l'imputata dalla testa ai piedi, soffermandosi sui vecchi calzettoni grigi che facevano osceno capolino dalla gonna a pieghe della divisa scolastica, «credo che la mia compagna potrebbe fare di meglio», tentennò. «La potrebbe interrogare di nuovo domani».

«Lei pensa di poterle dare una mano?».

«Volentieri», rispose anche stavolta senza pensarci e anche stavolta pentendosene.

«Mi piego alla sua generosità. Tornate entrambe ai vostri posti».

«Grazie, reverendo Kelley», ringraziò Luisella con un mezzo inchino.

«Grazie tante», le fece eco Adelina che, come un animale braccato, si era già rifugiata dietro al suo banco in fondo all'aula.

«Ancora una cosa, signorina Vergnano», la richiamò l'insegnante spezzando a metà il sospiro di sollievo dell'intera classe. «Se domani la sua protetta otterrà una sufficienza, le garantisco un bel dieci sulla pagella».

«Grazie, professore».

«Ma se prenderà un'insufficienza, la assegnerò anche a lei».

Luisella nascose tutta la sua rabbia dietro a un forzato sorriso d'assenso.

«Ora aprite i vostri libri a pagina sessantadue». Il tenue brusio prodotto dalla scolaresca si tramutò nel frenetico svolazzare delle pagine.

«Signorina Valente, incominci a leggere», ordinò il reverendo a una moretta seduta in terza fila.

«Dovevi lasciarla cuocere nel suo brodo, quella somara».

«Piantala, Giuditta!», ringhiò Luisella alla compagna di banco. «Anche tu sei una gran somara, eppure ti ho sempre aiutato».

«Almeno io non porto quelle scarpacce da campagnola», rispose Giuditta con la fierezza di chi ha esposto un'ottima argomentazione. «E poi mi avevi promesso che oggi pomeriggio saremmo andate a prendere la cioccolata al Caffè Fiorio».

«Taci, Giuditta, taci», sibilò Luisella affondando il naso nel libro di testo.

Capitolo 2

Amalia si guardò soddisfatta allo specchio: il rattoppo sulla gonna di seta nera non si vedeva neppure. Teresina, la ragazza che l'aiutava con le faccende domestiche, le faceva spesso notare che avrebbe potuto essere ancora una gran bella donna, se solo si fosse tinta i capelli come ormai facevano tutte le sue coetanee cinquantenni.

«Siamo quasi negli anni Sessanta», le ripeteva la ragazza, «non c'è nulla di male nel voler sembrare più giovani!». Amalia scosse il capo; cosa poteva saperne la Teresina, che era arrivata dal Veneto con le pezze sul didietro e, tanto per peggiorare la situazione, aveva sposato un tizio del mercato di Porta Palazzo messo ancora peggio di lei?

Anche Amalia, molti anni prima, era arrivata a Torino con le pezze non soltanto sul didietro, ma dappertutto, eppure era diventata madama Peyran. Aveva saputo fare i soldi e soprattutto era riuscita a conservarli, e non ci cascava mica in quelle storie di tinture per capelli, cosmetici e bei vestiti. Tutte cose che forse potevano servire da nubili, ma, una volta trovato marito, impiastri e belletti non occorrevano più, né tantomeno servivano a una vedova.

«Grazie, Gottardo», sussurrò baciandosi le punte delle dita e appoggiandole sul vetro annerito che custodiva la foto del defunto marito. «Grazie per aver fatto di me una signora».

Era proprio un gran bel giovane il suo Gottardo con indosso la divisa della Regia Aeronautica, peccato che Amalia non l'avesse mai conosciuto a quell'età. Si erano sposati quando lei aveva ventisei anni e lui cinquantadue.

Amalia era nata e cresciuta in campagna, in un paesino dell'alto Monferrato, ed era stata mandata a lavorare a Torino nel 1934, quando ormai il suo futuro sembrava irrimediabilmente compromesso. Era la secondogenita di quattro figli: Antonio, il fratello maggiore, che presto si sarebbe sposato e avrebbe preso in mano l'azienda di famiglia; la sorella Maria Pia, più giovane di lei di un paio d'anni, che viveva col marito in una cascina a mezzadria e aveva appena sfornato il terzo figlio, e Adelmo, il fratellino quattordicenne, che già si spaccava la schiena nei campi per fare la sua parte.

A quei tempi Amalia aveva già compiuto ventiquattro anni, ed era ciò che si poteva definire una bella ragazzona: alta, slanciata, con un corpo florido, ma non pingue, e una folta chioma di capelli biondo miele. Il suo viso, be', quello non era altrettanto attraente, aveva lineamenti forti e un naso massiccio, ma i difetti erano stemperati dai grandi occhi grigi e dalla rosea freschezza della gioventù. Maria Pia, la sorella minore, era certamente la più graziosa della nidiata, ma aveva un fisico mingherlino e una statura trascurabile e il padrone di una cascina sarebbe stato senz'altro più attratto da una soldatessa come Amalia – bionda come le dive del cinematografo ma dotata di braccia e cosce solide, capaci di compiere il lavoro di un garzone – che dalla pur graziosa ma troppo esile sorella minore. Ecco perché, a parere del padre, la povera Maria Pia aveva fatto bene ad accontentarsi di un mezzadro, mentre Amalia poteva ancora aspirare a un buon partito. Purtroppo però il corredo di Amalia sonnecchiava nel baule già da un pezzo, e sino a quel momento nessun uomo, o almeno nessun uomo degno dell'approvazione paterna, si era ancora fatto avanti.

«Ho già regalato la figlia piccola a un mezzadro», ripeteva lui quando qualcuno gli faceva notare che la sua Amalia era ormai prossima ai venticinque anni, «almeno questa qui voglio che sia padrona in casa sua».

Un giorno accadde finalmente il miracolo che tutta la famiglia attendeva: zia Amedea, che aveva accompagnato Amalia al ballo a palchetto della festa di san Rocco, confidò al fratello di averla vista con i propri occhi fare tre o quattro giri di danza di fila – a un certo punto con tutto quel gira gira aveva perso il conto – con Leandro Armosino, il figlio del trasportatore.

«Quello che ha un autocarro?», esclamò l'uomo. «Bene, benone».

Qualche settimana dopo, Amalia venne mandata a far compere al mercato di un paese vicino e al ritorno fu colta da un temporale. Quando ormai la poveretta era fradicia come una ciliegia sotto spirito, la fortuna volle che passasse su quella strada proprio l'ambito Leandro a bordo del suo lucente autocarro.

«Monta su, Amalia», la invitò con rustica galanteria. «Ti accompagno a casa».

Quando l'autocarro entrò nell'aia della cascina, i genitori di Amalia non stavano più nella pelle.

«È cosa fatta», sussurrò il padre alla moglie. «Tira fuori il vino dolce e le paste di meliga».

Leandro, senza nemmeno sapere bene come, si ritrovò seduto nella sala da pranzo, una stanza dove il giorno e la notte erano fenomeni sconosciuti, a causa delle persiane sempre sigillate per impedire al sole di sbiadire la tappezzeria.

«Voi donne andate di là», ordinò il padre a moglie e figlia. «Lasciate noialtri a parlare per conto nostro».

Il giovane Adelmo, il fratellino quattordicenne, non aveva idea se fosse meglio seguire le donne o rimanere con il padre e il giovanotto dell'autocarro. Se si fosse alzato avrebbero potuto dirgli: «Perché vai via? Sei forse anche tu una donna?», ma se fosse rimasto il padre avrebbe potuto cacciarlo gridando: «I bambini non devono impicciarsi delle faccende dei grandi». Dopo qualche secondo di elucubrazioni, Adelmo decise che preferiva farsi dare del bambino piuttosto che della donna, e così rimase seduto insieme agli uomini, tanto più che sulla tavola c'erano vino dolce e paste di meliga.

«Gli affari vanno bene?», esordì il padre assestando una pacca sulla spalla a colui che riteneva ormai il futuro genero.

«Molto bene, grazie».

«Avete quattro o cinque carri e un autocarro, giusto?».

«Sei carri e due autocarri. Ne abbiamo comprato un altro che ci consegneranno il mese prossimo».

«Bene, benone», bofonchiò l'uomo. «E pensare che, quando tuo padre ha venduto i suoi terreni per comprarsi il primo carro, qualcuno gli dava dell'idiota. Non io, però».

Il piccolo Adelmo registrò mentalmente la preziosa informazione: agricoltura uguale fame nera, autocarro uguale ricchezza.

Il giovane Leandro, invece, non sapendo né che pensare né che dire decise di occupare la bocca con un biscotto di meliga.

«Ascolta, giovanotto», riattaccò l'uomo, «ora che tuo padre sta invecchiando dovrai prendere in mano tutto tu. Sei figlio unico, giusto?».

«Sì, dovrò occuparmi anche dell'amministrazione e della contabilità».

«Davvero?», si stupì l'uomo, come se il ragazzo, anziché "amministrazione" e "contabilità", avesse detto "stregoneria" e "negromanzia".

«Sì, il prossimo anno andrò a una scuola di Amministrazione aziendale ad Asti, dove imparerò la partita doppia e la dattilografia».

«Accipicchia».

«Io preferirei guidare l'autocarro che studiare», si lasciò sfuggire Adelmo.

«Anch'io, giovanotto», sospirò Leandro, «ma papà dice che sarò io a dovermi occupare dell'amministrazione e che gli autocarri potrà sempre guidarli qualcun altro».

«Giusto, giustissimo», acconsentì l'uomo. «È meglio che i soldi li tocchi solo il padrone».

«Posso guidarlo io l'autocarro?», domandò Adelmo pieno di speranza.

«E chi lo sa, Adelmino mio», rise il padre accarezzandogli la testa, cosa che faceva soltanto in presenza di ospiti illustri. «Forse tra qualche anno potresti lavorare con Leandro».

«Tutto può essere», biascicò il ragazzo, che iniziava a intuire dove l'uomo stesse andando a parare.

«E questa scuola che farai quanto dovrebbe durare?», chiese l'uomo, timoroso di doversi tenere sul groppone la figlia ancora per tre o quattro anni.

«Un anno», sospirò. «Ci dovrò andare tutte le mattine».

«Bella seccatura», commentò Adelmo agguantando l'ennesimo biscotto.

«Poi però intendi sposarti, vero?».

«Credo di sì», tentennò.

«Ormai è cosa fatta», annunciò quella sera l'uomo alla moglie, infilandosi sotto le coperte.

«Ti ha chiesto la mano di Amalia?», domandò lei.

«No, ma si vedeva che era ben intenzionato. Dice di dover fare una scuola che durerà un anno, ma che vuole sposarsi una volta preso il diploma da contabile».

«Ha detto che vuole sposare Amalia?», insistette l'incredula donna.

«Non si è esposto, ma vedrai che tra qualche giorno tornerà con il padre per chiedermelo ufficialmente».

I giorni divennero settimane e le settimane mesi. In paese i tre o quattro balli di Amalia e Leandro alla festa patronale non erano sfuggiti, e anche la merenda col vino e le paste dolci aveva avuto una certa eco. Tutti erano convinti che Amalia e Leandro si sarebbero presto sposati, tutti tranne lo stesso Leandro, che facendo una consegna a un commerciante di Canelli ne conobbe la figlia, che non solo era più ricca e graziosa di Amalia, ma aveva persino frequentato la temuta scuola di Amministrazione aziendale. Sposando la ragazza di Canelli, Leandro non guadagnava soltanto una moglie benestante, ma anche una fidata segretaria che gli avrebbe consentito di continuare a guidare il suo amato autocarro, evitando il detestato studio. Quando la notizia del fidanzamento tra Leandro e la forestiera arrivò in paese, a nessuno venne in mente che lui e Amalia non fossero mai stati fidanzati; o meglio, forse a qualcuno passò per la testa, ma fu più divertente attenersi alla versione del fidanzamento rotto.

«L'ha lasciata per una più ricca», si mormorava il lunedì tra i banchi del mercato. «Cosa credeva il padre, che due gambe lunghe valessero quanto i soldi della figlia di un commerciante?».

Anche se non si era mai fidanzata, per tutto il paese Amalia era stata abbandonata, e una ragazza abbandonata di quasi venticinque anni non se la sarebbe presa nessun altro, neppure uno dei poveri mezzadri che suo padre tanto disdegnava. Alla poveretta non restò che sottrarsi alla pubblica vergogna e andare a lavorare a Torino. Di norma, una come lei, priva di qualunque educazione, sarebbe finita a fare la donna di servizio nella casa di un impiegatuccio o di un maestro elementare, ma, grazie alla sua abilità con ago e filo e all'intercessione di una lontana parente, Amalia riuscì a farsi assumere come apprendista in una modisteria.

Capitolo 3

Adelina estrasse con circospezione un involto di tessuto a quadretti dalla cartella in cuoio e lo appoggiò sul tavolaccio.

Il salone adibito a refettorio era deserto; molte delle sue compagne erano andate a pranzare a casa, mentre le più fortunate, quelle cioè con i genitori più abbienti, stavano gustando morbidi tramezzini al Caffè Baratti o al Caffè Fiorio. Le studentesse delle classi superiori, più indipendenti e ribelli, approfittavano della pausa pranzo per saltare in sella a Vespe e Lambrette e farsi condurre dai propri corteggiatori in qualche amena trattoria in collina, avendo ovviamente cura di non farsi scoprire dagli insegnanti. In quel malaugurato caso avrebbero raccontato che l'accompagnatore di turno altri non era che un lontano cugino. Era incredibile quanti cugini riuscissero a collezionare alcune ragazze molto spigliate!

A Adelina non spiaceva pranzare per conto suo, così non doveva preoccuparsi delle altre ragazze, dei loro sguardi indagatori e dei risolini di scherno che avrebbero fatto alla vista del suo solito panino con la frittata. Zia Amalia glielo preparava ogni mattina col pane del giorno precedente e lo avvolgeva in un tovagliolo che, all'ora di pranzo, era tutto intriso dell'unto della frittata. Sua zia aveva sentito parlare tante volte della carta stagnola, ma avvolgere il cibo in una cosa fabbricata chissà dove, con chissà quale vecchia ferraglia – questa almeno era la sua convinzione –, le dava il voltastomaco; inoltre, la stagnola una volta usata doveva essere buttata, mentre il tovagliolo bastava lavarlo e rilavarlo, e quando necessario rattopparlo. Un bel risparmio, insomma.

Anche se abitava da pochi mesi a casa sua, Adelina aveva ormai compreso l'antifona: zia Amalia riteneva salubri tutte le cose a buon mercato, mentre giudicava nocive quelle che costavano più di quanto lei ritenesse opportuno.

I denti di Adelina affondarono con un certo sforzo nel pane già raffermo, raggiungendo la morbida frittata di spinaci. «Gli spinaci fanno bene», ripeteva zia Amalia, «ti aiutano ad andare in quel posticino lì. Voi ragazzine fate sempre fatica ad andare in quel posticino lì, me lo ricordo».

La donna non provava particolare apprensione per la regolarità intestinale della nipote; la cruda verità era che con un pugnetto di spinaci poteva ottenere una dignitosa frittata utilizzando un solo uovo.

Masticando con diligenza il coriaceo boccone, Adelina si guardò intorno: lo smalto verdognolo che ricopriva la parte inferiore delle pareti era scrostato qua e là, e l'alto soffitto era scurito in alcuni punti da macchie d'umido. Quando i suoi genitori avevano deciso di mandarla a Torino per studiare in una scuola per signorine ricche, si era immaginata che sarebbe stato diverso. A casa sua, sulle colline del Monferrato, le cose da gente ricca erano nuove fiammanti come il frigorifero laccato di bianco che sua madre aveva fatto arrivare da Milano, o il televisore Phonola che suo padre aveva acquistato l'anno precedente e che era l'invidia di tutto il paese. Quella scuola, invece, di ricco aveva soltanto qualche remoto ricordo, come gli ampi scaloni di pietra e le imponenti colonne dell'atrio, tutte stinte e scrostate al pari delle pareti del refettorio. I suoi genitori erano piuttosto benestanti, lei lo sapeva, ma lo erano in maniera diversa da quelli delle sue compagne; la loro era una ricchezza pratica, senza troppi fronzoli. Suo padre Adelmo, fratello minore di zia Amalia, aveva fatto fortuna come autotrasportatore. Anziché fare il mezzadro nella cascina di famiglia o andare alle dipendenze di qualcun altro, aveva coraggiosamente rinnegato la zappa per mettersi alla guida di un camioncino acquistato a rate. Tutti l'avevano scoraggiato, ma ora, a distanza di una decina d'anni, possedeva una delle case più grandi del paese, si era comprato un frigorifero, un televisore ultimo modello e ben due radio. Per non parlare della sua signora, che la domenica in chiesa era sempre vestita meglio di tutte le altre parrocchiane, inclusa la moglie del farmacista, che ogni anno andava a Torino per rifarsi il guardaroba. A Adelina piaceva vivere con i suoi genitori, amava la sua scuola e adorava guardare la televisione il sabato sera, quando a casa loro venivano tutti i vicini e talvolta persino il parroco. Era molto affezionata al suo paese e ci sarebbe rimasta ben volentieri se non fosse stato per quello sciocco di Mariolino, un sedicenne grande, grosso e stupido che secondo suo padre le faceva il filo. In realtà Mariolino non aveva fatto un granché, o forse a lei non era chiaro cosa volesse dire "fare il filo". Tutte le malefatte del ragazzone si riassumevano nell'attendere fuori dalla chiesa, per salutare lei e i suoi genitori quando terminava la messa, oppure aspettarla quando usciva da scuola, sempre appoggiato al muro. Sorrisi beoti e cenni della mano a parte, non aveva fatto altro che tacere e addossarsi a un muro. Una sera, però, lo sventato si era appoggiato al muro sbagliato, ovvero quello della recinzione della loro grande casa. Il padre di Adelina per un momento aveva rimpianto di aver abbandonato la vita agricola, scelta che lo privava di un provvidenziale forcone con il quale inseguire il corteggiatore importuno. Una scopa di saggina che usavano per spazzare il cortile si rivelò comunque utile in quell'occasione, e il presunto pretendente fu costretto alla ritirata. Quella sera, benché non c'entrasse nulla, Adelina fu messa in castigo in camera sua, da dove poté però intendere ogni sillaba pronunciata, o meglio gridata, dai suoi genitori.

«Lo vedi come gira il mondo?», urlava suo padre. «Un poveraccio si ammazza di lavoro, fa due soldi e subito qualche straccione vuole approfittarsene».

«Non esagerare, Adelmo, la nostra Adelina ha solo quattordici anni e nessuno vuole portartela via».

«Forse non subito», rispose il padre accompagnandosi con una fiera manata sul tavolo, «ma i ragazzi del paese già le ronzano intorno, e quel Mariolino sta marcando il territorio come i cani».

«Mariolino è un bravo figliolo, non ha mai fatto niente di male».

«E nemmeno niente di buono! Se ne sta tutto il giorno impalato in piazza a guardare la gente passare. Alla sua età dovrebbe essere nelle vigne, o in una bottega a guadagnarsi il pane. Scommetto che l'idea di fare il filo a Adelina non è nemmeno sua, è troppo stupido per essersela fatta venire da solo. Probabilmente è stato suo padre, un altro bel fannullone, a incoraggiarlo. Li ho capiti quei pezzenti, vogliono sistemarsi tutti quanti a spese nostre».

«E se anche fosse?», s'inserì con voce acuta la donna. «La nostra Adelina è intelligente, tra poco prenderà la licenza media e non darà certo retta a uno stupido che, se non era per il parroco che ci ha messo una buona parola, neanche avrebbe passato l'esame di quinta elementare».

«Magari non darà spago a Mariolino, ma potrebbe arrivare qualcun altro altrettanto pezzente ma meno stupido».

«Smettila Adelmo, parli come se Adelina fosse una civetta e tutto il paese le corresse dietro. È solo una bambina, non ha neppure sviluppato».

«Sì, ma lo farà presto, e spuntate le poppe spunteranno anche i mascalzoni. E poi, sviluppata o no, qui corre dei rischi», scandì il padre con un tono intriso di disprezzo, che per un attimo fece sentire Adelina davvero in pericolo.

«Ricordi Marietta, la figlia di Aldo Porro?».

«Quella è una storia di molti anni prima della guerra», borbottò la moglie.

«Certe storie non invecchiano mai! Marietta era piatta come una tavola e non aveva più di dodici anni quando quel bastardo del garzone di famiglia l'ha coricata nel fienile. E così il povero Aldo per salvare la faccia ha dovuto dare figlia e cascina a quel morto di fame».

Adelina rabbrividì di rabbia e disgusto; per quanto i suoi genitori si fossero sempre premurati di tenerla all'oscuro di certe cose, era cresciuta in campagna e sapeva come andavano quelle faccende: il gallo con le galline, il toro con le vacche, persino il suo cane tanto buono e affettuoso, tutti i maschi saltavano in groppa alle femmine che, dal canto loro, chi starnazzando, chi muggendo e chi latrando disperatamente, cercavano di sfuggirgli. Ma lei non era una bestia da cortile, nessuno poteva ghermirla nell'aia, e certo aveva abbastanza sale in zucca da non farsi condurre in un fienile.

«Questi sono i pericoli che corrono le figlie uniche», riattaccò il padre. «I mascalzoni mettono gli occhi sulla roba dei loro padri e non si fanno scrupoli. Ormai ho deciso: dopo l'estate se ne andrà a Torino da mia sorella, per studiare in una scuola per signorine, e quando tornerà con il suo bel diploma avrà l'istruzione necessaria per aiutarmi negli affari e il giudizio sufficiente per distinguere un buon partito da un pessimo soggetto come Mariolino. Se i mosconi vogliono ronzare attorno allo zucchero, io prendo tutta la zuccheriera e la chiudo nella credenza».

«Non l'hai sentita la campanella?», le urlò a pochi centimetri dalle orecchie una grassa bidella. «Corri in classe che qua devo pulire».

Adelina scattò in piedi, si infilò in bocca a viva forza gli ultimi bocconi del panino e, rischiando di strozzarsi, si diresse a passo spedito verso la sua classe. Per fortuna aveva lezione di matematica, e quella non era materia da impensierirla. I numeri erano suoi amici, se ne stavano zitti e immobili sulla pagina del quaderno aspettando serenamente che lei li sommasse, sottraesse, moltiplicasse o dividesse. Le lettere stampate sui libri, invece, da qualche mese le facevano paura. Osservate una per una, le lettere erano calme e tranquille proprio come i numeri, ma una volta che si univano in parole, frasi e paragrafi, ecco che iniziavano a ballare, nascondersi e sfuggire al suo controllo.

«Dopo l'ultima ora vieni a casa mia», le ordinò Luisella. «Dovrò farti entrare in testa la lezione».

«Grazie, Luisella. Devo solo passare a dirlo a mia zia».

«Non puoi telefonarle?».

«Zia Amalia non ha il telefono».

«Perché non ce l'ha?», si inserì Giuditta con tono indignato.

«Dice che non vuole spendere soldi per farsi seccare dalla gente», rispose Adelina con estremo candore.

«Va bene», si spazientì Luisella. «Allora ci vediamo a casa mia alle cinque in punto. Ti scrivo l'indirizzo».

«Signorine, ai vostri posti», latrò un'anziana monaca entrando in aula. «Tirate fuori i quaderni e smettetela di starnazzare».

Capitolo 4

«Tua cugina mi aveva detto che eri brava a cucire, ma non che avessi una così bella presenza», dichiarò madama Cibrario afferrando il mento di quella ragazza vistosa e florida. «Come ti chiami, cara?».

«Amalia», rispose la ragazza abbassando lo sguardo.

«Facciamo Lia, suona più moderno».

«Va bene», acconsentì docilmente.

«Quanto sei alta, cara?».

«Un metro e settantuno, signora».

«Bionda, alta e formosa, un gagliardo esempio di bellezza italica».

Amalia, che nulla sapeva di moda ma che molto era stata messa in guardia sui pericoli della grande città, per un attimo pensò di essere stata mandata in un bordello anziché in una modisteria.

«Angela», strillò madama Cibrario a una giovane che stava accomodando dei cappellini su alcune teste finte da esposizione, «che te ne pare della nostra Lia?».

La ragazza si avvicinò, aveva i capelli bruni pettinati in morbide onde e le labbra tinte di rosso, ad Amalia parve più bella delle dive del cinematografo.

«Bisogna tagliarle i capelli e insegnarle ad acconciarli», decretò girandole intorno. «E poi dobbiamo farle avere dei vestiti decenti».

«Non posso permettermi dei vestiti nuovi», si allarmò Amalia.

«Non temere, Lia, te li detrarrò un tanto al mese dalla paga», minimizzò madama Cibrario.

«E poi ci vogliono un paio di scarpe di vernice, magari di quelle con la cinghietta, e ovviamente delle calze di seta», proseguì Angela.

Amalia tentò di calcolare mentalmente quanto le sarebbero costate tutte quelle sciccherie, ma, un po' perché non era un genio in matematica, un po' perché non si era mai chiesta quanto potessero costare scarpe di vernice e calze di seta, si arrese subito rimettendosi alla volontà delle sue eleganti aguzzine.

«Che colore consigli, Angela?».

«Suggerirei un bell'abito nero un po' scollato, con una gonna longuette per far risaltare i fianchi».

«Gonna a tre quarti», la riprese la titolare. «Non c'è bisogno di usare un termine straniero quando la nostra bella lingua dispone di tutte le parole necessarie».

«Mi perdoni, signora», si scusò con poca convinzione la ragazza.

«Dammi del voi, Angela, così come raccomanda il nostro duce».

«Come desiderate», sbuffò la ragazza.

«Quanto costerà tutta questa roba?», si lasciò infine sfuggire Amalia.

«Le modiste di Torino sono famose per l'eleganza», attaccò la titolare. «Quando per strada incontri una donna elegante, potrebbe essere una contessa o una marchesa, ma se è davvero molto elegante, allora si tratta di una modista».

«E se ne incontri una ancora più elegante», si inserì Angela, «sicuramente è una donnina della casa chiusa di corso Raffaello. Quelle in quanto a eleganza non le batte nessuno».

Amalia avvampò d'imbarazzo, mentre le due modiste si abbandonarono a una gaia risata.

«Angela, che te ne parrebbe di un bell'abito turchiniccio?», riprese madama Cibrario dopo essersi ricomposta.

«Perdonatemi signora, ma non ho idea di cosa intendiate per *turchiniccio*».

«Questo», disse indicando un cappellino poggiato sul bancone.

«Ah, intendete il bluette!».

«Ancora con questi termini stranieri! Via, ragazze, toglietevi di torno. Angela, porta Lia dal sarto e fai mettere tutto sul nostro conto».

«Obbedisco», rispose Angela, afferrando la mano di Amalia e trascinandola fuori dal negozio.

«E non dimenticare i capelli», gridò madama Cibrario mentre le due erano già in strada. «Portala dal solito coiffeur».

«Da chi?», domandò Angela fermandosi di botto. «Forse intendevate dire *parrucchiere*?».

«Brava, Angela», borbottò la donna colta in fallo. «Vedo che cominci a capire».

«Alle scuole medie mi sono rotta la testa per imparare due parole di francese», sbuffò Angela prendendo Amalia sottobraccio, «e ora non posso più usarle».

«Quanto costerà tutta la roba che mi serve?», domandò Amalia tornando al suo argomento preferito.

«Costerà quel che costerà, chi vuol guadagnare deve spendere».

«Credevo che potesse spendere solo chi guadagna».

«Adoro quando arriva una nuova ragazza e la mamma mi incarica di sistemarla. È come giocare con le bambole!».

«Madama Cibrario è tua madre?».

«Già, e io sono la sua unica erede. Un giorno "madama Cibrario" sarò io».

«Ma dove sono finite le altre ragazze», domandò Amalia preoccupata, «quelle che madama Cibrario ti ha fatto sistemare?».

«Tutte sposate», sospirò Angela. «Le sistemo talmente bene che finiscono per sistemarsi tutte. La nostra ultima commessa ha sposato un avvocato, quella prima un farmacista e quella prima ancora un impiegato, ma era una stupidella che si è presa il primo che l'ha seguita».

«Seguita?», ripeté perplessa Amalia.

«Dalle tue parti come fa un uomo a far sapere a una donna che è interessato?».

«Va a parlare con suo padre», rispose con naturalezza Amalia.

«Giusto, ma qui non siamo al paesello, e se a un uomo piace una ragazza non è detto che sappia dove abita o che conosca la sua famiglia».

«Ma perché seguirla, non basterebbe che quell'uomo andasse direttamente a parlare con la ragazza e le chiedesse dove abita e chi sono i suoi genitori?».

«Sarebbe molto sconveniente per una signorina rispondere a un uomo incontrato per strada e che nessuno le ha presentato».

«Spiegami bene come funziona», chiese Amalia che, alla prospettiva di diventare la moglie di un avvocato, di un farmacista o anche di un umile impiegato, mise volentieri da parte le sue perplessità.

«Se piaci a un uomo, lui comincerà a seguirti tenendo una certa distanza. Tu inizialmente non dovrai dargli corda, valuta piuttosto com'è vestito e come si comporta. Poi, nei giorni seguenti, lui accorcerà le distanze, e quello sarà il momento in cui dovrai decidere il da farsi. Se l'uomo non ti convince, voltati di scatto e guardalo di traverso».

«E che faccio se mi piace?».

«In tal caso lascia che ti segua ancora per qualche giorno e, quando ti sembrerà giunto il momento, voltati, sorridigli e continua a camminare».

«E poi?».

«Poi infilati in una caffetteria, un posto perbene mi raccomando, lui ti seguirà anche lì e finalmente potrà parlarti».

«Da queste parti bisogna camminare parecchio per trovare marito», sospirò Amalia. «Spero che le scarpe che compreremo siano comode».

Capitolo 5

L'orlo della tonaca accarezzava le mattonelle di cotto traballanti, Kelley si chiuse alle spalle la porta e si sedette alla scrivania sulla quale i raggi solari, passando attraverso le inferriate della finestrella, proiettavano una scacchiera luminescente. Circa un secolo prima, quella stanzetta doveva essere stata la cella di una monaca, e molto era cambiato da allora: il giaciglio era stato sostituito da uno scrittoio; il piccolo crocifisso era stato rimpiazzato da un esemplare notevolmente più grande; e la monachella che lì dentro aveva dormito, e probabilmente reso l'anima al Signore, ora aveva ceduto quei pochi metri quadri a un uomo insolitamente alto e robusto. Tanto l'uomo quanto probabilmente il crocifisso e la scrivania sembravano patire in modo terribile la permanenza in quel luogo così inadatto alle loro dimensioni.

Il reverendo Kelley tirò fuori dal cassetto dello scrittoio un manoscritto, le cui poche pagine erano ricoperte da una moltitudine di lettere all'apparenza prive di senso. Quando non era impegnato con le lezioni, Kelley poteva dedicarsi all'attività che più lo appassionava e alla quale aveva dedicato buona parte della sua esistenza: lo studio di testi antichi e, in particolare, di codici cifrati. I fogli che adesso si accingeva a esaminare erano tenuti insieme da una cucitura fatta chissà quanti anni prima da qualcuno che desiderava unire quelle pagine, ma che non aveva idea di come realizzare una vera legatura. Il manoscritto era stato vergato da due mani differenti e in diversi periodi: la prima parte, in pergamena di capretto, doveva risalire al sedicesimo secolo, mentre la seconda, in comune carta vegetale, poteva essere stata scritta nel diciannovesimo secolo, un'epoca nella quale ormai la scrittura manuale era utilizzata soltanto per la corrispondenza o, come in questo caso, per gli appunti di studio e le notazioni private.

Il testo, privo di titolo e autore, era stato rinvenuto dal reverendo Kelley nel seminterrato dell'Istituto Maria Cristina di Savoia, uno stanzone nel quale erano accatastati alla rinfusa migliaia di volumi. Il manoscritto era stato composto col sistema di Cardano, o metodo del cifrario a griglia, un sistema di scrittura in codice che non riservava molti segreti per un esperto crittografo come il reverendo Kelley, a patto però di disporre della mascherina bucherellata indispensabile per far emergere dal guazzabuglio di lettere quelle necessarie a comporre il testo vero e proprio. In mancanza dell'apposita griglia, tuttavia, era stato necessario selezionare le lettere e accostarle secondo schemi ricorrenti, sino a ottenere frasi di senso compiuto per poi desumere, una volta individuata la logica, il formato della griglia da applicare alle pagine successive. Realizzare lo schema in grado di decifrare la prima parte del testo aveva richiesto al reverendo infinite ore, ma una volta giunto alla seconda parte del manoscritto, quella del diciannovesimo secolo, Kelley aveva dovuto constatare con grande disappunto che questa era stata composta utilizzando uno schema differente.

Edward Kelley alzò lo sguardo verso il pregiato crocifisso che, stando alle dichiarazioni del Padre Rettore, risaliva al quattordicesimo secolo. Il povero Cristo – è il caso di dirlo – aveva ornato una chiesetta nel Sud della

Francia, poi una sala del Collegio Romano e infine era stato esiliato, insieme al suo nuovo proprietario, in quella angusta stanzetta.

«Non posso che approvare la sua richiesta di trasferimento, lei ha bisogno di cambiare aria, amico mio», gli aveva detto il Padre Rettore porgendogli l'ingombrante dono avvolto in un drappo di velluto. «Quanto è accaduto a quel povero figliolo – che il Signore possa donargli la pace e il perdono! – non dipende in alcun modo dal suo operato», aveva sospirato l'uomo segnandosi il petto. «Le vie del Signore sono infinite, ma quelle del demonio le costeggiano e intersecano, e anche la più pura delle creature può mettere un piede in fallo e smarrire la via, proprio com'è accaduto al nostro sventurato giovane», aveva proferito il Padre Rettore con voce tremante, segnandosi nuovamente il petto. «Lei, reverendo, è un uomo di lettere, oltre che di fede, e il nostro Santo Ateneo con la sua partenza perde qualcosa di davvero prezioso, ma per il bene della sua salute sarò lieto di lasciarla andare per la strada che il Signore le ha indicato. Non deve lasciarsi consumare dal rimorso per un'azione sventata della quale non ha alcuna colpa!».

Il reverendo era rimasto sconvolto dal folle gesto del suo allievo prediletto, un ragazzo mite e riflessivo la cui dedizione per lo studio dei testi antichi quasi eguagliava la sua. Il dolore per quella perdita e il senso di colpa per non aver saputo in alcun modo prevenire la tragedia lo stavano lacerando al punto da indurlo ad abbandonare un ambiente e un incarico a lui tanto caro, solo per allontanarsi dal luogo del triste evento.

Così era passato dai fasti vaticani a quella più modesta scuola femminile torinese, nella quale si educavano pupattole della media e alta borghesia a diventare mogli e madri cattoliche. Le religiose e le poche laiche che vivevano e lavoravano nell'Istituto Maria Cristina di Savoia avevano accolto come una benedizione l'arrivo di un sacerdote, un esimio studioso per di più. La figura di Kelley avrebbe potuto rinvigorire il prestigio della scuola, consentendo inoltre a monache e allieve di assistere alla funzione quotidiana all'interno dell'edificio scolastico, nella cappella ormai dismessa da decenni. In virtù del grande onore che Kelley accordava all'istituto con la sua presenza, gli erano stati concessi un piccolo appartamento dietro la cappella e quella minuscola cella vicina alle aule scolastiche, affinché potesse utilizzarla per i suoi studi tra una lezione e l'altra. Le mansioni di Kelley non si limitavano tuttavia a quelle d'insegnante e officiante: il suo compito principale – quello per il quale era stato raccomandato dal Padre Rettore in persona – consisteva nel mettere ordine in quella che le suore chiamavano ampollosamente la "Biblioteca Grande", che altro non era se non un enorme magazzino nel quale, durante gli anni, erano stati stipati alla rinfusa migliaia di volumi di varie epoche e provenienze, alcuni dei quali, presumibilmente, di inestimabile valore.

Kelley tirò fuori da un cassetto una lente d'ingrandimento e incominciò a esaminare, riga per riga, il manoscritto.

«È permesso?», domandò una flebile voce dopo un'ancor più flebile bussata che il reverendo aveva finto di non sentire.

«Chi è?», chiese nascondendo il manoscritto sotto una pila di altri fogli.

«Sono la signorina Mariangela», rispose una vocina stentata, quasi balbettante, «ho una lettera per lei».

«Entri», ordinò il reverendo alzandosi in tutta la sua statura e sovrastando di quasi mezzo metro la nuova arrivata. La ragazza, di circa venticinque anni, che nell'istituto ricopriva il ruolo di insegnante di Economia domestica, nonché di tuttofare, indossava una gonna a metà polpaccio e un cardigan blu scuro dal cui scollo si stagliava, sullo sfondo di una camicia bianca, una croce di legno. Kelley strappò la lettera dalle mani della ragazza, che fece istintivamente un passo indietro.

Come tutte le abitanti dell'istituto, Mariangela era intimidita dalla sua imponenza fisica e ancora di più dall'aspetto arcigno, timore che Kelley si premurava di conservare e alimentare aggiungendo alla sua aria poco rassicurante dei modi bruschi e sgarbati. L'uomo era convinto, e non a torto, che fin quando fosse riuscito a mantenere inalterata la sua impenetrabile aura burbera, nessuna di quelle donnette avrebbe osato molestarlo oltre il limite del tollerabile.

«Il notaio Vergnano desidera una risposta immediata», comunicò la poveretta con un filo di voce.

«Bene, faccio subito», bofonchiò aprendo la busta.

«Posso domandarle una cosa, don Edward?», proferì infine col tono rinvigorito di chi cova una domanda da lungo tempo ed è risoluto ad appagare la propria curiosità.

«Se vuole di nuovo confessarsi, se lo scordi. Il giorno delle confessioni è il venerdì».

«Ma...».

«Niente da fare», proseguì lui scorrendo la lettera. «Questa settimana l'ho già confessata due volte, e non credo che da qui a venerdì avrà modo di corrompere la sua anima con un peccato capitale. Ci vorrebbe davvero una fantasia sfrenata per architettarne uno tra le mura di questo istituto». La risposta di Kelley fece sfuggire un mezzo sorriso alla ragazza, che l'uomo si accertò di spegnere immediatamente con un'occhiataccia.

«Non voglio essere confessata», riattaccò Mariangela, incurante della cattiva disposizione del suo interlocutore. «Desidero soltanto farle una domanda», proseguì fissando il crocifisso quasi si stesse rivolgendo direttamente al Cristo di legno.

«Avanti», la spronò Kelley sedendosi a scrivere una risposta alla lettera.

«È vero che...», esitò, «lei si è convertito al cristianesimo in tarda età?».

«Mi sono convertito al cattolicesimo in tarda età», puntualizzò il reverendo continuando a scrivere. «Sono cresciuto in una famiglia episcopale».

«Episcopale è un modo gentile per dire pagano?», domandò la sprovveduta, il cui diploma all'istituto femminile non aveva in alcun modo intaccato la sua incontaminata ignoranza.

«No», si spazientì Kelley mettendo la lettera appena scritta in una busta, «gli episcopali sono cristiani esattamente come i cattolici». A quell'affermazione la ragazza trasalì, e poco ci mancò che si facesse il segno della croce recitando l'Exorcizamus te.

«Nessuno ha ricevuto un'educazione religiosa quanto la mia», volle infierire l'uomo. «Mio padre era un reverendo e amministrava una parrocchia ad Albany, nello Stato di New York».

«Suo padre era un prete?». La mano di Mariangela tremava mentre ritirava la busta che l'uomo le porgeva.

«Vada, Mariangela, non faccia aspettare il notaio», le intimò lui.

«Sia lodato il cielo per averla illuminata e fatta convertire a Cristo».

«Sempre sia lodato», rispose il reverendo con affettazione, mentre la giovane bigotta fuggiva dalla stanza con la stessa foga di un santo medievale col demonio alle calcagna.

Capitolo 6

Dalle pareti foderate di broccato ormai annerito, i fantasmi di alcuni quadri mostravano le loro esangui ombre rettangolari.

«Zia Amalia?», sussurrò Adelina a debita distanza dalla poltrona di velluto consunto sulla quale la zia riposava.

«Bentornata, Adelina», si riscosse la donna. «Ti sei tolta le scarpe?».

«No, zia, ma ho messo le pattine».

«Che sciocchezza», bofonchiò chiudendo il libro che aveva in grembo, «quelle bisogna indossarle comunque. Vedi com'è bello il mio pavimento?». La ragazza annuì. «Il segreto è che non ho mai permesso a nessuno di camminarci sopra, salvo che in occasioni molto speciali».

Adelina si domandò quali occasioni molto speciali, o anche soltanto speciali, avesse potuto ospitare quella casa tanto spoglia e desolata. Quando, qualche mese prima, si stava accingendo a salire sul camion del padre, un OM Tigrotto fresco di fabbrica, per trasferirsi dalla zia, sua madre le aveva sussurrato per la centesima volta: «Comportati bene, la zia è una donna severa e anche molto ricca».

A vedere la sua casa, però, zia Amalia non sembrava affatto ricca: l'appartamento era grande, con alti soffitti a cassettoni e camini di marmo in ogni stanza, ma tutto era ingrigito, vecchio e consunto. I mobili, seppur lucidati con ossessiva diligenza, erano pochi e privi di ninnoli, e dagli spessi cordoni che una volta avevano sostenuto i lampadari pendevano mestamente delle nude lampadine che irradiavano una luce malaticcia. La presunta ricchezza della zia era simile all'aspetto della sua scuola: imponente, austera e decadente.

«Vuoi una tazza di acqua calda e limone?», propose zia Amalia. Per lei l'acqua e limone era la panacea di ogni male, una bevanda corroborante, sana e soprattutto molto più a buon prezzo del tè o del caffè.

«No, zia, ti ringrazio», rispose Adelina con un tono che tradiva la sua agitazione. «Sono passata soltanto per avvertirti che sto andando a studiare da una mia compagna».

«Da chi?».

«Luisella Vergnano».

«Ah, la figlia del notaio. Bene, cara, vai pure. E ricorda come ti devi comportare in queste circostanze».

«Sorridi molto e parla il meno possibile», cantilenò Adelina.

«Brava! Ah, un'altra cosa», disse la zia porgendole il volume che teneva in grembo, «rincasando potresti passare dall'avvocato Ferro al primo piano per ridargli questo?».

«L'hai letto?», domandò Adelina con una punta di ammirazione. Per lei una sola pagina di quel libro dalla copertina in pelle avrebbe significato un pomeriggio passato a inseguire e cercare di domare lettere e sillabe, e quel volume, di pagine, doveva averne almeno cinquecento.

«No di certo», borbottò la donna. «L'avvocato mi sopravvaluta, questo testo è troppo difficile per me». Adelina raccolse ogni barlume del suo intelletto e lesse il titolo, prima osservando le parole nel loro insieme, poi scomponendole in frammenti più accessibili: *La... G... e... La Ge... La Gerusalemme liberata.*

«Vuoi che chieda all'avvocato di darti una lettura più semplice?», domandò alla zia.

«Non ti azzardare! Essere ignoranti non è una colpa, ma farlo sapere in giro è da idioti».

Amalia non disprezzava i libri, al contrario li ammirava e temeva, proprio come le persone che erano solite leggerli, tutta gente perbene, che la sapeva lunga e aveva le tasche piene: preti, medici, avvocati e giovani di buona famiglia.

Quando era ragazza e ancora viveva nella cascina del padre, non aveva mai pensato di leggere un libro diverso da quello delle preghiere che il vescovo aveva regalato a lei e a tutti i cresimandi il giorno della cresima, ma una volta a Torino si era sorpresa tante volte a guardare con interesse i ragazzi e le ragazze che indugiavano nella lettura sulle panchine dei giardini municipali o ai tavolini dei caffè. Nei libri doveva celarsi il segreto della loro distinzione e superiorità, o almeno in parte. Quei bei giovani, che camminavano fieri e ben vestiti verso un futuro roseo, avevano alle spalle, evidentemente, famiglie facoltose che li avevano abituati sin da piccoli a sfogliare le pagine dei libri, proprio come i suoi genitori avevano abituato lei alla zappa.

Negli anni, Amalia aveva tentato in più occasioni di accostarsi a un libro e una volta era persino arrivata a entrare in una bella libreria davanti alla stazione di Porta Nuova e comprarne uno. Si era diretta a uno scaffale con l'aria di chi sa il fatto suo e ne aveva estratto un volume di piccole dimensioni – le cose piccole, da che mondo è mondo, costano meno – che aveva poi consegnato al commesso con fare sussiegoso, senza neppure verificarne il titolo. Scoprì in seguito che si trattava di un compendio delle *Metamorfosi* di Ovidio. "Compendio" e "metamorfosi": due parole sconosciute, e non aveva ancora nemmeno girato la copertina!

Amalia aveva provato a leggere il misterioso libriccino su una panchina, assumendo la postura impettita e nobile delle eleganti lettrici che tante volte le era capitato di incrociare, ma l'effetto *distingué* che si era figurata fu compromesso dalla triste circostanza che per leggere aveva bisogno di seguire le righe col dito, muovendo le labbra al ritmo di ogni parola che riusciva ad afferrare. Leggere doveva essere una bella cosa per chi era in grado di farlo con naturalezza, ma lei non poteva, perché ogni lettera stampata le ricordava che dietro alla ricca signora Peyran si celava ancora una ragazzotta semianalfabeta che solo grazie a un capriccio del destino era diventata madama. I libri, nessuno escluso, la deridevano ricordandole quale impostura fosse la sua vita.

«Gli dirò che il libro ti è piaciuto», trovò il coraggio di dire Adelina, per rompere lo strano silenzio nel quale era sprofondata la zia.

«Che mi è *molto* piaciuto», puntualizzò Amalia ridestandosi. «Vai pure, e ricorda che in questa casa si cena alle sette e mezza».

«Certo, zia».

«E non ti rovinare l'appetito con dolciumi e caramelle. Non voglio che la cena vada sprecata».

Adelina annuì e si incamminò verso l'uscita. Le preoccupazioni della zia erano superflue, sua nipote non era certo una mangiona, ma le era stato insegnato a finire tutto ciò che aveva nel piatto, e nei piatti di quella casa c'era giusto il necessario per reggersi in piedi: un brodino slavato, qualche verdura scondita e un minuscolo cubetto di manzo lesso, che talvolta veniva sostituito da un brandello di pollo.

«Troppa carne fa male», ripeteva Amalia ogniqualvolta metteva in tavola quei ridicoli bocconcini che a malapena avrebbero sfamato un gatto. In realtà riteneva nociva per la salute qualunque cosa non fosse più che a buon mercato. Ci sono persone nate nella miseria che, non appena riescono a ottenere un po' di agiatezza, si rifanno di tutte le ristrettezze patite, e ce ne sono altre che, come Amalia, una volta divenute abbienti trascorrono il resto della loro vita tagliando gli spiccioli in quattro e camminando a braccetto con l'indigenza, nel terrore di perdere la ricchezza acquisita della quale alla fine non godranno mai.

Se ora Amalia viveva da povera pur essendo ricca, c'era stato un tempo nel quale era stata costretta a vivere da ricca pur essendo povera. Quando faceva la modista, il suo alloggio era una spoglia e umida soffitta, ma ogni mese madama Cibrario tratteneva circa un terzo del suo esiguo salario per coprire le spese di abiti, scarpe e calze di seta che la costringeva a indossare. L'unica speranza della ragazza era che, così abbigliata e imbellettata, qualche degno partito avesse la buona creanza di notarla e seguirla. Che smacco sarebbe stato per il suo paese se fosse tornata con un marito ricco, magari a bordo di una Balilla; roba da far sembrare l'autocarro di Leandro un carro di letame.

Ormai erano quasi due mesi che Amalia camminava sulle sue costose scarpe di vernice, facendo ondeggiare i fianchi prosperosi messi in risalto dalla gonna longuette. Ogni tanto si voltava di scatto per vedere se dietro al suo prominente tafanario si fosse formata la fila di avvocati, farmacisti o semplici impiegati prospettata dalla giovane Angela Cibrario, ma purtroppo i sopramenzionati avvocati, farmacisti o semplici impiegati ancora latitavano.

Sino a quel momento l'ondeggiante didietro di Amalia aveva ricevuto soltanto l'approvazione di qualche manovale e di alcuni studenti dall'aria squattrinata, e la poveretta già incominciava a sospettare che tutti i buoni partiti fossero finiti nelle grinfie di altre modiste. Ma, dopo tanto vano camminare e sculettare, in un caldo pomeriggio di settembre, avvenne finalmente il miracolo: stava andando a consegnare un cappellino a una madama residente in piazza Statuto e nell'ultimo tratto di via Garibaldi si era fermata ad ammirare le vetrine della valigeria Baronio, immaginando l'effetto che avrebbe destato nei compaesani se fosse tornata al braccio di un uomo abbiente, fornita di un bel baule verticale pieno di vestiti eleganti. Quel sogno era talmente vivido che, per un attimo, di fianco al baule esposto in vetrina, ad Amalia parve di intravedere la sagoma del suo futuro marito: un uomo alto, dai lineamenti nobili e con indosso un elegante frac.

La ragazza indugiò un istante su quella visione e pensò che forse il frac non avrebbe incontrato i gusti semplici dei suoi compaesani, che con buona probabilità avrebbero scambiato il suo prezioso maritino per un impresario delle pompe funebri. Cercò allora di figurarsi il suo sposo immaginario con un abito diverso, magari in un bel completo estivo con la giacca chiara e la paglietta, ma, per quanti sforzi facesse, l'immagine dell'uomo accanto al baule si ostinava a vestire il frac. Colta da un sospetto, si voltò di scatto e vide, a pochi metri di distanza, l'uomo in frac in carne e ossa. La ragazza percepì le guance avvampare sotto gli strati di cipria e si avviò a passo spedito ma barcollante verso il suo obiettivo.

Durante il cammino, proprio come Orfeo, Amalia non poté fare a meno di voltarsi, constatando che la sua Euridice continuava a starle dietro, in frac. Giunta a destinazione, s'infilò nel portone del palazzo dove risiedeva la cliente di madama Cibrario, consegnò la cappelliera alla portinaia e tornò rapidamente sui suoi passi. Una volta all'esterno si guardò intorno affannosamente: l'uomo in frac era sparito! Che si fosse trattato di una crudele allucinazione? No, eccolo lì, addossato a una colonna del portico.

Amalia si incamminò quindi di buon passo verso la modisteria, badando a ostentare un'aria disinvolta e cercando di imporre al suo posteriore un ondeggio il più possibile invitante. Giunta davanti alle vetrine della Premiata Modisteria Cibrario, infilò senza esitazione la porta e, con la coda dell'occhio, poté osservare il suo spasimante soffermarsi per qualche istante, come a voler memorizzare il negozio, per poi riprendere la sua *promenade*.

«Un uomo in frac, ma ne sei sicura?», le domandò sbigottita la giovane Cibrario.

«Sì, Angela, e dovevi vedere quant'era bello».

«C'è qualcosa che non mi quadra», obiettò la ragazza. «Chi indosserebbe un frac nel primo pomeriggio?».

«Avrà avuto un impegno per la serata».

«O forse lo indossava dalla sera prima. No, non mi convince», deliberò Angela srotolando una matassina di passamaneria.

Capitolo 7

Una donna seduta di profilo, con indosso una lunga camicia da notte e un compasso tra le mani. Che strana decorazione per un portone; Adelina aveva già avuto modo di notare la fantasia che gli artigiani torinesi avevano profuso nei portoni: decori floreali, teste leonine, addirittura diavoletti e mostriciattoli alati, ma nulla reggeva il confronto con quella raffigurazione.

La ragazza osservò attentamente le imponenti ante di legno, lucide come i mobili della zia Amalia dopo l'applicazione settimanale della cera d'api. Quel portone aveva l'aria piuttosto antica, eppure sembrava fosse stato fabbricato soltanto il giorno prima. Forse sua zia aveva davvero ragione quando sosteneva che la cera d'api manteneva il legno come nuovo.

«Posso aiutarla, signorina?».

Adelina sobbalzò, alle sue spalle un uomo con un cappotto di cammello e un cappello portato sulle ventitré le sorrideva.

«Deve entrare?».

«Sì», farfugliò affascinata e al contempo intimorita da quel divo del cinema in carne e ossa. «Devo andare dalla signorina Vergnano».

«Lei deve essere una sua compagna di scuola. Allora se permette le darò del tu», disse l'uomo. Adelina annuì debolmente. «Sono il padre di Luisella», dichiarò poi tendendole la mano.

Adelina lo squadrò perplessa: i padri che aveva conosciuto sino a quel momento avevano di norma un altro aspetto, un aspetto da padri, per l'appunto, e non quello del protagonista di *Casablanca* – una pellicola che il parroco del suo paese proiettava ogni anno nel cinematografo della parrocchia.

«Molto piacere, signore», scandì lei cercando di forzare la sua timidezza e di produrre il radioso sorriso che la zia tanto le raccomandava. «Io sono Adelina».

«Sai invece chi è lei?», domandò l'uomo ignorando gli sforzi mimici della ragazza e indicando la donna intarsiata sul portone che poco prima Adelina stava fissando.

«No, signore».

«È l'allegoria della Conoscenza». Non sapendo cosa dire in proposito, e soprattutto temendo che l'uomo le chiedesse il significato della parola "allegoria", Adelina continuò a esercitare la nobile arte del sorriso silente. «Vedi il vestito che indossa?», proseguì l'uomo. «È un peplo greco; gli antichi greci sono gli inventori della scienza, o almeno di quella occidentale». Data la solennità della materia, Adelina decise di smorzare il sorriso e di annuire gravemente. «E vedi cosa sta facendo?».

«Sta disegnando un cerchio col compasso», rispose, abbastanza sicura del fatto suo.

«Non esattamente», le sorrise lui facendo scintillare i suoi denti da divo del cinema, «in realtà sta calcolando la distanza tra due punti. Il foglio che le sta davanti è una mappa astrale». Adelina annuì ancora, sforzandosi di assumere un'espressione colta.

«In pratica questa illustrazione rappresenta la Conoscenza che governa l'universo».

«Capisco», e in effetti capiva, ciò che proprio continuava a non comprendere era il perché qualcuno, molti anni prima, avesse sentito la necessità di illustrare un tale concetto sul portone di casa propria.

«Ma ti sto facendo perdere tempo», si scusò l'uomo sospingendo l'anta intarsiata, «probabilmente tu e mia figlia avrete da studiare».

«Sì, signore, ma non sto perdendo tempo, ho già imparato qualcosa». La ragazza avrebbe voluto aggiungere di avere appreso che i compassi non si usano soltanto per tracciare cerchi, ma le sembrò più prudente non esporsi troppo.

«Seguimi, cara», disse facendole strada nel luminoso androne.

Fino ad allora, Adelina aveva conosciuto due generi di ricchezza: quella moderna dei suoi genitori, fatta di frigoriferi laccati e autocarri cromati, e quella antica, austera e decadente della sua scuola e della casa di sua zia. Entrando in quel palazzo, però, la ragazza ebbe modo di conoscere un terzo tipo di ricchezza, nella quale le architetture antiche e i fasti del passato ancora risplendevano quanto la laccatura bianca di un moderno elettrodomestico. Le scarpe grossolane di Adelina si posarono timorose su una lunga striscia di tappeto cremisi che tagliava in due il pavimento di marmo luccicante, per poi proseguire il suo percorso su una scala dalla forma ricurva che dava l'impressione di risalire il palazzo attorcigliandosi su se stessa come una conchiglia.

«Buonasera, notaio». Un ometto calvo sbucò dal nulla proprio mentre Adelina già aveva poggiato il piede sul primo gradino della scala. «Entrate, prego», li invitò l'omiciattolo aprendo una sorta di intricata gabbia metallica ornata da motivi floreali.

«Grazie, carissimo», ringraziò Vergnano. «Questo è Ugo, il custode del palazzo».

«E questa è la sua fidanzata?», scherzò l'ometto stringendo la mano che Adelina, tutta rossa per l'imbarazzo, gli stava porgendo.

«Adelina, non fare caso alle burle di Ugo, avrebbe dovuto fare l'attore comico, anziché il custode».

«Sarei un grande attore, ma non potrei sopportare di non lavorare più per lei, notaio», rispose il custode richiudendo la porta dell'ascensore.

Adelina cercò di far evaporare velocemente l'imbarazzo, in vista della nuova esperienza che stava per affrontare: gli ascensori esistevano dal secolo precedente, lo sapeva bene, eppure sino a quel momento non aveva mai avuto occasione di osservarne uno dal vivo, né tantomeno di utilizzarlo.

I piani si susseguivano l'uno dopo l'altro, mostrando un repertorio di pareti candide, lussureggianti piante in vaso e imponenti porte di legno lucido che sembravano precipitare verso il basso. Un'altra delle pellicole che Adelina aveva visto proiettare svariate volte nella cineteca della parrocchia mostrava una bambina bionda e graziosa precipitare nella tana di un coniglio, incrociando nel percorso porte, suppellettili, mobilio e ogni altra sorta di stramberie. Se non fosse stato per il senso di marcia inverso e la mancanza di un coniglio bianco, Adelina avrebbe giurato di essere diretta nel Paese delle Meraviglie.

«Questo palazzo deve avere un bel po' di proprietari», constatò Adelina che, venendo da un paesello dove quasi tutti erano padroni della casa nella quale abitavano, sovrapponeva il significato della parola "proprietario" a quello di "inquilino".

«Sono quasi tutti affittuari», rispose Vergnano prendendola alla lettera e marcando leggermente la parola "quasi", lasciandole intendere – peraltro senza successo – di essere il proprietario dell'intero stabile.

L'ascensore terminò la sua ascesa con una leggera

scossa, Vergnano sospinse la griglia metallica dai decori floreali e invitò Adelina a uscire. Il padrone di casa si accostò a una porta e diede una lieve scampanellata. Neppure il tempo di godersi l'eco del melodioso *dling dlong*, che già una delle due ante lignee si era dischiusa.

«Bentornato». Una giovane donna mora, con un abito di velluto blu, salutò l'uomo e, senza esitare, lo aiutò a sfilarsi il cappotto.

«Grazie, Matilde. Come vedi abbiamo una graziosa ospite».

«Buonasera, signora Vergnano», farfugliò Adelina tendendo la mano alla bella sconosciuta, che gliela strinse a sua volta.

«Lei mi onora, signorina», rispose anche se con un accento simile a quello del reverendo Kelley, ma infinitamente più dolce, «ma io sono solo la governante. Vuole dare a me il cappotto?».

«Grazie», rispose la ragazza sbottonandosi e fissando gli scintillanti anelli sulla mano della donna. Per un attimo si domandò come una domestica potesse permettersi gioielli simili, ma la risposta le apparve lampante: il signor Vergnano, ipotizzò Adelina, doveva essere talmente ricco da pagare i suoi dipendenti ben più del consueto.

«Luisella», chiamò il padre, «ci sono visite per te».

Lo scalpiccio delle scarpette di Luisella precedette di poco il suo arrivo.

«Benvenuta», la salutò la padroncina di casa sorridendo. Adelina fece appena in tempo a notare il suo bell'abito celeste, che già Luisella le aveva preso la mano e la stava tirando verso il corridoio.

«Arrivederci, signor Vergnano. Piacere di averla conosciuta, signora Matilde».

«Buono studio, care», sorrise l'uomo togliendosi il cappello e consegnandolo alla domestica.

Nonostante Luisella la stesse quasi trascinando, Adelina ebbe modo di notare una sequela di quadri pieni di forme colorate.

«Non ho mai visto dipinti del genere», sussurrò cercando di tenere il passo.

«È pittura astratta», rispose Luisella continuando a farle strada. «Mia madre adora l'arte moderna».

«Sono belli», disse Adelina in un tono a metà tra l'affermativo e l'interrogativo.

«Io li detesto», sbuffò Luisella aprendo una delle tante porte che costellavano il corridoio, «a me piacciono i quadri che a guardarli puoi capire qual è il soggetto. Tipo questo», disse indicando una grande tela raffigurante una donna in abiti ottocenteschi intenta a leggere davanti a una finestra.

«Questo mi piace molto più di quegli altri», ammise Adelina con un certo imbarazzo.

«Mia madre direbbe che sei una borghesuccia tale e quale a me». Sembrandole la cosa più appropriata da fare, Adelina si lasciò andare a un cauto risolino.

«Siediti», la invitò Luisella indicandole due poltroncine color panna a ridosso di una libreria che occupava l'intera parete. «Studieremo qui, se per te va bene».

«Va più che bene», confermò Adelina poggiando lo sguardo su ogni particolare della camera: dalle impalpabili tende bianche all'imponente scrittoio antico, sino a uno strano oggetto metallico che aveva l'aria di essere un parente stretto dei quadri astratti del corridoio.

«Ti va un po' di musica?», domandò Luisella sollevando quella che a Adelina sembrò una minuscola valigia rossa. «È un mangiadischi», le spiegò infilando un quarantacinque giri nella bocca del marchingegno, che subito diffuse un'allegra canzone le cui parole straniere Adelina non era in grado di comprendere. «Papà me l'ha portato da Londra insieme ad alcuni dischi. Funziona a batterie, sai? Lo porterei a scuola per mettere un po' di musica nell'intervallo, ma sono certa che quel cane rognoso di Kelley me lo sequestrerebbe».

«C'è uno strano odore», si lasciò sfuggire Adelina senza più badare al prodigioso mangiadischi.

«Odore di chiuso? Vuoi che apra la finestra?», si offrì la padroncina di casa.

«No», negò imbarazzata e pentita per la sua uscita, «non intendevo dire che c'è puzza, solo che sento un profumo particolare».

«Forse è il mio?», disse Luisella avvicinandosi. «Chanel n.22, è di mia mamma. Lo metto sempre quando sono in casa».

«Sa di lavanda?».

«Oh no, non direi proprio», rise Luisella sedendo su una delle poltroncine e lisciando con il palmo della mano le increspature della gonna a ruota. «Incominciamo a studiare?».

Adelina annuì ed estrasse velocemente *I promessi sposi* dalla sua cartella in cuoio. «Grazie per avermi difeso oggi», sussurrò.

«Anche tu mi hai difeso», minimizzò aprendo la sua copia del testo di studio. «E poi capita a tutti di non aver studiato».

«Io avevo studiato», bisbigliò Adelina più a se stessa che alla compagna, mentre il suo naso era nuovamente sollecitato da un'altra scia profumata, un odore fresco e salmastro come quello dell'acqua di fiume.

«Vai a pagina settantatré», le ordinò Luisella con decisione.

Adelina obbedì senza esitare, la compagna era molto gentile e le sarebbe dispiaciuto farle prendere un brutto voto, tanto più che era una studentessa brillante che stava rischiando di rovinarsi la pagella soltanto per la sua somaraggine.

«Vuoi incominciare a leggere?».

«Va bene».

Adelina trasse un lungo respiro e puntò con lo sguardo la prima riga del testo. Le lettere se ne stavano disposte ordinatamente una accanto all'altra come i vagoni di un piccolo convoglio; quello era il momento di agire, prima che le dispettose iniziassero a roteare per la pagina come delle forsennate.

«*In che cosa posso ubbidirla?, disse don Rodrigo, piantandosi in piedi nel mezzo della sala*», incominciò a leggere di buon piglio. «*Il suono delle parole era tale; ma il modo con cui eran proferite, voleva dir… voleva dir chia… chiaramente*». La voce di Adelina si sciolse fino al silenzio, anche il magico mangiadischi aveva ormai concluso il suo quarantacinquesimo giro.

«Avanti», la esortò Luisella, «cosa voleva dire quel testone di don Rodrigo?».

«Non lo so», sussurrò Adelina mortificata, «proprio non lo so».

«Come non lo sai? È scritto lì davanti ai tuoi occhi».

«*Voleva dir chiaramente*», riprese con sforzo, mentre il tentativo di trattenere una lacrima rendeva ancora più difficoltosa la lettura, «*bada a chi sei davanti, pesa le parole, e…*».

«Prosegui», la esortò Luisella spazientita, «non dirmi che non sai leggere!».

«Certo che so leggere», piagnucolò la ragazza. «Ho letto tanti libri».

«Non si direbbe», insinuò l'altra col tono pungente che talvolta utilizzava quando spettegolava con Giuditta. «Quali libri hai letto, di grazia?».

Adelina si asciugò le prime lacrime con la manica; a casa della zia non c'erano libri, ma dai suoi genitori, quando aveva preso la licenza elementare, il padre le aveva regalato *La piccola biblioteca delle fanciulle*, dieci romanzi che aveva letto e riletto almeno una dozzina di volte. Ogni sera, nel suo letto, Adelina aveva divorato con grande soddisfazione decine e decine di pagine: perché da quando si era trasferita a Torino non ne era più capace? Era sempre stata una buona studentessa, ora invece per ricordarsi le lezioni doveva ricorrere a schiocchi espedienti, come farsele risuonare nella mente dozzine di volte così come le aveva udite dagli insegnanti o inventare filastrocche in rima simili a quelle con le quali i bambini memorizzano i giorni della settimana e i mesi dell'anno.

«Ho letto *Piccole donne*, *Pattini d'argento*», iniziò a elencare Adelina tra i singhiozzi, «*Pollyanna*, *Anne di Tetti Verdi*...».

«Romanzetti da mocciose», tagliò corto Luisella, «ma se davvero li hai letti, dovrebbe riuscirti di leggere anche il libro che hai sotto il naso».

«Lo so, ma...».

Dei passi ritmati risuonarono nel corridoio.

«Asciugati gli occhi», si allarmò Luisella mentre la porta già si dischiudeva.

«Vi ho portato del tè con le tartine», annunciò Matilde poggiando il vassoio sullo scrittoio.

«Grazie molte», scattò in piedi Luisella.

«Grazie, grazie tante», si affrettò a imitarla Adelina.

La giovane guardò per un istante gli occhi lucidi della ragazza e subito spostò lo sguardo sulla padroncina di casa. Quello sguardo durò pochi istanti ma, Luisella se ne rese conto, era carico di biasimo.

«Buono studio, signorine», si congedò poi la governante.

«Ora Matilde penserà che sia stata io a farti piangere», disse Luisella mentre sprofondava nel velluto della poltroncina.

«Lo dirà a tuo padre?», domandò Adelina angustiata

per la situazione, ma al contempo irresistibilmente attratta dalla merenda.

«Non oserebbe», sospirò Luisella alzandosi e versando il tè, «ma mi dispiace che possa pensare certe cose di me. Papà stima molto Matilde e mi raccomanda in continuazione di non scontentarla».

«Vuoi che le spieghi io cosa è successo?», si offrì Adelina prendendo la tazza che la compagna le porgeva.

«E cosa vorresti dirle», sospirò, «che piangevi perché non sai leggere?».

«Io so leggere», tirò su con il naso. «Una volta mi riusciva benissimo».

«Prendi una tartina col cetriolo, sono delle specialità inglesi».

«Non mi credi?», protestò la ragazza afferrando uno dei triangolini di pane bianco. Era molto risentita per l'accusa di Luisella, ma il suo orgoglio non arrivava a farle rifiutare l'esotico cibo che le veniva offerto.

«Se non ti piace il cetriolo ci sono anche questi minisandwich alla crema di latte e marmellata, mia madre adora la cucina inglese».

«Tua madre è inglese?», le domandò Adelina sbocconcellando, già dimentica del suo dramma.

«Matilde è inglese, mentre mia madre è romana».

«La incontrerò?».

«Non credo», esitò l'altra. Lo sguardo di Luisella si velò di malinconia, un particolare che Adelina, intenta nella degustazione delle ghiottonerie inglesi, non ebbe modo di notare.

«Hai detto di aver letto dei libri», cambiò discorso Luisella. «In questa libreria ci sono alcuni dei titoli che hai citato, cercane uno e portalo qui».

Adelina abbandonò a malincuore i minisandwich, dei quali aveva già stivato un'ingente scorta nello stomaco, e si portò davanti alla parete della libreria. Come trovare tra centinaia, forse migliaia di volumi uno dei dieci libri che aveva letto? L'impresa sarebbe stata ardua anche per qualcuno in grado di leggere le parole senza che queste gli opponessero resistenza. La ragazza iniziò a far scorrere l'indice sui dorsi dei volumi nella speranza che uno di essi le risultasse familiare; poi, d'un tratto, ecco di nuovo la fragranza salmastra che poco prima l'aveva investita. Possibile che quell'odore provenisse da un libro? Prese a ricercarne l'origine e, una volta individuata, estrasse il libro dal quale sembrava emanare il sentore, lo aprì e tuffò il naso tra le pagine; al fresco odore di fiume si aggiunse un effluvio tiepido, più tenue ma altrettanto liquido: lacrime! Una ragazza, sul lungofiume di una città lontana, versava lacrime di delusione. Adelina non aveva mai sospettato che la delusione potesse avere un odore, e invece eccolo lì, limpido e struggente. Poi una folata inebriante, dolce e acre insieme, si sprigionò all'apparire di un giovanotto dall'aria mesta e trasognata.

«Quello non è tra i libri che hai elencato», la risvegliò Luisella.

«*Un intero attimo di beatitudine! È forse poco, anche se resta il solo in tutta la vita di un uomo?*», rispose Adelina come sotto ipnosi.

«Hai letto *Le notti bianche*?», si stupì la compagna.

Adelina non l'aveva letto, eppure il profumo di quei fogli gliene aveva narrato la storia con infinita chiarezza: la solitudine del sognatore, l'amore poetico e inaspettato, e poi ancora la solitudine, perpetua e perfetta.

«Sì», mentì Adelina, «l'ho letto e mi è piaciuto molto».

«Quindi sai leggere», mormorò fra sé Luisella.

«Sapevo leggere», ammise Adelina riponendo Dostoevskij e spostandosi dal lato opposto della libreria, attirata da un'altra fragranza. Adelina sfilò un volume di piccole dimensioni e lo aprì: lavanda! La stessa traccia che poco prima aveva percepito addosso a Luisella. Inspirò con più vigore, una dolorosa fitta le morse le tempie per poi subito allentare la presa e lasciarle percepire un olezzo dolce, quasi nauseante, di fiori bianchi dai petali carnosi, giunti al culmine della fioritura e pronti all'inevitabile declino; e ancora sentore di vino, valzer – sì, anche la musica aveva un suo odore – e infine medicinali, malattia, morte e putrefazione. Adelina allontanò il volume disgustata.

«Prima stavi leggendo questo?», domandò a Luisella mostrandole la copertina della *Signora delle camelie*.

«Sì», arrossì Luisella senza domandarsi come avesse fatto a scoprirlo, «ma è meglio che i miei non lo sappiano».

«Non sarò io a dirglielo», la rassicurò l'altra.

«Sono arrivata al momento in cui Marguerite e Armand si rifugiano in una casa di campagna», sussurrò estasiata. «Adoro la campagna francese, è così...».

«Profumata», la imbeccò Adelina, «odora di lavanda».

«Ci sei stata?».

«No, me l'hanno raccontato», improvvisò.

«Forse ho capito», si illuminò Luisella. «Se una volta leggevi e ora non ti riesce più, deve essere un problema di vista».

«Mi sembra di vedere perfettamente».

«Anche mia madre lo credeva, poi però si è resa conto di avere difficoltà a vedere da lontano. Siediti», le ordinò Luisella prendendo il libro di testo della compagna e tenendolo aperto alla pagina che dovevano studiare. «Da qui riesci a leggere?».

Luisella reggeva il libro a circa un metro dai suoi occhi, Adelina strinse le palpebre per mettere a fuoco. Vedeva ogni singola lettera, ma come al solito il significato delle parole sfuggiva alla sua volontà di lettura.

«Che lettera sto indicando?».

«Una E, una P, una V», elencava Adelina a colpo sicuro, mentre l'indice di Luisella correva da una lettera all'altra.

«Da lontano vedi benissimo, forse hai difficoltà a mettere a fuoco da vicino. Prova», le ordinò la compagna porgendole il libro.

Adelina afferrò il volume e lo fissò per qualche istante, magari anche quel libro era in grado di svelarle il suo contenuto con il profumo. Cercando di non farsi notare avvicinò il naso alla carta: niente! A parte il sentore chimico dell'inchiostro della stampa, il suo testo scolastico sembrava non emanare alcuna fragranza rivelatrice.

«Non ce la faccio», sospirò premendo ancora di più il naso tra le pagine.

«Devi farcela», la incoraggiò Luisella, «altrimenti domani Kelley darà un votaccio a entrambe».

«Mi spiace», singhiozzò Adelina.

«Aspetta, forse ho un'idea. Se io ti leggessi per tre o quattro volte i capitoli che dobbiamo studiare, credi che riusciresti a impararli a memoria?».

«Probabilmente sì».

«Allora diamoci da fare». Luisella aprì il suo libro e diede inizio alla lettura; Adelina cercava di assorbire ogni sillaba dalla voce limpida dell'amica. Poi quando l'altra ricominciò a leggere i brani per la seconda volta, le sue narici furono di nuovo solleticate da una fragranza. Aprì il volume che aveva poggiato in grembo e inspirò profondamente: nulla! Le pagine del suo libro non erano la fonte della scia odorosa che stava percependo.

«Mi daresti un attimo il tuo libro?», domandò interrompendo la lettura ad alta voce.

«Perché?», obiettò l'altra porgendoglielo. «Il tuo è uguale al mio».

Adelina avvicinò il naso alle pagine.

«Lo dicevo che hai un problema di vista», commentò Luisella. «Per leggere devi appiccicare il naso alla carta».

Le pagine appena lette da Luisella avevano un odore fortissimo, un sentore acidulo e sgradevole, come la prepotenza di don Rodrigo.

«*In che cosa posso ubbidirla?, disse don Rodrigo, piantandosi in piedi nel mezzo della sala. Il suono delle parole era tale; ma il modo con cui eran proferite, voleva dir chiaramente: bada a chi sei davanti, pesa le parole, e sbrigati*».

«Stai leggendo!», Luisella scattò in piedi esultante, mentre Adelina si lasciò sprofondare nella poltroncina senza riuscire a proferire parola.

Cosa le stava succedendo? Per la prima volta dopo mesi aveva letto, su quello non c'erano dubbi, ma le parole che le erano sgusciate dalle labbra non erano penetrate nella sua mente passando per gli occhi. Il primo istinto fu quello di parlarne con qualcuno, e Luisella era proprio lì di fronte a lei, gentile e sorridente. Ma una strana sensazione l'attraversò: doveva tacere! Qualunque cosa le stesse accadendo, per quanto strana, non era certo colpa sua e non se ne sarebbe dovuta vergognare, ma da quando frequentava l'Istituto Maria Cristina di Savoia aveva avuto modo di constatare che ogni differenza, ogni piccola stranezza, ogni strappo alla regola veniva punito con la derisione. Le sue compagne di scuola l'avevano tormentata per i calzettoni di lana e gli scarponcini, che erano sì molto differenti da ciò che indossavano loro, ma certo non così diversi quanto lo era ora l'atto di leggere col naso anziché con gli occhi.

Qualunque origine avesse il prodigio che aveva sperimentato – sempre che di prodigio si trattasse –, l'unica cosa sensata da fare era metterlo a frutto per l'interrogazione del giorno seguente, senza farne parola con nessuno. Il suo libro di testo però non aveva odore, quello era un dato di fatto.

«Posso tenere il tuo libro? Ti lascerò il mio», domandò infine a Luisella.

«Sì, certo, ma perché?».

«Perché...», Adelina esitò un lungo istante, «perché sul tuo libro hai sottolineato le parti importanti».

Capitolo 8

Un pugno di riso, uno soltanto, quella era la giusta dose per una buona minestra: le ragazzine hanno bisogno di una cucina sana e leggera, questa era la regola che zia Amalia seguiva nella preparazione dei pasti della nipote.

Quando, qualche mese addietro, suo fratello Adelmo le aveva chiesto di ospitare la figlia in cambio di un piccolo compenso, lei aveva quasi esultato di gioia. Negli ultimi vent'anni Amalia aveva vissuto centellinando il denaro ereditato da suo marito, ovviamente era stato necessario ridurre le spese in maniera drastica ed era stata costretta a liberarsi della servitù e di qualcuna delle anticaglie che, sì, erano belle a vedersi, ma certo non potevano guadagnarsi lo spazio che occupavano. Il suo gruzzolo però si andava assottigliando di mese in mese e, anche se quel che rimaneva era sufficiente a far fare la bella vita per i prossimi cinquant'anni a un'intera famiglia, come molte persone nate povere e divenute ricche per un capriccio della fortuna, Amalia temeva che non sarebbe bastato a salvarla da una vecchiaia di indigenza. La cifra che mensilmente suo fratello Adelmo le inviava per tenere a pensione la giovane Adelina venne vista dalla donna come una manna dal cielo; una manna che però doveva essere preservata grazie a un'oculata gestione delle spese destinate alla ragazza.

Amalia versò la brodaglia in una zuppiera di porcellana. Peccato che Teresina qualche tempo prima l'avesse sbeccata, altrimenti era certa che avrebbe potuto ricavarne qualche bella liretta dall'antiquario di via Barbaroux. Poi mise la zuppiera in tavola e si sistemò sulla sua poltrona. Adelina non era ancora rincasata: peggio per lei, avrebbe mangiato la zuppa fredda. Non aveva certo intenzione di tenerla ancora sul fuoco, il brodo si sarebbe ristretto e lo spreco di gas sarebbe stato inaccettabile.

Un po' indispettita, prese il cestino del cucito dal ripiano del tavolinetto accanto alla poltrona e ne tirò fuori un vecchio fiore di panno che aveva intenzione di risistemare e applicare sul bavero del cappotto, per mascherare il forellino di una tarma. Una volta, quel fiore, realizzato dalle sapienti mani di Angela Cibrario, aveva ornato un cappellino a cloche, lo stesso che indossava il giorno in cui vide per la seconda volta l'uomo in frac.

«Questa mattina mi ha seguito di nuovo».

«E indossava sempre il frac?», domandò Angela con una punta di sarcasmo.

«Sì, e anche il cilindro», sospirò Amalia con gli occhi sognanti.

«Cilindro e frac di prima mattina...», commentò Angela. «Non dirmi che aveva anche un bastone da passeggio!».

«No», si rammaricò Amalia.

«Chi porta il frac di mattina probabilmente lo indossa dalla sera precedente. Il tuo spasimante potrebbe essere un nottambulo, un ubriacone o addirittura un giocatore d'azzardo».

Amalia si rigirò tra le mani il fiore di panno, proprio un lavoro di fino, quella Angela Cibrario era davvero una maga. Eppure, se avesse badato al suo giudizio probabilmente ora si sarebbe ritrovata nella miseria più nera.

«Signorina, posso parlarvi?». Dopo settimane di appostamenti e pedinamenti, l'uomo in frac ebbe finalmente il coraggio di fermarla. Amalia ne rimase sconcertata: secondo quanto le aveva detto la sua collega, la procedura richiedeva che lei si voltasse, sorridesse e riprendesse a camminare per poi infilarsi in una caffetteria dove l'uomo l'avrebbe raggiunta. Erano giorni che Amalia cercava di trovare il coraggio per compiere quella mossa, e forse aveva lasciato trascorrere troppo tempo, ecco perché l'uomo in frac era stato costretto a contravvenire al protocollo.

«Signore, nessuno ci ha presentati», disse con sussiego, cercando di contenere il suo infantile entusiasmo.

«Lo so bene, signorina», si scusò l'uomo, «ma permettetemi due parole soltanto».

«Le ragazze perbene non parlano con gli sconosciuti», continuò lei ostentando un piglio da vergine offesa.

«Avete ragione», ammise l'uomo. «È per questo che ho intenzione di offrirvi una cioccolata e qualche pasta da Platti».

Ogni sospetto che Angela aveva insinuato nel cuore di Amalia si sgretolò davanti a quella generosa offerta. Un uomo intenzionato a offrirle cioccolata in tazza e paste dolci da Platti non poteva essere né un nottambulo né un ubriacone, ma soltanto un gran signore.

«Inizio col dire», esordì l'uomo in frac mentre erano seduti davanti a un rassicurante assortimento di bignè, «che non è mia abitudine abbordare le brave figliole per strada. Questo è un caso del tutto particolare». Gli occhi di Amalia si illuminarono, una frase simile l'aveva letta nel *Segretario galante*, un libro sulle lettere d'amore e il corteggiamento "perbene", del quale Angela Cibrario le aveva prestato una copia: nonostante la sua diffidenza verso i libri, il contenuto di quella pubblicazione le era sembrato tanto interessante e utile da indurla a leggerne quasi la metà.

«Sono stato oltremodo colpito dalla vostra bellezza e ancor più dalla vostra eleganza nell'incedere». Amalia decise di smorzare la crescente tensione ficcandosi in bocca una bignola con crema chantilly. «Se mi è permesso dirlo, voi avete le più lunghe e magnifiche gambe di tutta Torino». Una seconda bignola, questa volta al cacao, s'incagliò nella gola di Amalia. No e poi no! Nel *Segretario galante* non veniva fatto alcun cenno ai complimenti sulle gambe, pensò tossendo e sputacchiando glassa al cioccolato.

«Vi prego di non inquietarvi se ho parlato con tanta franchezza, signorina», riprese l'uomo porgendole un fazzoletto di lino per pulirsi il viso impiastricciato di polvere di cacao. «Io sono una persona a modo, un uomo felicemente sposato».

A quelle ultime parole Amalia scattò in piedi, pronta a darsi alla fuga.

«Vi supplico, concedetemi ancora qualche minuto, poi potrete andarvene», la implorò. «Finite almeno la vostra cioccolata in tazza, è un peccato sprecarla». L'uomo in frac aveva toccato il tasto giusto: se Amalia non poteva dare una seconda occasione a quel fedifrago, di certo poteva concederla a una costosa cioccolata calda.

«Innanzitutto mi presento», ricominciò lui. «Mi chiamo Arturo Rossi e lavoro nel varietà».

«Nel varietà?», trasecolò Amalia.

Quindi l'uomo dei suoi sogni non solo aveva moglie, ma era anche un teatrante senza il becco di un quattrino! Amalia iniziò a temere per il conto delle paste.

«Sì, signorina», si affrettò a spiegare l'uomo vedendo la sua interlocutrice nuovamente in procinto di fuggire.

«Sono capocomico e prestigiatore, ma pensavo l'aveste capito».

«E come avrei potuto?».

«Per il frac, signorina. Chi mai indosserebbe un frac fin dalla mattina? Soltanto qualcuno che lo indossi per lavoro».

Angela Cibrario non era poi furba quanto voleva far credere: quando aveva saputo dell'uomo in frac aveva supposto che potesse trattarsi di un nottambulo, di un ubriacone o un giocatore d'azzardo, ma l'idea che potesse essere un teatrante nemmeno l'aveva sfiorata.

«Come vi dicevo, sono un uomo felicemente sposato, e tra qualche mese la mia cara mogliettina mi farà l'onore di rendermi padre».

«E la vostra *cara mogliettina* lo sa che mi seguite da settimane?».

«Certo che lo sa», confermò Rossi con un lieve moto d'indignazione, «è stata proprio lei a suggerirmelo».

«Addio, signore». Questo era davvero troppo bizzarro e non valeva la pena stare ancora ad ascoltare, specie per il fatto che le paste erano ormai finite.

«Signorina, io non vi sto corteggiando. Lungi da me», riprese, invitandola a sedere con un elegante gesto della mano. «Come vi ho già detto, mia moglie è incinta e sto cercando una sostituta».

«Voi siete uno schifoso pervertito!».

«Non una moglie sostituta, ma un'assistente sostituta», rettificò l'uomo. «Vi sto offrendo un lavoro onesto e ben pagato nella mia compagnia di varietà».

«Quanto onesto e quanto ben pagato?», domandò Amalia rimettendosi a sedere.

«In quanto all'onesto nessuno vi mancherà di rispetto, sarete trattata da tutta la compagnia come un'adorata sorella, e chi non dovesse farlo avrà a che fare con me. Inoltre, sulle locandine non riporteremo il vostro nome ma quello della mia signora, così voi non avrete nessun problema a mantenere il vostro attuale impiego, mentre io non dovrò sobbarcarmi il costo di nuovi manifesti».

«E la paga?», lo incalzò Amalia.

«Vi darò trenta lire a serata».

Amalia strabuzzò gli occhi, trenta lire erano poco meno della sua paga settimanale alla modisteria.

«Quest'anno», proseguì il mago, «ho ottenuto una buona scrittura al teatro Maffei. Ben sei serate la settimana, ma mia moglie, la mia adorata assistente, non potrà stare sul palco con me». Mentre l'uomo raccontava le sue disavventure artistiche, Amalia calcolava quanto le avrebbe reso quel lavoro in una settimana, un mese, un anno. «Ormai la gravidanza della mia signora è visibile e tra poco non sarà più in grado di entrare nel suo costume di scena», proseguì Rossi sfilando una fotografia dalla tasca interna della giacca e mostrandogliela. «Tra qualche settimana non potrà nemmeno più infilarsi nel baule della donna segata in due», rise.

«Segata in due?», si allarmò la ragazza.

«Non preoccupatevi, sono solo trucchi di scena. Non vi accadrà nulla di male. Guardate quanto è in salute mia moglie, e lavora con me da cinque anni!».

Amalia prese tra le mani la fotografia che mostrava il mago con il consueto frac, accanto a una donna alta e ben tornita con indosso un costume succinto, ma neppure così spudorato.

«Cosa dovrei fare di preciso?», domandò Amalia ormai spiritualmente avviata alla carriera di teatrante.

«Io e i miei colleghi vi insegneremo ogni cosa», la rassicurò lui. «Come muovervi, sorridere, acconciarvi e soprattutto come assistermi nei trucchi di magia».

Amalia si prese qualche istante per riflettere. Aveva sperato in una ricca proposta di matrimonio, ma una ricca proposta d'affari non era certo da disprezzare.

«Accetto», disse infine, «ma ricordate: qualunque cosa dovesse accadere io mi comporterò sempre da ragazza onesta».

«Siamo d'accordo». Arturo Rossi le strinse la mano. «Io e la mia signora non chiediamo di meglio».

Capitolo 9

Confusa e frastornata, Adelina percorse rapidamente la strada che l'avrebbe riportata dall'appartamento di Luisella sino a casa di sua zia. Era certamente in ritardo, anche se non avrebbe saputo dire di quanto poiché Amalia, terrorizzata dall'eventualità che potesse perderlo, le aveva proibito di indossare l'orologio. Generalmente cercava di obbedire alla zia in tutto, uniformandosi alle sue regole e manie per non darle alcun motivo di lagnarsi, quella sera però aveva ben altro per la testa.

«Ho letto col naso», farfugliava camminando. «Ho visto delle cose con il naso».

Adelina non vedeva l'ora di riprendere i suoi esperimenti olfattivi; se solo avesse avuto un bel libro da annusare! Il suo passo spedito si arrestò quando si ricordò di *avere* un libro con sé. Nella sua cartella, infatti, c'era la copia della *Gerusalemme liberata* che doveva restituire all'avvocato Ferro, l'inquilino del primo piano.

Si sedette su una panchina dei giardini Lamarmora, prese il volume in pelle dalla cartella e se lo poggiò sulle gambe. Il testo era intervallato da antiquate illustrazioni in bianco e nero, che poco attraevano la sua giovane fantasia. La ragazza cercò di mettere insieme alcune sillabe, ma il carattere in stile antico delle lettere rendeva la loro decodifica ancora più complicata di quanto non lo fosse di consueto.

Guardò a destra e sinistra, in quel momento non c'era nessuno, salvo una coppietta ai margini del giardino; avendo quei due di meglio da fare che osservarla, senza esitare sollevò il pesante libro sui palmi delle mani e se lo portò all'altezza del viso. Per un istante le parve che non stesse accadendo nulla, la qual cosa la rattristò e la rincuorò allo stesso tempo, poi percepì un odore acre, sgradevole, un lezzo che aveva già sentito, ma non ricordava dove. La macelleria del signor Bosco! Il libro odorava di sangue e risuonava dello sferragliare di spade e armature. Un intenso e inebriante profumo di gelsomino annunciò una donna, una bellissima creatura in abiti orientali. Adelina inspirò profondamente, una lieve fitta alla testa per un attimo dissolse ogni forma, poi le immagini riaffiorarono e poté di nuovo vedere la dama orientale che sprigionava un'insolita fragranza, un misto di perfidia, seduzione e inganno. Turbata, allontanò da sé il volume, ma non riuscì a resistere e vi ricacciò il naso. Ora percepiva la presenza di due splendidi guerrieri che odoravano di fede, obbedienza e amore. Se Adelina aveva sperimentato la fede e l'obbedienza, certo non poteva dire lo stesso dell'amore, eppure il suo olfatto era in grado di decifrarne l'essenza e di coglierne le più minute sfumature. Il cavaliere più alto era innamorato di una bella principessa pagana, mentre il cavaliere più basso… Adelina inspirò incredula, il guerriero bassetto era innamorato dell'altro cavaliere! Che razza di libri leggeva l'avvocato Ferro? A vederlo sembrava una persona tanto pia! Poi, una folata di rose selvatiche sciolse ogni sospetto: l'armatura del piccolo guerriero nascondeva una donna, una bellissima fanciulla che emanava l'aspro aroma dell'amore non corrisposto.

Adelina seguiva l'appassionante vicenda tremando per

l'emozione e la paura, sino a quando il rintocco di un campanile la ridestò. Erano le otto! La ragazza si scrollò di dosso tensioni e timori, ciò che ora la terrorizzava ben più delle danze sui campi di battaglia era la reazione che avrebbe avuto la zia nel vederla rincasare dopo il coprifuoco. Dopo aver ricacciato il libro nella cartella si mise a correre verso casa, infilò il portone, trottò su per le scale e giunta al primo piano si fermò per restituire il libro all'avvocato Ferro. Quella visita avrebbe aggravato il suo ritardo ma almeno le avrebbe fornito la scusa di essere stata trattenuta in chiacchiere – ipotesi in verità poco credibile, giacché aprendo una scatola di sardine vi si sarebbero potuti trovare esseri più loquaci di quell'uomo, come diceva zia Amalia. Adelina diede una vigorosa scampanellata.

«Chi disturba il sonno dei giusti?», cigolò dopo qualche istante una vocetta stridula.

«Sono Adelina del secondo piano», gridò attraverso lo spesso legno della porta. «Mi scusi, non credevo che fosse già a letto».

«E dove dovrebbe essere un uomo dabbene alle otto passate?», bofonchiò l'avvocato facendo scattare la prima delle molte serrature poste a protezione del suo feudo.

«Sono venuta a riportarle il suo libro», urlò la ragazza allo scattare della terza o quarta serratura. «La zia mi ha detto di ringraziarla e di dirle che le è piaciuto molto».

«Ah, bene, bene», rispose Ferro in tono raddolcito dischiudendo finalmente l'uscio. «E a te è piaciuto?».

«Sì, anche a me», rispose istintivamente. «Mi è piaciuto tantissimo», confermò poi ripensando alle dame e ai cavalieri annusati poco prima.

«Brava ragazza», disse l'uomo afferrando il volume e stringendoselo al petto. «Alla tua età leggere in versi fa un gran bene».

Adelina abbassò lo sguardo, un gesto che l'interlocutore interpretò come il segno di una deliziosa modestia.

Quel che invece lei aveva fatto era stato distogliere lo sguardo dalla mise notturna dell'avvocato per evitare di scoppiare a ridere. L'uomo indossava una pesante vestaglia da camera in velluto amaranto sopra a una camicia da notte a righe, che lasciava intravedere le gambette rinsecchite da uomo anziano. A completare l'insieme, un berretto da notte a forma di manica a vento copriva parzialmente i radi e canuti capelli.

«Entra, ragazzina», le fece strada l'avvocato. «Voglio darti un altro libro che ho messo da parte per tua zia, ma fa' piano, altrimenti sveglierai tutto il palazzo». L'uomo girò l'interruttore della luce. «Non sbattere quei piedi come se stessi ballando a una festa di paese».

Un insostenibile puzzo aggredì le narici della ragazza: un'esalazione intensa, pungente e gonfia di tanti aromi diversi. Introdursi in quella camera piena di volumi disposti nelle librerie, impilati sui mobili e persino sparsi a terra, fu per Adelina come entrare in una di quelle profumerie dove mille essenze si fondono in un'unica miscela nauseante. La differenza, rispetto al laboratorio di un profumiere, era che le fragranze, che tutte insieme davano vita a una nube odorosa, non appartenevano al delizioso mondo floreale: in quella camera si percepivano odori che andavano dalla rugiada mattutina alla putrescenza della cancrena. Adelina non poté fare a meno di arricciare il naso e socchiudere la bocca per trattenere un conato.

«Ti dà fastidio la polvere?», le domandò Ferro. «I libri ne accumulano tanta e qui Teresina non pulisce quasi mai. Quella benedetta ragazza ha la mania di spostarmi le cose. E pensare che tua zia, quando me la raccomandò, la descrisse come una persona ordinata e puntigliosa».

Nonostante l'appartamento dell'avvocato fosse molto

grande, il vecchio aveva eletto quell'unica camera a sua dimora.

La stanza ospitava un piccolo letto disfatto, uno scrittoio appena visibile sotto un centinaio di volumi, sedie e tavolini spaiati il cui unico tratto comune era fungere da base a pile di libri, e una stufa munita di tubo metallico che si ergeva per circa due metri, per poi girare ad angolo retto e attraversare tutta la stanza a metà della sua altezza. Al centro della camera, in mezzo a quel vetusto ciarpame, troneggiava una poltrona imbottita nuova di zecca, che sembrava deridere il resto del vecchio e raffazzonato arredamento. Come le era accaduto in altri luoghi dall'odore sgradevole, per esempio la stalla di suo zio Antonio, dopo qualche minuto il suo olfatto si era adattato al lezzo e il cervello aveva incominciato a ignorare i miasmi che poco prima l'avevano tanto infastidita.

«Tu leggi, ragazzina?». Adelina fece cenno di sì, ovviamente senza spiegare le bizzarre modalità con le quali, da qualche ora, aveva ricominciato la sua carriera di giovane lettrice.

«Quanti anni hai?».

«Quattordici», rispose. «Quindici a gennaio».

«Non me ne intendo granché di ragazzine», ammise l'avvocato, «per cui non ti scocciare se ti chiedo se sei troppo grande per leggere le fiabe».

«Non credo di essere troppo grande».

«Allora ti ci vuole La Fontaine», sentenziò lui sollevando una pila di libri da una sedia e poggiandola a terra. L'avvocato Ferro portò la sedia accanto alla libreria e con gesto disinvolto ne ribaltò lo schienale: ora la seggiola aveva assunto l'aspetto di una scaletta a tre pioli. Adelina rimase esterrefatta. Anche al suo paese, per la precisione nella canonica, aveva avuto occasione di vedere una sedia "trasformista", ma quella ribaltando lo schienale diventava un inginocchiatoio. La sedia dell'avvocato doveva essere la cugina laica e colta della seggiola del parroco.

«Eccolo qua». Il vecchio era montato sull'ultimo piolo e si era messo in punta di piedi per raggiungere il ripiano più alto; Adelina distolse lo sguardo dallo spettacolo imbarazzante che le striminzite gambette offrivano, ora che l'orlo della camicia da notte risaliva insieme al braccio dell'uomo, intento ad afferrare il volume.

«Stia attento, avvocato», implorò la ragazza, che a vedere quelle membra scheletriche aveva buone ragioni per supporre che una caduta avrebbe potuto sgretolarle.

«Tieni, ragazzina», le disse lui porgendole il libro. «E poi ti ci vogliono anche i Grimm», dichiarò dirigendosi a colpo sicuro verso la pila di libri sostenuta da un tavolinetto. Mentre l'avvocato era impegnato nella ricerca dei cupi fratelli tedeschi, Adelina si portò il libro appena consegnatole vicino al volto e inspirò con avida curiosità: le pagine avevano un sentore selvatico, appena stemperato da una fragranza fruttata.

«Sei di quelli che annusano i libri», constatò l'avvocato voltandosi e cogliendola in flagrante. Adelina avvampò d'imbarazzo, quasi fosse stata scoperta a fare qualcosa di riprovevole.

«Anch'io lo faccio spesso», affermò Ferro con naturalezza.

«Dice davvero, avvocato?».

«Siamo in tanti, noi annusatori, anche se non ci piace farlo sapere in giro». L'uomo le porse un secondo volume: «Eccoti i fratelli Grimm. Se sei impressionabile ti consiglio di frequentarli solo quando il sole è ancora alto. Sono due ragazzacci», bofonchiò come a metterla in guardia da una compagnia pericolosa.

Adelina avrebbe voluto fargli una raffica di domande a proposito di quanto aveva appena detto sull'annusare i libri, ma l'uomo la liquidò mettendole in mano un terzo volume: «Questo è il libro che ho messo da parte per tua zia, è il *Decameron*, lo hai già letto?».

«No».

«Voglio ben sperarlo! È un libro troppo licenzioso per una ragazza della tua età. Mi raccomando, dallo a tua zia senza sfogliarlo».

«Lo prometto».

«E ora vai, che ormai è notte fonda», borbottò l'avvocato indicando un orologio a muro che segnava le otto e quaranta.

«Grazie per i libri», lo ringraziò Adelina mentre lui la sospingeva fuori dalla porta.

«Ho cambiato idea, ragazzina», disse prima di congedarsi. «Se ti va leggi pure il *Decameron*. È molto meglio che certe cose una ragazza le impari da Giovanni Boccaccio, anziché dagli sfaccendati che fanno flanella davanti al casino di via Conte Verde, cantando canzoni sconce. Ah, ma vedrai che a breve li faranno chiudere quei postacci, la senatrice Merlin sa il fatto suo».

Adelina si ritrovò sola sul pianerottolo, stringendo al petto i tre volumi. Soltanto il giorno precedente sarebbe stata molto curiosa di approfondire la storia della casa di via Conte Verde. Non aveva ben capito cosa accadesse in quel posto, ma doveva essere qualcosa di molto particolare visto che circa un mese prima, passandoci davanti, non aveva potuto fare a meno di notare un capannello di giovanotti che intonavano a squarciagola: «Su ragazzi in camera, che la bionda è libera!». La povera Adelina aveva subito accelerato il passo procedendo rasente al muro, nel timore che la bionda a cui si stavano riferendo potesse essere lei. Ora però la grottesca canzone non stuzzicava più la sua curiosità di adolescente, tutta occupata dagli incredibili eventi che l'avevano coinvolta e travolta in quel bizzarro pomeriggio. E poi la strana parola pronunciata dall'avvocato, che tanto la incuriosiva ma sulla quale non aveva osato chiedere dettagli: annusatori. Possibile che con quel termine Ferro alludesse a persone come lei? Le campane della chiesa del Carmine batterono il quarto d'ora. Adelina si avviò spedita su per le scale.

Capitolo 10

Santa Bibliana da Spoleto visse attorno al 1200. La giovane Bibliana, nome probabilmente fittizio, prestava servizio sin dai dieci anni presso la casa di una pia vedova. Quando la giovinetta aveva circa quattordici anni, la padrona la sorprese nell'atto di catechizzare il resto della servitù declamando storie dalla vita dei santi. I racconti della fanciulla erano tratti dai libri che la pia donna aveva in casa e che erano stati del defunto marito. Non potendo supporre che la piccola sapesse leggere, e tantomeno che comprendesse il latino, la vedova gridò al miracolo: in casa sua la Provvidenza aveva inviato una giovane santa! La notizia si sparse velocemente e la ragazza fu messa alla prova da uomini di fede e di scienza. Appurato che la ragazzina riusciva a leggere i testi sacri senza neppure disturbarsi ad aprirli, ma semplicemente avvicinandovi il volto, fu deciso che lei e il suo grande dono dovessero trovare rifugio tra le mura di un convento. La giovane fu accolta in un monastero nella zona di Spoleto, dove fu trattata con gli onori dovuti alla secondogenita di un sovrano destinata a prendere il velo. La fanciulla aveva stanze private, monache servitrici e una vasta biblioteca a sua disposizione. Ogni sera, dopo i vespri, le suore di grado superiore si riunivano nelle sue stanze per sentirla declamare i panegirici scritti in onore dei Padri della Chiesa, le vite dei santi e le dissertazioni teologiche di questo o di quell'altro sapiente. Col trascorrere dei mesi la fanciulla incominciò a essere soggetta a forti dolori alla testa, che in alcuni casi culminarono in svenimenti. I mancamenti della ragazza, che le suore giudicarono estasi mistica, si fecero sempre più frequenti sino a quando, al compimento dei quindici anni, la piccola santa venne meno per l'ultima e irreversibile volta.

«Affascinante», commentò Amedeo Vergnano poggiando sul tavolino da tè il foglio sul quale il reverendo Kelley aveva trascritto il contenuto del manoscritto rinvenuto, tra migliaia di altri volumi, nel seminterrato dell'Istituto Maria Cristina di Savoia. «Posso vedere il testo originale?».

«Certo, notaio», rispose Kelley porgendoglielo, «ma lo maneggi con cautela, la legatura tiene per miracolo».

Il notaio Vergnano, da sempre cultore di lettere antiche, non appena aveva saputo che un insigne studioso avrebbe assunto l'incarico di docente nella scuola della figlia, aveva subito cercato di fare la sua conoscenza. Il reverendo Kelley, dal canto suo, pur essendo di indole burbera e solitaria, aveva accolto con favore quella profferta di amicizia che gli avrebbe consentito finalmente di confrontarsi con un altro appassionato di testi rari. All'Istituto Maria Cristina di Savoia il corpo docenti era formato da monachelle decrepite e da giovani laiche bigotte, e nessuna di loro poteva dirsi davvero esperta in qualsivoglia materia, e men che meno di lettere antiche.

«Questo testo conta una ventina di pagine», constatò Vergnano sfogliando delicatamente il manoscritto, «com'è possibile che lei ne abbia cavato soltanto due paginette, reverendo? Davvero non c'è altro?».

«Non ho ancora decodificato l'ultima parte».

«Come mai?», domandò Vergnano con curiosità quasi infantile.

«Perché le ultime pagine, quelle che risalgono al diciannovesimo secolo, sono state composte con un diverso codice. Ho impiegato due notti per ricostruire la griglia, ma quando sono arrivato alle ultime pagine mi sono reso conto di dover ricominciare da capo».

Il reverendo estrasse da una cartellina un cartoncino traforato.

«Provi lei stesso, notaio», lo esortò porgendogli la mascherina di cartone. «La appoggi su una delle prime pagine». Vergnano eseguì l'ordine, le finestrelle ritagliate nel cartone inquadrarono parole latine, o porzioni di esse, formando frasi di senso compiuto.

«Ogni pagina contiene appena una mezza dozzina di frasi», spiegò Kelley, «il resto del testo serve soltanto a mettere in difficoltà chi si accosta al manoscritto senza conoscerne la chiave di lettura. Ecco perché ho ottenuto soltanto due paginette».

«Davvero affascinante», sussurrò il notaio posizionando la griglia sull'ultima pagina e constatando l'illeggibilità del documento.

«È permesso?», domandò la governante affacciandosi con il vassoio del vino.

«Vieni, cara», la invitò Vergnano senza staccare gli occhi dalle lettere sconclusionate che apparivano dalle finestrelle ritagliate nel cartone.

Nel passare davanti a Kelley, Matilde sorrise con cortesia, facendo apparire sulle sue guance due accattivanti fossette che quasi lo costrinsero a sorridere a sua volta.

«*Good evening*, Matilde».

«*It's always an honour to meet you*», ricambiò la donna con un accenno d'inchino.

«Vi prego di non mettervi a parlare in inglese», li redarguì scherzosamente Vergnano, «in questo manoscritto ho tutto l'ostrogoto che cerco».

«Lei capisce perfettamente l'inglese, notaio», replicò Kelley prendendo il calice che Matilde gli stava porgendo.

«L'inglese è una lingua molto semplice», aggiunse ironica Matilde, «riesce a parlarla persino il reverendo, nonostante sia americano».

«Un'altra cosa della quale non ho bisogno è il vostro humour ermetico», bofonchiò Vergnano passando a Matilde il manoscritto e la griglia di cartone. Il volto corrucciato di Kelley fu attraversato da un lampo di sorpresa.

Pur notando il cipiglio dell'ospite, la ragazza prese posto sul divano con la fierezza di chi nella vita ha dato più ordini di quanti ne abbia ricevuti.

«Non si stupisca, reverendo. Matilde conosce il latino meglio di me. Non dimentichi che ha studiato Lettere classiche a Cambridge».

«*Good for her*», minimizzò il reverendo senza stemperare il suo cipiglio.

«Forse nelle ultime pagine troverete qualcosa di più rilevante», commentò Matilde restituendo il manoscritto. «Una volta che avrete ricostruito la griglia, ovviamente», aggiunse poi con l'atteggiamento sicuro di una studiosa appassionata.

«È laureata, conosce il latino, i metodi di scrittura in codice, ma non trova di meglio che fare la governante a casa sua?», domandò Kelley scrutando Vergnano con fare indagatore.

Un lieve rossore pulsò sulle guance della ragazza: «Ho studiato Lettere, è vero, ma non mi sono laureata».

«Non cerchi di vedere misteri dove non ci sono, reverendo», proseguì Vergnano lasciandosi sfuggire una risatina nervosa. «Come sa, io e Matilde ci siamo conosciuti a Londra. Lei voleva imparare l'italiano, mentre io stavo cercando qualcuno che mi aiutasse a condurre la casa e che, nel caso, potesse insegnare un po' d'inglese a Luisella. Prima che lei si trasferisse qui, caro reverendo, nessu no a parte Matilde mi offriva l'occasione di discorrere di letteratura e scritti rari».

«Quindi la signorina Matilde progetta di mettere da parte qualche soldo e di tornare a Londra?», li stuzzicò Kelley.

«Non saprei», rispose la ragazza abbassando lo sguardo, «le cose sono molto cambiate da quando la signora Vergnano...».

«Adesso, per favore, torna da mia figlia», le intimò il padrone di casa. «Accertati che abbia studiato e servile la cena».

«Come desidera, signore», rispose un po' adombrata la giovane lasciando frettolosamente la stanza.

«Quando pensa di poter decifrare l'ultima parte del manoscritto, reverendo?», riprese Vergnano non appena Matilde ebbe chiuso la porta.

«Dovrei riuscire a ricreare la nuova griglia in un paio di giorni».

«Un paio di giorni?», ripeté deluso.

«Si tratta di un lavoro complicato».

«Certo, capisco», capitolò Vergnano. Il reverendo lo aveva preso a benvolere e condivideva volentieri con lui gli esiti delle sue ricerche, ma aveva anche un carattere scostante e riservato, e il notaio sapeva che per conservare la sua amicizia era necessario non indisporlo.

«Vorrei farle una domanda, reverendo», disse versandogli altro vino. «Crede che la leggenda della giovane santa possa avere qualche fondamento?».

«Intende dire se credo che la santa sia realmente esistita?», domandò a sua volta Kelley. «Per saperlo dovrei condurre altre ricerche, ma un conto è verificare la sua esistenza, un altro le sue straordinarie facoltà».

«Lei dunque esclude l'esistenza di persone in grado di...».

«Uno studioso non esclude mai nulla a priori», lo interruppe, «ma quella di santa Bibliana ha l'aria di essere soltanto una pittoresca leggenda, come tante altre che hanno per protagonisti i santi. Pensi, per esempio, a san Giorgio e il drago».

«Capisco», concordò mogio il notaio.

«Il particolare davvero eccezionale della leggenda», proseguì Kelley, «non è tanto il suo contenuto, quanto la circostanza che sia stata tramandata in codice. La domanda che dobbiamo porci in quanto studiosi è perché gli autori del manoscritto, vissuti a secoli di distanza, abbiano entrambi ritenuto necessario occultare un'innocua leggenda, utilizzando un codice cifrato».

«È permesso?», domandò la governante sospingendo la porta.

«Che c'è?», domandò Vergnano, seccato per l'interruzione.

«La signorina Luisella è venuta a darle la buonanotte». Il volto accigliato di Vergnano si distese in un tenero sorriso.

«Vieni pure, cara», esortò la figlia che se ne stava immobile nel riquadro della porta. «Non farti intimorire dal tuo autorevole e severissimo insegnante», scherzò.

Sentendosi tirato in causa, Kelley abbozzò un cenno di saluto alla ragazza, che per tutta risposta raggiunse il padre compiendo un'ampia curva di modo da tenersi il più distante possibile dal temuto professore.

«Hai studiato, angelo mio?», le chiese Vergnano afferrandola per la vita e mettendosela sulle ginocchia come se avesse cinque anni anziché quattordici.

«Certo, papà», sussurrò la ragazza al colmo dell'imbarazzo per la posizione puerile alla quale la costringeva il padre.

«Indovina di che cosa stavamo discutendo io e il tuo insegnante?».

«Di libri antichi», rispose la ragazza a colpo sicuro.

«Già, non parliamo d'altro, siamo molto noiosi», ammiccò il padre accarezzandole i capelli ondulati. «Vai pure a letto, cara, sarai stanca».

Luisella non se lo fece ripetere, ma nel voltarsi il suo sguardo indugiò sulla mascherina di cartone realizzata dal professor Kelley.

«Vuoi sapere cos'è, tesoro?», le domandò il padre. Luisella avrebbe certo preferito filare via tenendosi la curiosità, ma per educazione fece un impercettibile cenno d'assenso.

«La prego, reverendo, spieghi a mia figlia di che cosa si tratta».

«È un argomento complicato», cercò di svicolare Kelley.

«Credo che Luisella sia perfettamente in grado di capire», replicò il notaio spingendo la ragazza verso il reticente professore.

«Guardi questa pagina, signorina», si arrese il reverendo mettendole il manoscritto sotto il naso. «Riesce a capirci qualcosa?».

«No», ammise lei con il senso di colpa tipico della scolara impreparata.

«E adesso?», le chiese Kelley poggiando la mascherina sul foglio.

«Ora distinguo delle parole in latino», rispose timidamente Luisella.

«Questo testo è stato scritto col metodo della griglia di Cardano», proseguì Kelley. «È un sistema di scrittura in codice: si riempie la pagina con un testo di norma, ma non necessariamente, di senso compiuto e si posizionano le parole di modo che, una volta appoggiata la mascherina, ne emerga un messaggio».

«Interessante», ammise la ragazza. «Immagino che in teoria il metodo possa essere applicato a qualunque testo».

«Sì», confermò Kelley senza riuscire a nascondere una lieve sfumatura d'orgoglio per l'intuizione della sua allieva, «in qualunque pagina di qualsivoglia libro si possono trovare tutte le lettere necessarie per dire ciò che si desidera, l'importante è che l'interlocutore conosca la chiave di lettura».

«Mia figlia è in gamba», gongolò Vergnano. «Ora, Luisella, saluta il tuo professore e vai a letto».

Seppur interessata all'argomento, Luisella obbedì senza esitazioni.

«Ha visto reverendo? Mia figlia ha capito al volo il metodo della griglia di Cardano; è una ragazza intelligente e studiosa. Credo che un insegnante dovrebbe sempre riconoscere e premiare il talento di uno studente brillante».

Le parole di Vergnano risuonarono dolorose nella mente del reverendo.

Kelley socchiuse le palpebre appesantite dalla stanchezza e la sua mente iniziò a proiettare l'immagine del suo allievo riverso su uno scrittoio tra pile di libri antichi, i capelli appiccicati alla fronte madida e gli occhi sbarrati. Non avrebbe mai dimenticato quegli occhi: due pupille talmente dilatate da tingere di nero le iridi verdi. Perché prima della tragedia non aveva mai indugiato su quello sguardo mite e malinconico per coglierví almeno un segno, un indizio di quanto celavano?

«Avete qualche preferenza per la cena?», domandò Matilde riportando Kelley alla realtà.

«Niente cena per me», disse rizzandosi in piedi. «Devo andarmene, ho molto lavoro da sbrigare».

Vergnano e Matilde osservarono attoniti il reverendo infilare la porta e andarsene senza attendere di essere accompagnato.

«Devo aver detto qualcosa di sbagliato», sussurrò il notaio.

«Non credo», cercò di rassicurarlo Matilde. «Scommetto che il reverendo è impaziente di lavorare alle ultime pagine del manoscritto su santa Bibliana».

Capitolo 11

Amalia guardò soddisfatta il vecchio fiorellino di panno che, con un meticoloso lavoro di ago e filo, era riuscita a rimettere in ordine. Aveva fatto un buon lavoro; probabilmente, se fosse rimasta a bottega da madama Cibrario, sarebbe diventata una gran brava modista! Amalia si lasciò sfuggire un sorrisino di compiacimento e la soddisfazione per quel piccolo successo le fece momentaneamente dimenticare di essere in collera con la nipote per il prolungato ritardo.

«Finalmente, Amalia! Ti sembra questa l'ora di arrivare?».

«Perdonatemi, madama Cibrario, non accadrà più», fece ammenda Amalia.

«È difficile crederti, visto che è il terzo ritardo questo mese».

Da qualche settimana la giovane modista aveva intrapreso la carriera del varietà e la sua sfolgorante e molto redditizia vita notturna influenzava negativamente quella diurna. Da quando lavorava al teatro Maffei come assistente del "Prodigioso Rossi", non riusciva a rincasare prima delle due di notte, per poi, come richiedeva il suo apprendistato da modista, abbandonare il letto al primo affacciarsi del mattino.

Se la vita del varietà era divertente e proficua, Amalia sapeva che il lavoro sulle scene non sarebbe durato per sempre, mentre l'onesto mestiere della modista avrebbe potuto sfamarla per tutta la vita, qualora non le fosse riuscito di delegare il suo mantenimento a un marito, ovviamente. Amalia sognava ancora un buon matrimonio, o quantomeno un matrimonio così così: se mesi addietro aveva vagheggiato di incastrare un avvocato o un medico, ora si sarebbe accontentata anche di un dignitoso contabile con le mezze maniche e la matita poggiata sull'orecchio.

Esaurito il repertorio delle accorate richieste di perdono, Amalia si mise al lavoro.

«Hai un amante?», domandò madama Cibrario senza alcun preambolo.

L'ago con il quale Amalia stava fissando una veletta si fermò a mezz'aria e il suo viso prese un bel colorito bordeaux, che si sforzò di sfumare immediatamente nei toni del vermiglio, per rispettare la regola della sua titolare che non voleva saperne di colori dai nomi stranieri.

«Cosa dite, madama? Io non ho nessun amante, sono una brava ragazza».

«Non metto in dubbio che tu sia brava, quello che ti sto domandando è se sei anche furba. E da quel che ho sentito in giro sembrerebbe di sì».

Amalia strabuzzò gli occhi, possibile che fosse trapelato qualcosa della sua vita segreta? Era stata così attenta a non farsi scoprire: in scena indossava una parrucca castana, evitava con cura i locali frequentati dai teatranti e per sfuggire agli sguardi di eventuali vicini curiosi seguiva percorsi labirintici per raggiungere il teatro.

La giovane prese un bel respiro e cercò di apparire calma; ultimamente serbava dei segreti, ma nessuno di essi includeva un amante e la sua titolare non aveva alcun motivo di attribuirgliene uno, a meno, ovviamente, di non considerare l'amante stesso come un irrinunciabile accessorio di ogni donna del varietà. Doveva essere proprio così: la sua carriera di subrettina era giunta all'orecchio della Cibrario, che ora dava per scontato che conducesse una vita di vizio e peccato.

«Vi prego di compatirmi, madama», attaccò Amalia in procinto di confessare ogni cosa. «Per una ragazza non è facile guadagnarsi il pane da sola e...».

«Hai ragione», la sorprese la donna, «specie quando è una signorina dai gusti raffinati, che vuole indossare begli abiti e cappellini alla moda». La voce della Cibrario vibrò in maniera sinistra pronunciando la parola "cappellini".

«Non mi licenziate», la implorò Amalia, «so bene che il vostro è un negozio rispettabile, ma vi giuro che non farò nulla per svergognarlo e...».

«Chi ha parlato di licenziarti, cara? Vorrei solo che ammettessi di esserti trovata un amico facoltoso».

«Ma cosa vi fa pensare che io...».

«Andiamo, stupidina! Angela mi ha detto tutto».

Sentendosi nominare, Angela sbucò dal retrobottega. Amalia la guardò sconcertata. Ma come? Lei credeva che Angela fosse sua amica, e invece la vipera metteva in giro maldicenze.

«Angela vi avrebbe riferito che ho un amante?».

«Mamma!», protestò la ragazza infrangendo il precetto di chiamarla madama, come una qualunque commessa. «Non ho detto nulla del genere».

«Taci, bambina», la zittì la madre senza distogliere lo sguardo dall'imputata. «Mia figlia non ha detto che hai un amante, ma soltanto che ti sei trasferita dalla soffitta di via delle Orfane in una bella pensioncina in via dei Mercanti».

Amalia, pur essendo estremamente parsimoniosa, aveva deciso di investire parte del proprio denaro in un alloggio più dignitoso. La giovane aveva umili origini e poche pretese, ma con l'avvicinarsi della brutta stagione dormire in una fredda soffitta stava diventando arduo.

«Angela dice che hai una bella camera al primo piano col camino sempre acceso, bei mobili e addirittura una radio. Ora dimmi», la pressò la donna, «quale apprendista può permettersi una sistemazione del genere se non ha un amico che le paga i conti?».

«Le apparenze sono contro di me», ammise la ragazza, «ma vi giuro che io...».

«Non mi importa nulla di ciò che fai fuori di qui», la interruppe madama Cibrario. «Ma solo una cosa non potrei tollerare: che una mia commessa vada a spendere i soldi del suo amico in un'altra modisteria».

«Io non ho speso soldi in nessuna modisteria!». A parte il cambio d'alloggio, Amalia aveva messo da parte ogni soldo guadagnato, senza acquistare nulla.

«Se il tuo amico ti mantiene in una pensione di lusso, di certo provvederà anche al tuo guardaroba. Quindi ti avverto: se ti vedo con in testa la creazione di qualcun altro, puoi prendere la porta e non farti più vedere».

Per Amalia fu tutto chiaro: madama Cibrario era ben disposta a passare sopra a qualche peccatuccio da parte delle lavoranti, purché pagassero il dazio con l'acquisto dei suoi cappellini.

«Ti serviranno due o tre cappelli per il giorno, un paio di velette per la sera...», la madama passò dietro al bancone e iniziò a sfogliare i suoi figurini, «e qualcosa a tesa larga per la domenica».

«Ma madama, io...».

«Lo so, cara, non vuoi approfittare della generosità del tuo amico, ma lui di te si approfitta, giusto? Metti a repentaglio la tua reputazione e lui cosa ti dà in cambio? Solo una cameretta in una squallida pensioncina».

Come fosse accaduto che quella che poco prima veniva definita una "pensione di lusso" ora si fosse tramutata in una stamberga, ad Amalia non era affatto chiaro; ciò che invece le risultò lampante era che la sua titolare aveva compilato una lista di modelli per i quali non sarebbero bastati due stipendi.

La lista si allungava e l'ansia della ragazza cresceva in proporzione. Lei non aveva bisogno di cappellini, e non soltanto per modestia e parsimonia; il fatto era che da quando lavorava da madama Cibrario poteva – anzi doveva – indossare tutti i cappelli che la più frivola delle donne avrebbe potuto desiderare. Ogniqualvolta la madama inventava un nuovo modello – o meglio, lo copiava da uno dei figurini che si faceva arrivare da Parigi – ne realizzava un primo esemplare per la vetrina e un altro da far indossare a una delle lavoranti. Le sue ragazze, tutte carine e ben vestite, erano la migliore pubblicità per le nuove creazioni. Dopo che il modello era stato esibito per qualche settimana, la lavorante lo restituiva, madama Cibrario lo scuciva e ne forniva uno nuovo alla ragazza affinché lo esibisse sulla sua graziosa testolina.

«Con la stagione invernale siamo a posto, ora pensiamo alla primavera. Ti occorre un cappello per le gite in campagna, una bella paglietta decorata con fiori sintetici. Devi assolutamente pretendere che ti porti in campagna la domenica, altrimenti non vale la pena di avere un amante; saprà lui quale scusa usare con la moglie».

«Mamma, non credi di esagerare?», intervenne Angela indignata.

«Cosa vuoi saperne tu? E poi finché siamo nella modisteria devi chiamarmi madama e darmi del voi».

«Ora non ci sono clienti», protestò la figlia.

«Ti sbagli, abbiamo una cliente», disse indicando Amalia. «Una cliente di gran riguardo».

Mentre madre e figlia discutevano, Amalia si fece due conti: l'assortimento di cappellini che la Cibrario aveva appuntato sul suo taccuino sarebbe stata soltanto la prima rata della sua rovina. La poveretta abbozzò, disse che avrebbe chiesto al suo amico la somma necessaria non appena l'avesse incontrato e, dopo aver incassato l'ultima settimana di paga, non fece più ritorno alla Premiata Modisteria Cibrario. Nel giro di una settimana abbandonò la confortevole pensioncina di via dei Mercanti e prese alloggio nella ben più modesta pensione Torchio di via Cesare Battisti, dove vivevano la maggior parte delle sue colleghe del varietà. Al teatro si dicevano grandi cose di quella pensione; le ragazze del balletto sostenevano che vi alloggiassero persino alcuni musicisti dell'EIAR. Purtroppo, la padrona della pensione non era troppo generosa nel riempire il secchio del carbone, né aveva dotato le camere dei suoi ospiti di un apparecchio radiofonico, ma in compenso Amalia avrebbe avuto l'occasione di incontrare gli artisti della radio in carne e ossa e quelli, era cosa nota, potevano diventare ricchissimi da un giorno all'altro. Che prospettiva deliziosa sarebbe stata tornare al suo paese maritata con una celebrità.

Capitolo 12

Il cigolio della porta ridestò Amalia dai suoi sogni di gioventù. Sposare un musicista dell'EIAR: ne aveva di fantasia da ragazza!

«Perdona il ritardo, zia!», sentì gridare dal corridoio, insieme a uno scalpiccio di passi affrettati.

Amalia si alzò dalla poltrona foderata di velluto consunto, ripose il lavoro di cucito e si apprestò ad attendere l'apparizione della nipote dritta in piedi, con le mani poggiate sui fianchi.

«La zuppa si è raffreddata», scandì non appena Adelina varcò la porta del salotto.

«Scusami, zia», balbettò Adelina porgendole il volume del *Decameron*. «L'avvocato Ferro mi ha trattenuto a chiacchierare».

«Ferro?», si stupì la donna sollevando appena lo sguardo. «Quell'uomo pronuncerà a malapena una dozzina di parole in tutta la giornata».

Adelina non poteva darle torto, l'avvocato generalmente era meno loquace di una statua, ma quella sera aveva parlato molto e forse la strana circostanza dipendeva dal fatto che aveva riconosciuto in lei un'amante dei libri.

«Prendi il piatto e vai a mangiare in camera tua», le ordinò la zia, indicando il tavolo apparecchiato per lei sola. «E porta via questo mattone», grugnì indicando la copia del *Decameron* che Adelina le porgeva ancora. «Non so chi abbia messo in testa a quel rimbambito che io mi diletti con certi polpettoni. Se li legga lui questi arnesi pieni di polvere. Chissà perché quell'ometto strambo ha deciso di farmi leggere a tutti i costi. Io non posso!», dichiarò Amalia con foga. «Non ho tempo», rettificò subito, mentre una tenue ombra d'imbarazzo le attraversava il viso.

Adelina si chiese perché la zia se la prendesse tanto con Ferro e i suoi libri, quando quella ad aver fatto tardi per la cena era stata lei; ma la sua curiosità si dissolse subito all'idea di dover sorbire l'orribile brodaglia fredda.

«Credo di non avere molta fame», sussurrò timidamente. «Posso non mangiare la zuppa?». Le tartine all'inglese della sua amica Luisella le avevano riempito lo stomaco quel tanto che bastava a farle risultare ributtante la minestra della zia.

«Vuoi che vada sprecata?», si indignò Amalia. «Se non la mangi stasera te la ritroverai domani a colazione».

Adelina annuì, prese i tre libri e li usò a mo' di vassoio per trasportarvi il piatto di minestra, il cucchiaio e un tovagliolo.

«Buonanotte, zia».

«Buonanotte», borbottò Amalia riprendendo a cucire. «Leggere, che stupidaggine! Non ho mai letto un libro eppure sono diventata chi sono», proseguì a farfugliare mentre Adelina si allontanava con libri e minestra.

Che nel trasporto verso la sua camera qualche goccia di brodaglia potesse finire sui libri era un'ipotesi che Adelina non prese nemmeno in considerazione, dal momento che la zuppa si era ormai trasformata in un corpo semisolido.

La poverina spinse la porta della camera, poggiò i libri e la minestra sulla scrivania, dopodiché, per la prima volta da quando abitava in quella casa, mise il paletto alla porta. Il freddo della stanza era appena stemperato dallo sfrigolare di alcune braci nel camino. La camera di Adelina, come tutte le stanze della casa, era munita di un massiccio termosifone in ghisa decorato da fiorellini in rilievo. Il monumentale calorifero, però, al pari di quelli presenti nelle altre stanze, non veniva mai acceso. Zia Amalia sosteneva infatti che il moderato – molto moderato – calore delle braci fosse decisamente più sano e a buon mercato.

Adelina prese da sotto il letto il cucu, una sorta di paiolo in rame, munito di un lungo manico e di un coperchio, che una volta riempito di braci fungeva da scaldaletto. La ragazza non aveva in mente di scaldarci le lenzuola, bensì di utilizzarlo per far tornare allo stato liquido la mefitica minestra. Raccolti con la paletta alcuni tizzoni, li pose nella caldaia del cucu, che tappò appoggiandovi sopra il piatto: nel giro di una decina di minuti l'orrendo composto di acqua, riso e patate sarebbe diventato, se non buono, quantomeno ingurgitabile.

Nell'attesa che il calore facesse il suo dovere, Adelina prese dalla cartella la versione commentata dei *Promessi sposi*, l'aprì e l'annusò inspirando profondamente. Lo strano fenomeno ebbe di nuovo inizio: scie odorose afferrarono i suoi pensieri risucchiandoli in un vortice nel quale parole e immagini ruotavano freneticamente, per poi rallentare il loro moto circolare fino a renderlo dolce come quello di una giostra. I personaggi del romanzo ora sfilavano armoniosi in un piacevole carosello di dialoghi, dapprima ovattati e via via sempre più nitidi. Alcune scene venivano proiettate nella sua testa chiare e fluide come le immagini del cinematografo, altre si manifestavano all'improvviso, come lo sbuffo di vapore di un bollitore. Una strana euforia pervase Adelina mentre inalava ogni scia profumata con grande voluttà, senza curarsi della sensazione di capogiro che la prendeva ogniqualvolta inspirava. Adelina respirò a fondo ancora una volta per fissare nella mente tutti i particolari che le sarebbero tornati utili durante l'interrogazione del giorno seguente; l'aria che le entrava dal naso sembrava infilarsi direttamente nella scatola cranica, occupando tutto lo spazio disponibile. La ragazza cercava di ignorare la sensazione di pesantezza che stava incominciando a premerle la fronte, finché fu colta da un forte dolore che la costrinse ad allontanare il viso dalla pagina.

"Forse il mio stomaco non è pieno come pensavo", si disse alzandosi e andando a verificare lo stato della zuppa. Nell'osservare il cucchiaio che ancora si faceva largo a stento nella massa gelatinosa, la poveretta si convinse di non essere poi così affamata.

Disgusto a parte, tutto sommato stava meglio, il mal di testa era sfumato e si sentiva quasi pronta per affrontare la fetida zuppa, cosa che fece seduta a terra accanto al cucu, brandendo il cucchiaio con lo stesso vigore con cui avrebbe impugnato un'arma e trangugiando grandi cucchiaiate per togliersi il pensiero nel minor tempo possibile. Il sapore della zuppa non era poi così orribile, anzi, semplicemente *non era*. Il cibo di sua zia non poteva dirsi cattivo, ma nemmeno buono, in pratica era privo di qualsiasi gusto. Se il sapore – o meglio il non sapore – della minestra era tollerabile, la sua consistenza vischiosa era al limite del sostenibile e Adelina inghiottì con infinita gratitudine l'ultima cucchiaiata che la liberò dall'ardua prova. Il quasi impercettibile tepore che giungeva dalla caldaia del cucu e dalle braci del camino la ritemprò.

Forse la causa delle fitte alla testa che l'avevano colta a più riprese nel corso della giornata era proprio il freddo. A casa di Luisella la temperatura era stata perfetta, ma poi aveva percorso la strada di ritorno a capo scoperto, nonostante l'aria del tardo autunno incominciasse a essere pungente. Sua madre, quando viveva ancora al paese, non faceva che ripeterle: «Metti la berrettina, altrimenti avrai mal di testa»; non che Adelina si fosse scordata di quella saggia regola, ma i berretti di lana fatti in casa che aveva portato con sé erano così diversi dai baschetti in lana d'angora che indossavano le sue compagne di scuola. Quei lanosi copricapo al paese andavano benissimo, ma in città ricordavano terribilmente il cappuccio da notte che poco prima aveva ammirato sul cranio dell'avvocato Ferro. Ottenere che la zia le comprasse un basco d'angora era assolutamente fuori discussione: «I soldi che mi passa tuo padre sono appena sufficienti per darti da mangiare», non faceva che ripeterle, perciò vergognandosi dei suoi rustici berretti, si era adattata a farne a meno. In quella stanza però non poteva vederla nessuno, quindi aprì il primo cassetto del comò e s'infilò una delle sue vergognose cuffie. Per quanto Adelina odiasse le berrette, doveva ammettere che il loro lanoso abbraccio aveva il magico potere di darle subito sollievo dall'emicrania.

Ora che aveva ripassato la lezione per il giorno seguente, Adelina non poté fare a meno di soffermarsi a riflettere su quanto le stava accadendo: leggere con il naso era forse una sorta di magia? No, la magia non esisteva, glielo aveva detto chiaro e tondo la sua catechista e lei non aveva motivo per non crederle. Anche sua madre non credeva alla magia e se la prendeva a morte quando qualcuno, nelle lunghe sere d'inverno, raccontava una storia di streghe, che al suo paese venivano chiamate "masche" e facevano incantesimi terribili, specie ai bambini e alle donne nubili. Una cosa però non le era chiara: se sua madre non credeva alle masche, che senso aveva allora prendersela tanto? Era un po' come la faccenda della zia Amalia e della sua avversione per i libri: se li riteneva oggetti tanto insulsi, le sarebbe bastato non leggerli, anziché farsi il sangue amaro ogniqualvolta Ferro gliene proponeva uno. Forse sua madre credeva nelle masche, ma negarne l'esistenza era l'unico modo per allontanare la paura, così come zia Amalia in fin dei conti era persuasa dell'importanza dei libri, ma non avendo mai avuto la possibilità di conoscerli da vicino li ripudiava tacciandoli di inutilità. Se la madre di Adelina negava la magia malvagia delle masche, concedeva invece il beneficio del dubbio a quella benevola e taumaturgica dei settimini.

I settimini, come le aveva spiegato la nonna, erano persone sopravvissute a una nascita prematura, circostanza un tempo assai rara. Grazie al favore divino che gli aveva permesso di venire al mondo con due mesi d'anticipo rispetto agli altri neonati, i settimini erano in grado di guarire malattie e, talvolta, di prevedere il futuro.

Quando all'età di sette anni Adelina prese il morbillo e la febbre sembrava non volerne sapere di scendere, di nascosto dai suoi genitori, sua nonna fece arrivare il settimino del paese – quasi ogni paese poteva vantarne uno –, un uomo anziano e un po' ingobbito che le sfregò uno spicchio d'aglio sulla fronte, mentre biascicava una preghiera alla Madonna. Il giorno seguente Adelina non aveva più la febbre, ma non seppe mai se la sua guarigione fosse da attribuire al rito del settimino o piuttosto alle medicine che la madre le aveva fatto prendere qualche ora prima del rito.

A parte l'episodio del vecchietto che l'aveva cosparsa d'aglio, Adelina non aveva mai avuto altri contatti diretti col sovrannaturale.

La sua particolare facoltà di leggere con il naso era di certo qualcosa di inspiegabile, ma ciò che non è possibile spiegare non deve necessariamente essere magico.

A tal proposito le tornò in mente un episodio accaduto l'anno precedente, quando frequentava le scuole medie al suo paese e Mariateresa, una sua compagna, aveva raccontato a tutta la classe di aver sognato che l'albero dietro casa sua era caduto, come in effetti accadde il giorno dopo. La supplente di Scienze disse che, dei tanti doni della creazione, il cervello umano era certamente il più sorprendente e misterioso: esso nascondeva infatti infinite meraviglie ancora ignote alla scienza. Forse il cervello di Mariateresa aveva ricevuto dall'ambiente circostante un'informazione che non era stato in grado di elaborare in maniera conscia, ma che le aveva presentato sotto forma di sogno per preservarla da un pericolo.

La scolaresca, che non aveva compreso buona parte del discorso, aveva protestato dicendo che Mariateresa raccontava delle fandonie e che nessuno poteva sapere quello che ancora non era successo.

«*Ci sono più cose in cielo e in terra, Orazio, di quante ne sogni la tua filosofia*», aveva risposto la professoressa, attaccando immediatamente a parlare della deriva dei continenti, fenomeno che agli allievi sembrò più arcano di un sogno premonitore.

Adelina in seguito meditò a lungo su quella frase, della quale il particolare più strano era che nella sua classe nessuno si chiamava Orazio.

A distanza di un anno, però, i discorsi della supplente iniziavano ad avere un senso: i suoi occhi non erano più in grado di distinguere le lettere sulle pagine, e ora il suo cervello doveva aver escogitato un metodo alternativo per leggere.

Che le sue facoltà avessero origini naturali o magiche, lei comunque non ne aveva colpa, per cui decise di metterle a frutto concedendosi una mezz'oretta di lettura olfattiva tra le lenzuola.

Prese la camicia da notte di lana da sotto il cuscino, si infilò un paio di lunghi e spessi calzettoni e si rifugiò sotto le numerose coperte in compagnia delle favole di La

Fontaine. Il campanile della chiesa del Carmine annunciò le dieci, mentre lei attendeva che la volpe convincesse il vanitoso corvo a cantare una dolce melodia, lasciando cadere a terra il succulento pezzo di formaggio che stringeva nel becco. Quando il campanile segnò le dieci e un quarto, la stessa volpe era alle prese con la cena offertale dalla cicogna all'interno di un'ampolla dal lungo collo.

Le campane poi sorpresero nuovamente Adelina, che, con grande stupore, dovette constatare che i rintocchi non annunciavano le undici come credeva, bensì le due del mattino. Erano stati i fratelli Grimm a tenerla sveglia fino a quell'ora con le loro terribili storie di streghe, miseria e bambini gettati in pozzi oscuri. Si sentiva terrorizzata, eppure non ce la faceva a staccare il naso da quelle pagine intrise di perfidia e sangue innocente. Ora, anche se avesse voluto, non sarebbe più riuscita a chiudere occhio, quindi tanto valeva trascorrere il resto della nottata con i diabolici fratelli. L'avvocato Ferro sapeva davvero il fatto suo, quando aveva definito i due autori tedeschi dei *ragazzacci*.

Capitolo 13

«Che occhi pesti, Caterina», constatò madama Torchio, la padrona della pensioncina a buon mercato nella quale Amalia aveva preso alloggio con alcune colleghe del varietà. «Ti serve proprio dell'altro caffè», deliberò versandogliene un altro po' nella scodella del caffellatte. «Cos'hai combinato ieri notte da farti venire quella faccia smunta?».

«Ho lavorato», rispose Caterina ravviandosi il caschetto biondo platino con le dita dalle unghie smaltate. «Faccio la soubrette, non ricordate?».

«Anche Amalia lavora in teatro», disse la padrona della pensione indicandola, «eppure la mattina non ha quella faccia da scappata di casa che avete tu e tua sorella. Dov'è Anna, tra l'altro?».

«Ancora nel letto», rispose Caterina bevendo una sorsata di caffellatte.

«Nel suo o in quello di qualcun altro?», commentò un giovanotto dalla chioma rossiccia seduto al tavolo accanto.

«Di sicuro non nel tuo», replicò Caterina dopo avergli mostrato mezzo palmo di lingua.

«Dovete avere più riguardo per voi stesse», borbottò la padrona. «A furia di stravizi invecchierete prima del tempo. Se di mestiere faceste le sarte la cosa non avrebbe molta importanza, ma siete delle teatranti e sapete benissimo che la pagnotta la portate a casa grazie ai vostri bei musetti».

«E grazie alle cosce lunghe», s'inserì nuovamente il ragazzo. «Vero, Amalia?».

«Ma va' sulla beata», scandì Caterina accompagnando l'improperio con un gesto esplicativo. «Prendi quel tuo violino di cartone e vai a metterti in coda in via Verdi, con tutti gli altri strimpellatori vagabondi che aspettano di poter fare un'audizione all'EIAR».

L'animata discussione tra i due ragazzi consentì ad Amalia di smaltire il rossore provocatole dall'apprezzamento dello sboccato violinista, che tuttavia l'intrigava.

«Non mi metterò mai più in coda all'EIAR», si risentì il giovane alzandosi da tavola con la custodia dello strumento sotto braccio. «Mio cugino è amico del maestro Novara, che ha promesso di farmi chiamare appena possibile».

«Il tuo caro Novara è giudeo», commentò la padrona di casa con rammarico, «l'EIAR ormai se la sogna! E, visti i tempi, ha deciso di cambiare aria: è andato a svernare in Svizzera».

L'incarnato lattiginoso del ragazzo sbiancò ulteriormente.

«Ne siete sicura, madama Torchio?».

«Che sia ebreo lo so per certo, in quanto alla Svizzera non ne sono sicura, l'ho solo sentito dire».

«Sono maldicenze», sbottò lui, «mio cugino dice che vanno insieme a messa tutte le domeniche».

«Lui andrà anche in chiesa», concesse la Torchio, «ma suo padre portava lo zuccotto e aveva un negozio di argenteria vicino al banco dei pegni, lo ricordo bene».

«Tutte fandonie», commentò il ragazzo avviandosi verso la porta. «E poi, in Italia non abbiamo le leggi razziali come in Germania. Vedrete, entrerò nell'orchestra dell'EIAR, farò i soldi e poi ti sposerò, coscia lunga».

L'idea di sposare un musicista dell'orchestra EIAR fece dimenticare ad Amalia il complimento poco garbato.

«Perché non ti sposi la figlia di un gerarca?», commentò un uomo dalla capigliatura canuta e ribelle, sorseggiando il suo caffellatte. «Visto che ti tocca diventare ricco, tanto vale puntare in alto».

«Lei è un birbone, maestro Ratti!», commentò madama Torchio ritirando la sua tazza ormai vuota.

«Ho letto sulla "Gazzetta del Popolo" che i gerarchi sono trecentocinquanta», riattaccò Caterina. «Supponendo che ognuno abbia almeno un paio di figlie, direi che hai un'ampia scelta di possibili fidanzate», concluse scoppiando a ridere.

«Ve lo farò vedere io di che pasta sono fatto», sbraitò il violinista scomparendo oltre la porta.

«Siete stati cattivi», sussurrò Amalia. «È un bravo ragazzo, non dovevate trattarlo così».

«Perdonaci per aver umiliato il tuo futuro sposo», proseguì a sghignazzare il maestro Ratti alzandosi. «Madama Torchio», le disse mentre si dirigeva in cucina con un vassoio di stoviglie da lavare, «non mi contate per il pranzo. Oggi ho una registrazione alla Cetra».

«Va bene, maestro. A stasera allora».

«Perché fai il broncio?», domandò Caterina pizzicando la guancia di Amalia. «Non ti piacerà davvero quello strimpellatore?».

«No, ma...».

«Non permettere alla prima pozzanghera d'infangarti, quello è uno sbruffone senz'arte né parte. Non farà mai fortuna all'EIAR».

«Magari sì», piagnucolò Amalia.

«Va bene, magari sì», le concesse, «ma di certo non ti sposerà. Faccio teatro da diciotto anni – sì, ho iniziato quando ne avevo cinque –, e di bellimbusti di quel genere ne ho visti tanti: si iscrivono al conservatorio, lo frequentano per qualche anno e poi mollano per mancanza di soldi o di voglia. A quel punto ripiegano sul teatro, dove trovano ragazze come noi che non hanno studiato, e credono di potersene approfittare».

«Ma io voglio sposarmi», si lasciò sfuggire Amalia. «Ho quasi ventisei anni».

«Ventisei, accidenti», ripeté Caterina quasi fra sé. «Allora dovrai proprio darti da fare, perché non troverai un marito come si deve in questa pensione. Se continuerai a finire lo spettacolo e a correre subito nella tua stanzetta, quando lo incontrerai un buon partito? Dovresti venire con me e le altre al Caffè Nazionale o in qualche altro bel posto».

«Non mi piace girare di notte», ammise la ragazza. «Mi sembra una cosa...».

«Sconveniente?», l'anticipò Caterina. In realtà Amalia stava per dire "una cosa da donnacce", ma dovette ammettere che "sconveniente" rendeva quasi altrettanto l'idea.

Le donne che facevano cose sconvenienti erano considerate delle poco di buono che nessuno avrebbe maritato, e lei desiderava tanto un marito!

«Non potrei trovare un buon partito di giorno?», protestò. «Gli uomini perbene escono anche alla luce del sole, non sono mica come le civette».

«Hai ragione», ammise Caterina, «di giorno puoi trovare tanti uomini a modo, ma pochi di loro sognano di sposare una teatrante. Nei locali del dopoteatro, invece, troverai un gran numero di mascalzoni pronti a infilarsi nel tuo letto. Alcuni saranno disposti a farti dei bei regalini», disse mostrandole il polso guarnito da un bracciale a tre fili di perle, «altri vorranno solo approfittare di te per risparmiare le due lire che spenderebbero al casino».

Amalia la guardò smarrita, forse la sua collega non aveva capito: lei cercava un marito, non bracciali di perle o approfittatori.

«Queste due categorie di uomini costituiscono almeno i tre quarti dei frequentatori dei dopoteatro», proseguì Caterina, «ma ve ne sono altri talmente attratti da noi artiste da innamorarsi come gonzi. Se riesci a incantare uno di questi allocchi, e se giochi bene le tue carte...».

«Ne sei sicura?».

«Certo», confermò l'amica bevendo un'ultima sorsata di caffellatte, «l'anno scorso una ballerina di seconda fila della nostra compagnia ha sposato un farmacista, e una subrettina sfiatata che cantava canzonette volgari ora è la moglie di un notaio».

«Come hanno fatto?», domandò Amalia con gli occhi luccicanti di speranza.

«Li hanno tenuti sulle spine, giocando a fare le verginelle: "*Ti amo, ma se non mi compri l'anello, vai pure a fottere al bordello!*". Capisci?».

«No».

«Che cosa non ti è chiaro?», si indispettì Caterina.

«Se per trovare un buon marito basta fare le moine senza mai cedere, perché tu non ti sei ancora sposata?».

«Perché», sorrise maliziosa allargando la scollatura dell'abito e mostrando una collana di granati, «io sono una che cede».

Capitolo 14

Altre due fitte lancinanti alle tempie. Mentre si recava a scuola, Adelina dovette contravvenire al suo unico vezzo estetico e calzare la detestata berretta sui capelli biondi. Quel dolore tuttavia non la impensierì: dopo aver trascorso l'intera notte con il naso nei libri, l'emicrania era uno scotto inevitabile da pagare.

Giunta a un centinaio di metri dalla scuola, si sfilò furtivamente la berretta per evitare le occhiate canzonatorie, o peggio pietose, delle sue compagne e accelerò il passo. Quel giorno il reverendo Kelley l'avrebbe interrogata e per la prima volta da molto tempo si sentiva davvero preparata. Il suo naso aveva scandagliato ogni sfumatura delle lamentazioni di don Abbondio, delle arguzie di Agnese e delle prepotenze di don Rodrigo. Tutto le appariva chiaro e lineare, anche se nella sua testa, insieme alle peripezie dei fidanzatini lombardi, ancora vorticavano le immagini dei saggi animali di La Fontaine, le stridule risate delle streghe dei Grimm e – sì, alla fine aveva ceduto – le schermaglie licenziose di Boccaccio. Al solo ricordare le burle e i sotterfugi del *Decameron*, Adelina avvampava di vergogna e quel rossore nasceva non tanto dalla naturale pudicizia della sua giovane età, bensì dal fatto che in molti casi, anziché scandalizzarsi, aveva riso di gusto.

«Ciao, Adelina», la salutò con apprensione Luisella. «Ti senti preparata?».

«Sì, ho ripassato tutta la notte», mentì per rassicurarla.

«Siamo nei guai», sospirò Luisella, «quell'oca di Giuditta stamattina si è messa il rossetto. L'ho pregata di andare in bagno a toglierselo ma non ne vuole sapere».

Adelina cercò di trovare un collegamento tra il rossetto di Giuditta e la sua interrogazione, ma non le riuscì.

«Se il reverendo Kelley dovesse far caso al rossetto di Giuditta», proseguì Luisella nello scorgere la perplessità sul volto dell'amica, «si arrabbierà come un cane rognoso e la metterà in punizione».

«Sei carina a preoccuparti per lei», sorrise Adelina raggiungendo il suo banco e iniziando a disporvi sopra libri e penne. Giuditta, nel frattempo, esponeva le sue labbra pitturate ad alcune compagne che esprimevano la loro approvazione con acuti gridolini.

«Non sono preoccupata per lei», Luisella aveva seguito Adelina all'ultimo banco e ora le bisbigliava nell'orecchio, «sono preoccupata per noi. La faccenda del rossetto metterà il reverendo di cattivo umore, dopodiché vorrà sfogarsi con qualcuno».

«Con me», capì finalmente Adelina.

«Ti torchierà per benino», sospirò l'altra, «e ci porteremo entrambe a casa un due».

«Perché dovrebbe farlo?», domandò Adelina con ingenuità. «Sarebbe un'ingiustizia e i preti fanno solo cose giuste».

«Se parliamo di un prete dietro all'altare, sono pronta a darti ragione», sbuffò, «ma un prete dietro alla cattedra è una carogna come qualunque altro insegnante».

Il trillare della campanella innescò un turbinio di chiome e gonne svolazzanti e in pochi secondi le scolare erano tutte diligentemente sedute al proprio posto.

«Buongiorno, signorine».

«Buongiorno, professore», scandirono le allieve scattando in piedi.

Il reverendo Kelley era entrato in classe a passo deciso e aveva affondato subito il naso nel registro, senza degnare le sue allieve di uno sguardo.

Da due punti diametralmente opposti dell'aula, Luisella e Adelina emisero all'unisono un sospiro di sollievo.

«Oggi dobbiamo interrogare...», disse il professore scorrendo col dito i nomi incolonnati sulla prima pagina del registro.

«Devo essere interrogata io», scattò in piedi Adelina, prima che l'uomo iniziasse a fare mente locale osservando i volti delle ragazze uno a uno.

«Quanta foga», commentò Kelley. «Si accomodi».

Adelina prese posto accanto alla cattedra tenendo stretta al petto la copia del libro presa in prestito da Luisella.

«Signorina Vergnano», la interpellò il professore, «la sua protetta si è preparata a dovere?».

«Credo di sì, professore», rispose Luisella con un sorriso che sembrò irritarlo più che rassicurarlo.

«Avanti, signorina, mi parli del sesto capitolo dei *Promessi sposi* e delle sue implicazioni sociali».

Luisella sbiancò; il giorno precedente il professore le aveva chiesto soltanto di riassumere il capitolo, ora invece parlava di implicazioni sociali e probabilmente Adelina non aveva la minima idea di cosa fosse un'implicazione, e men che meno un'implicazione sociale.

L'interrogata trasse un respiro profondo, scacciò dalla mente i sotterfugi di Boccaccio e le efferatezze dei Grimm, e quanto il professore le aveva appena domandato scivolò fuori dalle sue labbra senza intoppi. Luisella era così eccitata dal successo della sua allieva che dovette trattenere l'impulso di schizzare in piedi battendo le mani.

«Ottimo lavoro, signorina Vergnano», si complimentò il professore ignorando del tutto l'interrogata, quasi si trattasse di un pappagallo abilmente ammaestrato da una brillante addestratrice.

«Non ho fatto granché», si schermì la ragazza in un misto di modestia e orgoglio. «Adelina ha studiato con molto impegno e determinazione».

Luisella si pentì subito di non aver risposto con un sintetico "grazie": Kelley, infatti, ascoltando la sua lunga risposta, ebbe il tempo di mettere a fuoco le labbra rosso vermiglio di Giuditta, seduta proprio accanto a lei.

«Signorina Bosio», sbraitò il reverendo colpendo col palmo della mano la superficie della cattedra, «come ha osato presentarsi a una mia lezione conciata così?».

«Ma professore», balbettò l'imputata, «oggi il rossetto lo portano tutte».

«E chi lo dice?».

«Le riviste», rispose Giuditta con scriteriata prontezza.

«Mi porti il diario, signorina Bosio, e poi vada immediatamente in bagno a togliersi quel sudiciume dalla faccia». Dagli ultimi banchi si sollevò qualche caustica risatina, le ragazze che poco prima avevano ammirato le labbra rosso fuoco di Giuditta ora erano pronte a dar voce alla loro invidia travestendola da indignazione.

«Ma professore...», lo supplicò.

«Porti qui il diario e se ne vada», rincarò l'uomo, «si lavi la faccia e non si prenda il disturbo di rientrare alla mia lezione».

La povera Giuditta fuggì dall'aula in lacrime, mentre al centro della fronte paonazza del professore, tra le cespugliose sopracciglia bigie, pulsava una vena.

«Bene», disse il professore tentando di ricomporsi, «proseguiamo l'interrogazione».

Adelina e Luisella videro, l'una sulle guance dell'altra, il pallore dello sgomento.

«Proseguiamo», sibilò rivolgendosi a Adelina, che per la tensione aveva incominciato a compiere l'abituale gesto di torcersi una treccia. «Mi parli dell'infanzia della monaca di Monza».

«Non ci siamo ancora arrivati», protestò Luisella con un filo di voce.

«Avanti, signorina», incitò l'interrogata senza badare alle rimostranze dell'altra allieva.

Adelina fu colta da un senso di vertigine, strinse più forte a sé il libro e reclinò timorosamente il capo, ritrovandosi col volto a pochi centimetri dalla carta. Una scia flebile ma nitida le solleticò le narici, e decise di rincorrerla. Nuovi aromi risalirono lungo il suo naso per poi dividersi in infiniti rivoli tra i suoi pensieri, contorcendosi e intrecciandosi per poi ricomporsi mostrandole l'immagine di una bambina con indosso un vestito scuro, di foggia austera. La scena odorava di rose e violette, ma non di quelle che sbocciano in un giardino, bensì di quelle le cui essenze vengono intrappolate in un flacone di profumo femminile. La fragranza floreale a tratti veniva coperta, quasi soffocata, da pesanti zaffate di incenso. Adelina aguzzò l'olfatto e riuscì a scorgere, tra le braccia della bimba, una bambola vestita da suora.

«La monaca di Monza», attaccò inaspettatamente, «fu destinata al convento sin dalla nascita e educata all'idea di diventare suora. Nessuno chiese mai il suo parere, e tutta la famiglia dava per scontato quale sarebbe stata la sua sorte».

«Sette e mezzo», concesse con evidente malavoglia il professore. «Lo spavento di ieri l'ha tenuta in piedi tutta la notte a leggere l'intero libro, vero?».

«Sì, professore», lo assecondò.

«La prossima volta faccia in modo che sia la voglia di imparare e non la paura a muovere i suoi sforzi», grugnì il reverendo facendole un brusco cenno per rimandarla a sedere.

«Posso riavere il mio libro?», le domandò Luisella alla fine della lezione. Adelina esitò: non le era chiaro il motivo, ma dal libro di Luisella scaturivano quei misteriosi profumi che riuscivano a proiettare nella sua mente i contenuti della storia, mentre la sua copia odorava soltanto di inchiostro.

«Non puoi tenere il mio?», le domandò a sua volta.

«Perché vuoi fare questo scambio? I libri sono identici, anche se la tua copia è molto più nuova della mia».

«Appunto», perseverò Adelina, «il tuo libro è vecchio e sgualcito, per te è un cambio vantaggioso!».

«Non insistere», sorrise Luisella, «quel libro per me è molto importante. Guarda la prima pagina».

Adelina aprì il volume nel punto indicato: «Camelia Martini», lesse con aria interrogativa.

«È il nome da signorina di mia madre, questo libro era suo».

«Capisco», si arrese Adelina restituendo il libro all'amica.

«Alla fine delle lezioni pranziamo insieme da Fiorio?», propose Luisella. «Dobbiamo festeggiare il tuo bel voto».

«Non posso».

«Offro io», la incoraggiò. «Papà mi ha dato la paghetta».

«Non è per i soldi», dichiarò. La zia in effetti la teneva a stecchetto, ma per fortuna, nascosta in un calzino in fondo al cassettone, la ragazza conservava una discreta sommetta ricevuta da sua madre.

«Devo fare una commissione», proseguì Adelina senza fornire ulteriori spiegazioni.

Capitolo 15

L'appartamento di Amalia quella mattina sembrava più sciatto del solito a causa dello spesso strato di polvere che ricopriva ogni cosa.

«Oh santo cielo!», gridò Teresina, la giovane che un paio d'ore ogni mattina andava ad aiutare la signora Peyran con le pulizie. «Cosa è successo qua dentro?».

«Sto mettendo ordine negli sgabuzzini», gridò la donna da un angolo remoto della casa.

«Ma avevo spolverato ieri», si lamentò la ragazza. «Adesso ci metterò tutto il giorno per far tornare la casa pulita».

«Farai le solite ore», decretò Amalia riemergendo tutta impolverata dallo stanzino adiacente alla camera da letto. «E quel che non riuscirai a fare tu lo finirò io».

«Ma cosa sta cercando?», domandò Teresina osservando il ciarpame sparso a terra: scatole, sacche portabiti, pile di documenti e di lettere legate insieme con un cordino.

«Non sto cercando niente», rispose Amalia con naturalezza. «Desidero solo fare un po' d'ordine».

«C'è polvere dappertutto», constatò la ragazza, «sul copriletto, su tende e tappeti e persino su questa vecchia carta da parati».

«Non è carta», puntualizzò la donna indicando con

un ampio gesto le pareti della sua camera da letto, «è broccato. La stoffa dura più a lungo, è decisamente meglio».

«Acchiappa meglio la polvere, vorrà dire».

«Smettila di lamentarti e inizia a lavorare», le ordinò Amalia, «altrimenti il tempo perso in chiacchiere te lo detrarrò dalla paga. Comincia dalla cucina».

«Ha svuotato anche lo stanzino dietro la cucina?».

«Sì, cara», commentò la donna in tono sprezzante. «Quando si fa qualcosa è meglio farla bene».

«Se almeno avesse un aspirapolvere», sospirò Teresina, «con quello ci metterei la metà del tempo».

«Ma che ne sai tu di aspirapolvere? Non ne avrai nemmeno mai visto uno».

«Le altre signore dalle quali lavoro ce l'hanno, e se vuole saperlo ce l'ho persino io. Siamo nel 1957, tutti oggi hanno un aspirapolvere».

«Tutti gli spreconi», chiuse il discorso Amalia.

Teresina incominciò a spolverare con un piumino spennacchiato tutte le scatole sparse sul pavimento della cucina, dopodiché passò uno straccio umido sui ripiani dello sgabuzzino. Da quando lavorava in quella casa, più volte le era capitato di vedere scene del genere: prima erano stati gli armadi, poi il solaio, e di seguito il soppalco sopra la cucina. Periodicamente la signora Amalia svuotava tutti gli anfratti dell'appartamento e, da quello che Teresina aveva potuto intuire, lo faceva nella speranza di reperire qualche anticaglia da vendere all'antiquario di via Barbaroux. A furia di rastrellamenti, però, in ogni stipo della casa rimaneva soltanto chincaglieria inservibile che non avrebbe fatto gola neppure al più pulcioso dei robivecchi.

Teresina non capiva perché la donna si desse tanta pena per raccattare due lire, in fondo non se la passava affatto male: una volta, mettendo ordine nei cassetti dello scrittoio che era stato del colonnello Peyran – operazione che nessuno le aveva chiesto di compiere – aveva trovato alcune lettere della banca che le avevano rivelato come la vecchia spilorcia avesse un bel gruzzolo in contanti, nonché una discreta rendita azionaria.

A giudicare dall'umore della padrona, la caccia al tesoro di quel giorno non aveva ancora dato alcun esito. Teresina incominciò a riporre gli scatoloni sugli scaffali, premurandosi di sbirciare in ognuno di essi. L'ultima volta, infatti, aveva rinvenuto una zuccheriera d'argento che la padrona non aveva notato. Come era stata felice Amalia di quella scoperta, le aveva persino dato una mancia. Pochi spiccioli, per carità, ma per un mese buono si era comportata con lei in maniera gentile e accomodante.

Teresina aprì una grande scatola rettangolare, di quelle che un tempo usavano le sartorie per riporre i vestiti.

«Signora», gridò, «venga a vedere, questa è roba che gli appassionati le pagherebbero bene».

Amalia scese con un agile balzo dalla scaletta sulla quale era salita per esplorare i ripiani più alti di uno scaffale e si precipitò in cucina a grandi falcate.

«Guardi», disse Teresina reggendo tra le mani un corpetto bianco, tutto rilucente di ciondoli di vetro e culminante in una gonnellina plissettata. «Questo è un costume teatrale degli anni Trenta», squittì la ragazza, «e nella scatola ci sono anche delle belle scarpine bianche e un copricapo di piume».

Amalia strabuzzò gli occhi, si era completamente dimenticata di avere ancora quel costume. Dopo la morte di Gottardo aveva cercato a lungo il signor Rossi per restituirglielo, ma di lui si erano perse le tracce: forse, dopo il fallimento della sua compagnia teatrale, si era unito a un'altra compagnia esibendosi con uno pseudonimo, o magari, quando l'aria aveva cominciato a farsi pesante, aveva cercato riparo all'estero visto che il suo cognome era italiano soltanto da un paio di generazioni, cioè da quando suo nonno, con profetica lungimiranza, l'aveva cambiato da Rosemberg a Rossi. Amalia rabbrividì al pensiero di tutti i Rosemberg, Foa, Jona, Lattes, Levi e tanta altra brava gente dal cognome giudeo che negli anni della guerra era stata caricata su dei treni, per non fare più ritorno. Chissà se, per evitare di ritrovarsi pigiato su uno di quegli oscuri convogli, il povero Rossi era riuscito a svignarsela oltre le Alpi, a bordo di un treno ben più confortevole, con tanto di sedili e finestrini, per trovare rifugio in Svizzera.

«Questo gonnellino è proprio una delizia», proseguì Teresina ignara dei cupi pensieri della sua padrona. «Guardi che plissettatura!».

Il primo impulso di Amalia, alla vista del costume da soubrette che la domestica le sventolava davanti, fu quello di fare una bella piazzata, poi però le venne in mente che prendersela avrebbe solo alimentato la sua curiosità.

«Non ho mai visto questa roba», commentò Amalia con fare quasi convincente, «chissà cosa ci fa qui».

«Forse lo so io», dichiarò Teresina con aria maliziosa, «e se non si arrabbia glielo dico».

Anche in questo caso l'impulso fu di zittirla con una gran sfuriata, ma per minimizzare i suoi sospetti decise di farla proseguire. Se Teresina avesse fatto illazioni sul suo passato di teatrante sarebbe semplicemente scoppiata a ridere, negando con leggerezza senza mostrare di prendersela a male. I pettegoli amano rimestare nel torbido e una sola cosa non li interessa: le notizie che non destano reazioni eclatanti.

«Secondo me questo costume era di suo marito».

La risata che si era ripromessa di simulare le sgorgò fluida e spontanea dalla gola irritata dalla polvere.

«Teresina cara», disse Amalia ancora ridendo, «ti pare che mio marito, un colonnello della Regia Aeronautica, alto quasi un metro e ottanta, potesse infilarsi un costume da soubrette?».

«Non dico questo», rettificò la ragazza, «il colonnello si è sposato dopo i cinquant'anni, giusto?». Amalia annuì.

«Quindi è probabile che prima di conoscerla fosse un po' farfallone, non crede?».

«Probabilmente sì», ammise la donna senza alcuna remora.

«Ebbene, forse ha avuto per amante la soubrette che indossava questo abito...». Gli occhi della ragazza scintillarono. «Si amavano disperatamente, ma la loro storia era impossibile: lui un colonnello, lei un'attricetta. Così la subrettina decise di abbandonarlo per preservarne la reputazione, lasciandogli come souvenir d'amore il suo costume».

«Hai letto tutti i romanzi di Liala, vero?», rise la signora, sollevata dal fatto che la sua domestica fosse del tutto fuori strada.

«Guardi», riattaccò Teresina. «Sul fondo della scatola c'è persino un manifesto», disse distendendo un foglio ripiegato in sei parti.

Amalia non si scompose, le locandine del varietà degli anni Trenta non contenevano fotografie, ma immagini dipinte spesso non troppo somiglianti agli originali; inoltre su quel manifesto non c'era il suo ritratto, bensì quello della moglie del capocomico che l'aveva ingaggiata.

«Era bellissima», sospirò la domestica indicando la defunta Adalgisa Rossi, «indossava questo stesso costume. E guardi che gambe! Si sono mai viste delle gambe così?».

«Se ne vedevano anche di migliori», si lasciò sfuggire con una punta di orgoglio.

Poi prese tra le mani il manifesto e per un attimo ebbe

un moto di nostalgia: il Prodigioso Rossi con indosso il frac che l'aveva quasi fatta innamorare, le canzonettiste Caterina e Anna Ferrero in arte "Le Gemelle Delizia", il comico napoletano Antonio Degli Esposti e la sua spalla piemontese Beppe Pautasso, il fine dicitore Glauco Parini e, infine, sullo sfondo, le ragazze del corpo di ballo, le "venti gambe venti" che nei periodi di magra scendevano a dodici gambe e talvolta persino a sei.

«Il Prodigioso Arturo Rossi», lesse Teresina seguendo con l'indice le scritte sbiadite sul bordo inferiore del manifesto, «e la sua adorabile assistente Adalgisa Rossi. Ohi ohi!».

«*Ohi ohi*, cosa?», domandò Amalia togliendole di mano il manifesto e riponendolo nella scatola.

«L'amante di suo marito era una donna sposata. Guardi, era la moglie del prestigiatore».

Amalia ripiegò con cura l'abito, prendendosi qualche istante per riflettere. Poteva anche tollerare che quella giovane pettegola se ne andasse in giro a infangare la reputazione di suo marito, poiché ai suoi tempi il brav'uomo aveva provveduto a insozzarla in proprio con donnine e donnacce di malaffare; ma che osasse accusare di adulterio Adalgisa Rossi, una bravissima ragazza che per seguire il suo amore aveva rinunciato a un'esistenza agiata ed era morta a causa di una sfortunata gravidanza tentando di dare alla luce il suo primogenito, be', questo proprio non poteva permetterlo! In fondo era solo merito di quella donna se il suo destino di povera modista aveva avuto una svolta tanto propizia.

Per un attimo Amalia valutò di confessare il suo breve ma fulgido passato nel varietà. Effettivamente, al fine di salvaguardare il suo buon nome e quello del defunto marito, non aveva mai raccontato a nessuno di quell'esperienza, ma, ora che stava invecchiando, la sua vanità femminile avrebbe goduto nel rievocare i suoi successi, e soprattutto quelli delle sue lunghe gambe divenute leggendarie per un paio di stagioni.

«LE PIÙ BELLE GAMBE DI TORINO ABITANO QUI!», avevano scritto alcuni studenti sul marciapiede davanti alla pensione dove alloggiava, un atto di galanteria che l'albergatrice certo non aveva apprezzato quanto lei.

«E va bene. Ti dirò come sono andate le cose», capitolò Amalia vedendosi costretta a inventare una bugia. Gli occhi di Teresina brillarono di curiosità.

«Io amavo molto il varietà», iniziò a raccontare, «solo che, non essendo un passatempo adatto alle signorine perbene, ci andavo di nascosto dai miei genitori».

«E poi?», la incalzò la domestica per nulla appagata dal sapere che la padrona da giovane aveva disatteso un'insignificante regola sociale.

«Fu a teatro che conobbi mio marito», e questo particolare sotto certi aspetti era vero. «Ci conoscemmo proprio durante la rappresentazione di questo spettacolo», proseguì con naturalezza. «Così, quando qualche anno dopo la compagnia di Arturo Rossi si sciolse e tutta l'attrezzatura venne venduta, mio marito pensò di acquistare questo costume per regalarmelo».

«Che cosa dolce», sospirò Teresina. «E lei l'ha mai indossato? Per suo marito intendo».

«Certo che no», avvampò Amalia. «Cosa vai a pensare, razza di impertinente!».

«Non faccia la modesta», le strizzò l'occhio Teresina, «scommetto che ai suoi tempi, con questo costume indosso, sarebbe stata bella come la donna sul manifesto».

«Ti ringrazio», rispose lei imbarazzata.

«Probabilmente le starebbe ancora bene adesso, capelli grigi a parte».

«Ora basta». Il tono di Amalia si fece di nuovo severo. «Rimettiti al lavoro».

«Va bene, signora», sbuffò la ragazza. «Ora salgo su

una sedia, mi faccia la cortesia di passarmi la scatola del costume, così potrò sistemarla nel ripiano in alto».

«Lasciala qua», le ordinò Amalia arrossendo.

«Perché?».

«Perché... come hai detto tu, forse vale qualcosa», disse prendendo la scatola e avviandosi verso la sua camera. «Voglio chiedere all'antiquario quanto è disposto a offrirmi».

Capitolo 16

Filtrando dalle sottili tende bianche, il sole aveva percorso l'intera stanza, raggiungendo la scrivania di Vergnano e avvisandolo che ormai era giorno fatto.

Le sue dita tamburellavamo frenetiche sulla Olivetti Divisumma 24, la migliore e più moderna calcolatrice elettromeccanica che il mercato italiano potesse offrire. L'affidabilità di quel magnifico strumento non riusciva tuttavia a rendere meno amaro l'esito dei suoi calcoli: i profitti scendevano inesorabilmente, mentre i debiti continuavano a crescere.

«Caffè?», domandò Matilde dischiudendo delicatamente la porta.

«Certo», rispose lui senza alzare lo sguardo dai tasti della calcolatrice, «siediti a berlo con me».

«Grazie», rispose la giovane appoggiando sulla scrivania il vassoio già apparecchiato con due tazzine.

Vergnano premette il più grande dei tasti della calcolatrice e un rumore ritmato e feroce, come quello di tanti dentini metallici che triturano una preda, annunciò la stampa del risultato.

Matilde strappò la lunga striscia di carta appena prodotta e la porse all'uomo.

«Grazie», rispose distrattamente Vergnano afferrando il foglietto e incominciando a scorrerne le cifre.

Ormai lo studio notarile produceva più debiti che utili, le numerose proprietà immobiliari erano in gran parte ipotecate e i contanti rimasti gli avrebbero consentito di sostenere il consueto stile di vita per non più di un anno. Vergnano era ancora molto lontano dalla rovina, ma se i suoi affari non fossero migliorati sarebbe stato costretto a gravi rinunce, cosa che non aveva nessuna intenzione di fare.

Matilde, seduta un po' in disparte con la tazzina del caffè tra le mani, seguiva il calcolo del suo padrone cercando di interpretare il continuo inarcarsi delle sue nere sopracciglia.

Vergnano appallottolò la striscia di carta sulla quale la calcolatrice aveva stampato l'amara sentenza, che tuttavia non riusciva del tutto a impensierirlo.

«I conti tornano?», domandò Matilde con un filo di voce.

«Tornano eccome», sogghignò incurante.

Non era la prima volta che si ritrovava in una situazione difficile, anzi. Nella povertà ci era nato e ripiombato più volte, ma aveva sempre saputo sconfiggerla armato soltanto di fascino e scaltrezza.

«Mi fa piacere che sia tutto a posto», proferì lei dopo un lungo silenzio.

Vergnano fissò per un istante il viso di Matilde, i suoi bei lineamenti trasudavano preoccupazione; detestava quell'espressione dignitosa e al contempo mesta, che gli ricordava terribilmente sua moglie.

«Devi stare tranquilla, capito?», le intimò.

La ragazza annuì, mordendosi leggermente il labbro inferiore.

Anche quel piccolo gesto nervoso era tipico di sua moglie. Quando aveva incontrato Matilde per la prima volta, non aveva notato alcuna somiglianza con la sua signora, né tantomeno ci aveva fatto caso quando l'aveva condotta a casa e le due donne si erano ritrovate a vivere sotto lo stesso tetto. Quell'inquietante rassomiglianza si era manifestata soltanto alcuni mesi dopo, quando delle due donne ne era rimasta soltanto una.

«Non cambierà niente per te, chiaro?», ribadì il notaio poggiando la tazzina vuota sul vassoio. «Ricordi cosa ti ho promesso quando lasciasti gli studi e la tua famiglia per seguirmi?».

«Certo che mi ricordo», la ragazza abbassò lo sguardo, «hai detto che non mi avresti mai fatto rimpiangere quello che stavo abbandonando».

«E finora non è stato così?».

Matilde annuì quasi impercettibilmente.

«Prendimi il libro, per favore», cambiò discorso.

«Il libro?», trasecolò Matilde. «Stamattina hanno chiamato dallo studio diverse volte per sapere quando...».

«Che aspettino!». Vergnano sorrise sprezzante come chi ha la situazione sotto controllo: per venire fuori da quell'ennesimo momento di crisi gli sarebbe bastato mettere le mani sopra a un discreto capitale per poi impiegarlo in qualche buon investimento, e per lui ottenere fiducia e denaro dalla gente non era mai stato un problema.

Figlio di un modesto bottegaio, ma mosso sin dai primi anni da grandi ambizioni, Vergnano aveva trascorso la giovinezza dividendosi tra lo studio e la drogheria del padre. Il giovane Amedeo se la cavava bene in tutte le materie, ma eccelleva particolarmente in quelle umanistiche; tuttavia, pur non riuscendo a immaginare niente di più delizioso che spendere la propria esistenza tra ricerche storiche e letterarie, Vergnano era ben consapevole che gli studi umanistici non avrebbero potuto dargli la ricchezza e il prestigio sociale che desiderava.

«Diventa avvocato», gli suggerì il padre. «La gente li paga l'ira di Dio per imbrattare delle carte e alza il cappello quando li incontra per strada!».

Viste le inoppugnabili motivazioni paterne, Amedeo si iscrisse a Giurisprudenza e, dopo la laurea, incominciò il praticantato presso un noto avvocato che lo faceva sgobbare sino alle ore piccole. La sua giovinezza scorreva penosa e spossante, tra giornate spese a compilare scartoffie e notti trascorse sui libri nel tentativo di prepararsi all'esame di Stato. Ma, all'età di ventotto anni, non aveva ancora conseguito il titolo d'avvocato e aveva ormai maturato la convinzione che l'impegno e il duro lavoro non sarebbero bastati per realizzare le sue ambizioni.

Fu a causa di quella perenne frustrazione che gli venne un'idea per forzare un po' la mano alla fortuna: lavorando in un prestigioso studio legale, Vergnano veniva spesso a conoscenza di scomodi segreti su alcuni personaggi di spicco. Talvolta chi è ricco lo è diventato a spese di qualcun altro e ciò gli fa temere la vendetta di questo o quel nemico. Facendo leva sul sentimento di sospetto diffuso e su quanto riusciva a scoprire tra le carte dello studio legale, Vergnano in breve tempo aveva messo in piedi un ingegnoso sistema per entrare nelle grazie dei potenti e arricchirsi alle loro spalle. Complici l'avvenenza e la buona parlantina, Amedeo avvicinava i suoi "clienti" negli eleganti caffè del centro, nei foyer dei teatri o alle feste esclusive nelle quali talvolta riusciva a intrufolarsi, conquistava la simpatia del soggetto prescelto con abili giri di parole, dopodiché gli dava a intendere di sapere qualcosa che avrebbe potuto aiutarlo a mettere fuori gioco una persona a lui sgradita. Una volta ottenuta la fiducia del ricco allocco, a Vergnano non restava che agire sul suo presunto nemico facendo emergere, grazie alle informazioni che reperiva allo studio legale, uno scandalo in grado di screditarlo. Da raffinato manipolatore qual era, Amedeo non tendeva mai il palmo della mano di fronte ai suoi protetti, bensì erano sempre questi ultimi, pieni di gratitudine, a elargirgli generose somme di denaro o a offrirgli interessanti opportunità nel bel mondo.

Grazie ai suoi raggiri, Vergnano poté permettersi uno stile di vita più agiato, ma il denaro che saltuariamente riusciva a spillare non era sufficiente a fargli ottenere un posto nella buona società.

Nel 1939 ebbe tuttavia la sua grande occasione: un alto funzionario del partito fascista voleva liberarsi di un paio di avversari che ostacolavano la sua ascesa a gerarca, e Vergnano si offrì di farsi carico dell'impresa.

Raramente aveva dovuto inventare qualcosa per danneggiare le sue vittime; nella vita dei personaggi che screditava vi era sempre un dettaglio, più o meno losco, che faceva al caso suo, e quella volta fu la sottrazione indebita di fondi appartenenti alla sezione torinese del partito fascista.

In seguito, il suo "cliente" divenne gerarca e gli fu talmente grato da incoraggiare il matrimonio tra lui e la sua adorata figlia. La ragazza, allora diciottenne, era cresciuta in uno dei più esclusivi collegi di Roma e fu consegnata al novello sposo munita di un'eccellente dote in denaro e proprietà immobiliari.

Come ulteriore regalo di nozze, Vergnano ricevette il titolo di notaio, che il potente suocero riuscì a fargli avere insieme a un grande studio ben avviato. Per un po' Vergnano visse come aveva sempre desiderato, occupandosi dello studio notarile e della sua docile consorte che, se in principio aveva accettato il marito solo in ossequio alla volontà paterna, ben presto se ne era innamorata per effetto del suo innegabile fascino.

Vergnano, a sua volta, non aveva potuto fare a meno di invaghirsi della moglie, una giovane bella, colta, brillante, che mostrava soprattutto di avere il buon gusto di adorarlo e di volerlo sostenere nella sua scalata al successo. Camelia, così si chiamava la giovane, già orfana di madre, era cresciuta senza il conforto di una famiglia vera e propria, relegata dal padre in collegio sin dalla più tenera età.

La giovane aveva provato gratitudine per il padre, rispetto per le monache e devozione per i santi, ma non aveva mai sperimentato l'affetto vero, che le venne pertanto naturale riversare interamente sul marito.

Dopo alcuni anni di perfetto idillio, scoppiò la guerra, che per Vergnano non fu foriera di disgrazie bensì di grandi benedizioni: la piccola e amatissima Luisella, nata nel giugno del 1943, e la dipartita del suocero, fucilato nell'aprile del 1945 sul lungolago di Dongo insieme ad altri esponenti del partito fascista che, insieme al duce, stavano tentando di raggiungere il confine svizzero. La morte del suocero, infatti, liberò Vergnano da ogni futura complicazione e legittimò in maniera definitiva la sua ricchezza.

Col tempo, tuttavia, la tranquilla vita altoborghese annoiò l'irrequieto Amedeo, che iniziò a cercare distrazioni altrove e tornò alla sua vecchia e mai sopita passione: le lettere antiche.

«Matilde, ti ho chiesto di portami il libro», ribadì Vergnano riavendosi dai suoi pensieri e mettendo a fuoco la ragazza ancora immobile sulla seggiola.

Matilde scattò in piedi e si recò a colpo sicuro verso uno scaffale della libreria.

«Eccolo», disse porgendogli un volume dall'aspetto antico.

L'uomo accarezzò la copertina del libro, si trattava della copia anastatica di un codice illustrato dalla datazione incerta, rinvenuto nel 1912 nella biblioteca del collegio gesuita di Villa Mondragone, nei pressi di Frascati, da un certo Wilfrid Voynich, un mercante di libri rari di origine polacca.

Il manoscritto Voynich, ormai celebre tra studiosi e amanti di libri antichi, era redatto in una lingua – o forse un linguaggio in codice – che nessuno era ancora riuscito a decifrare: né i più insigni accademici, né i crittografi dell'esercito americano che si dicevano essere i migliori al mondo. Le poche informazioni certe sul manoscritto erano contenute in una lettera del 1665 di un certo Johannes Marcus Marci, rettore dell'università di Praga, nonché medico privato di Rodolfo II di Boemia; una missiva che lo stesso Voynich aveva trovato all'interno del manoscritto. Marci aveva inviato il volume a Roma all'amico e studioso Athanasius Kircher, affinché provasse a decifrarlo. Nella lettera Marci dichiarava di aver avuto il libro da un amico, che a sua volta l'aveva ricevuto da Rodolfo II di Boemia, che anni prima lo aveva acquistato a un prezzo esorbitante credendolo il diario dell'alchimista Ruggero Bacone. Rodolfo II, uomo eccentrico e colto, teneva in gran conto l'arte alchemica, tanto da mantenere alle sue dipendenze più di cento alchimisti, ai quali aveva dato alloggio in quella che venne chiamata "la via dell'Oro di Praga".

Secondo alcuni studiosi il manoscritto non era opera di Bacone, bensì dell'alchimista inglese John Dee, e conteneva il segreto della trasmutazione dei metalli; secondo altri era una sofisticata burla ai danni del re di Boemia. Che si trattasse di un autentico diario alchemico o di una truffa molto elaborata, tutti gli studiosi concordavano nel considerare il manoscritto Voynich il libro più misterioso della storia dell'umanità.

Non appena venuto a conoscenza di quello straordinario libro, Vergnano aveva fatto in modo di procurarsene una copia e aveva iniziato a lavorare alla sua decodifica.

Pur non essendo un accademico, negli anni aveva avuto modo di farsi una notevole esperienza in fatto di testi antichi e codici; per dedicarsi a questa sua passione aveva trascurato gli affari e pesantemente intaccato il patrimonio di famiglia per acquistare gli esemplari più rari che riusciva a trovare.

Ormai poteva dirsi uno dei maggiori collezionisti di testi antichi d'Europa, ma questo non gli bastava: voleva essere riconosciuto un esperto, anzi, un'autorità in materia, e per riuscirci gli occorreva fare una grande scoperta. E il mistero del manoscritto Voynich sembrava fare proprio al caso suo.

L'uomo iniziò a sfogliare la copia del libro, del quale ormai conosceva ogni più minuto dettaglio, e indugiò sulla prima delle cinque sezioni, quella *botanica*, con le illustrazioni di piante e frutti, alcuni dei quali assimilabili a ortaggi che all'epoca della presunta stesura del manoscritto non erano ancora stati scoperti, al pari del continente americano del quale erano originari. Vergnano si soffermò poi sulle immagini della seconda sezione, detta *astronomica* o *astrologica*, nella quale erano contenute costellazioni inesistenti, oppure figlie di un sapere ormai dimenticato, e tuttora sconosciute alla moderna astronomia. Lasciata la sezione astronomica, si lasciò sedurre dalle immagini della terza sezione, quella *anatomica* o *biologica*, la più enigmatica e misteriosa di tutte, nella quale erano rappresentate figure femminili nude, immerse in recipienti contenenti acqua scura. In alcune delle illustrazioni le donne sembravano semplici bagnanti, in altre apparivano in posture talmente grottesche e scomposte da parere vittime di un misterioso supplizio. Taluni ipotizzavano che le abluzioni delle donne altro non fossero che cure termali, teoria che trovava riscontro nella sezione successiva, detta *farmacologica*, nella quale l'inesplicabile testo era corredato da raffigurazioni di ampolle, alambicchi e altri oggetti utilizzati di norma nell'arte medica e farmaceutica.

Vergnano sorrise compiaciuto, finalmente la sua lunga e fino a quel momento poco fruttuosa ricerca era a una svolta: ora aveva una nuova pista da seguire, la leggenda della giovane santa Bibliana, rinvenuta dal reverendo Kelley nel manoscritto conservato nella biblioteca dell'Istituto Maria Cristina di Savoia. Il testo non era in alcun modo collegato al misterioso manoscritto Voynich, ma parlava di una creatura in grado di leggere e comprendere qualunque tipo di scrittura.

La storia della giovane santa con buone probabilità era soltanto una leggenda, ma talvolta le leggende nascondono un fondo di verità.

«Puoi andare, Matilde», le ordinò continuando a sfogliare il volume.

«Ma allo studio...», farfugliò la ragazza.

«Hai ragione», assentì. «Chiama il mio segretario e digli che sono stato trattenuto da faccende della massima importanza».

Capitolo 17

Un melodioso trillo annunciò il suo ingresso nella libreria. Adelina si guardò intorno trattenendo il respiro: i dorsi dei volumi la osservavano, colorati e ammiccanti, dai ripiani degli scaffali come il pubblico di una prima dai palchetti di un teatro. Era passata tante volte, praticamente tutti i giorni, davanti alla libreria Paravia di via Garibaldi, ma fino a una ventina di ore prima non aveva mai sentito l'impulso di visitarla. Tornando da scuola si era spesso soffermata a guardare le vetrine e le belle immagini delle copertine, ma a che pro entrare quando non sarebbe stata in grado di decifrare nemmeno una goccia di tutto quell'oceano di pagine scritte?

Adelina rilasciò il fiato prima di diventare blu, temeva che l'odore di tanti libri potesse nausearla come le era accaduto la sera prima a casa dell'avvocato, ma ciò che percepì fu soltanto un vago sentore di carta. Com'era possibile che un posto così pieno di libri non fosse tutto un brulicare di profumi e aromi? Nella biblioteca del suo vicino si era quasi sentita male a causa della commistione di fragranze che emanava dai testi, e nella libreria in cui si trovava ce n'erano certamente molte di più. Forse il fenomeno poteva dipendere dal fatto che la camera di Ferro era rimasta chiusa da chissà quanto tempo e gli odori vi si erano insediati stabilmente, mentre in quella libreria, col viavai dei clienti e l'apri e chiudi della porta, l'aria aveva avuto modo di circolare.

«Posso aiutarla, signorina?». Un ragazzo dall'aria cordiale le sorrise.

«Sì, grazie», farfugliò lei rimestando dentro la cartella. «Mi servirebbe un libro come questo».

«*I promessi sposi*, edizione commentata», lesse lui scostandosi una ciocca di capelli ricci dalla fronte. Adelina ne osservò i tratti regolari, le sopracciglia perfettamente arcuate sui vivaci occhi scuri, e immaginò che un poeta dovesse avere all'incirca quell'aspetto.

«Trova il libro nel terzo scaffale a sinistra, sezione testi scolastici».

«Grazie». Adelina si avviò rapidamente.

«Aspetti, signorina, vengo ad aiutarla».

«Non si disturbi, preferisco fare da me».

«Come desidera», acconsentì il ragazzo, «ma se dovesse avere bisogno non esiti a chiamarmi».

Adelina avrebbe continuato a chiacchierare molto volentieri con il bel libraio dalla faccia da poeta; fino ad allora non si era curata granché dei ragazzi, un po' per la giovane età, un po' perché l'unica volta che uno di loro si era interessato a lei i suoi genitori l'avevano mandata in tutta fretta a Torino. Data la poca esperienza, non sapeva pressoché nulla dell'altro sesso, ma qualche informazione era riuscita a carpirla, e una delle regole di base era che quando si è in presenza di un ragazzo carino – e il libraio rientrava senza dubbio nella categoria – non bisognava farsi sorprendere in atteggiamenti inappropriati o, peggio ancora, ridicoli; e sceglierne un libro annusandolo anziché sfogliandolo poteva certamente essere classificato come un atteggiamento ridicolo.

Giunta davanti allo scaffale indicatole, individuò il dorso del libro di suo interesse. Ve ne erano ben tre copie tra le quali scegliere quella con l'odore più intenso. Adelina infilò il naso nel primo libro e annusò: niente! Solo lo sgradevole odore di cherosene tipico della carta. Aprì speranzosa il secondo volume e così fece con il terzo.

«Ha trovato quello che stava cercando?». Il giovane commesso la colse alle spalle e Adelina estrasse immediatamente il naso dal volume.

«Avete altre copie?», domandò vincendo la timidezza.

«Quelle sono identiche al libro che mi ha mostrato».

"Sì, proprio identiche e ugualmente inodori!", pensò Adelina.

Il commesso esaminò uno dei volumi. «Questi libri sono edizioni più recenti della sua. Credo che non vi siano sostanziali differenze, ma se lo desidera posso andare a vedere in magazzino se ho qualche copia dell'edizione precedente», disse il ragazzo.

«Gliene sarei grata», sorrise Adelina, lieta di poterselo togliere dai piedi, perché carino era carino, ma la sua premurosa solerzia cominciava a imbarazzarla.

Rimasta sola, ne approfittò per gironzolare tra gli scaffali, inzuppando il naso tra le pagine. In quel posto i libri odoravano soltanto di... libri! Alcuni avevano un odore intenso, altri rarefatto, qualche volume più datato emanava persino un vago sentore di muffa, ma nessuna di quelle pagine riusciva a parlare ai suoi sensi, come avevano fatto i testi di Luisella o quelli dell'avvocato.

Dopo aver annusato una buona dozzina di volumi, il suo naso fu solleticato da un flebile effluvio di rose; Adelina seguì la pista profumata che la condusse a un volumetto poggiato sul bancone. Senza esitare lo aprì: da come erano posizionate le parole sembrava trattarsi di una silloge di poesie. Badando che il commesso non fosse ancora di ritorno, compì l'ormai consueto gesto di accostare il naso alla carta e subito fu avvolta dall'odore di canfora, fiori secchi e imposte serrate.

«Quello lo sto leggendo io», la informò il ragazzo ritornando a mani vuote dal magazzino. «È una raccolta di tutte le poesie di Guido Gozzano, se le interessa ne ho delle altre copie».

«Bello», commentò lei tanto per dire qualcosa.

«Adoro le atmosfere crepuscolari di Gozzano», proseguì il libraio. «La malinconia, le descrizioni della natura, gli amori, i rimpianti...».

«Le stanze in penombra», aggiunse Adelina sentendosi in dovere di prendere parte alla conversazione.

«È vero». Gli occhi neri del ragazzo si illuminarono. «*Grate panciute, logore e contorte! Silenzio! Fuga delle stanze morte!*».

Adelina capì all'incirca una parola su tre, ma che il ragazzo avesse recitato qualche verso le era chiaro.

«Ne desidera una copia?», le propose lui. Adelina, come gran parte delle persone che a causa della scarsità di mezzi non sono avvezze a fare acquisti, si vergognava a uscire da un negozio senza comprare nulla, per cui annuì.

«Vuole che le faccia un pacchetto regalo?».

«Sì, la ringrazio». Ormai aveva capito l'antifona: i libri di quella libreria, salvo l'unico caso della copia che stava leggendo il bel libraio, erano inodori, per cui tanto valeva regalare la copia appena acquistata a qualcuno in grado di leggere con gli occhi, o magari all'avvocato Ferro che era stato tanto gentile con lei e che nelle stanze scure e polverose sembrava trovarsi decisamente a suo agio. Inoltre, quel piccolo regalo forse le avrebbe dato il coraggio di chiedere all'ometto qualche dettaglio sugli annusatori, ai quali aveva accennato la sera precedente.

Il libraio le porse il libro incartato con cura, dedicandole un sorriso che le infiammò le guance. Adelina afferrò il pacchetto e salutò frettolosamente. "Un gran furbetto il libraio dagli occhi neri", pensò mentre camminando a passo veloce cercava di far evaporare il rossore che l'aveva pervasa: in tutta quella selva di libri asettici, era riuscito a scovare l'unica copia odorosa. Che fosse anche lui un annusatore?

Capitolo 18

Amalia prese la scatola del suo costume da soubrette che Teresina aveva rinvenuto quella mattina nei meandri del ripostiglio, e pensò a un posto sicuro dove riporlo. Anche se non le era ben chiara la motivazione, non desiderava relegarla nuovamente in un luogo tanto inaccessibile, ma neppure voleva lasciarla in giro per casa, alla mercé della nipote. Adelina era una ragazza discreta e educata, che non si dilettava nell'esplorare armadi e cassetti, ma alla sua età la curiosità poteva superare di gran lunga la buona educazione.

Amalia si sedette sul letto e si posò la scatola sulle ginocchia; il grande repulisti della mattina l'aveva spossata, e forse la cosa più saggia da fare sarebbe stata quella di concedersi un sonnellino ristoratore. Tuttavia, tanti pensieri vorticavano nella sua testa.

«Mezza sala!», tuonò la solita voce nel retropalco, sperando di sovrastare l'esuberante chiacchiericcio del pubblico. «Chi è di scena!».

«Signor Degli Esposti», il prestigiatore e capocomico della compagnia, Arturo Rossi, interpellò l'umorista partenopeo, «oggi apriamo con il balletto, la platea è piena di militari, meglio dargli subito quel che vogliono».

«Ho lasciato la compagnia di Isa Bluette con la promessa che avrei aperto e chiuso le serate».

«Volete farvi tirare appresso i bruscolini?», tagliò corto Rossi.

«Almeno stasera mangerei qualcosa», ribatté il comico scatenando le risate generali tra i membri della compagnia.

«Questa è serata di libera uscita», proseguì il capocomico, «e i militari che non avevano in tasca le due lire per pagare la marchetta al casino sono venuti qui».

«Che grande onore», biascicò Anna Ferrero a causa delle forcine che teneva tra le labbra, con le quali cercava di fissare il diadema sul caschetto biondo. «Siamo diventati l'alternativa a buon mercato del bordello. Il varietà non piace più, ora la gente vuole le riviste».

«Ma chi ce l'ha i soldi per allestire una rivista?», sbuffò Arturo Rossi.

«Io e mia sorella siamo stufe di questa situazione», proseguì a farfugliare Anna. «Le gemelle sono merce rara per il teatro, e se le cose qui dentro non cambieranno...».

«Ve ne andrete in un'altra compagnia, lo so», l'anticipò il capocomico. «È dall'inizio della stagione che mi tocca sentire questa tiritera».

«Dove vuoi andare?», la stuzzicò Degli Esposti sfilandole una forcina dalle labbra e aiutandola a sistemare l'acconciatura. «Dove scappi, se da sola non riesci nemmeno a tenere dritto un pennacchio!».

«Ti piacerebbe che una volta o l'altra mia sorella tenesse dritto il tuo di pennacchio, vero?», s'intromise Caterina provocando una nuova risata, subito coperta dall'accordarsi dell'orchestra al di là del sipario.

«Sei pronta, tesoro?», domandò Arturo Rossi ad Amalia che, diligentemente truccata e addobbata, attendeva di togliersi il dente dell'ennesima esibizione.

«Oggi dovrai dare il meglio», le sussurrò Rossi accarezzandole una guancia.

«Mi porti via il belletto», protestò lei ritraendosi.

Da quando la moglie del Prodigioso Rossi era passata a miglior vita, Amalia era diventata un membro effettivo della compagnia, ma dopo qualche mese il signor Arturo aveva iniziato a comportarsi in maniera strana. Non che si fosse concesso delle libertà, in quel caso avrebbe saputo come rimetterlo in riga, semplicemente aveva preso a trattarla come la buonanima di sua moglie, atteggiamento favorito dal fatto che ne indossava i costumi e persino la parrucca.

«Ripeto, cara», riprese l'uomo con voce dolce, «devi dare il meglio di te. Stasera il pubblico è difficile».

Per quanto il capocomico edulcorasse la sua richiesta, "dare il meglio" significava soltanto mettere il più possibile in mostra gambe e didietro. Il compito di Amalia era di affiancare il mago nei suoi numeri, e anche se collaborare alle "Grandi Illusioni" – come la donna segata in due o la donna scomparsa nell'armadio cinese – richiedeva una certa pratica, i più grandi consensi li riceveva quando, dopo la riuscita di un trucco, camminava verso il proscenio e distendeva le braccia verso il mago per richiamare l'applauso. Talora gli applausi si trasformavano in ovazioni, se girando su se stessa per tornare a centro palco faceva sollevare il leggero gonnellino plissettato mostrando buona parte del tafanario. Quando le serate erano *difficili* e il capocomico le domandava di *dare il meglio*, quello che in realtà le chiedeva era di piroettare il più possibile, causando "l'accidentale" sollevarsi del gonnellino.

«Sala buia!», gridò il direttore di sala.

«Dite al maestro di attaccare», ordinò il Prodigioso Rossi. «Entri il corpo di ballo!».

Sei ragazze strette in corsetti luccicanti sgambettarono verso il palco.

«Corpo di ballo, lo chiama!», borbottò Degli Esposti. «Al massimo è un corpicino, sono rimaste in sei».

«Le più belline se l'è prese Macario, beate loro», sospirò Caterina.

Dalla morte della moglie, la compagnia Rossi aveva iniziato a navigare in cattive acque. Nei caffè e nelle platee si mormorava che il dolore avesse privato Arturo Rossi del senso degli affari, ma chi aveva avuto modo di conoscere madama Rossi sapeva che in realtà l'anima commerciale della compagnia era lei. Adalgisa Rossi, nata Conte, era la figlia di un ricco commerciante di legname e dal padre aveva ereditato le capacità amministrative e il fiuto per gli affari.

Inizialmente, quando l'aveva sostituita, Amalia percepiva un ottimo cachet, mentre ora, a distanza di circa un anno, a malapena riusciva a pagare la pensione. Il progetto di Amalia di mettere da parte una discreta dote per tornare al suo paese e farsi sposare da un bottegaio o un piccolo proprietario terriero era ormai più improbabile che prendere all'amo un notaio o un dottore di città.

«Devi stringere meglio i lacci del corpetto», le fece notare Caterina mettendosi alle sue spalle e iniziando a tirare energicamente i nastri. «Non devi cantare né ballare, quindi approfittane per stringere la vita il più possibile. Fatti notare, bellezza mia». Amalia trattenne il fiato meglio che poté. «Dopo lo spettacolo si va al Nazionale a bere un vermut?».

«Credo che dovrei venire anch'io», sussurrò Amalia con il poco fiato che ancora le consentiva la morsa del corsetto, «ma sono troppo stanca».

Capitolo 19

Il grande androne dalle colonne scrostate era silenzioso e il cortile deserto. L'unico rumore che Adelina riusciva a percepire era il brontolare del suo stomaco. In quel momento il solito coriaceo panino con la frittata, preparato con tanto parsimonioso affetto dalla zia, le sembrava una prospettiva deliziosa quanto inafferrabile.

Dopo la visita alla libreria del bel libraio dagli occhi neri, Adelina ne aveva esplorate un altro paio, entrambe sfornite di libri odorosi.

La campanella era suonata già da un pezzo, non le rimaneva che precipitarsi su per la grande scalinata, percorrere il corridoio rasente al muro e sgusciare nella sua aula in silenzio. Per fortuna a quell'ora la classe era affidata a suor Bettina, una minuscola donnetta sorda come una campana, incaricata dell'insegnamento della matematica.

La pancia borbottò ancora e Adelina ebbe l'impressione che il suono riecheggiasse nel corridoio vuoto: sarebbe stato imbarazzante farsi affibbiare una nota di demerito a causa di uno stomaco tanto indiscreto, e soprattutto per uno stupido libro inodore!

L'indomani avrebbe dovuto prepararsi sui capitoli ottavo e nono dei *Promessi sposi*, ma come poteva farlo con un libro che non sapeva di nulla? Adelina si sfilò il cappotto e lo appese a uno dei numerosi ganci che punteggiavano il corridoio. Forse tornando da scuola avrebbe potuto controllare in altre librerie, ma non poteva entrare nei negozi, annusare qua e là e poi non comprare nulla, quei bravi commessi ci sarebbero rimasti male, e d'altro canto i soldi che nascondeva nel calzino dentro al cassettone sarebbero dovuti durarle almeno fino a Natale, quando avrebbe rivisto i suoi genitori e incassato le sospirate mance.

Adelina poggiò delicatamente la mano sulla maniglia dell'aula, la inclinò con grande precauzione e questa, senza alcuno spirito collaborativo, emise un belato metallico, peraltro piuttosto simile a quello prodotto dal suo stomaco. Sospinse poi la porta, che dimostrò anch'essa poca solidarietà verso la ritardataria esalando un lungo e fastidioso latrato. In quella scuola tutto era ostile: maniglie pettegole, porte spione e professori pronti a infliggere punizioni dantesche! Infilando la testa nella classe poté scorgere tutte le sue compagne che la osservavano con gli occhi sgranati e le labbra socchiuse. Suor Bettina, grazie al suo celeste marito, se ne stava rivolta verso la lavagna, intenta a scrivervi un'espressione algebrica. "Muoviti", sembrò volerle dire il rapido movimento della testa di Elisa del secondo banco, al quale fecero eco altri incitamenti mimici. Adelina trasse un lungo respiro, poi, sui suoi pesanti scarponi, attraversò in punta di piedi la stanza e si incuneò tra i sentieri aperti tra un banco e l'altro.

«Chi ha lasciato la porta aperta? Volete farmi venire il torcicollo?», gracchiò suor Bettina voltandosi di scatto. «Che fa lei in piedi?», borbottò l'insegnante. «Perché è uscita senza chiedermi il permesso, e soprattutto perché rientrando non ha chiuso la porta?».

Era davvero il colmo! La rimbambita dalla testa velata non aveva neppure notato la sua assenza e pensava che si fosse allontanata giusto un attimo per motivi squisitamente igienici, senza chiedere l'opportuna licenza.

«Mi scusi, sorella», decise di stare al gioco. «Chiudo subito la porta».

«Ora mi verrà il torcicollo», continuò a starnazzare la suora. «Mi è arrivato uno spiffero gelido proprio qui!». Tutta la classe si chiese come lo spiffero avesse potuto attraversare il velo dell'isterica monaca, per poi raggiungere il collo, che nessuna di loro aveva mai visto, ma che certamente doveva avere l'aspetto di quello di un gallinaccio spiumato. Nonostante fosse una brontolona, suor Bettina non infliggeva mai punizioni, ma se avesse continuato a strillare con quella sua voce da cornacchia sarebbe certo giunto in suo soccorso qualche insegnante meno indulgente. Adelina, con ancora la cartella a tracolla, si affrettò a richiudere la porta dello scandalo che però fece resistenza. Un lieve ma terrorizzato «Oh!» si levò dalla scolaresca.

«Cosa succede?». Padre Kelley, incuriosito dai lamenti della gracchiante sorella, aveva deciso di entrare a verificare proprio mentre Adelina stava afferrando la maniglia.

«Nulla, padre», rispose la monaca, impaurita quasi quanto le sue allieve. «Proprio una cosa da niente».

«Da fuori avrei detto che la stessero scuoiando».

Un'incontenibile risata esplose nella classe, per poi subito spegnersi nel terrore.

«La signorina», sussurrò la suora con il volto porpora d'imbarazzo, «è andata ai servizi igienici senza chiedere il permesso e rientrando ha lasciato la porta aperta».

«Non è comunque il caso di gridare così».

La povera donnetta ora fissava il pavimento a disagio e le ragazze non poterono fare a meno di notare che, età e abito monacale a parte, in quanto a fifa era assolutamente identica a ognuna di loro.

«Ora risolvo il problema senza strepiti», dichiarò il reverendo afferrando Adelina per un polso. «Signorina, lei è in punizione per le prossime quattro ore».

Da quando frequentava l'istituto, Adelina aveva spesso sentito parlare dell'aula di punizione, ma quando aveva chiesto ulteriori spiegazioni le sue compagne non avevano saputo dirle nulla. Qualcuna sosteneva che si trattasse di un oscuro e minuscolo stanzino dove la rea doveva starsene in piedi e al buio senza poterne mai uscire, neppure per una capatina al gabinetto. Altre affermavano che il piccolo sgabuzzino fosse in realtà abbastanza grande da contenere un inginocchiatoio cosparso di ceci – di cocci di vetro, secondo altre ancora –, dove la prigioniera doveva "accomodarsi" per infinite ore. La realtà era che, essendo tutte al primo anno, nessuna delle sue compagne aveva mai avuto l'opportunità di gustare le sadiche delizie del castigo.

Il prete trascinò Adelina al piano superiore e insieme imboccarono un corridoio quasi del tutto privo di illuminazione, nel quale l'unico segno di vita era lo strusciare dell'orlo della sottana dell'aguzzino sul pavimento.

«Entri qua dentro», le ordinò l'uomo dopo aver estratto da una delle invisibili tasche della tonaca un anello con appese delle lunghe chiavi. La porta si aprì con un lamento poco rassicurante lasciando fuoriuscire una zaffata di incenso, priva tuttavia del fumo che avrebbe dovuto accompagnarne l'aroma. Adelina fece appena in tempo a scorgere una stanzetta senza finestre, le cui pareti erano interamente foderate da scaffali carichi di libri, con al centro una scrivania e una sedia. La sala delle torture altro non era che una piccola biblioteca, nella quale, in un tempo probabilmente non così remoto, qualcuno si era trattenuto a studiare quei vecchi tomi.

La porta si richiuse alle sue spalle e un cupo sferragliare le confermò di essere stata chiusa a chiave. Per fortuna il temuto inginocchiatoio con i ceci non faceva parte della dotazione della stanzetta punitiva, ma in compenso il luogo era davvero buio, così come descritto dalle sue compagne.

Adelina rimase immobile per alcuni lunghi minuti, avvolta dall'oscurità e dal forte odore d'incenso, ascoltando il suo cuore bussare all'impazzata, come se anch'esso fosse ansioso di fuggire dalla cassa toracica quanto lo era lei di svignarsela da quello sgabuzzino. Quando i battiti incominciarono a rallentare e l'atto della respirazione cessò di essere una sofferenza, cercò a tentoni la seggiola che aveva intravisto prima, la tirò fuori da sotto il tavolo e passò una mano sulla seduta per accertarsi che non ci fossero i paventati ceci – o cocci di vetro. Dopo le opportune ma cieche analisi, si sfilò la cartella, l'appoggiò sulla scrivania e si lasciò cadere afflitta sulla seggiola, chiedendosi come avrebbe fatto a trascorrere le ore successive senza morire di noia.

Che senso aveva – si domandava – punire una studentessa indisciplinata mettendola nella condizione di impiegare quattro ore, che avrebbe potuto dedicare allo studio, standosene in uno sgabuzzino buio? Quel pensiero, anziché agitarla, la tranquillizzò: se davvero doveva trascorrere un tempo così lungo in quella stanzetta, tanto valeva che si mettesse il più possibile a suo agio. Iniziò a inspirare profondamente e a buttare fuori l'aria odorosa d'incenso che sembrava scaturire dal nulla. Quando la sensazione di panico l'abbandonò del tutto, percepì uno strano boato che la fece sobbalzare. Cos'era stato? Adelina aguzzò le orecchie e percepì un rombo più fievole, accompagnato da una lieve fitta al ventre. Era il suo stomaco. Nell'ultima mezz'ora il poveretto non si era lamentato, sapendola impegnata in una situazione piuttosto delicata, ma ora aveva ricominciato a protestare.

«Il panino con la frittata!», esclamò a bassa voce cercando nel buio la cartella e recuperando il sospirato pranzo. Sciolse il tovagliolo e assestò un primo e vorace morso alla pagnottella. Forse non tutto il male veniva per nuocere: se non fosse stata punita sarebbe rimasta a bocca asciutta sino a sera, o avrebbe dovuto sgranocchiare il panino tra una lezione e l'altra, sotto gli sguardi canzonatori delle sue compagne. In quell'antro oscuro, invece, poteva godersi ogni morso in piena tranquillità e intimità; peccato soltanto per quell'intenso e sempre più fastidioso odore d'incenso, al quale da qualche minuto si era aggiunta un'altra fragranza, che Adelina non riusciva a identificare. Il naso della ragazza fu preso dalla frenesia di indagarne la fonte, ma lo stomaco le intimò di occuparsene più tardi.

Ingoiato l'ultimo boccone e riposto il tovagliolo nella cartella, Adelina si accorse di avere una certa sete che purtroppo sapeva di doversi tenere, non avendo bevande con sé. In fondo, chiunque poteva sopravvivere qualche ora senza bere, bastava pensare ad altro, e quel profumo, che ora si era fatto più pungente, sembrava offrirle questa opportunità. Adelina fece scorrere la mano sulle coste dei libri, ora le fonti odorose si erano moltiplicate, ma la fragranza che l'aveva attirata poco prima sembrava spiccare tra tutte le altre. D'un tratto percepì un altro effluvio, un odore familiare che la distrasse momentaneamente dalla sua ricerca.

«*I promessi sposi*», sussurrò. «Qui dentro c'è una copia odorosa!». Cambiò allora senso di marcia e, seguendo quell'aroma ben noto, individuò velocemente il libro. Le bastò far scorrere ancora la mano sui dorsi dei volumi, quasi tutti bombati e in pelle, per individuare la costa di cartone del testo scolastico. Dalla consistenza delle pagine, già un po' squinternate, doveva trattarsi di un volume vecchio, ma non certo antico, e le dimensioni differenti le rivelarono che non era la stessa edizione che utilizzavano in classe. La storia però era quella, l'odore non mentiva! Con un gioioso senso di rivalsa, Adelina decise di sottrarre la copia e infilarla nella cartella, nascondendola all'interno del tovagliolo un po' unticcio. Ora i volumi tutt'intorno spandevano prepotentemente le loro fragranze, tra le quali prevaleva il profumo d'incenso e l'odore umido e maestoso delle cattedrali. Adelina iniziò a prendere in mano testi a caso: alcuni odoravano di rose, martirio ed estasi; altri di pane e carità; altri ancora avevano il sentore asprigno della pedanteria e l'appiccicoso aroma della retorica fine a se stessa. L'odore che poco prima l'aveva attratta si stava però facendo largo tra i fumi d'incenso e Adelina, fendendo con cautela il buio, si lasciò guidare fino al suo obiettivo. Il libro che emanava una così intensa fragranza era molto corposo, lo afferrò con entrambe le mani e lo poggiò sul tavolino. Tuttavia, un solo libro non sarebbe bastato a intrattenerla per le successive quattro ore poiché, pur basandosi su una breve esperienza, aveva già avuto modo di constatare che la lettura olfattiva era molto più rapida di quella visiva.

L'avida lettrice decise di farsi sedurre da un altro paio di profumi: quello di un grande volume che odorava di gelsomino e un altro proveniente da un libriccino che sapeva di legno di sandalo.

Mise da parte i due libri dalla fragranza esotica e incominciò a sfogliare il grande volume che da subito l'aveva tanto intrigata. Il suo olfatto la trasportò in un paesaggio brullo, dove uno spilungone emaciato, che sprigionava un aroma di poemi ed esaltazione, inseguiva ideali di amor cortese e virtù cavalleresche in un mondo che invece lo considerava un folle. Accanto a lui, uno scudiero tracagnotto, puzzolente di rape e buonsenso, cercava di arginare il suo istinto eroico. La storia era malinconica, ma allo stesso tempo incredibilmente spassosa, e Adelina vi si abbandonò con trasporto, godendosi le epiche battaglie con i mulini a vento, le osterie tramutate in castelli e le gustose ramanzine del buon Sancho.

Una lieve fitta le premette sulle tempie, poi un'altra più forte, ma la voglia di sprofondare in quell'avventura meravigliosa e rocambolesca prevalse sul dolore. Stare chiusa in quello stanzino buio parve a Adelina un po' come addormentarsi con la radio accesa: più che una punizione, era una vera pacchia.

Capitolo 20

Tende abbassate, porta chiusa e un'idea capricciosa in testa: indossare il costume da subrettina un'ultima volta. Amalia si guardò nello specchio ovale che adornava l'anta dell'armadio; negli ultimi vent'anni il suo corpo non sembrava cambiato, la figura, come negli anni Trenta, era rimasta snella e possente. Forse qualche curva si era fatta più spigolosa e le rughe attorno alla bocca le conferivano un'espressione un po' arcigna, ma nell'insieme la natura era stata piuttosto clemente.

Infilò la spessa calzamaglia color carne, poi indossò il corpetto e, con grande fatica, allacciò i numerosi gancetti posizionati sulla schiena. Le lunghe gambe che un tempo avevano ingolosito le platee di Torino sbucavano dalla gonnella bianca, fiere e immutate, come due maestosi pistilli dalla corolla di un giglio. Il girovita non era più sottile come un tempo, o forse i fianchi meno floridi lo facevano apparire più solido; inoltre, allora, prima di andare in scena, le Gemelle Delizia l'aiutavano a stringere i nastri del corsetto sino a trasformarla in una clessidra vivente. Amalia tentò di compiere da sola quell'operazione, ma il risultato non fu il medesimo e il movimento innaturale le causò un acuto dolore alle spalle.

Dolorante e un poco umiliata, si sedette sul bordo del letto per calzare le graziose scarpette spolverate di porporina argentata. Se il costume le era entrato come un guanto, dimostrandole che il suo corpo era all'incirca quello di un tempo, dovette constatare che i piedi avevano invece subito delle mutazioni, circostanza che le graziose e perfide calzature non mancarono di rilevare. A furia di spingere e scuotere, i piedi furono finalmente accolti nelle piccole trappole luccicanti. Non le restava che occuparsi dell'acconciatura. Amalia poggiò il diadema di piume – per la verità un po' spennacchiato – sui capelli grigi. L'effetto grottesco le strappò una risatina nervosa.

«La parrucca!», esclamò ad alta voce.

Fece mente locale, se ricordava bene la parrucca castana era stata riposta nell'armadio a muro situato nella camera d'angolo, ora adibita a stanza da letto della nipote. Sulle sue strette e scomode calzature, trotterellò sino alla cucina, recuperò una chiave appesa a un chiodo e si diresse verso la camera di Adelina. La ragazza sarebbe rientrata nel tardo pomeriggio, per cui non c'era alcun rischio che la povera innocente sorprendesse un'ingrigita soubrette intenta a rovistare nella sua camera.

Non appena varcata la soglia, Amalia si guardò intorno col cipiglio di una severa istitutrice, passando in rassegna ogni dettaglio della stanzetta: il letto era rifatto in maniera soddisfacente, lo scrittoio era ordinato e nessun capo d'abbigliamento giaceva abbandonato sullo schienale della sedia o in altre collocazioni poco consone. La zia spianò il cipiglio che poco si addiceva al suo singolare abbigliamento e si concesse un lieve sorriso di compiacimento. La nipote in fin dei conti era un autentico angelo e le fruttava un bel gruzzolo mensile, senza darle la metà dei problemi che si era figurata.

Amalia fece scattare la serratura dell'armadio a muro che da quando Adelina si era trasferita aveva deciso di tenere chiuso, poiché tutti i suoi abiti avevano trovato abbondante spazio nel cassettone. La donna individuò subito, tra pile di lenzuola e vecchi asciugamani, l'alta scatola cilindrica che stava cercando. Eccitata come una bimba che scarta un regalo, scoperchiò la custodia, dove la parrucca era conservata su una testa artificiale. Purtroppo il trascorrere degli anni aveva trasformato le morbide onde castane nelle ispide setole di un cinghiale; così, armata di spazzola, forcine e pazienza – tutto materiale che reperì sul mobiletto da toeletta di Adelina, salvo ovviamente la pazienza –, si ingegnò a domare le ciocche. Quando le sembrò che la parrucca avesse assunto un aspetto prossimo alla decenza, se la calzò sulla testa, accomodandovi all'interno ogni ciocca grigia e completando l'opera con il diadema spennacchiato.

Ora che la missione era compiuta, Amalia fece per dirigersi nella sua camera, ma l'immagine che intravide con la coda dell'occhio nello specchio appeso accanto alla porta la trattenne: la luce del pomeriggio che filtrava di taglio dalle persiane chiuse attraversava la penombra creando un effetto simile a quello dei riflettori che illuminavano a fasci il buio del palcoscenico. Un po' per la penombra, un po' per la nostalgia, la sua immagine riflessa le apparve identica a quella di tanti anni addietro. Istintivamente si mise in posa, protendendo le braccia nude, come quando enfatizzava la buona riuscita dei magici effetti del Prodigioso Rossi. Se il pubblico non reagiva col calore sperato, Amalia eseguiva una passerella, ovvero un giro completo della pedana posta attorno alla buca dell'orchestra o, nei teatri più modesti, un semplice passaggio sul proscenio.

Amalia incominciò ad ancheggiare, ammiccando a un pubblico immaginario. Le acclamazioni e gli apprezzamenti grevi, che allora tanto detestava, le risuonarono nella memoria soffici come zucchero filato.

«La moneta gli è caduta dalla tasca!», gridò Anna Ferrero dalla quinta centrale all'altezza della quale Amalia si trovava immobile e sorridente alla mercé del pubblico. «Guarda, gliene stanno cadendo altre, sembra un salvadanaio rotto».

«Ma dove ha la testa quell'uomo?», si unì Degli Esposti. «È di nuovo ubriaco, neppure se n'è accorto!».

«Neanche gli spettatori», commentò Caterina. «Se li è persi già da un po'. Presto, Amalia, fai cenno al maestro di attaccare con la passerella».

Ormai da parecchi mesi, una sera su tre, il Prodigioso Rossi faceva cilecca con qualche trucco: quella era la volta delle monete sparite e poi riapparse involontariamente dalla fodera sdrucita di una tasca interna; la settimana precedente era addirittura riuscito a incastrare la povera assistente nel meccanismo della donna volatilizzata, tanto che per farla uscire i colleghi avevano dovuto scomodare un falegname.

Amalia non se lo fece ripetere, alzò entrambe le braccia verso l'alto e subito il direttore della piccola orchestra attaccò un motivetto allegro, sulle cui note la ragazza incominciò a marciare verso il proscenio con piccoli ma ben studiati accenni di danza. Un boato si alzò dalla platea a salutare il suo exploit artistico. «Ti amo, signorina coscia lunga!», gridò un soldatino da metà sala.

«Ti sposo subito», si unì al coro uno studentello. «Domani vado a parlare con tuo padre».

Applausi, fischi di approvazione ed esplosioni di risa seguivano a ogni nuovo apprezzamento. Amalia lanciò qualche bacio al pubblico acchiappandone al volo altri provenienti dalla platea e facendo il gesto di serrarli nel pugno per poi riporli nella scollatura, accompagnando il tutto con un malizioso occhiolino. Quella manfrina le era stata insegnata dalle gemelle e riusciva a catalizzare l'attenzione del pubblico il tempo necessario per rimuovere un prestigiatore sbronzo e tutta la sua attrezzatura dal palco e preparare il corpo di ballo a un'entrata d'emergenza.

Un particolare accordo dell'orchestra le segnalò che il suo momento volgeva al termine, sempre salutando e lanciando baci. Amalia indietreggiò, fece un profondo inchino e sparì dalla quinta di fondo pochi secondi prima che l'orchestra attaccasse con un indemoniato charleston, che fece riversare in scena una mezza dozzina di sgambettanti ballerine. Il pubblico, ormai dimentico delle gaffe del mago, gridava d'entusiasmo battendo le mani a tempo.

«Anche questa volta ce la siamo cavata», sospirò Degli Esposti. «Brava, coscia lunga».

«Vieni in camerino, Amalia», squittì Caterina. «Ci sono dei fiori per te».

«Sai che novità», sbuffò l'ingrata. «I fiori non mi piacciono, non si possono né mangiare né vendere».

«Questi ti piaceranno», s'inserì Anna spingendola. «Li avessero mandati a me dei fiori così!».

Il camerino dove si cambiavano tutte le donne della compagnia traboccava di fiori e altri piccoli omaggi.

«To'», disse Caterina sollevando una scatola di cartone dorato, «hanno portato dei cioccolatini. Ne volete uno?».

«Ma non sono per te», osservò la sorella. «Il biglietto dice "PER LA BALLERINA BIONDA"».

«E allora?», rispose la gemella facendo spallucce e ingollando la prima preda. «Nel corpo di ballo le bionde sono almeno tre, vuoi farle litigare?».

«Giusto», si lasciò convincere l'altra prendendo anche lei un cioccolatino.

«Allora», le esortò Amalia, «dove dovrebbero essere questi fiori così speciali?».

«Eccoli là», rispose Caterina indicando un fascio di

calle tenuto insieme da nastri di raso intrecciati. Amalia si avvicinò al bel mazzo e sobbalzò: attorno al gambo di una delle calle era attorcigliata una lunga collana di perle.

«Sono vere?», domandò sbrogliando la collana ed esaminandola.

«Puoi scommetterci le tue cosce lunghe», le confermò Anna.

«Chi le manda?», domandò Amalia cercando un eventuale biglietto chiarificatore.

«Le ha portate qui un militare con ancora il moccio al naso», spiegò Caterina. «Ha detto di essere l'attendente del colonnello Peyran».

«Lo conoscete?».

«No, ma ci siamo informate», biascicò Anna deglutendo il cioccolatino. «Una delle maschere dice che ha guadagnato il grado di colonnello nella Grande Guerra».

«Fresco come una rosa», commentò Amalia.

«Ha una cinquantina d'anni ed è scapolo», proseguì Caterina. «E vive in un gran bell'alloggio al piano nobile di un palazzo di via del Carmine, con tanto di personale di servizio. Per il tramite del suo attendente, gli abbiamo promesso che stasera l'avresti ringraziato al Caffè Nazionale».

«Ma Caterina, io non so...», piagnucolò Amalia. «Io non posso».

«Devi provarci», la esortò l'amica. «Se riesci a prendere all'amo questo pesce, ti sistemerai a vita».

«Un uomo del genere non sposerà mai una ragazza come me», sospirò Amalia, «e poi è più anziano di mio padre».

«Più vecchio è e prima ti renderà una ricca vedova», minimizzò Caterina. «Non sarà facile farsi sposare da uno scapolo di quel calibro, ma se riuscirai a fargli girare la testa e a non cedere prima di avere la fede al dito...».

«Cosa che a mia sorella non è mai riuscita», commentò Anna.

«Ascolta, tesoro». Caterina assunse un'aria grave: «Ormai hai ventisei anni e non sai fare un bel niente». Amalia abbassò lo sguardo vergognosa. «Quando questa compagnia si scioglierà, cosa che accadrà presto, tu ti ritroverai col didietro sul pavé».

L'affermazione di Caterina, per quanto crudele, era sacrosanta. Amalia aveva abbandonato l'apprendistato da modista prima di aver imparato il mestiere e lavorava in un varietà senza sapere né ballare, né recitare, né tantomeno cantare. L'unica dote artistica che possedeva erano le sue belle gambe, che per quanto lunghe non l'avrebbero portata più in là del bordello di via Calandra.

«Noi non rimarremo con la compagnia Rossi ancora a lungo», bisbigliò Anna. «Abbiamo trovato un impresario che ha promesso di farci fare un provino alla Cetra».

«Vuoi sapere come finirà?», riattaccò Caterina implacabile. «Arturo Rossi rimarrà solo, si unirà a una compagnia più scalcinata di questa e tu sarai costretta a seguirlo. Ti ritroverai sposata con un ubriacone spiantato e, quando le mani gli tremeranno al punto da non riuscire più a tenere in mano un mazzo di carte, ti toccherà mantenerlo facendo la donna di servizio, o l'operaia alla Manifattura Tabacchi».

«Non ti stiamo spingendo tra le braccia di quel vecchio maiale», sussurrò Anna accarezzandole i capelli, o meglio la parrucca, «ti suggeriamo anzi di tenertela ben stretta».

«Non ho idea di come fare», singhiozzò Amalia.

«Tutti sul palco per i saluti!», gridò la voce roca del direttore di scena.

«Arriviamo!», si spazientì Caterina berciando al medesimo volume. «Stiamo parlando di cose serie noialtre».

«Fa' esattamente quel che hai sempre visto fare da

mia sorella», le consigliò Anna, «ma immaginando di avere una monetina tra le ginocchia che non devi assolutamente lasciare cadere».

«Quante monetine ho lasciato cadere!», sghignazzò Caterina ingollando l'ennesimo cioccolatino. «Ne ho fatte cadere più io del Prodigioso Rossi questa sera».

Capitolo 21

Un ovattato rintocco di campana riportò Adelina al tempo presente, nel buio stanzino: le cinque in punto. Ormai erano trascorse tre ore da quando il reverendo Kelley l'aveva segregata, e doveva passarne un'altra prima che venisse a restituirle la libertà. Il tempo trascorso nello stanzino non era stato l'esperienza sgradevole che l'insegnante doveva essersi figurato, ma lei era ben intenzionata a non farglielo sapere. Non appena la campana avesse suonato la mezz'ora, avrebbe rimesso a posto i volumi e si sarebbe seduta davanti al tavolo vuoto con l'aria contrita di chi ha avuto una bella lezione e non si azzarderà più a trasgredire le regole.

Dopo essersi gustata le avventure del cavaliere della Mancia, aveva fatto conoscenza con la bella e astuta Shahrazād che, grazie alla sua abilità di narratrice, riusciva a distogliere il crudele re Shahriyār dai propositi di vendetta verso il genere femminile. Il terzo volumetto, invece, quello profumato di legni orientali, non l'aveva particolarmente appassionata. Le pagine non raccontavano una storia vera e propria, ma proponevano una sequela di parole, suoni e immagini, accompagnati dal tintinnio di strane campane. L'insieme era melodioso e affascinante, ma sfuggiva alla sua comprensione. Grazie al libercolo profumato di sandalo aveva però imparato – peraltro con un certo disappunto – che il saper leggere i libri con l'olfatto non equivaleva a comprenderne appieno il significato.

Amareggiata dalla scoperta, decise di consolarsi con un'altra capatina nell'antica Persia, per godersi ancora una volta un racconto della bella tessitrice di storie. Mentre la scaltra persiana stava mandando a letto lo spietato sovrano, per l'ennesima volta, senza rivelargli il finale della novella, Adelina sentì girare la chiave nella toppa. Istintivamente si alzò, raccolse i libri e cercò a tentoni di rimetterli nella libreria. Il fioco chiarore del corridoio entrò nel cubicolo, ferendo le sue pupille disabituate alla luce. Strizzò le palpebre e mise a fuoco la sagoma nera del reverendo Kelley che – solo il cielo sapeva il perché – aveva deciso di abbonarle un'ora di punizione.

«Cosa stai facendo?», tuonò l'insegnante.

Adelina deglutì quel po' di saliva che la sua gola riarsa poteva ancora produrre. Non beveva una goccia d'acqua dall'intervallo di metà mattina e, ora che la porta che la divideva dal mondo reale era stata aperta, avvertiva una lieve disidratazione.

«Vuoi dirmi che cosa stai facendo?», le ripeté il religioso in tono pacato ma non per questo meno terrificante. Adelina rimase colpita dal fatto che l'insegnante, contravvenendo al regolamento scolastico, le si stava rivolgendo dandole del tu.

«Cosa fai con questi volumi antichi?», disse strappandoglieli di mano e gettandoli sul tavolo. «Li volevi rubare?».

«No, li stavo solo...», la voce le uscì a fatica, ogni sillaba era come sabbia strofinata sulla gola secca, «...rimettendo al loro posto».

«Scommetto che li stavi portando a tua zia».

Quell'affermazione così bizzarra fece momentaneamente scordare alla ragazza sia la sete che la paura.

«Mia zia non legge granché, anzi, diciamo pure che non legge affatto», proseguì Adelina presa da uno di quegli attacchi di loquacità che talvolta colgono le persone impaurite. «Il nostro vicino di casa ogni tanto le presta dei libri, che lei finge di leggere, ma in realtà non va mai oltre le prime pagine».

«Tua zia è una commerciante di antichità», sentenziò Kelley, «mi è capitato di incontrarla più volte da un antiquario. Scommetto che volevi portarle qualche nuovo articolo da vendere».

«Mia zia non è una commerciante», si difese la ragazza, «semplicemente ogni tanto si libera delle cose che ha in casa, per tirare su qualche spicciolo».

«Va bene», finse di arrendersi lui. «Allora cosa stavi facendo con quei libri?».

«Li stavo rimettendo a posto dopo averli letti», ammise la ragazza.

L'uomo la fissò con sguardo feroce, la vena della rabbia iniziò a fremergli sulla fronte.

«Davvero li stavi leggendo?».

«Sì», confermò lei.

L'espressione dell'uomo parve distendersi lievemente, poi i suoi occhi furono attraversati da un bagliore maligno: un gesto repentino, un improvviso schianto e di nuovo l'oscurità. La gola secca di Adelina si strinse in un dolorosissimo nodo, ora si trovava nuovamente avvolta dal buio e con lei c'era il terribile reverendo Kelley.

«Come hai fatto a leggere con questo buio?», sbraitò riaprendo la porta e permettendo nuovamente alla debole luce del corridoio di rischiarare la stanzetta. «Avevi con te una candela», la incalzò, «o forse una torcia elettrica?».

Adelina tremava terrorizzata, quasi come se l'essere sospettata di portare con sé una candela o una torcia elettrica fosse il più grave dei crimini.

«Dammi la cartella», le ordinò e, senza attendere una risposta, afferrò la borsa e ne rovesciò il contenuto sopra il tavolo, proprio accanto agli antichi volumi oggetto della discussione. Il cuore della ragazza si accartocciò su se stesso come un foglio di giornale buttato nel camino; nella cartella c'era davvero un libro rubato: la copia dei *Promessi sposi* avvolta nel tovagliolo.

Il reverendo rimestò tra libri, penne e quaderni, poi sollevò il tovagliolo lasciando il corpo del reato nudo e vulnerabile.

«Un tovagliolo unto in mezzo ai libri di testo», ringhiò Kelley gettandolo a terra. «Che razza di sciattona! E magari avresti voluto infilare i preziosi volumi della nostra biblioteca in questo sozzume».

La lieta circostanza che il professore non avesse badato al libro realmente rubato quasi non le fece notare la reiterata accusa di furto.

«Rivolta le tasche», le intimò, non pago della perquisizione. La ragazza rigirò le tasche che non rivelarono né candele né torce elettriche, bensì soltanto alcune forcine e un fazzoletto non proprio fresco di bucato.

«Ti voglio chiedere ancora una cosa». Adelina annuì sospettando che, di qualunque domanda si trattasse, certamente non sarebbe stata l'ultima. «Pensi davvero che sia disposto a credere che tu abbia letto questi libri al buio?».

«In realtà la stanza non è del tutto buia», cercò di improvvisare la ragazza torcendosi nervosamente una treccia, «da sotto la porta filtra un filo di luce e dopo qualche minuto gli occhi si abituano. Così con un po' d'impegno...». La risposta sembrava abbastanza ragionevole, e la cosa infastidì non poco il professore.

«Io però ti avevo chiuso qua per riflettere sulle tue colpe», riattaccò lui, «e non perché leggessi». Poi, gettando uno sguardo ai volumi, disse: «Vediamo cosa stavi leggendo».

Il reverendo passò in rassegna i tre tomi, poi esplose in una risata sprezzante.

«Tu non puoi aver letto questi libri», sentenziò infine. «Sei una bugiarda».

«Li ho letti invece», tentò di difendersi Adelina, «tutti e tre!».

«Davvero?», disse il reverendo afferrando la copia del *Don Chisciotte* e mettendogliela sotto al naso: «Allora raccontamelo».

L'uomo si sedette sull'unica sedia, attendendo che l'allieva sciorinasse la lezione. La situazione non era troppo diversa da una comune interrogazione, salvo che la posta in gioco era molto più alta.

Adelina non ebbe esitazioni e, pur non avendo il dono della sintesi, s'ingegnò a riassumere la storia del folle cavaliere, fornendo particolari che solo chi avesse letto il libro di fresco era in grado di offrire.

«Come chiamava il suo asino Sancho Panza?».

«Leardo».

«E così tu conosci lo spagnolo?».

«No», rispose stupita.

«Allora come hai fatto a leggere tutto il *Don Chisciotte* in lingua originale?».

«Io non…», balbettò nella speranza di farsi venire un'idea.

«Tu non hai letto questo libro», la incalzò, «hai semplicemente letto un'edizione italiana qualche tempo fa e ora fingi di averlo letto qui, in lingua originale e in un solo pomeriggio».

Adelina era spaesata, non voleva affermare di conoscere lo spagnolo, dichiarazione facilmente confutabile, ma neppure era disposta ad accettare l'accusa di essere una bugiarda.

«Magari sapresti raccontarmi anche il contenuto di questo libro», disse mostrandole la copia delle *Mille e una notte*. La ragazza fissò la copertina, il titolo era illeggibile ma non nel modo solito. Generalmente non riusciva a discernere il significato di una parola al primo sguardo, ma con un certo impegno era in grado di identificare le singole lettere per poi metterle insieme in un secondo tempo; ma le parole che apparivano su quel libro mostravano un unico tratto dorato tutto onde e curve, che non permetteva di distinguere una lettera dall'altra. Inoltre lo stampatore doveva essersi sbagliato e aveva messo la copertina al lato opposto, come se il libro iniziasse dall'ultima pagina o, ipotesi ancora più assurda, si leggesse da destra verso sinistra.

«Vuoi parlarmi di questo testo?», la sollecitò implacabile.

Non avendo altra scelta, Adelina spiegò che quel volume conteneva una sorta di "Racconto dei racconti" nel quale una bella fanciulla, per salvarsi la pelle, propinava ogni sera una nuova novella al re che altrimenti l'avrebbe uccisa.

«Mi ha ricordato un po' il *Decameron*», aggiunse con ingenuità. «Le novelle sono molto differenti, però anche in quel caso il libro racconta la storia di persone che, a loro volta, raccontano storie».

«Sono ammirato», affermò il reverendo accarezzandosi il mento. «In classe sei una somara, ma a casa leggi libri come il *Decameron* e *Le mille e una notte*».

«Il *Decameron* l'ho letto a casa», spiegò Adelina, «ma *Le mille e una notte* l'ho letto qui».

«In arabo?», sbraitò l'uomo aprendo il volume e mostrandole quelli che per lei erano oscuri ghirigori. «Potrei essere disposto a credere che tu sia stata in grado di comprendere il senso generale del *Don Chisciotte* pur non conoscendo lo spagnolo. L'italiano e lo spagnolo sono due lingue simili, ma che tu sia stata capace di leggere un testo in arabo proprio non posso crederlo».

«Ma io non sapevo che fosse in arabo», singhiozzò, «era troppo buio per capirlo».

«Troppo buio per capire che era arabo, ma abbastanza luminoso per leggere? Ammetti che stavi cercando di sottrarre questi libri e te la caverai con qualche giorno di sospensione. Prometto che non ti farò espellere».

«Io non avevo intenzione di rubare niente!». Tra un singhiozzo e l'altro Adelina ebbe modo di chiedersi come facesse il suo corpo, assetato e disidratato, a produrre ancora così tanta acqua sotto forma di lacrime.

«Facciamo così», propose Kelley rigirandosi tra le dita l'ultimo libro, quello piccino e odoroso di sandalo, «i testi che affermi di aver letto questo pomeriggio sono molto noti e potresti conoscerne la trama, ma quest'ultimo è un testo conosciuto soltanto dagli orientalisti. Se mi saprai dire di cosa parla, allora sarò costretto a crederti».

«Non so dirle di cosa parli esattamente», ammise la ragazza cercando di asciugarsi gli occhi con la manica della divisa scolastica, «non contiene una vera storia, ma qualcosa che può ricordare le poesie o le preghiere e che a lungo andare finisce per assumere il suono di un canto». L'uomo lasciò cadere esterrefatto il volume sul tavolo.

«Tu hai letto i *Veda*», disse più a se stesso che all'allieva, «tu hai compreso un testo sanscrito».

Adelina, pur non avendo idea di cosa significasse la parola "sanscrito", riuscì comunque a intuire di aver detto qualcosa in grado di scagionarla e approfittò dell'inspiegabile catalessi del suo accusatore per raccattare dal tavolo e dal pavimento il contenuto della cartella.

«Posso andare, professore?».

«Certo, cara», farfugliò il reverendo Kelley. «E spero che in futuro ti comporterai meglio», recitò in maniera automatica, come se sciorinasse una litania ripetuta milioni di volte.

Pochi istanti dopo, Adelina era nel cortile della scuola, con le labbra attaccate al cannello della fontana.

«Salve».

Si voltò di scatto, il gesto repentino le fece inzuppare il colletto del cappotto: appoggiato a una colonna dell'androne, vestito di tutto punto e con il solito borsalino sulle ventitré, l'affascinante Vergnano le sorrideva.

«Buonasera», lo salutò Adelina un po' imbarazzata dal piccolo incidente idraulico. «Credo che Luisella sia già andata via».

«Non sono qui per mia figlia», rispose l'uomo, «sto aspettando il reverendo Kelley».

«Mi scusi, devo scappare», dichiarò la ragazza dandosela a gambe. Vergnano era un uomo gentile, ma per quanto somigliasse a un divo del cinema non valeva la pena trattenersi con lui rischiando di incappare di nuovo in Kelley.

Perché Vergnano voleva incontrare il reverendo? L'unica risposta possibile secondo Adelina era che, mentre lei era stata tenuta prigioniera nello stanzino, anche Luisella avesse trovato la maniera di mettersi nei guai.

Capitolo 22

«Tutti ai vostri posti!», la voce sguaiata del direttore di scena ridestò gli artisti dal loro torpore. «Pronti per i saluti».

«Di già?», si lamentò Degli Esposti riemergendo da uno scomodo pisolino su una sedia. «Sono appena le dieci e mezza».

«Meglio chiuderla qui», spiegò una ballerina con indosso un costume che voleva goffamente evocare l'Oriente. «Stasera il pubblico è troppo irrequieto, durante il mio numero c'è stata persino una rissa».

«Combattevano per te, bella sultana?», domandò Anna accomodandosi l'acconciatura di strass sul caschetto biondo.

«Combattevano per il troppo barbera», sbuffò la ballerina, «alle nove hanno fatto entrare una ciurma di studenti ubriachi».

«Mi chiedo perché lascino entrare certa gente», si inserì un'altra ballerina giovanissima. «Non dovrebbe esserci un cerbero all'ingresso?».

«Il cerbero c'è nei teatri perbene, bimba mia», le rispose Caterina. «La scorsa stagione al Maffei ne avevamo più d'uno, ma in posti come questo farebbero entrare anche Menelik con la scimitarra sguainata, purché munito di soldi per il biglietto».

Il crescendo della musica sospinse gli artisti in posizione dietro le quinte; la voce di Glauco Parini, il presentatore del varietà, colui che più aveva sofferto per le intemperanze del pubblico, li richiamò uno per uno sul palco.

«Un ringraziamento da tutta la compagnia del Prodigioso Arturo Rossi», declamò Parini. «Un arrivederci dal nostro corpo di ballo». Le ballerine entrarono a passo saltellante, facendo vibrare il loro piumaggio come gallinelle euforiche. «Un applauso per le nostre belle artiste», si sgolava, «ma tenete in serbo un po' d'entusiasmo per il duo comico Degli Esposti e Pautasso». L'ingresso dei due fu salutato dai consueti fischi che gli artisti privi di corsetti e calzamaglia erano soliti incassare da un pubblico alticcio. «E ora un bell'applauso per le magnifiche, superlative, affascinanti Gemelle Delizia».

«Tirala un po' meno per le lunghe, Glauco», borbottò Caterina entrando, «o qui qualcuno finirà per farsi male».

Il fascinoso Glauco Parini cantava arie d'operetta con voce tenorile e conduceva lo spettacolo con piglio da fine dicitore, ma proveniva dal teatro di prosa e non si era ancora adattato alle platee turbolente del varietà.

Durante i suoi panegirici, gli spettatori più impudenti avevano cominciato a lanciare cartacce sul palco e ora era necessario sbrigarsi prima che le munizioni cartacee finissero e lasciassero il posto alle bottiglie. Le Gemelle Delizia accennarono dei passi di danza, poi intonarono alcune note dell'ultima canzonetta che avevano proposto nel corso della serata e, al sopraggiungere del ritornello, tutti gli artisti si unirono in coro.

Le belle gemelle e il motivetto orecchiabile diedero finalmente un po' di tregua al malumore del pubblico.

«E per finire, un applauso al fiore all'occhiello della serata. Al prodigio vivente, al nostro meraviglioso capocomico Arturo Rossi, accompagnato dalla sua adorabile assistente».

Amalia guardò nella quinta di fronte per poter fare il suo ingresso in contemporanea con il Prodigioso Rossi.

«Dov'è Rossi?», strillò senza che nessuno potesse udirla, poiché tutti i suoi colleghi erano già schierati sul palco. L'orchestrina prolungò il rullo di tamburi finché poté, poi si arrestò lasciando per pochi ma lunghissimi istanti il teatro nel silenzio, un silenzio relativo, ovviamente, popolato dal berciare del pubblico non proprio raffinato. Amalia si fece coraggio ed entrò; al suo apparire il maestro ordinò ai musicisti di eseguire il motivetto della sua passerella. I piedi di Amalia marciarono automaticamente verso il proscenio, il lancio di cartacce s'interruppe e la ragazza sfoderò il suo solito repertorio di moine, inchini e lanci di baci. Gli apprezzamenti, più o meno galanti, iniziarono a esplodere qua e là.

A quel punto la musica avrebbe dovuto cambiare, tornando al ritornello della canzonetta delle Gemelle Delizia, tutti gli artisti avrebbero raggiunto Amalia in proscenio formando un'unica fila, per poi inchinarsi ripetutamente sino al momento in cui il sipario sarebbe calato, come un velo pietoso, sulle loro miserie. Ma il direttore dell'orchestrina, forse compiaciuto del successo destato da Amalia, si ostinava a prolungare la marcia e la povera ragazza si vide costretta a ripetere infinite volte i pochi accenni di danza che le erano stati insegnati, insieme alle altre manfrine.

«Zia, sono tornata», gridò Adelina rincasando. «Sei in casa?».

Quando si ridestò, nella camera della nipote, Amalia si sorprese davanti allo specchio nell'atto di lanciare baci a un pubblico immaginario.

«Zia, devo parlarti». La voce della ragazza si stava facendo sempre più prossima, Amalia si guardò intorno alla ricerca di una soluzione. «Vorrei chiederti il permesso di scendere dall'avvocato Ferro per riportargli i suoi libri e...». La voce della ragazza le si spense in gola: dritta al centro della sua stanza, la zia Amalia la osservava con il solito cipiglio severo ma con indosso un ridicolo e discinto vestitino luccicante e un'improbabile parrucca sormontata da un pennacchio.

«Non si bussa prima di entrare?», le domandò Amalia mantenendo con eroico sangue freddo l'abituale contegno. Adelina osservò, tra lo sconcertato e il divertito, il buffo oscillare del pennacchio, che accompagnò le rimostranze della zia.

«La porta era aperta», si giustificò la ragazza con il tono goffo di chi finge che tutto sia normale. «E poi, questa è la mia camera», aggiunse, combattendo con gli angoli della sua bocca che tentavano disperatamente di volgersi verso l'alto.

«Permesso accordato».

«Cosa?», trasecolò Adelina ormai dimentica di quanto aveva domandato poco prima.

«Puoi andare a riportare i libri all'avvocato Ferro», rispose la donna con naturalezza, continuando a far ondeggiare involontariamente il pennacchio a ogni parola.

«Grazie, zia», farfugliò trattenendo a stento l'incipiente risata che le debordava dalle labbra e raggiungendo la scrivania per prendere i volumi da restituire a Ferro.

«Non fare tardi per cena», le ordinò Amalia mentre i passi veloci della ragazza già echeggiavano nel corridoio.

«Te lo prometto», gridò lei.

Nonostante lo stupore per aver trovato la zia in quello stato, aveva pronunciato la sua promessa con estrema convinzione.

Negli ultimi giorni aveva imparato a sue spese quali circostanze sgradevoli potesse causare l'essere in ritardo, dalla minestra gelatinosa alla reclusione in uno stanzino buio.

Capitolo 23

Dopo aver atteso il reverendo per più di mezz'ora, Vergnano si decise a staccarsi dalla colonna che aveva eletto come sostegno e a entrare nell'istituto per domandare di lui. L'atrio del palazzo era silenzioso, le studentesse avevano finito le lezioni da un pezzo, mentre le monachelle dovevano trovarsi nella cappella per recitare i vespri o qualche altra preghiera del tutto estranea al suo interesse.

«Posso esserle utile, notaio?», gli chiese una ragazza con indosso abiti sciatti, che evidentemente lo conosceva. Lui di lei non si ricordava affatto, ma la cosa non lo stupì, dato che si trattava di una delle creature più insignificanti su cui avesse poggiato lo sguardo. L'uomo la scrutò, non sembrava una suora, ma era parecchio lontana anche dall'essere una laica. Come avrebbe dovuto chiamarla? Sorella, signora o mezza monaca?

«Sono la signorina Mariangela», fu lei a toglierlo dall'imbarazzo. «Insegno Economia domestica e mi occupo della segreteria, si ricorda di me? Mi ha dato una lettera da consegnare a...».

«La signorina Mariangela. Certo che mi ricordo», mentì spudoratamente Vergnano toccandosi il cappello con deferenza, «in effetti ho di nuovo bisogno di lei, mia cara».

L'essere trattata con galanteria da un uomo così avvenente lusingò a tal punto la ragazza da farla subito pentire della sua vanità. Urgeva un'immediata confessione, ma non certo col reverendo Kelley, Mariangela teneva troppo alla sua anima per affidarla a un mezzo pagano.

«Tutto bene, signorina?», si accertò Vergnano nel vedere lo sguardo di lei farsi vacuo.

«Certo, notaio», si riscosse Mariangela. «Cosa posso fare per lei?».

«Avevo appuntamento con il reverendo Kelley nell'androne, ma non si è fatto ancora vivo. Lei sa dove posso trovarlo?».

«No, non so dove sia», rispose lei. «Potrebbe essere nella Biblioteca Grande o nel suo alloggio, ma in tal caso lo avrebbe visto attraversare il cortile. Non le resta che cercarlo nel suo studio o nella Biblioteca Piccola, che sono entrambi all'ultimo piano».

Vergnano e la ragazza esitarono un istante l'una di fronte all'altro. Per buona educazione Mariangela avrebbe dovuto accompagnarlo, ma il piacere di trattenersi con quell'affascinante signore non valeva il disgusto di incontrare ancora una volta il reverendo Kelley, senza contare che cercare la compagnia di un bell'uomo era un'azione la cui peccaminosità superava di gran lunga i doveri di cortesia.

«La ringrazio», tagliò corto Vergnano incominciando a salire le scale e lasciando la poveretta impalata al centro dell'atrio, in balia del suo ridicolo turbamento.

A due gradini alla volta l'uomo raggiunse l'ultimo piano, percorse il corridoio dalle assi scricchiolanti e si diresse verso l'unica porta aperta. In una minuscola stanza priva di finestre, con le pareti foderate di libri, il suo amico se ne stava seduto, con lo sguardo perso nel vuoto.

«Reverendo Kelley, che ci fa in questo stanzino?».

Kelley lo guardò senza trovare la forza di proferire verbo. «Ha l'aria sconvolta», constatò Vergnano. «Su, l'accompagno fuori a prendere aria, stare qui dentro rimbecillirebbe chiunque».

«Ho messo in punizione una ragazza», biascicò con infinito sforzo il reverendo. «L'avevo chiusa qui dentro al buio».

«Quel che è fatto è fatto, ora è inutile che si metta in castigo a sua volta per ripulirsi la coscienza», sdrammatizzò il notaio prendendolo per un braccio e costringendolo ad alzarsi.

Kelley si tirò in piedi a fatica, era malfermo sulle gambe e dovette appoggiarsi all'altro per guadagnare l'uscita.

«Che aveva fatto quella ragazzina per essere murata qui dentro come una strega medievale?», ironizzò Vergnano per stemperare la tensione.

«Andiamo nella Biblioteca Grande», mormorò Kelley appoggiandosi al braccio di Vergnano. «Le spiegherò tutto».

«Biblioteca Piccola, Biblioteca Grande, in questo istituto avete una grande fantasia per i nomi», provò a scherzare un po' preoccupato per le condizioni di Kelley. Il reverendo tentò un altro passo, ma barcollò, come in preda a un mancamento, e il notaio dovette sorreggerlo, non senza sforzo.

«Andiamo nel suo studio», deliberò infine. «È proprio qui accanto, giusto?».

Dopo aver depositato il reverendo sulla sua seggiola e aver preso posto sull'unica altra sedia disponibile, quasi incastrata tra lo scrittoio e il muro, Vergnano riprese: «Il suo stato ha per caso a che fare con la decodifica dell'ultima parte del manoscritto su santa Bibliana?», azzardò.

«Non l'ho ancora decifrato», rispose con un'alzata di spalle, «contavo di farlo questo pomeriggio ma...». Kelley aprì il cassetto della scrivania e ne trasse una fiaschetta di alluminio.

«Bravo, si faccia un cordiale, così si rincuorerà abbastanza da spiegarmi cosa è successo».

«È bourbon, ne gradisce un sorso?», disse il reverendo porgendogli la fiaschetta.

«Whisky americano, perché no?», accettò afferrando la piccola borraccia e prendendone una prodiga sorsata.

«Sa che io non credo ai miracoli», esordì Kelley dopo altri due o tre sorsi.

«Dovrebbe, lei è un sacerdote e credere nei miracoli fa parte del contratto».

«Solo pochi giorni fa ho ritrovato quello strano testo sulla giovane santa e oggi io...».

«Lei cosa?», lo incalzò Vergnano pervaso da un misto di preoccupazione e impazienza.

«Una delle mie studentesse potrebbe essere un'annusatrice, proprio come la giovane santa del manoscritto!», rovesciò Kelley tutto d'un fiato.

«Forse le servirebbero un altro paio di sorsate di liquore», gli suggerì il notaio cercando di reprimere l'istinto di afferrarlo per la tonaca e scuoterlo fino a fargli uscire di bocca quanto aveva da dire. Vergnano trasse un profondo respiro per ritrovare la calma: era dunque possibile che le sue labili speranze si stessero concretizzando tutte di colpo?

Aiutato da quello che rimaneva del contenuto della fiaschetta, Kelley raccontò per filo e per segno quanto era accaduto quel pomeriggio tra le anguste pareti della Biblioteca Piccola.

«È un prodigio», sussurrò a un certo punto Vergnano pregustando i vantaggi che gli sarebbero potuti derivare da quella straordinaria circostanza. «Un immenso prodigio». Le mani gli tremavano e sul suo volto si era impresso un ghigno inquietante. «Come ci muoviamo ora?», domandò non appena il reverendo ebbe terminato la narrazione.

«Credo che dovrei mettere alla prova la ragazza, studiarla per confermare i miei sospetti».

«Facciamolo, reverendo, facciamolo subito!».

«Non è così facile», si schermì Kelley.

«Perché no? Ho conosciuto quella ragazza, è una campagnola ingenua e remissiva».

«Ci vorrebbe un pretesto, non posso prendere una studentessa, metterla davanti a un codice e dirle: annusa e dimmi che c'è scritto!».

Vergnano si morse le labbra, il reverendo non osava mettere un antico testo sotto al naso di una ragazzina, ma in compenso non si faceva scrupoli a rinchiuderla in uno stanzino buio per punirla di chissà quale sciocca marachella.

«Reverendo, ho avuto un'idea», annunciò dopo qualche istante, illuminandosi. «So cosa dobbiamo fare».

Capitolo 24

«Chi è a quest'ora?», borbottò una voce acuta in risposta alla scampanellata.

«Buonasera, sono Adelina, la nipote di Amalia Peyran». Al di là dell'uscio incominciò il consueto sferragliare che annunciava l'apertura delle numerose serrature.

«La giovane nottambula», brontolò Ferro con indosso la consueta giacca da camera.

«Non si sente bene, avvocato?», gli domandò vedendolo in tenuta notturna.

«Sto benissimo, perché mi fai questa domanda? Ho forse una brutta cera?».

Adelina osservò il viso giallognolo e rugoso dell'uomo, effettivamente la sua non poteva definirsi una bella cera, ma non era molto diversa da quella del giorno precedente e di tutti gli altri giorni nei quali l'aveva incontrato.

«La trovo benissimo», lo rassicurò, «ma vedendola in camicia da notte alle sette di sera…».

«E cosa dovrei indossare a quest'ora, un frac, forse? Ho cenato più di un'ora fa e adesso è tempo che mi prepari per la notte».

«Le ho riportato i suoi libri».

«Grazie e buonanotte», tagliò corto afferrando i volumi che la ragazza gli porgeva.

«Aspetti», implorò lei trattenendo l'anta che lui stava

richiudendo. «Ho un regalo per lei». L'uomo la guardò con un misto di sorpresa e diffidenza. «Un libro», specificò Adelina.

«Vieni», la invitò Ferro facendole segno di accomodarsi nella solita camera, mentre lui provvedeva alla chiusura della mezza dozzina di serrature.

Adelina entrò nel sancta sanctorum dell'avvocato: la terribile commistione di odori che il giorno prima l'aveva nauseata le parve più sopportabile. Forse il suo naso iniziava a farsi le ossa, o meglio le cartilagini. I libri, a dirla tutta, non erano l'unica cosa a rilasciare un forte lezzo; vi erano la polvere, il fumo della stufetta, le esalazioni d'umido sprigionate da alcuni panni stesi ad asciugare – o piuttosto a cuocere – sul tubo della già menzionata stufa e altri due o tre aromi sui quali giudicò più saggio non indagare. Guardandosi intorno, Adelina cercò invano un ripiano non occupato da volumi dove sistemare la cartella per trarne il suo dono, ma, non trovando nessun punto libero, si risolse a poggiare la borsa a terra accovacciandosi sulle ginocchia. Dopo la perquisizione del reverendo, le sue cose erano tutte stipate alla rinfusa: una stilografica aveva perso il cappuccio e macchiato la fodera della cartella, mentre il libro di matematica si era un po' spiegazzato. A un primo esame, però, non parevano esserci ulteriori danni e il pacchetto contenente il libro destinato all'avvocato era intatto, salvo una piccola macchia d'unto sulla carta da regalo, certamente causata dalla vicinanza con il noto tovagliolo.

«Tenga», disse porgendogli il pacchetto. «È per ringraziarla di avermi prestato i libri».

«Li hai già letti tutti?», domandò lui scartando l'involto.

«Sì, avvocato», confermò.

«Brava ragazza». Adelina sorrise compiaciuta: l'avvocato, da vorace lettore qual era, non metteva in dubbio che avesse letto quei tre tomi nello spazio di una sola notte.

«Una raccolta delle poesie di Gozzano», constatò Ferro con soddisfazione.

«Non le ha ancora lette?», domandò felice di quella reazione.

«Certo che le ho lette, ma questa è un'edizione speciale per i quarant'anni dalla sua morte».

«Le piace?».

«Certo, ragazzina», dichiarò Ferro andando a riporre la silloge in un punto preciso in mezzo a quel disordine, che evidentemente reputava la perfetta collocazione per il volume.

«Ti sono piaciuti i libri?», disse impilando sul tavolinetto da tè i testi appena restituiti.

«Moltissimo, specie il *Decameron*».

«L'ha letto anche tua zia?».

«No, lei no», sussurrò imbarazzata.

«L'aveva già letto», dedusse l'avvocato con ingenuità. «Avrei dovuto supporlo. In fondo chi non ha mai letto il *Decameron*?».

Adelina sorrise e tacque, così come le consigliava di fare la zia ogniqualvolta si fosse trovata in impaccio.

«Cosa ti piacerebbe leggere questa volta?».

Adelina si lasciò guidare dall'olfatto verso un settore della biblioteca che emanava un effluvio gaio e spensierato; dopo le disavventure degli ultimi giorni sentiva l'impellente necessità di svagarsi. Sfilò dallo scaffale il volume prescelto, lo aprì e inalò voluttuosamente le allegre folate sprigionate dalla carta.

«Sì», commentò soddisfatto il vecchietto, «sei proprio una giovane annusatrice».

«È vero», confermò Adelina con immensa gioia, quasi che affermarlo ad alta voce lo rendesse più reale.

«Hai scelto un libro spassosissimo», si congratulò l'avvocato. «Si tratta di *Tre uomini in barca* di Jerome».

La ragazza inalò la fragranza di un'altra pagina e una

lieve fitta le scosse le tempie, ma la sensazione sgradevole fu subito oscurata da una risata.

«Da qualche parte dovrei avere anche *Tre uomini a zonzo*», rifletté Ferro iniziando a scartabellare tra le centinaia di titoli.

«Aspetti, avvocato», lo fermò. «Mi parli degli annusatori».

«C'è ben poco da dire», rispose lui continuando a passare in rassegna i dorsi dei volumi. «Ci sono persone a cui piace annusare i libri: alcuni amano l'odore della carta e dell'inchiostro quanto, e talvolta più, dello stesso contenuto dei libri. Siamo in tanti, ma non sempre ci riconosciamo. Noi annusatori siamo riservati ed evitiamo di annusare in pubblico, nel timore di essere giudicati strani».

«Lei non annusa i libri in pubblico?».

«Cerco di evitarlo, ma qualche volta mi scappa», ammise con una lieve risata. «Per esempio, quando entro in una libreria non so resistere a quel buon odore di carta fresca di stampa».

Adelina pensò che, data la decennale esperienza, l'avvocato dovesse essere un annusatore di straordinaria abilità, visto che era in grado di percepire persino l'odorino acerbo delle copie di una libreria, cosa che a lei ancora non riusciva.

«Noi annusatori preferiamo praticare il nostro piccolo passatempo lontani da occhi indiscreti, ecco perché dall'inizio del diciottesimo secolo abbiamo fondato la Società Segreta degli Annusatori di Libri».

«Una vera società segreta?», si stupì la ragazza.

«Certo, cara», disse Ferro aprendo un cassetto del suo scrittoio e tirandone fuori un vecchio registro. «Abbiamo persino un nostro statuto».

«Posso vederlo?», domandò la ragazza allungando impaziente le mani.

«Mi spiace, ma si tratta appunto di una società segreta, se ti facessi leggere lo statuto che razza di segreto sarebbe?».

«I soci possono avere qualsiasi età?», chiese Adelina speranzosa di poter incontrare qualche annusatore coetaneo.

«Si può essere annusatori a qualunque età, ma purtroppo la nostra società conta in prevalenza persone anziane».

«Peccato», si lasciò sfuggire.

«Purtroppo molti annusatori scoprono le loro facoltà in età avanzata», si giustificò l'avvocato.

«Lei quando ha scoperto di essere un annusatore?».

«Ho sempre adorato l'odore dei libri, ne annusavo le pagine ancora prima di imparare a leggere; poi, col trascorrere degli anni, ho trasformato questa mia passione in una vera abilità. Oggi sono tra i più esperti annusatori della nostra società segreta».

«Quindi è una cosa che si può migliorare?», domandò Adelina pregustando le sconfinate potenzialità del suo dono.

«Certo, si possono raggiungere risultati sorprendenti esercitandosi di continuo».

«Potrebbe farmi un esempio?».

«Potrei darti una dimostrazione», dichiarò Ferro afferrando un lungo calzino nero messo ad asciugare sul tubo della stufa accanto al legittimo fratello. «Però devi promettermi che non rivelerai a nessuno ciò che stai per vedere. Ho sempre mantenuto con cura il mio segreto e non vorrei che oggi, a ottantasei anni, la gente iniziasse a considerarmi un fenomeno da baraccone».

Adelina incrociò gli indici delle mani e li portò alle labbra schioccandovi sopra due bacetti; tranquillizzato da quel puerile giuramento, l'uomo si sedette sulla poltrona, l'unico mobile della camera che insieme al letto era adibito ad accogliere corpi umani anziché volumi cartacei, e si bendò gli occhi con il calzino.

«Scegli un libro a caso», la invitò, «e portamelo qui».

La ragazza individuò un'enciclopedia dai dorsi consunti e sfilò il volume dedicato alla lettera F. Annusare un'enciclopedia doveva essere un'impresa piuttosto difficile, poiché non conteneva una storia ma migliaia di voci collegate tra loro soltanto dall'iniziale.

Porse il volume all'uomo, che prima lo tastò con cura, poi lo aprì inspirando profondamente e infine ne palpò una singola pagina. Adelina era affascinata da quella tecnica di lettura mista, che coinvolgeva sia l'olfatto che il tatto. Eh sì, come annusatrice aveva ancora molta strada da fare. L'avvocato, sempre con la benda sugli occhi, richiuse il libro e glielo restituì.

«Aprilo alla seconda pagina, dovrebbe essere quasi tutta bianca», ordinò. «Leggi le poche righe stampate in basso, ma non farlo ad alta voce».

Adelina ebbe qualche problema a eseguire l'ordine: le storie e i dialoghi dei libri fluivano nella sua mente senza ostacoli, ma per desumere il significato letterale delle parole era necessaria la lettura visiva, un'arte che non padroneggiava ormai da tempo.

«Hai letto?».

«Sì», mentì.

«Tieniti forte: questo libro è stato stampato in un anno compreso tra il 1935 e il 1938 su carta bibbia prodotta da Miliani Fabriano, copertina in pelle bovina con interno di carta goffrata della medesima cartiera, giusto?».

«Sì», rispose senza aver potuto appurare la veridicità delle affermazioni. «Che altro ha annusato?».

«Come sarebbe a dire?», si stupì l'avvocato.

«Di cosa parla il libro?», lo incalzò lei.

«E come faccio a saperlo?», rispose l'uomo togliendosi l'improvvisata benda dagli occhi.

«Dall'odore...», sussurrò mogia, incominciando a comprendere la situazione.

Evidentemente gli annusatori come Ferro e con buona probabilità gli altri membri della società segreta, erano molto differenti da quelli come lei. Sempre che ve ne fossero altri, come lei. Adelina possedeva una facoltà fuori dall'ordinario, mentre Ferro e i suoi compagni avevano semplicemente sviluppato un'abilità che, seppur sorprendente, non aveva nulla di sovrannaturale.

«Ti vedo delusa», constatò lui.

«Quel che fa è senza dubbio notevole, ma...».

«Certo che lo è», si risentì. «Le mie datazioni sono precise quanto quelle del carbonio-14».

«Non lo metto in dubbio». E davvero non era in grado di farlo, visto che non aveva idea di cosa fosse il carbonio-14.

«Il metodo del carbonio-14 è un sistema di datazione messo a punto da uno scienziato americano di nome Libby», attaccò l'avvocato nel cogliere sul suo volto la più adamantina ignoranza in materia. «Il carbonio in natura si trova in tre isotopi: 12, 13 e 14. Sai cosa sono gli isotopi?». Adelina scosse la testa in segno di diniego.

«Il carbonio-14 è presente in ogni essere vivente e incomincia a dissolversi al momento della sua morte», riattaccò lui, «e in base al quantitativo di carbonio residuo possiamo determinare da quanto tempo l'organismo è morto. In pratica siamo in grado di conoscere l'età di qualunque cosa. Per esempio di un libro».

«Ma un libro non è un essere vivente».

«No, ma le sue pagine hanno origine vegetale o animale».

«È molto interessante», cercò di tagliare corto Adelina, «ma non capisco cosa c'entri con l'annusare i libri».

«Gli scienziati da qualche anno possono datare gli antichi manoscritti col carbonio, ma noi annusatori li datiamo da secoli, e senza scomodare gli isotopi. Devi sapere, ragazzina, che ogni epoca ha la sua carta e il suo inchiostro, e la combinazione di questi due elementi sprigiona un odore che solo un olfatto molto affinato è in grado di riconoscere. Siamo un po' come certi esperti sommelier che riescono a capire quale vino si trova nel loro bicchiere ancora prima di averlo assaggiato».

«Sinceramente pensavo che...», Adelina esitò, «riusciste a leggere i contenuti di un libro con l'olfatto».

«Questa dove l'hai sentita?».

«In giro», rispose evasiva. «Ho saputo di gente che col naso riesce persino a leggere testi in lingue sconosciute».

«Davvero *in giro* si dicono certe cose?». Lei annuì debolmente. «Ti hanno raccontato una bella fandonia, signorina».

«Capisco», sospirò Adelina abbozzando un sorriso di circostanza. «Mi diceva che il libro che mi ha dato ha un seguito, giusto?».

«Sì, *Tre uomini a zonzo*. Non è il seguito bensì un'altra avventura con gli stessi personaggi».

«Potrebbe prestarmi anche quello? Credo che stasera avrò proprio bisogno di ridere».

Capitolo 25

«Vuoi altre due dita di vino?», propose Anna ad Amalia, che se ne stava a disagio accanto al bancone del Caffè Nazionale. Quella sera le Gemelle Delizia l'avevano pettinata e addobbata a dovere, peccato che indossasse il suo solito abito nero con gonna longuette; tuttavia, anche se sui gomiti cominciava a essere un po' liso, le stava ancora divinamente e il lungo filo di perle che aveva ricevuto dal suo misterioso corteggiatore lo ravvivava facendolo sembrare appena uscito dalle mani del sarto.

«Ti ringrazio, Annetta», rispose con cortesia, «ma il vino mi dà subito alla testa».

«Essere un po' brilla ti aiuterà», s'inserì Caterina. «Senza sbronzarti però, altrimenti lascerai cadere la monetina».

Amalia accettò il suggerimento della sua consigliera e si fece riempire il bicchiere. Il Caffè Nazionale a quell'ora era pieno di gente di ogni tipo: coppie di ritorno dal teatro, studenti nottambuli, attori appena scesi dal palco e drappelli di ufficiali in libera uscita. Gli avventori erano allegrotti, ma non ubriachi fradici come la marmaglia che poco prima aveva assistito allo spettacolo della compagnia Rossi; i prezzi elevati delle consumazioni, che tanto impensierivano Amalia, riuscivano infatti a tenere lontani i soggetti molesti.

«Ragazze, non continuate a tracannare come due carrettieri», le redarguì Amalia, «altrimenti la paga di stasera non vi basterà per saldare il conto».

«In questi caffè non ho mai messo mano al borsellino», rispose con noncuranza Caterina, «qualche cortese signore paga sempre le nostre bevande».

Un gruppetto di uomini di mezza età con indosso l'uniforme fascista entrò nel locale con andatura tronfia e cadenzata.

«Pezzi grossi», commentò Anna.

«E grossi stronzi», aggiunse un giovanotto biondo vestito con eleganza, che da tutta la sera tampinava Anna e, molto probabilmente, avrebbe finito per pagare le sue consumazioni e quelle delle compagne di bisboccia. «Con quegli stivaloni, le braghe gonfie e il fèz, sembrano pupazzi caricati a molla».

«Come sei divertente, Manlio», trillò Anna aggrappandosi al braccio del giovane e concedendogli un fugace bacio dietro l'orecchio, subito seguito da un altrettanto rapido piccolo morso sul lobo.

«L'uomo là in fondo è il colonnello Peyran», bisbigliò Caterina, indicando un gruppetto di ufficiali dell'Aeronautica, all'altro capo del bancone di mescita.

«Quello moro con i baffetti?», domandò Amalia.

«Sì, ti piacerebbe», ridacchiò l'amica. «Il tuo spasimante è quello che ha appena posato il bicchiere».

Amalia prese in esame il suo pretendente: era piuttosto alto, con un faccione rubizzo sul quale luccicavano due occhietti porcini di un grigio glaciale. Il berretto blu con lo stemma coronato camuffava a stento la calvizie e le molte decorazioni che costellavano la giacca non riuscivano a sviare l'attenzione dall'enorme pancia.

«Sembra un maiale con poche setole», commentò rabbrividendo di disgusto.

«Del maiale non si butta via niente», raccolse Caterina con un risolino, «e quello è un porcello con tanta di quella ciccia che se riuscirai a scuoiarlo ti sfamerà per molti inverni».

«Non credo che avrò il coraggio di toccarlo, figuriamoci di scuoiarlo».

«Stasera a teatro eri la più bella», s'inserì il biondino rivolgendosi ad Anna con la faccia arrossata un po' per il vino e un po' per le effusioni.

«È impossibile che tu possa pensare questo», protestò Anna simulando un tenero broncio.

«Giuro sul mio onore che è così!», si difese il ragazzo con ridicolo slancio.

«Come faccio a essere la più bella, se mia sorella è identica a me?».

«Tu hai qualcosa in più», dichiarò sollevandole una mano e baciandogliela.

«È vero», sussurrò lei avvicinandosi al suo viso, sin quasi a toccargli le labbra con le sue, «io ho te».

«Vedi, Amalia», disse Caterina indicando la sorella. «Tu devi fare esattamente così col colonnello Peyran».

Amalia non era una grande esperta di seduzione, ma supponeva che le sarebbe riuscito piuttosto semplice vezzeggiare un bel giovanotto biondo; tutt'altra cosa invece era dover rivolgere le medesime carinerie a un obeso attempato.

«Chi è il biondino?», domandò Amalia non appena la coppietta si fu allontanata, lasciando lei e Caterina sole al bancone.

«Uno studente di Giurisprudenza, suo padre ha uno studio legale in corso Vittorio con più di venti impiegati. Anna l'ha preso di mira da qualche settimana, tra pochi mesi il bamboccio compirà ventun anni e la sgualdrinella cercherà di farsi maritare».

«Credi che le riuscirà?».

«Solo se saprà tenerlo sulla corda sino alla maggiore età».

«Bel ragazzo e ottimo partito», sospirò Amalia. «Trovassi anch'io uno così».

«Avresti dovuto darti una mossa quand'era ora», sentenziò Caterina. «Esistono due momenti nei quali è più facile incastrare un uomo: quando è solo un bambinone ingenuo come il piccolo Manlio, o quando è uno scapolo ben stagionato come il tuo colonnello».

L'omone pluridecorato si guardò intorno con i suoi occhietti grigi e notò Amalia ornata del lungo filo di perle.

«Sta venendo verso di noi», l'avvertì Caterina. «Sorridi, diamine! Non badare al suo aspetto, immaginalo come uno di quei salvadanai a forma di maialino: sotto quella cotenna c'è tanto oro quanto pesa, e quello lì deve pesare un bel po'».

Il colonnello si avvicinò a passo tronfio, quasi marziale, seguito da un bell'uomo sui trentacinque anni, dai capelli e i baffetti impomatati.

«Buonasera, care signorine», il tono del colonnello era caldo e suadente, e sentire quella bella voce uscire da un corpo così brutto era come veder sgorgare dell'ottimo vino da un immondo pitale.

«Buonasera, colonnello Peyran», salutò Caterina. «Grazie per averci onorati della sua presenza a teatro, anche se suppongo che tale onore sia stato concesso a tutti per amore di qualcuna in particolare». La faccia rubizza dell'uomo arrossì ulteriormente e Caterina approfittò del momento di impasse per incoraggiare Amalia con una lieve, ma non per questo meno aguzza, gomitata.

«Buonasera, colonnello», biascicò Amalia con il vigore di un agnellino. «Sono onorata di fare la vostra cono scenza. Debbo ringraziarvi per…».

«I fiori», completò Caterina dandole a intendere che accennare al filo di perle sarebbe stato sconveniente. «Questo nobile cavaliere», continuò poi rivolgendosi al bell'uomo dai baffetti impomatati, «ha mandato alla signorina Amalia un enorme mazzo di calle».

«Permettetemi di presentarvi il maggiore Ernesto Pini», scandì in tono solenne il colonnello. L'impomatato si presentò battendo i tacchi in maniera così sonora da far sobbalzare Amalia.

«Caterina, molto piacere», annunciò sollevando entrambi dall'impaccio di capire con quale gemella stessero parlando, «e lei è Amalia».

«Possiamo avere il piacere di offrirvi qualcosa, mie care?», proseguì il colonnello.

«Ne saremmo onorate», accettò Caterina.

«Potete farci avere un tavolo tranquillo?», domandò Peyran all'uomo dietro al bancone, con un tono cortese ma imperioso che suonava più o meno come: "So che il locale è pieno come un uovo, ma vedi di fare sloggiare qualcuno, altrimenti dovrai pentirtene".

Un attimo dopo i quattro erano seduti a un tavolino d'angolo, a gustare tartine al caviale del Volga e champagne francese, in barba alle indicazioni fasciste che scoraggiavano il consumo di prodotti d'importazione.

«Siete di buon appetito, cara Amalia», constatò con soddisfazione il colonnello. «Trovate che questo caviale sia di buona qualità?».

«Non saprei», ammise lei con candore, «non avevo mai assaggiato il caviale; però è buono, sa di acciughe».

«Che tesoro d'ingenuità», rise il colonnello, «non trovate anche voi, maggiore Pini?».

«Adorabile», confermò l'altro, «come la deliziosa Caterina».

Amalia si soffermò a osservare il maggiore Pini: quello sì che era un bell'uomo, ma Caterina non sembrava degnarlo di troppa attenzione, forse perché all'anulare sinistro aveva un'ombra più chiara che evocava la presenza di una fede nuziale; un tratto impercettibile per chiunque, ma assolutamente inequivocabile per due ragazze a caccia di un buon matrimonio.

Tra una tartina e l'altra, Amalia, che come da istruzioni dell'amica si era seduta un po' discosta dal tavolo con la sedia sistemata a tre quarti, accavallava le lunghe gambe facendole sbucare dal profondo spacco, reso ancor più generoso da un intervento di forbici operato poco prima da Anna in camerino. Quando lo sguardo del colonnello veniva attratto da quel gesto, Amalia sorrideva fissandolo per un istante, per poi abbassare subito gli occhi con fare pudico. La routine di accavallamento gambe, sorriso, sguardo birichino e occhi da verginella veniva eseguita in maniera piuttosto meccanica ma, tant'è, il colonnello sembrava gradirla.

«Visto che apprezzate il buon cibo», le si rivolse, «forse domani potrei portarvi a pranzo in un buon ristorante».

Amalia avvampò, ma in maniera appena visibile sotto gli strati di cipria con i quali le gemelle le avevano corazzato il viso. Caterina intuì che l'amica non era ancora pronta per incontrare il suo ammiratore da sola; se lo avesse fatto avrebbe finito per allontanarlo o, peggio, per cedergli rovinando il loro piano.

«Prima che arrivaste stavo giusto dicendo ad Amalia quanto mi piacerebbe farle provare il ristorante San Giors a Borgo Dora», intervenne la ragazza. «Pensavamo per l'appunto di andarci domani».

«Perfetto», commentò il colonnello, «sarà un onore offrire il pranzo a entrambe. Voi, maggiore, sarete dei nostri?».

«Certo», rispose l'uomo con poco slancio, il che confermò alle ragazze che stava acconsentendo per compiacere il suo superiore, ma che la cosa avrebbe potuto dargli dei grattacapi con l'altro suo capo, ovvero la signora Pini.

«Grazie per esserti inventata la storia del ristorante», sussurrò Amalia all'amica, mentre i loro cavalieri erano intenti a scambiare alcuni convenevoli con dei conoscenti seduti al tavolino accanto.

«Non devi ringraziarmi, ci guadagnerò anch'io un buon pasto e il maggiore Pini non è affatto da buttar via».

«Ma è sposato!».

«Certo che lo è», confermò Caterina sorseggiando un po' di champagne, «ma questo non mi impedirà di scroccargli un pranzo e magari un bel braccialetto di corallo; ne ho visto uno in una vetrina di via Milano che è una vera delizia».

«Amalia, vi piace lo champagne?», le domandò il colonnello che, congedati i conoscenti, era tornato a dedicarle tutta la sua attenzione. «Non mi dite che vi ricorda il moscato».

«No», rispose lei accavallando le gambe e dando inizio alla solita dinamica, «è molto più frizzante e ha un sapore più secco. Bollicine a parte, può ricordare l'Erbaluce di Caluso».

«Acciughe ed Erbaluce», rise il colonnello. «Siete proprio un tesoro».

Lo champagne iniziava a offuscarle la mente, il colonnello Peyran sembrava meno detestabile e la coreografia di gambe e sguardi le riusciva più fluida. Ora Amalia fissava l'uomo più a lungo prima di abbassare lo sguardo con civettuola modestia; "Guarda che gambe", sembrava voler dire quello sguardo, "e se i binari sono così belli, immagina la stazione".

Capitolo 26

Ci sono circostanze nelle quali non sentirsi soli è praticamente impossibile: quando si è adolescenti, quando si è lontani da casa o quando si è diversi da tutti gli altri. Adelina, in quel momento, poteva vantare tre requisiti su tre. Il giorno precedente aveva creduto che l'avvocato Ferro fosse tale e quale a lei, ma purtroppo lui non sapeva leggere col naso, la sua *straordinaria* facoltà si limitava al bendarsi con un calzino, palpare e fiutare un libro e indovinarne l'anno di stampa.

La notte appena trascorsa sarebbe stata davvero infelice, se non avesse avuto il conforto dei *Tre uomini* di Jerome.

Avvolta nel cappotto grigio, Adelina attraversò il portone della scuola e salì le maestose scale, senza quasi fare caso alle persone che incrociava.

«Buongiorno». Luisella le corse incontro mentre entrava nell'aula. «Stai bene?», proseguì prendendole la cartella e portandola fino al suo banco, con l'atteggiamento premuroso di chi non vuole fare affaticare un convalescente.

«Sto bene, ti ringrazio». Mentre si accingeva a tirare fuori dalla cartella quanto le sarebbe servito per la lezione, Adelina notò che dietro all'amica si era formato un drappello di studentesse che la osservavano con morbosa trepidazione.

«Che fate tutte qua, pettegole?», le cacciò con autorevolezza Luisella. «Smettete di guardarla come una bestia rara!».

«Cosa ti è successo ieri?», le domandò Adelina a bruciapelo.

«Cosa è successo a me? Semmai vorrei sapere cosa è successo a te».

«Ho visto tuo padre nell'androne che aspettava il reverendo», spiegò Adelina. «Hai combinato qualche guaio?».

«No, nessun guaio, Adelina cara». Il tono dell'amica era di nuovo quello pietoso che si riserva a malati e reietti. «Mio padre e Kelley sono appassionati di testi antichi e così ogni tanto si incontrano per parlarne».

«Meglio così».

«Meglio così un corno», sbuffò Luisella. «A volte mio padre invita il reverendo a cena e passano buona parte della notte nel suo studio. In quelle occasioni mi tocca dormire con un occhio aperto al pensiero di quel corvaccio a due camere di distanza».

«Bella seccatura».

«E tu cosa mi racconti?», riattaccò. «Kelley ti ha messo nella stanza delle torture? È vero che c'è un inginocchiatoio cosparso di cocci di vetro e l'ambiente è talmente angusto che dopo un po' ci si sente soffocare?».

«La stanza è piccola e buia», confermò Adelina, «ma di aria ce n'è abbastanza».

«E l'inginocchiatoio c'è?», domandò l'altra cercando di intravedere sotto l'orlo della divisa scolastica gli sfregi provocati dai vetri.

«Nessun inginocchiatoio».

Luisella mostrò un'espressione tra il sollevato e il deluso.

«Si tratta di una stanza piccolina, con una scrivania e molti libri».

«Una sorta di studiolo, insomma», dedusse Luisella senza più nascondere la sua delusione.

«Uno studio senza luce elettrica né finestre», proseguì Adelina, «roba che lì dentro potrebbe studiarci giusto un gatto». Il particolare misterioso della mancanza di illuminazione rintuzzò lo spirito gotico di Luisella.

«Forse hanno costruito quella stanzetta cieca per nasconderci dei libri proibiti, testi messi all'Indice dal tribunale dell'Inquisizione!». Adelina decise di lasciar galoppare la fantasia dell'amica, senza rivelarle che quegli scaffali contenevano per lo più testi in lingua straniera, messali e libri di teologia. «Magari in quella stanza conservano una copia del *Malleus Maleficarum*, il trattato medievale sulla stregoneria».

Adelina ebbe la netta sensazione che da quel giorno, nell'immaginario delle studentesse, l'inginocchiatoio avrebbe lasciato il posto nella stanza delle punizioni a libri maledetti dai terribili influssi. Nel giro di pochi giorni l'innocuo stanzino sarebbe diventato un luogo infestato da perfide streghe, pronte a tormentare le anime delle studentesse messe in punizione.

«Mio padre stamattina mi ha parlato di te», cambiò discorso Luisella. «Dice che gli hai fatto un'ottima impressione e che per me sarebbe un gran bene frequentarti».

«Davvero ha detto così?», si stupì Adelina.

«Sì, dice che sei uno spirito semplice ma profondo, non una delle solite pupattole agghindate e lagnose che ho frequentato finora». Adelina avvampò di compiacimento, non era abituata a ricevere complimenti, e i pochi che aveva ricevuto non potevano reggere il confronto con "spirito semplice ma profondo".

Durante l'intervallo ebbe modo di constatare che la sua scarsa popolarità era stata accresciuta dall'esperienza nella stanza delle punizioni. Le sue compagne le chiesero dettagli sul terribile castigo e quando lei dichiarò che non era poi stata quella gran tortura, tutte la guardarono piene d'ammirazione. Nella classe era stata la prima a sperimentare il sadico supplizio della stanzetta buia, e questo faceva di lei una pioniera.

Ora le sue compagne volevano esserle amiche e nessuna sembrava più fare caso ai calzettoni di lana o ai rozzi scarponcini che per mesi erano stati oggetto di derisione: ormai era un'eroina, e le eroine hanno diritto di indossare ciò che più aggrada loro – nessuno aveva mai fatto appunti a Giovanna d'Arco per il suo buffo cappuccio, nonostante si trattasse di un copricapo ben più ridicolo delle berrette di Adelina.

Dopo la scuola andò a studiare a casa di Luisella, dove ad aspettarla c'erano le ormai famose tartine all'inglese preparate dalla governante.

«Sei sicura che padre Kelley non verrà?», domandò Adelina con preoccupazione. La giornata appena trascorsa era stata meravigliosa, e uno degli aspetti che l'aveva resa tale era il non aver intravisto il brutto muso del reverendo.

«Non preoccuparti», la rassicurò l'amica, «oggi papà non c'è, e Kelley in genere si presenta qui solo per incontrare lui».

«Tua madre oggi è in casa?».

A quella domanda apparentemente innocente, Luisella abbassò lo sguardo e incominciò a torcersi le mani, con un atteggiamento molto simile a quello che aveva Adelina quando il reverendo Kelley la chiamava alla cattedra.

«No. Mia madre è in viaggio», chiuse il discorso Luisella, «starà via per parecchie settimane, forse mesi».

Il tono accigliato dell'amica fece capire a Adelina che era il caso di trattenersi dal fare altre domande su sua madre.

«Mi presteresti un libro?», chiese Adelina, un po' per

scuotere l'amica dal suo strano turbamento, un po' perché ormai non poteva più immaginare di addormentarsi senza aver prima annusato una storia.

«Certo», le rispose Luisella scegliendo un volume dalla libreria. «Questo è il libro preferito della mia mamma», disse porgendoglielo. «Una volta mi ha detto che certi brani del romanzo sembravano parlarle direttamente al cuore».

Adelina fissò la copertina, il titolo era breve ma abbastanza ostico.

«È *Jane Eyre*», la tolse d'impaccio l'altra, «di Charlotte Brontë, una storia d'amore davvero intensa».

«Tua mamma non si arrabbierà se me lo presti?».

«Mia madre non è qui», tagliò corto Luisella con un'alzata di spalle, «e dove si trova adesso, probabilmente, non sente la necessità di leggerlo».

Capitolo 27

Quando, come ormai da qualche settimana, Amalia giunse in teatro a bordo di una Balilla guidata dall'autista del colonnello Peyran, l'edificio era in subbuglio: porte che sbattevano, gente che correva qua e là e soprattutto strepiti e improperi di ogni sorta. Amalia afferrò per la manica la costumista, che sembrava voler cercare la salvezza rifugiandosi in platea.

«Che succede, Rosetta?».

«Il pandemonio!». La donna si fermò e sospinse Amalia in un angolo, la sua voglia di raccontare superava di gran lunga lo sconcerto per la situazione: «Ci tolgono il teatro, subito, senza aspettare che finisca la stagione».

Amalia evitò di domandare il perché, visto che da tempo la sala si riempiva solo per metà e talvolta anche di meno; il mese precedente, in accordo col proprietario del teatro, Arturo Rossi aveva deciso di abbassare il prezzo dei biglietti, purtroppo però il pubblico non era aumentato e in compenso ne era scesa la qualità. Non che il varietà del Prodigioso Rossi avesse mai attirato l'élite torinese, ma ora, col biglietto ribassato, quel che riusciva a raccattare erano gli scarti delle peggiori sale della città.

«Dove sono Anna e Caterina?», domandò Amalia colta da un brutto presentimento.

«Andate», sospirò Rosetta. «Era un po' che quell'impresario di Roma gli girava intorno».

«Sono già partite?».

«Speriamo che non finiscano male, povere figliole», proseguì a ruota libera la donna. «Quel tizio aveva detto che gli avrebbe procurato un'audizione alla Cetra ma poi non se n'è fatto niente, ora le ha illuse con una scrittura al Salone Margherita, ma ci scommetto che anche questa storia finirà in una bolla di sapone. Le metterà in qualche compagnia più scalcagnata di questa, sempre che non finiscano in qualche bordello. Pare che in certi casini di lusso le gemelle siano molto richieste».

Amalia abbandonò la donna alle sue apocalittiche previsioni e si diresse dietro le quinte prima che iniziasse a fare congetture anche sulla sua carriera: vista la sua incapacità nel cantare, sarebbe approdata al bordello senza passare per le audizioni alla Cetra. Nel camerino, Glauco Parini e Antonio Degli Esposti litigavano furiosamente, mentre alcune ballerine raccattavano dalle specchiere ogni sorta di cosmetico e belletto; segno che le ragazze, scuotendo le loro colorate piume di struzzo, avrebbero presto preso il volo alla volta di nuovi ingaggi.

«Amalia, hai saputo?», le domandò Degli Esposti dando tregua a Glauco Parini. «La baracca chiude! Io torno a Napoli, lì conosco tanta gente e qualcosa salterà fuori».

«Hai sentito questo vigliacco?», ringhiò Glauco. «Vuole tagliare la corda dopo tutto quello che Rossi ha fatto per lui».

«Per lavorare con Rossi ho lasciato Isa Bluette», tuonò il comico. «Ho rinunciato a un'ottima paga».

«Ma quale Isa Bluette», contestò Parini, «prima di incontrare Rossi suonavi la chitarra nelle trattorie e la paga te la mettevano i clienti direttamente nel cappello!».

«Anna e Caterina dove sono?», domandò Amalia con angoscia, senza curarsi delle recriminazioni che si scambiavano i due. In quelle ultime settimane Amalia aveva corteggiato il colonnello seguendo in modo fedele le istruzioni delle gemelle, e i risultati stavano arrivando. Pur non avendogli concesso che qualche bacetto, il colonnello le aveva messo a disposizione l'auto, la portava al ristorante tutti i giorni e i regali ormai non si contavano più. In tutto quel percorso, però, era sempre stata assistita dalle Gemelle Delizia, che le dicevano cosa fare e come reagire alle avances dell'uomo. Senza la loro consulenza avrebbe certamente perso il suo corteggiatore o, peggio, lasciato cadere la fantomatica monetina che reggeva tra le ginocchia.

Non riuscendo a ottenere risposte dai due litiganti, Amalia bussò al camerino del Prodigioso Rossi nella speranza di avere spiegazioni, ma dal tono dell'«Avanti» capì che non le avrebbe ottenute.

Rossi era riverso sul tavolo della toeletta, ubriaco come un drappello di soldati in licenza e con il vecchio frac tutto macchiato di cipria.

«Sei qui, angelo mio?», le disse alzandosi a fatica. «Tu non mi abbandonerai, vero?».

«No», rispose un po' per pietà, un po' perché non aveva migliori prospettive.

«Io e te ricominceremo da capo», biascicò Rossi abbandonandosi nuovamente sulla seggiola. «Quando iniziammo avevamo soltanto il nostro amore, l'importante è che tu non te ne vada, Adalgisa cara».

Amalia avrebbe voluto fargli presente che non era la buonanima di sua moglie, ma preferì soprassedere e darsi alla fuga.

«Certo, caro», gli disse sorridendo, «faremo come vuoi tu. Ora però...».

«Non andare da quel tuo colonnello», la implorò trattenendola per un polso. «Non abbiamo bisogno di lui, non ci serve la sua influenza, ci basterà il nostro talento».

«Certo», rispose cercando di divincolarsi dalla stretta. «Lasciami andare».

«Sicuro», acconsentì lui allentando la presa. «Ti devi occupare di tante cose», proseguì cambiando totalmente registro, «devi badare che gli artisti non si portino via i costumi e sistemare i conti con il proprietario del teatro».

«Ma io non...».

«Come farei senza di te, Adalgisa?», sussurrò crollando di nuovo sul tavolo. «Sposarti è stata la cosa migliore che mi sia capitata».

«Anche per me», si sentì in dovere di replicare mentre, a passo leggero, indietreggiava per guadagnare la porta.

Uscita dal camerino del Prodigioso Rossi, che ormai di prodigioso aveva soltanto un persistente stato di sbronza, Amalia notò che la situazione era addirittura peggiorata. I suoi colleghi, che a mano a mano erano giunti in teatro, dopo essere stati informati della débâcle della compagnia e aver esaurito il repertorio di imprecazioni e rimostranze, stavano facendo razzia di costumi e belletti, per poi darsela a gambe.

«Quel corsetto è della compagnia», disse Amalia a una subrettina che stava stipando, insieme ad altri oggetti, un corpetto luccicante in una cappelliera.

«Tu sei la cocca del capocomico», rispose la ragazza senza interrompere il saccheggio, «ma io non vedo la paga da settimane. Questo è un piccolo indennizzo».

Era la ritirata di un esercito stremato che cercava di razziare quel poco che poteva offrire una sconfitta e, pur non sapendo nulla di usanze militari, Amalia decise di non opporre resistenza, ma, anzi, di mettere in salvo lei stessa le proprie cose. Non aveva intenzione di rubare nulla, solo di preservare i suoi accessori dallo sciacallaggio, in modo da poterli restituire a Rossi non appena possibile. Amalia arraffò il costume bianco, le scarpine spolverate d'argento, la parrucca, il ricco diadema di piume e infagottò il tutto in una vecchia tovaglia che faceva parte degli arredi di scena. Con il raffazzonato bagaglio si avviò a passo spedito alla volta della pensione di madama Torchio, nella speranza di riuscire a intercettare le gemelle prima della loro partenza.

Erano partite sul serio?

Nel mondo dal quale proveniva, quello contadino, era raro sentire la frase "Me ne vado"; se qualcuno però arrivava a pronunciarla voleva dire che se ne sarebbe andato davvero, come accadde ai suoi vicini di casa che un giorno salutarono tutti ed emigrarono in Argentina. Nell'ambiente teatrale, forse a causa della natura nomade insita nel mestiere, la frase "Me ne vado" veniva ripetuta con regolarità e abbondanza, ma la maggior parte delle volte alla dichiarazione non si associava un reale proposito.

"Andrò a lavorare a Parigi in una grande rivista", "Parto in tournée con Macario" o "Torno al teatro di prosa" erano frasi che nel retropalco venivano ripetute con la stessa frequenza di "Hai un po' di cerone?", "Stasera c'è pubblico?" o "Hai cinquanta lire da prestarmi?".

Giunta alla fermata del filobus, mentre cercava nelle tasche le monetine necessarie per pagare la corsa, le venne in mente che, anche se da qualche settimana stava vivendo da marchesa grazie al colonnello, il suo gruzzoletto di contanti si era quanto mai assottigliato e sarebbe stato sufficiente per pagare al massimo un altro mese di pensione. Nonostante le accuse dei suoi colleghi, nemmeno lei vedeva la paga da parecchio tempo e aveva dato fondo a buona parte dei suoi risparmi. Per risolvere i problemi economici avrebbe potuto chiedere aiuto al suo spasimante, ma domandargli denaro era fuori discussione, su quel punto Caterina era stata chiara: «Si possono accettare cene e regali perché sono cose da innamorate, ma prendere denaro è roba da mantenute e le mantenute finiscono sempre in miseria. Quando un uomo si stanca della moglie gli tocca tenersela; quando invece vuole liberarsi dell'amante, magari perché ha trovato una giovane racchia con una bella dote, gli è sufficiente aprire la porta e dirle "Cara, levati di torno"!».

Entrando nel salotto al pianoterra della pensione Torchio, Amalia ebbe la sensazione di non aver mai lasciato il teatro: le voci che sentiva echeggiare nelle sale comuni e dalle camere ai piani superiori erano all'incirca le stesse.

«Tu non dai i numeri?», le domandò la signora Torchio transitando con una cesta di lenzuola. «Sei della compagnia Rossi, giusto?».

Amalia annuì.

«I tuoi colleghi se ne stanno andando senza preavviso», la donna si interruppe e indicò prima il soffitto poi la porta d'ingresso. «Capisco che se la vogliano filare, ma non potrebbero farlo in silenzio? Senti quanti santi chiamano in causa! Tra poco avrò...», la signora Torchio fece il conto aiutandosi con le dita, «sei stanze libere, sette se te ne vai anche tu, e l'ultima cosa della quale ho bisogno è che chi entra per prendere alloggio se ne scappi a gambe levate sentendo questo putiferio. Allora», strillò, «vogliamo finirla sì o no?». Per un attimo il baccano cessò, per poi rianimarsi sotto forma di timido ma crescente mormorio, che nel giro di mezzo minuto si tramutò nuovamente in pandemonio.

«Devo disfare anche la tua camera?», domandò madama Torchio.

«Per ora no», rispose Amalia stordita, «ho già pagato per tutto il mese».

«Brava figliola, bisogna dare il preavviso».

«Dove sono le gemelle?», domandò non appena ebbe

trovato una breccia nella fitta muraglia di parole della donna.

«Se ne sono andate per prime», sospirò la donna. «Mi spiace, erano brave ragazze, un po' fracassone ma molto pulite. Pare che abbiano accettato un ingaggio a Roma».

«Quando sono partite?».

«Circa un'ora fa, senza fare strepiti: sono state delle vere signore», disse mostrandole il polso cicciottello a stento abbracciato da un filo di perline rosse. «Questo me l'ha lasciato Caterina per ricordo», piagnucolò asciugandosi una lacrima con l'angolo di un lenzuolo che sbucava dalla cesta, «è di corallo, sai? E questi cinque o sei pallini sono d'oro. Ha lasciato una cosa anche per te». Madama Torchio, ormai sciolta in lacrime, appoggiò a terra il cesto, si frugò nelle tasche del grembiule e ne trasse un astuccio in pelle verde, accompagnato da una busta spiegazzata.

«Carissima Amalia», era scritto con grafia stentata su una carta da lettere da pochi soldi, «siamo state scritturate dal Salone Margherita. Manlio viene con noi, il prossimo febbraio compirà ventun anni e se il padre non lo becca prima sposerà Anna. Stai bene e ricorda di non lasciar cadere la monetina. Tue, Caterina e Anna».

Amalia lesse lentamente, seguendo con l'indice le zampe di gallina dell'amica.

«Questa è la collana di granati di Caterina», singhiozzò la Torchio non appena Amalia ebbe fatto scattare il meccanismo di apertura dell'astuccio. «Ne andava così fiera».

«Potete farmi un favore, madama?».

«Certo, cara», rispose la donna continuando ad asciugarsi gli occhi, questa volta con i lembi del grembiule.

«Chiamereste il colonnello Peyran per riferirgli che ho un forte mal di testa, per cui questa sera non intendo uscire? Chiamerei io stessa, ma…».

«Ovvio», annuì la donna con aria complice. «Zitti voialtri!». Gli ospiti ancora sputavano invettive all'indirizzo di Arturo Rossi che in quel momento non era presente nella pensione e, ovunque si trovasse, probabilmente non era presente neppure a se stesso.

Capitolo 28

Il reverendo Kelley entrò nell'aula col passo sollecito di chi è costretto a sbrigare una noiosa incombenza e non vede l'ora di terminarla per poter passare ad attività più piacevoli, un'andatura che le sue allieve interpretavano come una sadica premura di tormentarle.

Adelina e tutte le sue compagne scattarono in piedi, l'uomo le degnò appena di un cenno di saluto, poi andò a sedersi dietro la cattedra dove iniziò ad armeggiare col registro.

"Ahia", pensò all'unisono la classe, "oggi farà una strage".

Adelina, che essendo già stata interrogata si sentiva fuori pericolo, ebbe modo di notare qualcosa di stonato, quasi artificioso, nei consueti gesti bruschi del reverendo.

Colta da un orribile presagio, decise di affondare il naso nei *Promessi sposi*, con l'intento di ripassare la lezione. Da quando era entrata in possesso di una copia odorosa, Adelina aveva potuto leggere l'intero romanzo e doveva ammettere che, preso nell'insieme, era decisamente più gradevole che centellinato un capitolo alla settimana, come richiedeva il programma scolastico. Non sarebbe stato meglio leggere tutto il libro in un colpo solo per poi discuterne insieme in classe? Stando alla sua seppur breve esperienza, la lettura olfattiva era molto più veloce di quella visiva della quale disponevano le sue compagne, ma impiegare un anno intero per la lettura di trentotto capitoli era una tortura bella e buona! Non c'era da stupirsi se la maggior parte delle sue compagne detestava quel romanzo, che veniva somministrato goccia a goccia, come un'amara medicina.

«Avete letto il capitolo nono?», domandò il professore.

Un cantilenato «Sì, professore» si librò nell'aria.

«Qualcuna di voi vuole essere interrogata?». Le ragazze iniziarono a guardarsi tra loro, alla disperata ricerca di un agnello sacrificale.

«Vai tu», sussurrò Giuditta a Luisella assestandole una gomitata. «Tanto ti tratta bene, lui e tuo padre sono amiconi».

«Cosa vi state dicendo di così interessante?», le interpellò il professore.

Le ragazze si alzarono per rispondergli, come previsto dal protocollo scolastico.

«La signorina Vergnano», attaccò Giuditta prima che la compagna potesse parlare, «mi stava dicendo che vorrebbe proporsi come volontaria».

«È molto carino da parte della signorina Vergnano immolarsi per salvare la compagna di banco impreparata».

«Io sono preparata», protestò Giuditta.

«Benissimo», sorrise beffardo il reverendo, «allora venga vicino alla cattedra e lo dimostri».

Giuditta si incamminò di malavoglia, maledicendo la sua linguaccia.

«Lei, signorina Vergnano?», domandò alla ragazza ancora sull'attenti. «Non vuole venire ad aiutare la signorina Bosio? Ormai il suo ruolo di mentore è consolidato».

Luisella, intimorita dall'aggressività del professore, esitò qualche istante, mentre Adelina scrutava con crescente sospetto i gesti dell'uomo. Il reverendo non era certo estraneo alle sfuriate, ma quel giorno aveva qualcosa di diverso, anche se Adelina non avrebbe saputo dire che cosa.

«Mi porti il diario», ordinò il reverendo a Luisella, «la sua reticenza a farsi interrogare le costerà un due».

«Non è giusto!», sbottò Adelina, lasciando atterrita tutta la classe.

La ragazza sentì gli sguardi delle compagne poggiarsi su di lei; si era appena assicurata un'altra permanenza nella stanza delle punizioni.

«Pare che la sua protetta voglia essere interrogata al suo posto».

«Va bene», acconsentì Adelina coraggiosamente.

«No che non va bene», si rifiutò Kelley. «Io avrei avuto piacere a interrogare la signorina Vergnano, ogni tanto un insegnante ha bisogno di ascoltare una studentessa che non sia una completa somara, ma visto che lei parla senza essere interpellata e la signorina Vergnano rifiuta di venire alla cattedra, siete entrambe in punizione».

La vena sulla fronte! Adelina riuscì finalmente a venire a capo del particolare stonato: l'inquietante vena, che tagliava in due la fronte del professore quando dava in escandescenza, quel giorno non c'era!

«Ora le mette nello sgabuzzino delle streghe», commentò a bassa voce una studentessa: come prevedibile, lo stanzino delle torture, grazie alla prorompente forza del passaparola, era già diventato un antro stregato.

«Uscite dalla classe e non azzardatevi a rientrare finché non sarete richiamate», tuonò il reverendo, ancora con il piglio filodrammatico che probabilmente solo Adelina era stata in grado di cogliere.

Le due compagne di sventura corsero a rifugiarsi in

un angolo appartato del cortile e si sedettero, l'una accanto all'altra, su una delle scalette che conducevano al seminterrato.

Dopo un paio d'ore, gli occhi di Luisella sembravano avere in serbo ancora infiniti litri di lacrime, mentre l'unico cruccio di Adelina era il suo stomaco che aveva cominciato a protestare. Nonostante i morsi della fame, la ragazza giudicò che estrarre dalla cartella il suo prosaico panino, mentre la compagna si disperava, sarebbe stato oltremodo indelicato.

«Lo stanzino punitivo», tentò di spiegare a Luisella, «non è nulla di terribile, ci basterà procurarci una bottiglia d'acqua e una candela, così potremo leggere qualcuno dei libri che tengono lì dentro». Un singhiozzo scosse le spalle della ragazza. «Non piangere, Luisella, ti posso giurare che non ci sono streghe e neppure libri maledetti, ho controllato io stessa».

«Non è per le streghe», piagnucolò l'altra, «quello che mi dispiace è di essere stata messa in punizione. Non mi era mai accaduto».

«Anch'io fino all'altro giorno non ero mai stata punita, ma ti assicuro che da allora non è cambiato un granché. Sono sempre la stessa, capisci? E poi Kelley in questo periodo è di pessimo umore: ha punito me, ha cacciato dall'aula Giuditta per il rossetto e ora se l'è presa persino con te che sei la più brava. Ci passerà l'intera classe e, una volta che tutte verremo punite, sarà come se non fosse stata punita nessuna, perché saremo di nuovo tutte uguali».

«Ho paura di dirlo a mio padre», continuò a singhiozzare Luisella. «Sempre che non gliel'abbia già detto il cane rognoso».

«Tuo padre è un uomo gentile, vedrai che non si arrabbierà».

«Non ho paura che si arrabbi, ma che resti deluso». A

questa obiezione Adelina non seppe cosa replicare. Nella sua vita l'unica preoccupazione rispetto agli adulti era stata quella di non farli adirare, ma l'idea di poterli deludere non l'aveva mai sfiorata. I suoi genitori non potevano restare delusi dal suo comportamento, visto che non si aspettavano un bel nulla da lei, salvo che si tenesse lontana dai brutti voti e dai corteggiatori spiantati come Mariolino.

«Ho letto il libro che mi hai prestato», disse infine per cercare di distrarre l'amica dal suo pianto. «Mi è piaciuto molto, è una storia avventurosa e romantica».

«Hai già finito *Jane Eyre*?», le chiese Luisella mentre si asciugava le lacrime con un fazzoletto.

«Sì, ho letto tutta la notte», inventò Adelina, che grazie alla lettura olfattiva era riuscita ad assimilare l'intera trama del romanzo in breve tempo.

Le ragazze incominciarono a parlottare delle avventure della giovane Jane, della storia d'amore con il tenebroso Rochester e dei misteri della sua grande tenuta.

«Pensavo che nella soffitta vivesse un fantasma», dichiarò Adelina, «e invece c'era qualcosa di ben più spaventoso».

«Già...», sospirò Luisella tirando fuori dalla sua cartella una scatola di latta decorata, che custodiva degli invitanti biscottini al burro. «Ne vuoi? Li ha fatti Matilde, è una ricetta inglese».

«Da quelle parti devono proprio spassarsela», accettò Adelina con entusiasmo, ancora memore delle squisite tartine al cetriolo.

Ora che i morsi della fame si erano placati, Adelina avrebbe voluto domandare all'amica perché *Jane Eyre* fosse il romanzo preferito di sua madre. Forse anche la signora Vergnano era una povera orfana come Jane, che aveva conosciuto il futuro marito mentre prestava servizio in casa sua. Vergnano aveva tutte le carte in regola per essere un moderno Rochester; meno burbero dell'originale ma capace di innamorarsi di una donna per il suo *spirito semplice ma profondo*, anziché per lo status sociale.

«Luisella, Adelina», le chiamò una compagna affacciandosi dal corrimano della scaletta sui cui gradini avevano trovato rifugio le due ragazze. «Vi vogliono in parlatorio».

«Andiamo», ordinò Luisella trascinando Adelina per un braccio, «se ci vogliono in parlatorio significa che hanno convocato i nostri genitori».

«I miei vivono lontano».

«Sì, ma mio padre e tua zia abitano a due passi».

Arrivate davanti al parlatorio, una grande camera al pianterreno comunicante con l'androne, trovarono la porta spalancata. La stanza, occupata quasi per intero da lunghi tavoli e da altrettanto lunghe panche, serviva, quando la scuola era ancora un collegio di monache, a offrire un luogo di incontro per le educande e le loro famiglie.

«La zia!», sussurrò Adelina scorgendo la sagoma di Amalia seduta a uno dei tavoli accanto al signor Vergnano. Del terribile reverendo Kelley, invece, non sembrava esservi traccia.

«Aspetta», la trattenne Luisella mentre l'amica stava per infilare la porta. «Cerchiamo di capire che aria tira».

«Non si deve arrabbiare», disse Vergnano con voce carezzevole sporgendosi verso Amalia. «Il professor Kelley è un grande studioso di lettere antiche e il fatto che voglia dare questa punizione alle nostre ragazze è da ritenersi più un'opportunità che un castigo, capisce, madama Peyran?».

Amalia annuì, inebriata dalla dolcezza del suono del suo nome pronunciato dal notaio. Madama Peyran! Lo diceva in tono così rispettoso e naturale, senza alcuna ombra di sarcasmo.

«Le metodologie didattiche del professor Kelley sono un po' bizzarre, ma ho fiducia nel suo giudizio». Amalia, che non aveva mai sentito prima le parole "metodologia didattica", annuì nuovamente. «Secondo il reverendo le ragazze sono intelligenti sopra la media».

«Anche la mia Adelina?», domandò lei con una voce vellutata che stupì la nipote.

«Certo, madama Peyran, Adelina è una ragazza molto dotata e matura». La ragazza *dotata e matura*, che in quel momento stava origliando la conversazione, per un attimo sperò che il signor Vergnano accennasse al suo *spirito semplice ma profondo*, un complimento che certo la zia non avrebbe potuto apprezzare ma che lei avrebbe tanto desiderato sentir pronunciare direttamente dal suo ideatore. «Ho potuto rendermene conto non appena l'ho vista», proseguì il notaio, «e il professor Kelley dice di averla sorpresa a leggere dei testi inadatti alla sua età».

Adelina trasalì e sorprese sul volto della zia il suo stesso sconcerto.

«Vuole dire», cercò di chiarire Amalia paonazza in viso, «che Adelina legge romanzetti un po'… Sì, cose poco perbene?», parafrasò goffamente.

«Temo di non essermi spiegato bene», rettificò il notaio. «Intendo dire che Adelina ha mostrato interesse per testi piuttosto difficoltosi per la sua età».

«Ah sì, questo lo so», ammise quasi si trattasse di una cosa sconveniente quanto la lettura di romanzi equivoci. «Da un po' di tempo il nostro vicino di casa non fa che prestarle certi libri che solo a vederli mi viene il mal di testa… dei mattoni, con rispetto parlando». Amalia avvampò d'imbarazzo, quella frase sfuggitale di getto avrebbe potuto rivelare al suo interlocutore che lei non era solita leggere. «Alla sua età anch'io leggevo molto», cercò di riparare, «ma mi dilettavo con letture più semplici».

«È esattamente ciò che intendevo, madama Peyran», la incalzò lui, «ecco perché sono convinto che questa esperienza gioverà molto alle ragazze».

«Se lo dice lei che ne sa tante, darò il mio consenso, anche se l'idea che Adelina passi tanto tempo fuori casa non mi convince».

«Credi che vogliano tenerci chiuse nello stanzino per dei giorni?», domandò sottovoce Adelina a Luisella.

«Non lo so, ma non mi sembrano arrabbiati. Ci conviene entrare prima che cambino umore».

«Ecco le nostre ragazze», annunciò Vergnano vedendole varcare la soglia. «Sedete, care».

Le due imputate presero posto l'una accanto all'altra, di fronte ai loro giudici.

«Il reverendo Kelley mi ha telefonato raccontandomi la vostra bricconata e chiedendomi di presentarmi qui, insieme a madama Peyran».

«Il notaio è passato a prendermi con l'automobile», squittì Amalia con infantile entusiasmo.

«Il vostro comportamento, care ragazze, ha alterato il povero Kelley».

Adelina tentò di abbozzare una spiegazione, ma al primo lieve schiocco delle labbra Luisella le assestò una gomitata assai esplicativa. "Lasciali parlare", sembrava dirle il suo volto accigliato, "lascia che si sfoghino".

«Dal racconto del reverendo non ravviso qualcosa di così deprecabile nelle vostre azioni», continuò il notaio. Mentre Vergnano discettava, Amalia, che comprendeva a stento una parola su cinque, annuiva gravemente come se l'intero discorso fosse il risultato di lunghe e comuni elucubrazioni. «Devo però dare ragione al vostro insegnante su un punto: siete molto dotate, ed è un peccato che vi buttiate via in smorfie e pettegolezzi come le altre ragazze. Voi dovreste impiegare il vostro tempo in maniera più costruttiva».

«Mi conveniva rimanere somara», borbottò Adelina, subito zittita da una pedata di Luisella. In quel momento la poveretta ringraziò di calzare i suoi rozzi scarponcini, anziché le graziose scarpette che tanto invidiava alle sue compagne.

«È proprio in virtù del vostro potenziale», proseguì l'uomo, «che il professore ha ritenuto di assegnarvi un castigo che, a nostro parere...», Amalia annuì con più vigore come per sottolineare la risoluzione comune, «è più un premio che una punizione».

«Ma perché il reverendo Kelley non è qui, e in cosa consisterebbe questo castigo?», tagliò corto Adelina, dopo aver messo al sicuro i piedi sollevandoli da terra.

«Prima di assegnarvi la punizione, il reverendo Kelley ha voluto parlarne con noi, poiché questa attività vi occuperà per molto tempo: ogni giorno, dopo le lezioni, aiuterete il reverendo a classificare i libri della Biblioteca Grande».

«La scuola non ha una biblioteca», si stupì Adelina, «salvo lo stanzino dell'ultimo piano, che tutto è fuorché grande».

«La Biblioteca Grande», spiegò Vergnano accompagnato dalla solita coreografia di assensi di Amalia, «si trova nel seminterrato. Dovete sapere che durante la seconda guerra mondiale molti libri provenienti da biblioteche pubbliche o private, danneggiate dai bombardamenti, furono messi in salvo nello scantinato della vostra scuola. Ora, a distanza di più di dieci anni, il reverendo Kelley si è assunto il titanico compito di catalogare le migliaia di volumi che al momento sono ancora tutti affastellati senza un ordine preciso».

«Ma noi in concreto cosa dovremmo fare?», cercò di capire Adelina.

«Dovrete esaminare ogni volume e scrivere su un registro il titolo, l'autore e l'argomento trattato, dopodiché al libro verrà assegnato un codice identificativo che consentirà ai futuri lettori di rintracciarlo con facilità».

«Tutti i giorni per due ore», si intromise Amalia, ansiosa di dire qualcosa anche lei.

«Sembra meglio dello stanzino», sussurrò Adelina alla sua futura socia di catalogazione, che per tutta risposta la zittì con un'altra pedata.

Capitolo 29

L'autista aprì la portiera della Balilla e Amalia ne uscì con lentezza, avendo cura di tendere bene la gamba d'appoggio mostrandola in tutta la sua lunghezza a Gottardo Peyran, che l'attendeva fuori dal veicolo porgendole la mano.

«Amalia, ecco la basilica di Superga», annunciò indicando con fierezza la grande costruzione sormontata da una cupola, quasi fosse opera sua. «C'eri mai stata?».

«No», mentì lei arrossendo ad arte. A Superga c'era già stata alcuni mesi addietro, ma servendosi della cremagliera, una sorta di trenino che risaliva la collina sin quasi al piazzale della basilica e che a causa della rotaia dentellata i torinesi avevano preso a chiamare col buffo nome di "Dentiera". Quando le gemelle l'avevano condotta lì, le era parso il più grande divertimento del mondo, ma doveva ammettere che risalire la collina in automobile, e per di più senza pagare alcun biglietto, era decisamente meglio.

«Vuoi passeggiare intorno all'edificio?», propose lui offrendole il braccio; lei vi si attaccò senza proferire parola, attuando l'artificio di appoggiare il fianco contro la sua coscia di modo che vi strusciasse a ogni passo, con un effetto apparentemente casuale.

«Sei silenziosa», constatò con premura il tondo cavaliere. «Qualcosa non va?».

Amalia avrebbe voluto rispondergli che c'era sì qualcosa che non andava: aveva perso il suo ingaggio teatrale, era rimasta senza un soldo e il colonnello che le faceva il filo da settimane non aveva ancora dato segno di volerla maritare! Non potendo dire ciò che pensava, si limitò a emettere un languido sospiro e a raccontargli del fallimento della compagnia Rossi.

«Povera bambina», riprese lui con la voce rotta non dalla commozione bensì dal fiatone che gli causava la passeggiata, «non devi preoccuparti per il tuo futuro».

«Davvero?», domandò lei con occhi supplici.

«Vuoi sederti, mio tesoro?», le propose indicando con le poche forze residue una panca di pietra.

«Grazie caro, sono un po' affaticata», dichiarò Amalia per dissimulare di aver capito che quello esausto era lui.

«Non devi angustiarti per il domani», sussurrò prendendole la mano e baciandola. «Mi occuperò io di te, non ti farò mancare niente».

«Come sei buono, Gottardo», singhiozzò lei appoggiando la guancia, leggermente umettata di lacrime, sulla sua manona.

«Pagherò io i conti della pensione, anzi, ti prenderò un bell'appartamentino e ti farò avere una donna di servizio e un appannaggio mensile».

«Cosa?», Amalia sfilò indignata la manina dalle mani di lui. «Tu vuoi fare di me una mantenuta?».

«Ma, amore mio, non intendevo offenderti!». In realtà Amalia non era per niente offesa e non avrebbe avuto nulla in contrario a diventare la mantenuta di Peyran se non fosse stato per gli avvertimenti di Caterina sul destino di miseria al quale era inesorabilmente condannato quel genere di donne.

«Capisco», cercò di rimediare Gottardo, «sei una ragazza moderna, che vuole mantenersi da sola».

Amalia cercò di non rovinare la sua aria contrita con un'espressione di stupore: lei non aveva nessuna ambizione a mantenersi da sola, semmai ciò a cui puntava era un mantenimento legittimo e soprattutto vitalizio.

«Potrei trovarti un posto in qualche ufficio pubblico», propose lo sprovveduto, «faresti la segretaria, un lavoro dignitoso e ben pagato».

La proposta di Gottardo sembrava piuttosto ragionevole, salvo il fatto che una segretaria doveva leggere, scrivere e fare di conto. In quanto al far di conto Amalia aveva sviluppato un talento naturale, ma con lo scrivere e il leggere se la cavava come una bambina di seconda elementare – che peraltro era stata l'ultima classe che aveva avuto modo di frequentare.

«Se il lavoro di segretaria ti sembra complicato», le lesse nel pensiero Gottardo, «potrei chiedere a un mio conoscente di farti avere un posto da bibliotecaria, così non dovrai neppure imparare a dattilografare».

Lei, lavorare in mezzo ai libri, al servizio di un esercito di spocchiosi lettori, pronti a guardarla dall'alto in basso? Questo era davvero troppo, doveva escogitare immediatamente una controffensiva!

«Perché piangi, tesorino?».

«Perché non potremo vederci mai più».

«Ma come?».

«Voglio sposarmi».

Gottardo fece scivolare il grosso sedere sulla panca, per allontanarsi di qualche centimetro dalla predatrice.

«Non sono una donna moderna», improvvisò Amalia tra le lacrime, «ma una ragazza all'antica che vuole una famiglia e un marito! Tempo fa un giovanotto mi ha chiesto in moglie, è un umile scrivano, ma sembra proprio un bravo ragazzo e...».

«Tu, la moglie di uno scrivano?», domandò Peyran avvampando di gelosia.

«A lui non importa di compromettersi con una teatrante», replicò lei continuando a tessere i fili del suo imbroglio. «Veniva a vedermi tutte le sere a teatro e una volta ha persino portato con sé la madre per presentarmela».

«Sembra un ragazzo a posto», commentò Gottardo non sapendo che dire, «ma davvero vuoi diventare la moglie di un pover'uomo, alternando il vestito di tutti i giorni con quello della domenica?».

«Non ho alternative», sospirò lei.

«Ma certo che ne hai», si infervorò il colonnello. «Te ne ho appena offerte tre».

«Non ho alternative oneste», chiuse l'argomento, mettendo sullo stesso piano la vita della mantenuta e quelle dell'impiegata e della bibliotecaria.

«Ma io ti amo», la implorò.

«Anch'io ti amo, ma imparerò a voler bene anche a Francesco», mentì battezzando il suo pretendente immaginario. «È solo un impiegatuccio, ma è giovane, di bell'aspetto e con tanta voglia di lavorare. Credo che con la moglie giusta potrà fare strada».

Immaginare la sua bella tra le braccia di un giovanotto fece avvampare Gottardo di rabbia.

«Non puoi farmi questo», ringhiò.

Vedendo la sua rabbia Amalia ne approfittò per dare ulteriore pathos alla sceneggiata. «Addio, mio adorato Gottardo», uggiolò scattando in piedi e incamminandosi a passo spedito.

«Dove vai, Amalia? Sei venuta con la mia automobile».

«Tornerò a casa con la cremagliera, non posso vederti soffrire così».

«Andiamo», disse lui alzandosi e raggiungendola, non senza un certo sforzo, «ti riporto alla pensione».

«Come sei buono», piagnucolò Amalia accomodandosi sul sedile posteriore della Balilla e recitando un languido mancamento.

«Alla pensione Torchio», ordinò Gottardo all'autista. «E fai in fretta, la signorina non si sente bene».

«Gottardo mio», fingeva Amalia di delirare nel suo stato di simulata incoscienza, «ti amo, mio buon Gottardo, te lo giuro».

«Lo so cara, lo so», la rassicurava lui in maniera quasi commovente.

Un paio di isolati prima della pensione, Amalia ebbe il buonsenso di rinvenire.

«Addio, amore mio», disse uscendo dal veicolo quando ancora non si era fermato.

«Ma quale addio», protestò, «rifletti sulle mie proposte, piuttosto».

Amalia non gli diede il tempo di decidere se scendere o meno dall'auto che già aveva infilato l'ingresso della pensione, voltandosi solo un istante per lanciargli un frettoloso ma drammatico bacio d'addio. Nel varcare la soglia accarezzò, attraverso la stoffa, la collana di granati che aveva nascosto sotto la camicetta.

«Caterina, ho giocato bene tutte le mie carte», sussurrò. «Puoi essere fiera della tua allieva».

Mentre le belle e lunghe gambe di Amalia la conducevano verso la sua camera, Gottardo ordinò all'autista di condurlo al circolo degli ufficiali. A quell'ora sarebbe dovuto rientrare in ufficio per sbrigare certe pratiche pendenti, ma nulla in quel momento pendeva più miseramente del suo umore.

«Buon pomeriggio, colonnello», lo salutò il bell'uomo moro con i baffi impomatati seduto a uno dei tanti tavoli ancora da sparecchiare.

«Maggiore Pini», ricambiò toccandosi appena il cappello e mettendosi a sedere di fronte all'amico, «speravo proprio di trovarvi qui».

«Due digestivi», ordinò il maggiore al cameriere, poi rivolgendosi a Gottardo con aria maliziosa: «Avete portato la vostra bella in collina?».

«Per portarla ce l'ho portata», si lamentò, «ma è voluta subito tornare indietro. Ragazzo, cosa avete da mangiare?», domandò a un altro cameriere intento a sparecchiare il tavolo accanto al loro.

«Devo verificare in cucina», rispose quello con un lieve inchino. «Avete qualche preferenza, colonnello?».

«No, va bene tutto», rispose Gottardo, a cui le pene d'amore non toglievano di certo l'appetito.

«Non dovevate mangiare alla trattoria Superga?».

«Magari, Pini, magari», sospirò trangugiando a stomaco vuoto il digestivo ordinato dall'amico. «Amalia oggi era tutto uno zuccherino, speravo che fosse finalmente la volta buona e invece di colpo si è fatta triste e mi ha comunicato di volersi sposare».

«Che donna emancipata, è lei stessa a fare la proposta».

«Le piacerebbe incastrarmi, ma non è tanto stupida da farsi delle illusioni».

«E allora chi vuole sposare?».

«Un misero scrivano che ha dalla sua parte bellezza e gioventù», ringhiò Peyran sbattendo il pugno sul tavolo. «Ora che la compagnia teatrale è andata fallita, quella sempliciotta si è messa in testa di sistemarsi».

«E lasciate che si sposi», sbuffò il maggiore, mentre il cameriere poggiava davanti al colonnello un piatto fondo e un'intera zuppiera di cappelletti in brodo. «Le sposine sono le amanti migliori, ormai si sono sistemate e non temono più gravidanze o scandali; inoltre, qualche marito è ben disposto a chiudere un occhio sulle infedeltà della moglie, a fronte di un po' di discrezione e di una buona contropartita economica».

«Non sopporto l'idea di saperla con un altro, non prima di averla avuta io!».

«Ascoltatemi, colonnello», riattaccò Pini mentre il suo interlocutore aveva preso a ingozzarsi di cappelletti. «Voi siete superiore a me, e non soltanto per il grado militare: avete più istruzione, più intelligenza e venite da una famiglia migliore della mia, eppure di femmine – con rispetto parlando – ne capite assai poco».

Il colonnello, tra una cucchiaiata e l'altra, trovò il tempo per fare un gesto di rassegnato assenso.

«State corteggiando quella sciacquetta da settimane», riprese il maggiore sorseggiando il digestivo, «in poco meno di un mese le avete offerto una quantità di regali che mia moglie non ha mai visto in otto anni di matrimonio».

«Questo perché siete un taccagno», sogghignò Peyran impugnando il mestolo e pescando nella zuppiera i cappelletti superstiti.

«Non ho i vostri mezzi e non sono mai stato prodigo, ma ve la ricordate Caterina?». L'ingordo annuì senza smettere di sorbire rumorosamente il brodo. «L'abbiamo conosciuta la stessa sera in cui incontrammo Amalia, e un paio di giorni dopo avevo già dormito con lei. Sapete quanto mi è costato? Una cena in trattoria e un braccialetto di corallo da pochi soldi».

«Parlate bene, voi». Il cameriere ritirò la zuppiera e lasciò al suo posto un pasticcio di carne probabilmente riscaldato ma dall'aria ancora appetitosa. «Avete un bell'aspetto e le donne vi corrono appresso anche se siete un maledetto spilorcio».

«La bellezza non c'entra», protestò il maggiore, «ciò che conta è la strategia».

«Prego?».

«Amalia è come uno staterello arretrato ma pieno di risorse naturali sulle quali voi, uno stato potente, vorreste mettere le mani».

«Proseguite», lo esortò il colonnello.

«Per conquistare questo piccolo stato potete fare soltanto due cose: invaderlo con la forza...».

«Andiamo, maggiore», si risentì Gottardo, «siamo pur sempre galantuomini! E poi la violenza carnale costituisce un delitto contro la morale, secondo il regio decreto n. 1398».

«Stavo parlando di nazioni, non di femmine», rise il maggiore. «Il secondo sistema per persuadere uno staterello a fare ciò che desiderate è un'alleanza, avendo però cura di fargli credere che sia lui ad avere un disperato bisogno del vostro sostegno economico e militare».

«Non capisco», si spazientì Peyran.

«In pratica voi avete dato a intendere a quello staterello di avere bisogno di lui, e lo staterello in questione se ne approfitta. Insomma, colonnello, con rispetto parlando, siete cotto come una pera e Amalia, che sa il fatto suo, tira la corda per capire fin dove può arrivare».

«Ma ora che faccio?».

«Fate come fareste in diplomazia: offritele ciò che desidera e chiedetela in moglie».

«Cosa?», sbraitò. «Io sono un Peyran e lei è una subrettina di quart'ordine. E poi, tutti sono capaci a ottenere una donna sposandola, casanova da strapazzo!».

«In diplomazia come in amore promettere e concedere sono cose diverse, non ho detto di sposarla ma di *proporglielo*. Una volta che ci saranno una data fissata e un anello di fidanzamento, la sprovveduta si concederà e voi sarete ancora in tempo per mandare tutto all'aria».

«Siete un genio della strategia, maggiore Pini», si congratulò Gottardo con gli occhi lucidi per la commozione e il mento unto per il sugo.

Capitolo 30

Libri alle pareti, libri sui tavoli, libri accatastati qua e là e poi polvere, polvere ovunque, e un odore indefinito e composito che risaliva le narici di Adelina fino a esploderle nel cranio. Come la prima volta che era entrata nella biblioteca dell'avvocato Ferro, fu colta da un conato di vomito, a cui pose rimedio premendosi il fazzoletto su naso e bocca. Nella biblioteca del suo vicino di casa dopo qualche minuto non aveva percepito più alcun effluvio, a meno ovviamente di non volerci fare caso, ma, paragonato al lezzo della Biblioteca Grande, quell'odore era come la fragranza del pane fresco messo a confronto con il tanfo di un lazzaretto del Seicento. Adelina poté fare quel confronto a ragion veduta, avendo avuto un saggio del puzzo di un lazzaretto annusando il trentacinquesimo capitolo dei *Promessi sposi*.

«Accomodatevi, signorine», le invitò il reverendo Kelley con un tono insolitamente cordiale. «Vi ringrazio di aver accettato di aiutarmi in questa impresa».

Il seminterrato aveva soffitti bassi e arcuati, dipinti di un giallo lurido che lasciava intravedere, qua e là, chiazze scrostate di mattoni rossi.

«Aiutarlo?», protestò Luisella non appena il reverendo si fu allontanato di qualche passo. «Siamo delle prigioniere, non delle volontarie».

Le ragazze seguirono l'uomo attraverso un sentiero formato da tavoli sovraccarichi di libri, protetti da consunti teli.

«Sembra un obitorio», rabbrividì Luisella.

«Non sono mai stata in un obitorio», commentò Adelina, «ma credo che puzzi di meno».

«Hai ragione», concordò l'amica, «questo tanfo d'umido è insopportabile».

Adelina si premette con più vigore il fazzoletto sul naso invidiando Luisella che col suo olfatto ordinario doveva sopportare soltanto il puzzo di cantina, senza neppure immaginare quali miasmi toccassero a lei.

«La signorina Vergnano lavorerà qui», disse il reverendo indicando una scrivania illuminata dalla luce pomeridiana che si intrufolava dalle finestre a bocca di lupo, poste quasi all'altezza del soffitto. «Ciò che le chiedo di fare è piuttosto semplice: dovrà esaminare i volumi di quello scaffale e riportare sul registro alcuni dati, come titolo, autore, editore, anno di pubblicazione e i principali argomenti trattati».

Adelina rabbrividì, riassumere il contenuto di un qualunque libro non la impensieriva affatto, ma decifrare le note di stampa e altri dati svincolati dal testo era un bel problema.

«Devo riassumere gli argomenti trattati?», domandò Luisella che aveva esattamente la preoccupazione opposta. «Dovrò leggere tutti questi libri?».

«Non sarà necessario leggerli per intero», la rassicurò il reverendo, «nella maggior parte dei casi le basterà consultare l'indice o la sinossi».

«Se vuoi io riassumo i contenuti e tu compili tutti gli altri dati», si offrì Adelina.

«Per lei ho un altro incarico, signorina, mi segua», si intromise Kelley.

«Ma come», protestò Luisella, «non staremo insieme?».

«Certo che no, siete qui per lavorare, non per chiacchierare di vestiti e giovanotti». Il viso di Luisella avvampò d'indignazione e dovette mordersi il labbro inferiore sino a renderlo violaceo per non dire al reverendo ciò che pensava di lui e del suo brutto muso.

Adelina, meno combattiva della compagna, seguì l'uomo attraverso un dedalo di scaffali e pile di volumi senza proferire verbo.

«Tu lavorerai qui», disse l'uomo mostrandole una sorta di rientranza, quasi una nicchia, isolata dal resto del seminterrato grazie a un lungo scaffale che le conferiva riservatezza, negandole tuttavia il conforto della luce solare. Nel piccolo antro erano stati posizionati un tavolino traballante e una sedia non certo più in buono stato.

«Trovi che qui sia troppo buio?», le domandò il reverendo. «Nel seminterrato non arriva la corrente elettrica, ma se vuoi posso farti avere una candela».

Adelina fece cenno di no, in quell'angolo in penombra il puzzo dei libri era meno intenso, tanto che finalmente poté scostare il fazzoletto dal naso. L'odore prevalente in quella porzione di spazio le ricordava il sentore di erbe, strano ma piacevole, che percepiva nella farmacia di piazza Savoia, quando vi si recava per acquistare qualche medicinale.

«Ti piace qui?», si informò Kelley a bassa voce, continuando a darle del tu. Adelina annuì preoccupata, l'unica volta nella quale le aveva parlato in tono tanto confidenziale era stato il giorno della sua punizione, quando l'aveva accusata di furto. Ora però il reverendo sembrava molto tranquillo, tanto che le venne da chiedersi se quella strana piega delle labbra non fosse un abbozzo di sorriso.

«Il tuo compito è più semplice», disse appoggiando due volumi sul tavolinetto sghembo, che zoppicò al punto da far temere a Adelina che potesse stramazzare sotto il peso di quei libroni. «Non devi occuparti di inserire i dati di stampa, ciò che ti chiedo è di riassumere il contenuto dei libri su quei fogli».

«Benissimo», rispose sollevata, «ma perché non ho anch'io un registro?».

«Questi sono libri speciali», abbozzò il reverendo, «e saranno catalogati in modo diverso».

In altri casi Adelina avrebbe notato l'aria imbarazzata del suo interlocutore e sentito il desiderio di porgli altre domande, ma il sollievo per aver avuto un incarico che si sentiva in grado di assolvere la indusse a sedersi e aprire il primo volume. Il reverendo fissò la ragazza seguendo con avidità ogni suo più impercettibile movimento; lei, dal canto suo, si immobilizzò imbarazzata. Ecco un problema al quale non aveva pensato: come fare per leggere il libro alla sua maniera, senza destare sospetti?

«Anch'io detesto che mi si fissi mentre lavoro», dichiarò l'insegnante in un tono assimilabile alla giovialità. «Mi metterò alla scrivania che sta dietro a questa scaffalatura».

Adelina annuì.

«Quando avrai terminato il primo riassunto infilalo nel libro e portami il tutto, intesi?».

«D'accordo».

Kelley si incamminò con lentezza, Adelina rivolse lo sguardo al libro lasciando scorrere le pupille da sinistra a destra, così come le era capitato di fare tante volte quando era ancora in grado di leggere con gli occhi. Dopo qualche istante percepì il reverendo svoltare l'angolo e il rumore dei suoi passi cessare. L'uomo doveva essersi acquattato a lato della libreria con l'intento di spiarla, ragion per cui Adelina proseguì la sua recita, voltando pagina e ricominciando a far oscillare lo sguardo da un lato all'altro del foglio. Mentre impersonava il ruolo di comune lettrice, l'odore che si sprigionava dalle pagine ingiallite aveva cominciato a sfiorarle le narici raccontandole strane vicende. Non riusciva a capirci granché e avrebbe voluto avvicinarsi ai fogli per inalare con più vigore, ma Kelley probabilmente se ne stava ancora nascosto dietro lo scaffale. Adelina rimpianse di non aver accettato l'offerta della candela, poiché il libro conteneva raffigurazioni a colori vivaci che rappresentavano piante a lei sconosciute, figurine maschili con abiti e copricapo scuri e sgraziate donnine danzanti. Prima i passi del reverendo, poi uno stridio legnoso le annunciarono che l'uomo aveva preso posto alla sua scrivania. Solo allora si sentì finalmente libera di immergere il naso tra le pagine: essenza di prato, sottobosco e grotte muschiose... il libro parlava di erboristeria e rimedi naturali. Tra tutti quegli effluvi benefici qualcosa però non la convinceva; annusò con più attenzione e il sentore che dal naso raggiunse la sua fronte le provocò una fitta lancinante: veleni! Il libro che stava annusando era una sorta di ricettario che svelava la preparazione di misture letali. Dopo aver riassunto alla meglio il primo volume, Adelina passò a esaminare il secondo che rilasciava un aroma dolce, nauseante, quasi appiccicoso.

«Una pozione d'amore», sussurrò stupita.

La ragazza pensò che avrebbe potuto appuntarsi la ricetta, per poi propinare il magico beveraggio al bel libraio di via Garibaldi. Peccato che il testo non esaltasse soltanto i prodigiosi effetti dell'elisir d'amore, ma mettesse anche in guardia il lettore dalle terribili pene riservate a coloro che intendevano avvalersi di filtri magici.

«Il libraio è molto carino», borbottò voltando pagina, «ma non abbastanza da rischiare di farsi mettere al rogo».

Capitolo 31

«Buonasera, Giovanni», salutò Amalia con cortese distacco.

«Mi fa piacere vedervi di nuovo in salute», ricambiò l'autista con appena un'ombra di sarcasmo, facendola accomodare sulla Balilla. «L'altro giorno tornando da Superga non facevate che svenire».

«Dove si va, Giovanni?», cambiò discorso Amalia, pregustando il momento nel quale sarebbe stata lei a sentirsi porre dall'autista quella stessa domanda.

«In via del Carmine, signorina», rispose Giovanni dal posto di guida.

«Non penso proprio», protestò. «Riportatemi indietro».

«Vi prego, signorina», l'autista atteggiò la voce a un tono di rispettoso rimprovero, ma Amalia poté intravedere, riflesso nello specchietto dell'auto, il suo sorriso divertito. «Ho l'ordine di condurvi a casa del colonnello».

«E io vi ordino di riportarmi dove mi avete preso!».

«Il colonnello è il mio padrone», abbozzò.

«Ma io non sono la serva di nessuno».

«E va bene, permettetemi di avvertire il colonnello», disse accostandosi al ciglio della strada, in prossimità di un caffè che disponeva di un telefono pubblico.

Quando Gottardo ricevette la telefonata di Giovanni, se ne stava seduto sul divano del suo salotto, cinto nella bella uniforme. Quella sera si era fatto arrivare una magnifica cena dal ristorante del circolo degli ufficiali e aveva fatto preparare sontuosamente la tavola dalla governante, che poi era stata congedata insieme alle altre persone di servizio. Da quando era rimasto solo, ovvero da una quarantina di minuti, non aveva fatto che misurare la stanza a grandi passi. Poi, accortosi di sudare troppo, si era risolto a sedersi sul divano. Ogni tanto la sua mano andava alla tasca della giacca, dalla quale emergeva un bozzo squadrato che altro non era se non la scatolina contenente il fittizio anello di fidanzamento per Amalia. Su consiglio del maggiore Pini, Gottardo aveva acquistato l'anello in un bugigattolo vicino ai giardini Lamarmora che rivendeva a buon prezzo i gioielli non riscattati dal monte di pietà. In quel genere di negozietti si potevano fare buoni affari, ma non era per questo che il maggiore lo aveva mandato lì. Il suo suggerimento, infatti, era stato quello di procurarsi un gioiello di foggia antica, da poter far passare come l'anello di fidanzamento della madre o della nonna buonanima. Un gioiello di famiglia avrebbe dato più consistenza alla falsa proposta e fatto sentire Amalia così sicura di aver raggiunto il suo obiettivo da concedersi seduta stante. Il maggiore aveva garantito l'esito positivo e il colonnello, da perfetto sempliciotto, ne era assolutamente persuaso. Il secondo squillo del telefono a muro fece ridestare il colonnello dai suoi pensieri di facile vittoria.

«Non vuole venire?», gridò. «Ti ordino di condurla qui».

«Non chiedo di meglio che obbedire ai vostri ordini», balbettò l'autista sudando più del suo padrone nella divisa militare, «ma non posso condurre una libera cittadina contro la sua volontà. Si è messa a strillare, sembra davvero risoluta».

«Accidentaccio», sbraitò. «E allora lasciala in un buon ristorante. Qual è il più vicino?».

«Direi il Porto di Savona».

«Andrà benissimo», acconsentì. «Portaci quella pazza capricciosa e fai in modo che ci diano un tavolo il più possibile appartato, dopodiché vieni a prendermi».

Una ventina di minuti più tardi il colonnello giunse, madido e indispettito, al ristorante prescelto, dove Amalia lo attendeva fresca come una rosa e con l'ormai ben collaudata espressione languida che significava "Lo so che tutte ne hanno una, ma ti posso assicurare che la mia è migliore delle altre".

Il colonnello, intabarrato nella sua divisa ormai fradicia, fece un mezzo inchino e le si sedette di fronte.

«Ora fai anche i capricci?», le sussurrò con la sua bella voce, l'unico particolare attraente della sua sgradevole persona. «A casa mia ci attendeva una cenetta deliziosa, sei una piccola ingrata».

Amalia trasformò la sua espressione concupiscente in un grazioso broncio infantile.

«Fai male a non fidarti di me», le disse dopo che ebbero mangiato, entrambi di ottimo appetito. «Io ho intenzioni serie», sussurrò estraendo a fatica la scatolina dalla tasca. «Tieni», disse aprendo il piccolo scrigno, che portò alla luce un anello d'oro bianco adornato di un grande smeraldo di taglio rettangolare, circondato da una moltitudine di piccoli diamanti.

«Oh, Gottardo mio», squittì Amalia mentre una lacrima le rigava il viso imbellettato, «stai per caso…».

«Sì, farfallina», le confermò sorridendo. «Vuoi diventare mia moglie?».

«Oh, caro, è più di quanto avessi mai osato sperare», mentì infilando l'anello. «Accetto, accetto di cuore!».

«È un anello di famiglia», recitò come da istruzioni del maggiore Pini, «è stato al dito di mia madre e prima ancora di mia nonna».

«Che onore, Gottardo mio».

«Ora incomincerai a essere più carina con me, vero?».

«Oh, che felicità inaspettata», deviò il discorso, «quale immensa gioia».

«Mi piacerebbe che ci sposassimo il venti novembre, come i miei genitori», disse seguendo il suggerimento del maggiore di abbattere le ultime difese dell'inespugnabile vergine proponendole una data precisa. «Avrei scelto la chiesa di San Dalmazzo, quella in via Garibaldi, dove i miei genitori si sono sposati e io sono stato battezzato; a meno che tu non preferisca sposarti al tuo paese».

«San Dalmazzo andrà benissimo». L'idea di sposarsi in pompa magna nella chiesa del suo paesello l'attirava, ma San Dalmazzo era a due passi mentre il suo paese distava due ore di treno; e anche se non dovevano sposarsi il giorno stesso, ora che la meta era così vicina, non voleva aggiungere complicazioni. «Domani andrò a parlare con il parroco», dichiarò Amalia euforica.

La risoluzione della futura sposina fece sbiancare il faccione rubizzo di Gottardo.

«Non disturbarti, cara», farfugliò, «ci ho già parlato io col parroco».

«Allora non ci restano che le pubblicazioni», proseguì lei con l'inesorabile logica di un giocatore di scacchi.

«Sì, certo, domani dirò al mio segretario di provvedere».

«Ma ci vogliono le nostre firme, e i testimoni!».

«Provvederemo a tutto, mancano ancora tre settimane».

«Saranno le settimane più lunghe della mia vita».

«Anche della mia», sussurrò lui asciugandosi la fronte col tovagliolo.

«Dobbiamo brindare», propose lei, «per suggellare la promessa».

«Brinderemo a casa mia, anzi, a casa nostra», corresse

il tiro nel vedere la sua espressione radiosa trasformarsi in stizza.

«Stasera non verrò da te», rifiutò, memore dell'immaginaria monetina stretta tra le ginocchia che, secondo le gemelle, non bisognava lasciar cadere sino all'uscita dalla chiesa.

«Ma come, porco diavolo!», ringhiò lui. «Ti ho dato un anello grande da farti cadere il dito, ho già parlato col parroco e tu ancora non ti fidi di me?».

«Mi fido di te», rispose Amalia spiazzata. Le cose non stavano andando come aveva immaginato: lui era furente, troppo furente per tenerlo sospeso altre tre settimane. «Verrò da te domani pomeriggio», promise con il tono più malizioso del mondo, «ora sono troppo stanca e sottosopra per l'emozione».

Gottardo non fu felice di quella dilazione ma, visto quanto aveva sudato nella povera divisa, convenne con se stesso che accogliere fresco e profumato una donna nel suo letto fosse una decisione migliore che proporsi umido e maleodorante.

Tornando alla pensione Torchio, sul sedile posteriore della Balilla, Amalia offrì al suo promesso sposo la munifica concessione di farsi palpare un po' le cosce. Gottardo avrebbe voluto spingere le mani sudaticce fino ai bei seni che debordavano graziosamente dal décolleté, ma per decenza dovette desistere. Un autista discreto come Giovanni poteva dare mostra di ignorare le manovre del padrone sulle gambe della sua ospite, ma certo non gli sarebbe stato facile mantenere il medesimo contegno se le mani di lui avessero incominciato a rimestare nella scollatura.

«Ci vediamo domani pomeriggio», gli sussurrò Amalia all'orecchio dopo averlo stordito con un bacio di quelli che le aveva insegnato a sferrare Caterina, sottoponendola a imbarazzanti prove tecniche nel camerino del teatro. «Sarò a casa tua alle cinque».

«Me lo prometti?», domandò Gottardo suppliche-vole.

«Certo, gattone mio», lo rassicurò con un'aria smaliziata che in qualunque altro uomo, incluso il caro Giovanni, avrebbe destato dei legittimi sospetti.

Capitolo 32

Il portone, come da accordi, era rimasto socchiuso; Vergnano lo sospinse con cautela ma uno stridio lancinante infranse il silenzio notturno. L'uomo entrò nell'androne buio, guardò l'orologio e attese immobile qualche minuto; poco distante, un campanile emise un rintocco e Vergnano si affrettò a richiudere il portone di modo che il secondo rintocco coprisse lo stridio.

«Reverendo», chiamò piano. La sua voce riecheggiò nel buio. Raccolse tutto il suo coraggio e s'incamminò verso il cortile; dopo qualche passo accese un cerino che subito si spense per un refolo di vento. Accese un secondo cerino, che questa volta protesse con il palmo della mano. «Reverendo!», chiamò nuovamente, sempre a volume contenuto. Nessuna reazione, salvo una debole eco che rimbalzò impercettibile da un angolo all'altro del cortile. Anche il secondo fiammifero si spense, Vergnano aguzzò la vista e intravide un fioco chiarore che sembrava irradiarsi all'altezza del selciato. Con molta cautela si diresse verso la fonte luminosa, l'acciottolato tutto bozzi e incavi rendeva il suo cammino ancora più disagevole. Un piede scivolò in fallo, cercò istintivamente un appiglio e lo trovò in una piccola ringhiera posta a protezione di una scaletta che scendeva nel seminterrato. La luce filtrava proprio da quel punto e Vergnano individuò a fatica i gradini che conducevano alla Biblioteca Grande. Li percorse con prudenza appoggiandosi al muro umido, sino a giungere alla bassa porta semiaperta dove il reverendo, per guidarlo nell'oscurità, aveva lasciato una candela infilata nel collo di una bottiglia. Impugnata la bottiglia, imboccò un corridoio formato da lunghi tavoli, sopra i quali erano accatastati centinaia di libri coperti da teli bianchi.

"Quando stasera a cena me ne parlava, credevo esagerasse", pensò, "ma Luisella aveva ragione: questo posto ricorda davvero un obitorio".

Dopo aver percorso una decina di metri, la strada si biforcava mettendolo di fronte a una scelta: destra o sinistra?

«Reverendo Kelley!», chiamò di nuovo; le basse e arcuate volte restituirono il richiamo.

«Eccomi, notaio». Il reverendo Kelley sbucò da dietro uno scaffale munito di torcia elettrica. «Prosegua per di qua, non ci sono ostacoli».

Vergnano si affrettò a seguirlo attraverso un labirinto di ripiani e pile di libri.

«Qui avremo più luce», disse Kelley facendogli strada in una sorta di nicchia priva di finestre e protetta da un alto scaffale.

Il reverendo accese un'altra torcia elettrica, molto più potente, che appese a un chiodo. Ora l'ambiente era illuminato e Vergnano poté distinguere il tavolino sul quale erano poggiati due antichi manoscritti.

«L'impianto elettrico dell'istituto non arriva fin qui», spiegò il reverendo indicando all'altro una sedia sulla quale accomodarsi e aprendo una cartellina contenente alcuni fogli scritti con grafia incerta.

«È qui che lavorano le ragazze?».

«Solo Adelina, sua figlia lavora in un punto più illuminato. Come avevamo deciso le ho sistemate a debita distanza per evitare che Luisella possa accorgersi di…».

«Quindi fa lavorare Adelina in un angolo senza finestre?».

«Lei non ha bisogno di luce», dichiarò Kelley con una punta di commozione.

Il volto di Vergnano si illuminò tanto da far impallidire la torcia elettrica. «Vuole dire che…».

«Sì, caro notaio», gli sorrise Kelley, «la ragazza è davvero un'annusatrice».

«È un miracolo», sussurrò Vergnano, «un vero prodigio».

«Non avrei mai creduto che la leggenda della giovane santa potesse avere un fondo di verità», proseguì il reverendo porgendogli i fogli estratti dalla cartellina. «Credevo che si trattasse soltanto di una pittoresca leggenda, e invece guardi: oggi ha riassunto il contenuto di questo volume e ne ha incominciato un secondo».

Vergnano scorse le pagine piene di cancellature e sbaffi di inchiostro, poi aprì i due volumi sul tavolo.

«Il testo è scritto in atbash», lo informò il reverendo, «è una tecnica di cifratura di origine ebraica, tra le più antiche della storia dell'umanità. Sono in pochi a conoscere la chiave di questo sistema. E credo di poter escludere che Adelina sia tra questi».

«Lei è certo della bontà delle trascrizioni?», domandò Vergnano con l'incredulità di chi teme di illudersi.

«Li avevo già trascritti io, e per farlo ho impiegato mesi, mentre quel piccolo miracolo di ragazza ha fatto buona parte del lavoro in un solo pomeriggio».

«Facoltà straordinarie a parte», disse Vergnano indicando i ghirigori di Adelina, «la ragazzina non sembra avere un gran cervello».

«È piuttosto dotata per le materie scientifiche», spiegò il reverendo, «ma scrive e legge a fatica. Parlo di lettura visiva, ovviamente».

«Sapevo che il mio piano avrebbe funzionato», gongolò l'altro.

«Ammetto che l'idea di tirare in mezzo sua figlia all'inizio non mi convinceva, ma aveva ragione. Adelina ha legato soltanto con Luisella, ed escogitare una falsa punizione per metterla alla prova coinvolgendo la sua amica del cuore ha reso la circostanza più credibile e tollerabile per entrambe. La difficoltà è stata trovare un pretesto per punirle: sua figlia è un'allieva modello e Adelina, pur non essendo una buona studentessa, è estremamente educata e silenziosa».

«Il fine giustifica i mezzi», sogghignò Vergnano. «Ora, caro reverendo, abbiamo tra le mani una scoperta in grado di mettere sottosopra il mondo accademico».

«Non starà pensando di rendere note le facoltà della ragazza?», si allarmò Kelley. «La nostra scoperta è di prim'ordine, ma dobbiamo evitare che Adelina diventi oggetto di studio. Non voglio farne una cavia da laboratorio o, peggio, un fenomeno da baraccone!».

«Non ne ho la minima intenzione, reverendo», replicò il notaio simulando un fare scandalizzato. «Il potere della ragazza deve rimanere un nostro segreto. Per il suo bene, ovviamente».

«Concordo, amico mio; la vita di quella creatura deve essere già così difficile. Doveva vedere tutti gli artifici che ha messo in atto oggi pomeriggio per tenere nascosto il suo segreto».

«E noi lo proteggeremo», rincarò Vergnano. «Anzi, Adelina non dovrà neppure sospettare che le sue facoltà sono state scoperte».

«Giustissimo», concordò il reverendo, «la notizia potrebbe turbarla».

Vergnano osservò con attenzione l'espressione angustiata del reverendo, che sembrava avere più a cuore l'equilibrio mentale della ragazzina che non le immense potenzialità del suo dono.

«Il bene della ragazza deve essere il nostro obiettivo primario», riprese Vergnano, «ma forse, usando tutte le precauzioni del caso, potremmo mettere a frutto i poteri di Adelina per le nostre ricerche sui codici antichi».

«Ammetto di averci pensato», sospirò il reverendo.

«Non ci sarebbe nulla di male», lo incalzò Vergnano, vedendo la sua espressione farsi via via più preoccupata. «Anzi, la cosa ci darebbe modo di tenerla d'occhio e studiarne le facoltà, evitando che corra pericoli. La ragazza ha avuto la fortuna di essere scoperta da noi, un coscienzioso insegnante e un rispettabile padre di famiglia che hanno a cuore soltanto il suo bene e la ricerca storica, ma cosa accadrebbe se qualcuno con intenzioni meno oneste delle nostre...», Vergnano lasciò volutamente in sospeso la frase, per accrescere lo stato d'angoscia del suo interlocutore.

«Dobbiamo proteggerla», ripeté il reverendo a mezza voce, mentre il suo cervello evocava, per l'ennesima volta, gli occhi dalle pupille dilatate di colui che non era stato in grado di proteggere neppure da se stesso. «Ha ragione notaio», ammise infine Kelley, «dobbiamo assolutamente sorvegliare la ragazza, almeno per un po', giusto il tempo di capire se le sue facoltà potrebbero metterla in pericolo».

«È nostro dovere», ribadì Vergnano, ormai certo di aver portato l'uomo dalla sua parte. «Continueremo a far lavorare Adelina qui alla Biblioteca Grande e metteremo a frutto l'occasione per scardinare gli ultimi segreti che ancora tormentano gli studiosi».

Il notaio estrasse dalla falda del cappotto un volume rilegato in pelle, di piccole dimensioni, e lo porse al reverendo.

«Il codice Voynich!», esclamò Kelley.

Il reverendo prese a sfogliare la copia del celebre manoscritto. «Violarne il segreto è il sogno di centinaia di accademici», sussurrò l'uomo scorrendo rapidamente la sezione *astrologica* fino ad approdare alle enigmatiche figurine femminili della parte anatomica.

Vergnano intanto taceva, osservando il reverendo che, come qualunque vero studioso, dinanzi a un inespugnabile mistero non riusciva a fare a meno di esserne risucchiato.

«Secondo una recente ipotesi», riattaccò Kelley riemergendo a fatica dalle illustrazioni del misterioso libro, «il testo del manoscritto potrebbe non avere un significato, ma essere soltanto un cumulo di segni insensati, messi insieme da un abile mistificatore, che ha poi venduto il volume al re di Boemia spacciandolo per il diario del grande alchimista Bacone».

«Ho sentito di questa teoria», Vergnano si strinse nelle spalle, «ma francamente non ha molta importanza: riuscire a dimostrare che il manoscritto non è altro che un'antica e sofisticata burla sarebbe pur sempre un'immensa scoperta».

«Ha ragione», ammise il reverendo, «anche se non le nascondo di sperare in qualcosa di più intrigante».

«Spera di trovarvi il Grande Segreto?», gli domandò Vergnano con un filo di condiscendenza.

«Intende il procedimento di trasmutazione dei metalli?», domandò a sua volta Kelley in tono scherzoso. «Lei vuole prendermi in giro».

«Non mi permetterei mai», sorrise Vergnano. «Mi riferivo al fatto che qualcuno ipotizza addirittura che tra queste pagine vi sia molto di più del segreto di trasformare il mercurio in oro. Queste pagine, secondo studi più eccentrici, ma non privi di fondamento, potrebbero celare la ricetta dell'eterna giovinezza, forse addirittura dell'immortalità». L'uomo aprì il libro e indicò le illustrazioni vegetali a margine: «Guardi, nella sezione botanica del manoscritto sono descritti gli ingredienti, in quella anatomica la procedura del rito. Vede le donne immerse sino al ginocchio in queste vasche collegate tra loro?». Kelley annuì.

«Guardi che acqua torbida, reverendo, secondo lei perché ha questo colore?».

«Per alcuni potrebbe essere un'allegoria del battesimo, secondo altri sarebbe invece la rappresentazione di un lavacro mestruale ebraico. Personalmente propendo per la seconda ipotesi; se l'autore fosse giudeo, tale circostanza spiegherebbe l'assenza nel manoscritto di raffigurazioni riconducibili all'iconografia cristiana», disse lui.

«Secondo studiosi più visionari, si tratterebbe di un filtro», incominciò a raccontare il notaio scorrendo le pagine della copia anastatica. «Una pozione preparata con le erbe della sezione botanica, da assumersi secondo il rito prescritto nella sezione anatomica, in un preciso periodo dell'anno determinato dall'allineamento delle costellazioni raffigurate nella sezione astronomica. La sezione farmacologica, è superfluo spiegarglielo, fornisce le istruzioni pratiche per la preparazione dell'elisir di giovinezza. Una teoria pittoresca e un po' folle, non crede reverendo?», domandò infine leggendo negli occhi di Kelley l'ormai irrefrenabile determinazione a venire a capo del mistero.

«A ogni modo lo scopriremo presto», proseguì Kelley, «non appena la nostra giovane annusatrice accosterà il suo nasino a queste pagine».

Vergnano scorse con l'indice alcuni degli incomprensibili caratteri del testo e un brivido lo scosse da capo a piedi.

«Se la ragazza riuscisse a comprendere il significato del manoscritto», azzardò Vergnano, «poi come faremmo a dimostrare al mondo accademico la veridicità delle nostre affermazioni?».

«Quello non sarebbe un grosso problema», lo rassicu

rò il reverendo. «Se avessimo a disposizione il testo nella nostra lingua, potremo compararla ai simboli del manoscritto per desumerne la logica».

«Quando potremo far lavorare la ragazza sul manoscritto?», domandò Vergnano con rinnovata impazienza, anche se ormai rassicurato dalle parole del reverendo.

«Domani, dopodomani al più tardi. Ora Adelina si sta occupando di un antico erbario, non voglio che interrompa il suo lavoro per passare a un altro. La cosa potrebbe parerle strana, e noi non vogliamo insospettirla».

«Sì, certo», assentì l'altro con poca convinzione ma consapevole di non poter forzare troppo la mano di Kelley. «A domani, reverendo. Forse quando ci rincontreremo avremo svelato il mistero del manoscritto».

Capitolo 33

«Gli uomini sono tutte canaglie». Caterina lo ripeteva in continuazione, e Amalia cercava di tenerlo bene a mente. «A volte potrà sembrarti che siano sinceri», le diceva ogniqualvolta la vedeva entusiasmarsi per la devozione di Gottardo, «ma vogliono solo approfittarsi di te, quindi vedi di essere tu ad approfittartene per prima».

Il giorno dopo la proposta di matrimonio, Amalia, che pur essendo al settimo cielo sapeva tenere i piedi per terra, si recò dal parroco di San Dalmazzo dove scoprì che il suo promesso sposo non aveva ancora preso alcun tipo di accordo. La cosa non la sorprese, anzi le diede modo di architettare le mosse successive: fissò la chiesa per il venti novembre e diede ordine al parroco di preparare i documenti necessari. Il prete acquisì il certificato di battesimo della futura sposa, mentre i documenti dello sposo erano già presenti nell'archivio parrocchiale poiché, come Amalia ben sapeva, Gottardo era stato battezzato proprio in quella chiesa.

«Predisponete ogni cosa per le firme», ordinò al parroco facendogli scivolare tra le mani un'offerta per i poveri. «Verremo questo pomeriggio verso le sei con i testimoni per firmare tutti i documenti».

Amalia non trascurò di agire senza la benché minima discrezione, di modo che chiunque quella mattina si trovasse a passare per i locali della parrocchia venisse a sapere che uno tra i più illustri parrocchiani stava per convolare a nozze. La notizia, ne era certa, si sarebbe diffusa a macchia d'olio: la perpetua ne avrebbe parlato alle servette che la mattina si riunivano per recitare il rosario, le servette lo avrebbero riferito alle loro padrone, le padrone ai mariti e in un paio d'ore il matrimonio tra Gottardo e Amalia sarebbe divenuto una faccenda di pubblico dominio.

Quel pomeriggio, alle tre in punto, Gottardo lasciò il suo ufficio, si recò a casa, cacciò via la servitù, fece un bagno profumato e si dispose ad attendere la sua bella. Questa volta, si ripeteva il grasso lupo, la pecorella si sarebbe avventurata nella sua tana e non avrebbe avuto scampo. Alle cinque in punto il campanello suonò e Gottardo si precipitò alla porta.

«Hai mantenuto la promessa», disse liberando la porta dalla catenella.

«Certo, amore mio, come sarei potuta mancare?». A Gottardo ci vollero pochi secondi per mettere a fuoco, dietro alla sua quasi amante, un capannello di persone intabarrate in abiti con pretese di eleganza.

«Questa è la mia famiglia», lo informò Amalia con candore. «Appena li ho avvisati delle nozze hanno preso il primo treno per venirti a conoscere».

«Buonasera, colonnello Peyran». Un uomo all'incirca suo coetaneo, ma più alto di una spanna, gli tese la mano: «Sono Vincenzo, il padre della sposa, e questi sono i miei figli, il primogenito Antonio e il piccolo Adelmo».

«Onorato», balbettò Gottardo spiazzato dalla presenza dei tre ceffi che, a incominciare dal piccolo Adelmo di circa quindici anni, erano tutti alti e robusti sopra la media. Tre magnifici esemplari di mascolinità italica, li avrebbe definiti un ufficiale di reclutamento.

Gottardo cercò un modo per contrastare l'assedio, ma

il piccolo esercito aveva già fatto irruzione in casa; una casa nella quale, per suo stesso ordine, non erano presenti le persone di servizio.

«Ci siamo permessi di portare alcuni presenti», annunciò il padre della sposa facendo cenno ai figli di sistemare da qualche parte un paio di galline ancora da spiumare, alcune forme di formaggio dall'odore intenso e due bottiglioni di vino rosso. I cadaveri dei pennuti e le altre masserizie furono collocati, su indicazione dell'attonito padrone di casa, sul tavolo della cucina.

«Tutta roba fresca», puntualizzò il patriarca. «Il piccolo Adelmo ha tirato il collo alle galline proprio stamattina. Le poverette volevano scappare, ma mio figlio è veloce, acchiapperebbe una lepre in corsa».

Il messaggio era chiaro: se una lepre non sarebbe potuta sfuggire al "piccolo Adelmo", inutile che lui, un omone di oltre un quintale, tentasse alcun tipo di fuga.

Nel giro di un'ora Gottardo si ritrovò in parrocchia, dove il buon prete aveva già predisposto tutti i documenti.

«Il padre della sposa e il suo primogenito saranno i testimoni?», gli domandò il parroco mentre i due colossi, con mano malferma, avevano già vergato le loro goffe firme.

«Dal punto di vista legale siete praticamente sposati», spiegò il parroco. «Non resta che far affiggere le pubblicazioni, lasciar trascorrere il tempo necessario e celebrare la cerimonia religiosa».

«Le pubblicazioni!», Gottardo si aggrappò a una flebile speranza. «Per rendere il matrimonio valido dovremo passare in municipio».

«Non sarà necessario che vi scomodiate, colonnello», lo rassicurò il parroco, «questi incartamenti assolvono ogni adempimento legale e sarò io stesso a portarli all'ufficiale di stato civile».

«Ma io...», provò a dire Gottardo.

«Non vi preoccupate, per me non è un disturbo, lo faccio volentieri, specie per un parrocchiano di gran riguardo come siete voi. E poi l'ufficiale di stato civile è un mio parente, le assicuro che non farà storie».

«La cerimonia religiosa si terrà il venti novembre», dichiarò Amalia, «proprio come desideravi tu, Gottardo caro».

«Grazie», balbettò il poveraccio, mentre pensava a una maniera per uscirne. Ecco come doveva essersi sentito don Abbondio quando Renzo e Lucia si erano presentati nottetempo in canonica per celebrare suo malgrado il loro matrimonio. Don Abbondio, però, aveva avuto quantomeno la prontezza di lanciare una tovaglia sulla testa della sposa; lui al contrario era rimasto inebetito, mentre gli altri decidevano il suo destino. Quella che aveva appena vissuto era stata un'autentica "notte degli imbrogli", orchestrata in pieno pomeriggio da dei sempliciotti che di certo non sapevano neppure chi fosse Manzoni.

«Ora tutti al ristorante per festeggiare», proclamò il fiero padre della sposa.

Il colorito gruppetto, che includeva anche parroco, perpetua e sacrestano, si incamminò verso una trattoria situata a poca distanza, nel quartiere mercatale di Porta Palazzo, dove il premuroso Vincenzo aveva già provveduto a prenotare un tavolo. Nel tragitto il colonnello ringraziava con gesti da automa i passanti che, dopo la campagna pubblicitaria messa in atto da Amalia, gli porgevano le loro sentite congratulazioni per l'imminente sposalizio. La faccenda era ormai sulla bocca di tutti, e tale circostanza rendeva più complicata l'ipotesi di una ritirata strategica.

Dopo un paio d'ore di forzati bagordi, Gottardo riuscì finalmente a liberarsi dalle grinfie degli aspiranti parenti e a rifugiarsi al circolo degli ufficiali.

«Congratulazioni, colonnello», lo salutò il maggiore Pini con crudele ironia. «Corre voce che vi sposerete presto con una bella proprietaria terriera», aggiunse facendogli cenno di accomodarsi al suo tavolo.

«Davvero si dice così?».

«Sì, le pie donne della parrocchia di San Dalmazzo hanno visto i vostri futuri parenti e li hanno descritti come "ricchi gentiluomini di campagna"». La definizione fece sorridere l'afflitto Gottardo.

«Non vi disperate, caro mio, ora che la data è fissata finalmente Amalia si concederà, e in quanto alle pubblicazioni, troveremo il modo di ritrattarle».

«Non è così facile, la voce si è sparsa e lo scandalo è dietro l'angolo. In quanto al concedersi di Amalia, purtroppo non se ne parla: i parenti l'hanno caricata sul treno e portata a casa a preparare i documenti per la dote».

«Allora esiste davvero una dote?».

«Certo, un rettangolo di terra senza alcun valore, sul quale il mio futuro suocero pretende che faccia costruire una casa per la villeggiatura, e un cassone pieno di biancheria dozzinale».

«Siete messo male, caro amico, non vi resta che sposarla».

«Bella scoperta. Se solo non vi avessi dato retta!».

«Non disperate e tenete a mente: voi siete uno stato potente, Amalia è soltanto un piccolo regno mal governato. Sposatela, spassatevela, poi levatevi dai piedi per qualche tempo e, al vostro ritorno, quando la gente si sarà già scordata delle nozze, accusatela di adulterio, furto o di ciò che vorrete, e chiedete di annullare il matrimonio».

«Ma è una cosa fattibile?», domandò Gottardo rasserenato dalla prospettiva di avere ancora una possibilità per godere di Amalia, restituendola subito dopo al mittente.

«Lo è per uno stato potente come voi», confermò il maggiore. «Siete un ufficiale della Regia Aeronautica, lei invece è solo una subrettina il cui unico talento è quello di scoprirsi le gambe. Per liberarvene vi basterà chiedere l'aiuto delle persone giuste».

«Quanto potrebbe costare?».

«Probabilmente meno di quanto pagaste il giro di perle che le mandaste in teatro».

«Avete detto che qualche giorno dopo il matrimonio dovrei togliermi di torno per un po', che intendevate dire?».

«Esattamente ciò che ho detto: partite, sparite per almeno un mesetto, così quando sarete tornato avrete buon gioco di accusarla di aver commesso le peggiori turpitudini durante la vostra assenza».

«Dovrò farmi accordare una licenza», disse quasi tra sé.

«Ma quale licenza, partite con me per l'Abissinia».

«Ma maggiore, svolgo da anni un lavoro amministrativo e non vedo un campo di battaglia da...», Gottardo dovette soffermarsi a riflettere: nella sua carriera militare, anche durante la Grande Guerra, era sempre riuscito a tenersi nelle più remote retrovie e le uniche battaglie che aveva avuto modo di vedere erano immortalate su fotografie che aveva archiviato in album ormai polverosi.

«Non vedrete campi di battaglia neppure questa volta», minimizzò il maggiore. «L'Italia non ha bisogno soltanto di uomini d'azione, ma anche di buoni amministratori come lo siete voi. Le nostre truppe sono in Abissinia dai primi di ottobre e la faccenda non si concluderà in tempi brevi, per cui stiamo cercando un uomo di fiducia che gestisca gli approvvigionamenti di cibo, munizioni, uniformi e di tutto quanto possa servire a un esercito durante una lunga campagna».

«Un magazziniere?».

«Diciamo un esperto di logistica», sorrise il maggiore.

«Lavorerete a una scrivania proprio come qua a Torino, l'unica differenza sarà la temperatura».

«Mi sembra un po' esagerato partire volontario per poter avere una donna».

«Probabilmente sì», gli concesse Pini, «ma immaginate quello che accadrà: tornerete in Italia con una decorazione al valor militare e vi libererete senza sforzo della sgualdrina che ha vilmente tradito un eroe al servizio della patria».

«Un eroe della patria», ripeté il colonnello, «l'idea non mi dispiace».

«Bravo colonnello», disse il maggiore pregustando i vantaggi che gli sarebbero derivati dall'aver procurato alla spedizione abissina un membro tanto illustre. «Venite con me all'ufficio di reclutamento, un paio di firme e otterrete tutto quel che desiderate: le gambe più belle di Torino e la gloria militare».

Capitolo 34

«Un elisir?», domandò Luisella attraversando l'androne dalle colonne scrostate. «Davvero uno dei libri che hai catalogato parlava di pozioni d'amore?».

«Così mi è sembrato», spiegò con noncuranza Adelina, «era un libro scritto a mano, con un odore davvero strano». La ragazza si tappò la bocca: senza rendersene conto aveva parlato all'amica dell'odore di un libro!

«Se si trattava di un manoscritto, probabilmente era in pergamena», dedusse l'altra senza scomporsi. «La pergamena è realizzata con pelle d'agnello, e una roba fabbricata con una bestia morta non può certo profumare di rosa».

«È vero», rise nervosamente Adelina per far svaporare la tensione.

«Torniamo a casa a piedi?», propose Luisella varcando il portone.

«Certo», confermò l'altra senza specificare che i piedi erano il suo unico mezzo di trasporto, visto che la parsimoniosa zia l'aveva interdetta dall'uso del tram.

«Sei stata fortunata», sospirò Luisella.

«Perché sarebbe stata fortunata?», domandò una voce maschile facendole trasalire.

«Papà, cosa ci fai qui?».

«Buonasera, signor Vergnano», farfugliò Adelina arrossendo.

«Sono venuto a prendervi», disse indicando l'Alfa Romeo 1900 parcheggiata a ridosso del marciapiede.

«Grazie», esclamò Adelina che in tutta la sua vita non aveva mai visto un'auto tanto bella.

«Veramente pensavamo di fare una passeggiata», protestò la figlia, «siamo state tutto il pomeriggio a fare la muffa nel seminterrato».

«Capisco», sorrise l'uomo, «allora scendiamo a un compromesso: camminiamo fino al Caffè Fiorio, ci prendiamo un bel gelato e poi torniamo a casa in auto».

Adelina guardò con occhi supplichevoli il cipiglio dell'amica: il notaio Vergnano le stava offrendo la possibilità di fare due cose che non aveva mai fatto e che chissà quando ancora avrebbe avuto occasione di fare.

«Va bene», acconsentì Luisella con riluttanza, quasi il padre le avesse proposto l'estrazione di un molare.

«Allora», riattaccò Vergnano qualche minuto dopo, quando già si trovavano seduti a uno dei tavolini col ripiano in marmo dello storico Caffè Fiorio, «perché Adelina oggi sarebbe stata fortunata?».

Sentendosi chiamare in causa, Adelina scollò a fatica l'attenzione dalla coppa di gelato – la più grande che le fosse mai capitato di avere davanti – e guardò Luisella attendendo la risposta.

«Ho passato il pomeriggio a catalogare libercoli a sfondo teologico», spiegò, «e mi sono annoiata a morte, mentre a Adelina sono toccati libri molto più interessanti, uno addirittura conteneva formule magiche».

«Che tipo di formule magiche?», chiese Vergnano ansioso di carpire i preziosi segreti del manoscritto.

«Cambiamo discorso?», cercò di imporsi Luisella.

«Allora, di che parlava il libro?», proseguì a domandare Vergnano con tono cortese ma risoluto.

«In prevalenza di erbe medicinali», rispose Adelina lasciando correre lo sguardo sui sontuosi stucchi che decoravano il locale, «rimedi per il raffreddore, l'anemia e la diarrea…», abbassò gli occhi, «con rispetto parlando».

«Un libro che insegna a curare la diarrea e il mal d'amore?», sogghignò Luisella.

«È parso strano anche a me», rispose Adelina. «Pensavo di essermi sbagliata, ma ieri, quando ho iniziato a lavorare su quel libro, il reverendo ha detto che i trattati di farmacia di un tempo non insegnavano soltanto a curare le malattie del corpo, ma anche quelle dell'anima».

«Interessante», sospirò l'amica, «e nel frattempo io mi occupavo delle noiosissime biografie di noiosissimi teologi. Non lo trovi ingiusto, papà?».

«E dopo aver finito con quel trattato», insistette Vergnano rivolgendosi ancora a Adelina, «il reverendo ti ha chiesto di lavorare a un altro volume?».

«No, signore», rispose Adelina. «Il reverendo non mi ha ancora dato nuovi libri, ma sono certa che lo farà domani», sospirò col fare mesto di chi si sottomette docilmente al proprio ingrato destino.

«Hai finito, papà?», lo redarguì Luisella. «Abbiamo già i professori che ci interrogano».

«Giusto», mollò la presa Vergnano, ormai persuaso che il libro sul quale aveva lavorato l'annusatrice non fosse il manoscritto Voynich. «Che ne diresti», interpellò poi la figlia, «se una sera di queste invitassimo Adelina e sua zia a cenare da noi?».

«Bravo papà, è un'idea molto carina», approvò la ragazza.

«Tua zia è una donna molto interessante», dichiarò Vergnano rivolgendosi a Adelina. «Mi dà l'impressione di essere uno spirito semplice ma profondo».

Il cuore di Adelina si fece più freddo del gelato che stava gustando: come poteva quel fascinoso voltagabbana riutilizzare il complimento dedicato a lei per sua zia, che, passi per il "semplice", di "profondo" non aveva che le tasche dalle quali era impossibile far uscire alcunché?

«Ti senti bene, Adelina?», le domandò l'amica vedendola sbiancare.

«Sì, certo», mentì. «Ho solo mal di testa».

«Deve essere il gelato», la rassicurò l'amica, «mangia più lentamente».

«Va bene», acconsentì lei controvoglia, mentre avrebbe desiderato ingollare tutta la coppa in tre cucchiaiate, per colmare la crepa che le si era formata nel cuore.

Capitolo 35

La notizia del fidanzamento di Amalia con un riccone di città era una circostanza che al suo paese aveva destato più diffidenza che invidia. Portava un anello al dito, è vero, ma per i suoi compaesani voleva dire poco. Era pieno il mondo di madame che prestavano dei gioielli alle loro cameriere per farle ben figurare in paese, per non parlare di certi negozi di città che vendevano fondi di bottiglia così ben tagliati da sembrare gioielli autentici. Alcuni erano persino arrivati a ipotizzare l'esistenza di botteghe presso le quali le zitelle incallite potevano affittare anelli di pregio per sbalordire il vicinato.

Insomma, il ritorno a casa di Amalia non fu il trionfo che tante volte si era immaginata, inoltre nella sua casa natale ormai non c'era più posto per lei. La stanza da letto dei genitori era diventata la camera del fratello maggiore e della cognata, i vecchi padroni di casa si erano sistemati nella cameretta dove un tempo dormivano lei e sua sorella Maria Pia, mentre l'ultimogenito, Adelmo, era stato confinato nello stanzino lungo e stretto che dava accesso alla scala del solaio. Amalia fu alloggiata, con gran disappunto della cognata, in un'improvvisata brandina nella sala da pranzo al pianoterra. Fortunatamente, dopo un paio di settimane, giunse un telegramma a tappare la bocca a tutto il paese e a sollevare i familiari dalla sua ingombrante presenza: il colonnello Gottardo Peyran, suo fantomatico promesso sposo, la richiamava a Torino con urgenza.

«Annuncio mia imminente partenza per missione in Abissinia stop
Urge anticipare matrimonio stop
Parti domani con primo treno stop».

La fortuna aveva girato dalla sua! La ragazza sapeva bene che, nei giorni che la separavano dalla data designata per le nozze, Gottardo avrebbe fatto in tempo a ripensarci anche una mezza dozzina di volte, ma quella circostanza provvidenziale le consentiva di chiudere le trattative in maniera rapida e indolore.

Amalia fu caricata l'indomani sul primo treno, in modo da trovarsi di buon mattino alla chiesa di San Dalmazzo al braccio del suo futuro sposo e al cospetto di un assonnato parroco buttato giù d'urgenza dal letto, come se la canonica stesse andando a fuoco. La cerimonia si svolse a porte chiuse e i testimoni furono il sacrestano e la perpetua, ai quali Amalia elargì una generosa mancia costituita da due dozzine d'uova.

Amalia aveva indossato il suo più bell'abito, il lungo filo di perle regalatole da Gottardo e un cappellino, mai messo prima, che aveva trattenuto come legittima buonuscita quando aveva lasciato la Premiata Modisteria Cibrario.

Gottardo, su preghiera di Amalia, aveva rispolverato l'alta uniforme che nonostante il trascorrere degli anni gli stava ancora bene, a patto, ovviamente, di tenere in dentro la pancia e respirare il meno possibile.

«Finalmente sposi», le sussurrò Gottardo con fare concupiscente prendendola per mano, mentre andavano verso casa.

Amalia, tuttavia, non aveva la stessa frenesia di consumare il matrimonio e costrinse il novello sposo a fare tappa in uno studio fotografico di via Garibaldi. Che senso aveva sposare un colonnello se poi non si avevano le prove da esibire a coloro che in paese avevano dubitato della sua fortuna?

Dopo una fotografia scattata davanti allo sfondo di un giardino e un'altra che li ritraeva in mezzo a delle rovine romane posticce, Gottardo riuscì infine a trascinare la sposa nel suo grande appartamento di via del Carmine, dove Amalia poté finalmente lasciar cadere la metaforica moneta che da tempo teneva stretta tra le ginocchia.

L'esperienza non le piacque, ma neppure la disgustò come temeva, e il pensiero che nel giro di pochi giorni il suo fresco sposo sarebbe partito per la lontana Africa le dava un senso di sollievo. La missione sarebbe durata settimane, forse mesi, e in quel frangente Amalia avrebbe avuto modo di abituarsi all'idea di quell'uomo sudato, mollemente spalmato su di lei. Esaurita la smania dei primi tempi, il colonnello sarebbe certamente divenuto meno assiduo nelle sue richieste e lei avrebbe imparato a concederglisi quel tanto che bastava a renderla adempiente ai doveri coniugali. Se poi fosse rimasta incinta, sarebbe stata esentata dal supplizio del talamo per molti mesi prima e dopo la nascita del bebè, e questa prospettiva la riempiva di gioia, non certo materna.

Amalia aveva sposato Gottardo con una serie di sotterfugi, e la cosa le procurava, oltre che grande soddisfazione, anche un lieve senso di colpa, che in ogni caso represse immediatamente. Provava tuttavia un istintivo senso di gratitudine: non amava suo marito, come del resto lui non amava lei, ma confidava di ripagarlo per averla resa "madama Peyran" diventando la migliore delle mogli. Si sarebbe presa cura di lui e della sua casa, consentendogli di risparmiare sulla servitù. Non avrebbe abusato della sua ricchezza pretendendo gioielli, abiti e altri orpelli non necessari e, soprattutto, gli avrebbe dato dei figli sani e robusti, come i suoi fratelli. Era persino disposta a chiudere un occhio su eventuali scappatelle, purché queste non incidessero troppo sul bilancio familiare.

Gottardo partì per l'Abissinia una settimana dopo il matrimonio e, come previsto da Amalia, la fiamma che lo aveva divorato si era già bella che spenta. Inoltre, da quando era partito, la governante aveva preso a spadroneggiare.

Si chiamava Giovanna Arduino ed era una quarantenne di bell'aspetto, ultimogenita di una famiglia abbiente caduta in disgrazia ai tempi della Grande Guerra. Da quello che le aveva raccontato la cuoca, la donna aveva studiato in collegio e si stava preparando a un buon matrimonio, quando, prima che avesse terminato gli studi, la sua dote si era volatilizzata a causa di un investimento sbagliato del padre. La ragazza era stata perciò mandata a servizio e aveva trovato lavoro a casa del colonnello Peyran. Pur nel rispetto del decoro e della buona educazione, la donna aveva tentato a più riprese di fare breccia nel cuore del padrone, ma il colonnello, anche se molto attratto da lei, si era imposto di non fare passi falsi. La signorina Arduino era un'ottima amministratrice e rischiare di perderla per un attimo di debolezza sarebbe stata una vera stupidaggine. Giovanna Arduino aveva così appeso le sue ambizioni nuziali al chiodo e si era dedicata con solerzia alla sua attività di governante. Poiché il padrone le concedeva la massima fiducia e libertà, e probabilmente non avrebbe mai portato a casa una signora Peyran, la sua condizione non era affatto disprezzabile. Giovanna era la padrona di casa, prendeva decisioni, regolamentava le spese e organizzava il lavoro della cuoca e di Giovanni, che ricopriva l'incarico di autista e cameriere. Del resto, i due servitori, un po' per celia e un po' per autentico e timoroso rispetto, la chiamavano "la signora".

È pertanto immaginabile quale fu lo scorno della "signora" quando si vide arrivare in casa una contadinotta ripulita che si fregiava del titolo di "madama Peyran".

«Davvero quella è vostra moglie?», ebbe il coraggio di domandare al padrone, non appena rimasta sola con lui.

«Lei crede così», dichiarò lui in tono beffardo. «È una ragazza di paese, una brava figliola che mai avrebbe accettato di venire a stare da me, se non le avessi messo un anello al dito».

«Ma è o non è vostra moglie?», lo incalzò lei.

«Lo sarà per poco, cara Giovanna, un avvocato sta già predisponendo le pratiche per la richiesta di annullamento e, quando sarò tornato dall'Abissinia, potremo dire addio alla nuova madama Peyran».

«Capisco», annuì la donna cercando di trattenere un sorriso di trionfo.

«Mentre sarò via», le disse abbassando il tono della voce, «dovrai trattarla come se fosse davvero mia moglie: obbediscile e assecondala, ma senza mai perdere il comando; somministrale il denaro con oculata generosità e non permetterle di fare cambiamenti in casa».

«Obbedisco».

«Ricorda, cara», concluse prendendole la mano, «che la padrona qui sei tu, e sempre lo sarai».

Amalia era stata informata di questo dialogo dalla cuoca che, oltre a un grande talento per la cucina, padroneggiava l'arte comune a molte serve di ascoltare le conversazioni altrui senza essere notata. La notizia non le fece piacere, ma certo non la colse impreparata e, preso atto di avere due nemici, uno in Africa e l'altra nella sua stessa casa, decise di dare avvio alla controffensiva. Per prima cosa avrebbe parlato con un avvocato, ne conosceva uno proprio nel suo stesso palazzo, al piano inferiore; inoltre, si sarebbe sforzata di ostentare una condotta irreprensibile, rimanendo sempre reclusa in casa per non dare modo alla governante di fare illazioni sulle sue assenze e attribuirle amanti inesistenti. Era tuttavia necessario consolidare il suo status di signora Peyran in società: se ripudiare una donna sconosciuta poteva passare inosservato, liberarsi di una moglie brillante e socialmente attiva avrebbe scatenato parecchio rumore. In apparenza le due esigenze potevano sembrare inconciliabili, ma per salvare capra e cavoli Amalia avrebbe offerto dei ricevimenti per le mogli degli ufficiali colleghi di Gottardo. Il matrimonio del colonnello con una donna di ceto inferiore aveva destato molto interesse, e proprio in virtù della curiosità quelle grandi madame avrebbero accettato l'invito senza esitazioni. Ricevere le mogli degli ufficiali le avrebbe conferito la notorietà necessaria senza comprometterla in alcun modo, trasformandola, in poche settimane, in un'ammirata e chiacchierata dama della buona società.

Capitolo 36

Le lettere sulla pagina piroettavano più del solito, l'odore della carta era intollerabile; Adelina appoggiò le mani sulla testa dolorante e si alzò barcollando. Anche gli scaffali della Biblioteca Grande danzavano come le parole scritte sulla pergamena.

«Luisella», chiamò debolmente.

Il richiamo non raggiunse l'amica che lavorava qualche scaffale più in là, ma attirò l'attenzione del reverendo che stava sempre a poca distanza per tenerla d'occhio.

«Cosa ti succede?», le domandò Kelley con un tono che voleva essere premuroso ma che, data la sua poca pratica della gentilezza, suonò più come una minaccia. Per tutta risposta Adelina iniziò ad accasciarsi a terra, come un pupazzo di pezza che perde la sua imbottitura di chicchi di riso da uno strappo nella stoffa.

Il reverendo tentò di rimetterla in piedi, ma la ragazza pendeva a destra e sinistra, proprio come avrebbe fatto il pupazzo sempre meno sorretto dall'imbottitura.

«Signorina Vergnano!». Luisella si vide comparire davanti l'uomo che teneva in braccio l'amica, come se fosse una giovane sposina.

«Adelina!», strillò. «Che le è successo?».

«È solo un mancamento, vada a cercare dell'acqua».

«La fontanella in cortile; portiamola fuori così prenderà aria», ordinò la ragazza con tale autorevolezza da farsi obbedire senza alcuna obiezione.

«Probabilmente è solo un po' stanca», mormorò Kelley umettando il volto dell'allieva con acqua fresca.

«Certo che è stanca», rincarò Luisella, «lei la costringe a leggere in quell'angolo buio e la sera ha sempre l'emicrania».

Un po' per l'acqua, un po' per gli strepiti dei suoi infermieri, Adelina rinvenne.

«Come stai?», le domandò Luisella stringendola al petto.

«Soffoco», biascicò.

«Reverendo, le viene meno il respiro!».

«Mi stai stringendo troppo», ansimò Adelina all'amica.

Rossa in viso per la paura e l'imbarazzo, Luisella allentò l'abbraccio.

«Cosa ti è successo, cara?», domandò Kelley con un'altra ridicola imitazione della premura.

«Stavo finendo di esaminare quelle pergamene che parlano di erbe mediche», sussurrò, «e l'odore...». Adelina avrebbe voluto spiegare che le esalazioni di tutte quelle piante misteriose, alcune delle quali narcotiche, le avevano acuito il dolore al capo che percepiva ogniqualvolta annusava un libro.

«Quale odore ti ha dato fastidio?», la incalzò Luisella.

«Quello della pergamena», improvvisò, «e della muffa», aggiunse per dare più corpo alla sua affermazione.

«È ovvio che l'odore dei fogli ti dia fastidio», confermò l'amica aiutandola a riguadagnare la posizione eretta, «tieni sempre il naso appiccicato alle pagine. Devi farti controllare la vista!».

«Ha problemi di vista?», domandò il reverendo a Luisella come se Adelina non fosse presente.

«Me ne sono accorta subito, sin da quando l'ho aiutata a studiare per l'interrogazione sui *Promessi sposi*», proseguì rispondendo a Kelley, «e la sua mania di tenerla in quella nicchia a leggere delle pagine ingiallite le ha rovinato quelle poche diottrie che le rimanevano».

Adelina pensò di intervenire spiegando che la sua vista stava piuttosto bene, ma, un po' perché era ancora spossata dallo svenimento, un po' perché si divertiva troppo a vedere l'amica maltrattare il reverendo, rimase in silenzio.

«Perché si comporta così con lei?», strepitò Luisella. «Perché si comporta così con noi?». Kelley non riusciva a trovare mezza parola che potesse mitigare la situazione e, approfittando del suo esitare, Luisella continuò implacabile: «Che diavolo di punizione sarebbe tenerci recluse ogni maledetto pomeriggio?». Adelina dovette reprimere l'impulso di ridere e applaudire come al teatro dei burattini, la sua compagna si era appena rivolta al reverendo usando le parole "diavolo" e "maledetto", e lui aveva incassato inerme, come fa il dottor Balanzone quando Arlecchino lo prende a bastonate. «Da cosa è iniziata tutta questa storia della punizione?», lo incalzò ancora. «Io francamente neppure glielo saprei dire! È entrato in aula con la luna di traverso e ci siamo ritrovate in quella grotta», gridò indicando le scale che scendevano nel seminterrato.

«Abbassi la voce, signorina Vergnano».

«Ne parlerò con mio padre», rincarò la ragazza, «anzi, ne parlerò al collegio didattico, visto che mio padre è una specie di burattino nelle sue mani». Alla parola "burattino" Adelina abbassò lo sguardo, quasi i due litiganti avessero indovinato che se li stava figurando nelle vesti di fantocci.

Intanto le urla avevano attirato l'attenzione delle studentesse ancora a lezione, che si erano affacciate dalle finestre. Ora il cortile aveva davvero l'aspetto di un teatro, ma non di una baracca dei burattini, bensì di una grande sala barocca con il pubblico che osservava dai palchi.

«Cosa sta succedendo, reverendo Kelley?», domandò suor Bettina sporgendosi dal davanzale. Adelina pensò che, se quella donnetta sorda come un vaso da notte era stata disturbata dalla discussione, il baccano doveva essere davvero notevole.

«Ho avuto un mancamento», gridò inaspettatamente. «Il reverendo e la signorina Vergnano si sono spaventati, ma ora va tutto bene».

«Sia lode al Signore», chiuse l'argomento, nonché la finestra, suor Bettina. A quel primo rumore di ante serrate, tutte le teste e testoline si ritirarono all'interno quasi in simultanea, come tanti orologi a cuccù.

«Andiamo a fare una passeggiata», ordinò Luisella a Adelina, «un po' d'aria ti rimetterà al mondo».

«Brave», acconsentì il reverendo, «continueremo il lavoro domani».

Luisella lo fulminò con lo sguardo e, senza degnarlo di un cenno di congedo, trascinò via Adelina, che dal canto suo cercò di salvaguardare la forma sussurrando uno strascicato arrivederci.

Capitolo 37

«Non sono d'accordo», dichiarò Giovanna Arduino, governante di casa Peyran, ritraendosi dalle buste color avorio che Amalia le stava porgendo.

«Non importa che siate d'accordo o meno», protestò madama Peyran, «la padrona sono io». La governante avvampò di indignazione e dovette mordersi le labbra sin quasi a farle sanguinare per trattenere gli insulti che le si affollavano in gola.

«Vostro marito non sarebbe d'accordo», riattaccò la Arduino poggiando le mani sui fianchi. Amalia la osservò da capo a piedi: era una donna alta e imponente, una specie di guerriera in abito nero e grembiule bianco, con occhi minacciosi sormontati da sopracciglia scure, che quando era di cattivo umore si inarcavano come le schiene di due gatti pronti ad azzuffarsi. Se a quella erinni fosse saltato il ticchio di mollarle un ceffone, sarebbe stata scaraventata contro la parete del salotto – e neppure lei era esattamente quel che si dice uno scricciolo di donna.

«E va bene», capitolò lasciandosi cadere sul divano e cacciando il mucchietto di lettere nella tasca della vestaglia.

«Molto bene, Amalia», si congratulò una ragazza dai capelli fulvi acconciati in elaborati boccoli, seduta anche lei sul divano. «Una vera signora deve sapersi tirare fuori da una conversazione troppo animata».

«Mi fa piacere che abbiate deciso di rinunciare a questo progetto», riattaccò la governante rivolgendosi ad Amalia, senza prendere minimamente in considerazione il commento della ragazza dai capelli rossi. «Dare un ricevimento per le mogli degli ufficiali, che idea bislacca! Come avreste fatto a destreggiarvi in una situazione del genere?».

«Sto studiando», borbottò Amalia con l'aria scocciata di una scolaretta di scarso profitto, «la signorina Quaglia mi sta preparando da due settimane».

«E sta facendo enormi progressi», si inserì di nuovo la ragazza.

«La signorina Quaglia, è ovvio!», fece eco la governante sarcastica. «Di tante che potevo supporre, mai avrei immaginato di veder girare per casa un'istitutrice», commentò la governante.

«Che cosa c'è di male nell'avere un'istitutrice?», brontolò Amalia giocherellando con l'angolino di una delle buste.

«Proprio nulla, a patto di vivere nell'Ottocento e di non avere già trent'anni suonati».

Amalia scattò in piedi: poteva tollerare gli insulti sulla sua estrazione sociale, l'educazione, la virtù e chissà quant'altro, ma nessuno poteva permettersi di aggiungerle degli anni passandola liscia!

«Marialuigia, Marialuigia!», strillò la padrona di casa.

«Amalia, ti prego di non alzare la voce, non è educato», la riprese l'istitutrice dandole del tu come era solita fare con le sue allieve, che generalmente non superavano i dieci anni d'età.

«Perché ora chiamate la cuoca?», domandò la governante smarrita.

«Marialuigia, vieni qua!».

La donna, abbandonati i fornelli dai quali aveva già gustato buona parte della conversazione, si fiondò nel salotto con un canovaccio in mano.

«Mi avete chiamato, signora?».

«Sì, Marialuigia, devi farmi un favore», disse sventolandole davanti al naso le buste. «Lascia stare quel che stavi facendo e vai a spedire queste lettere. Qui ci sono i soldi dell'affrancatura, e ciò che avanza tienilo».

«Vado subito», obbedì la cuoca, allettata dall'idea di fare un dispetto alla signora Arduino ben più che dalla prospettiva della mancia.

«Fermati», le intimò la governante, «torna subito in cucina». La cuoca si voltò e guardò alternativamente il volto delle due donne. A chi doveva obbedire? Lei avrebbe optato senza alcun dubbio per la signora Peyran, non fosse altro che per dare sui nervi a colei che per anni l'aveva tiranneggiata; ma tra le due donne, almeno in base a quanto origliato, la ministra in carica era ancora la signora Arduino.

«Se non torni in cucina dirò tutto al padrone», la minacciò la governante.

«E se lo farai dirò tutto a mio marito», si inserì Amalia.

La povera Marialuigia si sentiva come *Arlecchino servitore di due padroni*, una commedia che qualche tempo prima era stata messa in scena dalla compagnia di marionette Lupi al teatro Gianduja.

«Insomma», concluse la cuoca, «qualunque cosa scelga di fare, mi prenderò una strigliata dal colonnello».

«Hai ragione, povera Luigina», concordò Amalia, «ti abbiamo messo in una posizione scomoda. Torna pure ai tuoi fornelli».

«Bravissima, Amalia», si complimentò la signorina Quaglia. «Fai sempre in modo che la servitù non assista ai tuoi litigi».

«Signorina Quaglia, posso permettermi di chiedervi un grande favore?».

«Certo, di' pure».

«Tornando a casa potreste occuparvi della spedizione di questi inviti?», chiese porgendole le buste. «So che non è un servizio di vostra competenza, ma data la situazione mi permetto di domandarvi questo favore».

«L'hai chiesto benissimo», dichiarò la ragazza intascando gli inviti, «e quando una richiesta è posta con cortesia è impossibile rifiutare. E ora riprendiamo la nostra lezione: cosa devi rispondere se qualcuno ti chiede un'opinione su un libro?».

«Non ho ancora avuto modo di leggerlo, voi come l'avete trovato?», rispose Amalia tutto d'un fiato, con l'orgoglio di un fisico che enuncia la formula alla quale ha lavorato tutta la vita.

«Che gabbia di matti», sospirò la governante uscendo dalla stanza, «ma vedrete quando tornerà il colonnello, come rimetterà ognuno al suo posto».

Giovanna Arduino odiava la piccola istitutrice più di quanto detestasse la stessa Amalia, e questo perché quella ragazzina graziosa e beneducata le ricordava terribilmente la se stessa di vent'anni prima. La signorina Quaglia doveva avere una storia simile alla sua, forse anche lei proveniva da una famiglia facoltosa in declino che l'aveva fatta studiare per metterla nelle condizioni, qualora non avesse trovato un buon partito, di guadagnarsi da vivere come insegnante o governante. La cosa che più detestava di quella ragazza dai boccoli rossi, per la quale, visto il comune destino, sarebbe stato più naturale provare solidarietà, era il perenne buonumore. Nell'ampio sorriso, nei luccicanti occhi nocciola e nel vermiglio delle guance, la Arduino poteva leggere l'ottimismo di chi è convinto che la vita abbia in serbo delle magnifiche sorprese. La stupidella certamente sognava di fare breccia nel cuore di un giovanotto di buona famiglia e di lasciare l'insegnamento per diventare padrona di una bella casa, e la cosa che più urtava la Arduino non era la prospettiva che si illudesse invano, bensì la possibilità che le cose potessero andare proprio come desiderava lei. In fondo i tempi erano cambiati, se le contadinotte senza arte né parte riuscivano a maritarsi con un Gottardo Peyran.

Capitolo 38

«Ci è riuscita?», domandò Vergnano facendo irruzione nella Biblioteca Grande. Il reverendo sobbalzò dalla sedia e, solo grazie alla sua lunga abitudine a lavorare osservando il più assoluto silenzio, riuscì a trattenere in gola un urlo di spavento.

«Buonasera, notaio. Che ci fa lei qui?».

«Avevamo detto che ci saremmo visti, ricorda?». Vergnano si sistemò a sedere davanti a Kelley. «Il nostro piccolo prodigio ha decifrato il manoscritto Voynich?».

«Non ancora, notaio, c'è stato un imprevisto; inoltre, ho scoperto delle cose che mi preoccupano», sospirò mettendo sotto il naso dell'uomo i fogli che stava esaminando.

«È la trascrizione delle ultime pagine del manoscritto di santa Bibliana?», domandò il notaio esaminando i fogli.

«Esatto, è la trascrizione dei fogli risalenti al diciannovesimo secolo».

«Ha scoperto qualcosa di interessante?».

«Nulla di buono, purtroppo». Kelley riprese i suoi appunti: «Gli annusatori dei quali abbiamo testimonianza sono morti tra i quattordici e i quindici anni».

«Di quanti casi stiamo parlando?».

«Due».

«Due?», ripeté Vergnano. «Direi che non si tratta di un numero statisticamente rilevante».

«No», ammise Kelley, «ma oggi è successa una cosa strana: Adelina ha avuto un malore ed è svenuta».

«Come la piccola santa di cui parla il manoscritto», meditò l'altro, «ma nelle storie di quel periodo i santi non fanno che perdere i sensi per poi risvegliarsi e raccontare di visioni, profezie e chiacchierate con gli angeli. Nella letteratura medievale si parlava di estasi mistica, oggi parleremmo di svenimenti».

«Non posso darle torto, ma...».

«Non soltanto le sante sono soggette a svenimenti», tentò di rassicurarlo il notaio, «anche le ragazzine hanno continui mancamenti, specie quelle come Adelina che non sono esattamente il ritratto della salute».

«Sì», confermò Kelley, «è quello che ho pensato anch'io, ma la seconda parte del manoscritto di santa Bibliana non parla di una monachella in estasi o di un'adolescente mingherlina, bensì di un robusto quattordicenne vissuto a New York nella prima metà dell'Ottocento». Vergnano appoggiò il dorso allo schienale della seggiola, in attesa del racconto. «Questo ragazzino si chiamava Antonin Lewandowski ed era figlio di un immigrato polacco. Viveva nel quartiere di Greenpoint, in una casa piena di poveracci provenienti da ogni parte d'Europa, e verso i tredici anni iniziò a rendesi utile leggendo agli analfabeti le lettere che ricevevano dai parenti rimasti in Europa. Tutto piuttosto normale, visto che il ragazzo era andato a scuola, salvo il fatto che riusciva a leggere lettere scritte in qualunque lingua».

«Che ne è stato di lui?».

«La voce di questa sua abilità si sparse e un impresario teatrale si accordò con i genitori per farlo esibire. Il ragazzo girava per teatrini e fiere come fenomeno da baraccone, ma dopo qualche tempo iniziò a deperire, aveva frequenti emicranie e svenimenti, sino a quando, proprio durante un'esibizione pubblica a Boston, perse i sensi e non li riacquistò più».

«Leggende popolari, proprio come la storia della piccola santa. Probabilmente queste persone non sono neppure esistite».

«In quanto a santa Bibliana da Spoleto potrebbe avere ragione», concordò il reverendo, «non ho trovato il suo nome negli elenchi dei santi canonizzati e i registri dei conventi della zona di Spoleto non testimoniano il suo passaggio, ma riguardo al giovane oriundo polacco oggi ho telefonato a un mio conoscente americano che lavora all'emeroteca della Public Library di New York e gli ho chiesto di fare delle ricerche. Ha rinvenuto alcuni articoli di giornale che parlano del ragazzo, delle sue esibizioni e della morte sul palcoscenico di Boston».

«Va bene», ammise Vergnano, «i dati storici sono attendibili, ma abbiamo soltanto due casi e a molti secoli di distanza; è impossibile stabilire se vi sia un nesso. A ogni modo, se l'annusatrice è destinata a morire giovane, cosa possiamo farci? Soltanto affrettarci affinché termini ciò che ci occorre prima che...».

«Dobbiamo farla smettere», affermò risoluto il reverendo. «I malori la colgono solo quando è a contatto con un libro, l'ha confermato anche sua figlia».

«Cosa sa mia figlia di questa storia?», si allarmò il notaio.

«Non ne sa niente, è convinta che i dolori alla testa di Adelina dipendano da problemi di vista».

«Bene», commentò quasi fra sé Vergnano.

«Ma noi sappiamo che non è così, e dobbiamo farla smettere di lavorare per noi prima che...».

«Lei è davvero certo che tra la lettura olfattiva e la morte precoce ci sia un legame? Se il destino degli annusatori è quello di morire giovani, accadrà sia che esercitino le loro facoltà sia che se ne astengano».

«Non so se la lettura olfattiva possa accelerare o meno la morte della ragazza, quello di cui sono certo è che ogni pomeriggio entra qui dentro allegra e sana per uscirne debilitata e dolorante».

«Va bene», concesse Vergnano alzandosi, «la ragazza metterà il suo nasino a riposo, ma soltanto dopo aver esaminato il manoscritto Voynich. Successivamente mi impegnerò a condurre personalmente la ragazza dai migliori medici, affinché riescano a trovare una cura adatta a lei».

«Il destino non è una malattia».

«Ovviamente no, caro reverendo», confermò Vergnano in tono rassicurante, «ma lei si sta basando solo su delle supposizioni ed è più probabile che quei dolori abbiano cause fisiologiche, anziché sovrannaturali. Farla visitare da qualche specialista non le nuocerà di certo».

«Forse ha ragione, notaio, ma se trovassero in lei qualcosa di strano?», disse indicandosi la fronte con l'indice.

«Di sicuro non potranno accusare noi», disse alzando le spalle. «Non perdiamo la testa, reverendo. Siamo così vicini a realizzare ciò che a centinaia di studiosi e scienziati non è mai riuscito, e lei vuole rinunciarvi per un labile sospetto? Domani faccia lavorare Adelina per l'ultima volta», lo esortò Vergnano in tono quasi paterno, «dopodiché le giuro che faremo tutto il possibile per rimetterla in salute».

«Va bene», si arrese il reverendo, «annuserà il manoscritto Voynich, ma al primo segno di malessere io...».

«La farà smettere», lo rassicurò l'altro. «Il bene della ragazza prima di tutto!», chiuse il discorso toccandosi il cappello in segno di congedo.

«Un'ultima cosa, notaio», aggiunse il reverendo. «Domani vorrei rimanere solo con la ragazza, sua figlia è diventata troppo ostile e temo che...».

«Non aggiunga altro, sistemerò ogni cosa».

Capitolo 39

Amalia aveva indossato un vestito nuovo, fatto realizzare da una sarta su indicazione della signorina Quaglia. Si trattava di un abito di voile azzurro che le cadeva morbido addosso, esaltando la figura slanciata senza evidenziare troppo le forme.

«Sei una gran signora», si congratulò la giovane istitutrice. «Se ricorderai tutto ciò che ci siamo dette, farai un figurone».

«Lo spero, signorina Quaglia», rispose l'allieva guardandosi allo specchio e pensando a quanto quel ricevimento le stava costando tra cibo, abito nuovo e lezioni di bon ton.

"È un grande onore conoscervi", ripeteva mentalmente Amalia davanti allo specchio, cercando di rendere la sua espressione il più possibile cordiale ma non servile. "Mio marito mi ha parlato così tanto della vostra famiglia!", proseguiva il suo repertorio di convenevoli; "No, non ho ancora avuto modo di leggere quel libro, voi come l'avete trovato?". Di tutte le formulette che la signorina Quaglia aveva inculcato nella sua mente semplice, quella le sembrava di gran lunga la più utile. Quel misero mucchietto di parole diceva che, no, non aveva idea di ciò che raccontasse il tal libro ma che, sì, era interessata all'argomento poiché era da sempre una gran lettrice. Se ogni ragazza ambiziosa ma ignorante avesse conosciuto quella frase e il suo magico potere, nessuna di loro avrebbe più avuto bisogno di spaccarsi la bella testolina cercando di leggere un libro.

«È permesso?», domandò con insolita cortesia Giovanna Arduino introducendosi nella camera. «Le ospiti stanno incominciando ad arrivare».

«Presto, Amalia, devi andare ad accoglierle», la esortò l'istitutrice, più agitata dell'allieva.

«Sarà un ricevimento memorabile», dichiarò la governante con un sorriso mellifluo, «nel vero senso della parola».

«Vi ringrazio», si stupì Amalia, colpita da tanta benevolenza.

«Oh, come potrebbe andare male? Avete addirittura un'assistente», proseguì indicando la signorina Quaglia.

«Un'ottima assistente», confermò Amalia.

«Voi dovete certo intendervene di assistenti», le sussurrò poi a pochi centimetri dal viso, «visto che eravate l'assistente di un mago».

A quelle parole Amalia ebbe un subitaneo mancamento; la signorina Quaglia, che non aveva udito l'uscita della governante e che comunque non sarebbe stata in grado di comprenderla, attribuì il malore improvviso all'ansia di affrontare il suo primo ricevimento come madama Peyran.

«Su, Amalia, cerca di riaverti», la implorava provando a sorreggerla, mentre la governante osservava compiaciuta senza battere ciglio. «Andate a prenderle dei sali, signora Arduino», ordinò l'istitutrice.

«Non ne ha bisogno, guardate, sta già rinvenendo. Le contadine hanno la pelle dura».

«Signora Arduino, non oserete…», farfugliò Amalia.

«Vado a ricevere le vostre ospiti», si avviò la donna senza degnarla di una risposta, «visto che non avete l'animo di farlo».

«Non perdetela di vista per un solo istante», ingiunse Amalia alla signorina Quaglia. «Statele appiccicata, anche se la cosa dovesse risultare sconveniente».

Le invitate arrivarono a piccoli gruppi, salutarono con cortese affettazione la padrona, dopodiché si dispersero nel salone di casa Peyran riunendosi in bisbiglianti capannelli.

«Tre tipi di tè, tartine e pasticcini: è tutto perfetto, Amalia», cercò di rincuorarla la giovane istitutrice. «Sorridi e vai a intrattenere le ospiti; di' a ciascuna una frase gentile, proprio come abbiamo provato».

Amalia osservò le signore intente a ingozzarsi di pasticcini, raccolte in inespugnabili crocchi di quattro o cinque dame. Di certo stavano tutte sparlando di lei, era una cosa alla quale era preparata, ma forse in quel momento ai commenti che si aspettava, cioè quelli sulle sue umili origini e la scarsa educazione, si erano già aggiunti i pettegolezzi ben più succosi sul suo passato di teatrante.

«Magnifico ricevimento», esordì la più anziana del primo gruppetto che Amalia osò approcciare. «Questo salone è splendido, c'ero stata anni fa ma ora si nota il tocco femminile».

«Vi ringrazio», sorrise con lieve imbarazzo la padrona di casa, che in quelle poche settimane non si era permessa di apportare alcuna modifica all'arredamento.

«Dove avete studiato, signora Peyran?», domandò una donna vestita in tono meno sfarzoso, che aveva tutta l'aria di essere la tirapiedi della più anziana e blasonata amica.

«Sono nata e cresciuta in un paese della provincia di Asti», rispose così come concordato con la signorina Quaglia. «Mia madre non ha voluto separarsi da me e mia sorella per mandarci in collegio, così abbiamo avuto un istitutore privato».

«Un po' anacronistico», commentò una terza signora

da dietro una vezzosa veletta che sollevava ripetutamente ogniqualvolta inghiottiva un pasticcino.

«Ma anche piuttosto poetico», intervenne una quarta donna dall'aria bonaria, salvando Amalia dal dover decifrare il termine "anacronistico". «La gente di campagna è spesso legata a tradizioni un po' démodé», proseguì la signora, «e personalmente la trovo una cosa affascinante».

«Vi ringrazio», rispose Amalia sperando che si trattasse di un complimento.

Mentre cercava di destreggiarsi con le signore del bel mondo, l'inesperta padrona di casa seguiva con la coda dell'occhio i movimenti della governante che, ridicolmente tampinata dalla signorina Quaglia, dava disposizioni al cameriere e si intratteneva con le ospiti.

"Le sta avvicinando una a una", pensava Amalia, "probabilmente sta raccontando a ciascuna che donnaccia io sia".

«Devi prendere la parola per ringraziare le ospiti», le sussurrò l'istitutrice.

«Cosa ci fate qui?», sussurrò Amalia a sua volta. «Vi ho pregato di controllare la governante».

«È andata a verificare qualcosa in cucina», la rassicurò.

«Che sta dicendo di me?».

«Nulla, sta semplicemente scambiando qualche convenevole con le persone di sua conoscenza, sarebbe poco appropriato se parlasse della sua padrona».

«Se non l'ha fatto lo farà presto», disse folgorata da un'idea. «Devo assentarmi un attimo».

«Non metterci molto, è disdicevole per una padrona di casa lasciare le sue ospiti da sole».

Quel che sosteneva la sua giovane insegnante era vero, Giovanna Arduino non avrebbe mai fatto nulla che potesse svergognare l'onore del colonnello Peyran, o perlomeno non in maniera esplicita. Si sarebbe limitata a qualche velata insinuazione, giusto un innocente semino di maldicenza che, in quel fertile quanto pettegolo terreno di grandi madame, avrebbe subito attecchito diffondendosi come gramigna.

Sfortunatamente per la scaltra governante, Amalia veniva dalla campagna e sapeva per esperienza che l'unico modo per disfarsi delle erbacce è quello di estirparle alla radice.

«Cosa ci fate in cucina?», le domandò la cuoca, mentre la governante era intenta a esaminare un vassoio di vol-au-vent che Giovanni, con indosso la livrea da cameriere, stava per portare nel salone.

«Marialuigia», le sussurrò, «qualunque cosa succeda, non muoverti da qui». Amalia aprì la porta della dispensa e cacciò un urletto.

«Che c'è ora?», domandò scocciata la governante.

«Ho visto un topo», dichiarò Amalia in tono abbastanza forte da impensierire la Arduino, ma non così tanto da essere udita dalle ospiti.

«Cosa?», si stupì la donna.

«Sì, un topo, un topo enorme qui dentro!», ribadì Amalia in crescendo.

«Non urlate, Dio del cielo, le ospiti potrebbero sentirvi!», ordinò la Arduino infilandosi nella dispensa per verificare la presenza dell'intruso. «Ci mancherebbe anche questa: far sapere a tutte quelle signore di là che in casa Peyran i topi pasteggiano liberi e giocondi nella dispensa».

Amalia attese che l'ultimo centimetro della gonna della governante sparisse nello stanzino per chiudere la porta e assicurarla col chiavistello.

«Ma signora», reagì la cuoca, «cosa fate?».

«Non preoccuparti, Marialuigia, questa befana tiene troppo alla forma per mettersi a gridare. Se ne starà buona e in silenzio fino a quando non la libereremo».

«Io però preferirei non essere qui quando succederà».

Giovanna Arduino aveva un grande senso del decoro, è vero, ma sfortunatamente per Amalia soffriva di un'incontrollabile fobia del buio che la costrinse a mettersi a strepitare come un'aquila.

«Taci, vecchia cornacchia», le ordinò Amalia, «tappati quella boccaccia!».

Al di là del corridoio iniziò a sollevarsi un brusio inquieto.

«Cosa sta succedendo?», domandò la signorina Quaglia affacciandosi allarmata.

«Tornate nel salone», le ingiunse Amalia mentre le grida salivano di intensità, per poi spegnersi di botto. «Se qualcuno dovesse chiedervelo, dite che la cuoca si è scottata».

«Oh cara, state bene?», domandò l'ingenua signorina a Marialuigia che, rispettosa degli ordini ricevuti, se ne stava impalata come un vecchio attaccapanni.

«Sì, signorina, sto bene, grazie. Solo che non mi posso muovere».

«Deve essere grave allora», si allarmò ancora di più la ragazza.

Dallo stanzino non giungeva più alcun rumore, mentre dal salone si percepiva sempre più distinto un mormorio sconcertato, in mezzo al quale trillò un campanello.

«Suonano alla porta», constatò la cuoca. «Ora posso muovermi per andare ad aprire?».

«Lasciate stare, faccio io», si offrì la signorina Quaglia. «Nelle vostre condizioni non dovete fare sforzi».

Amalia, ostentando indifferenza, uscì dalla cucina e si diresse con maestosa dignità nel vestibolo, mentre la cuoca, contravvenendo agli ordini, si era mossa per aprire lo stanzino, constatando lo svenimento della governante.

«La signora Peyran?», domandò alla signorina Quaglia un ufficiale dell'Aeronautica affiancato dal suo giovane attendente.

Amalia si fece largo tra le ospiti, che si erano assiepate nell'atrio per indagare sull'origine del trambusto.

«Sono io», dichiarò tendendo la mano che l'ufficiale baciò con solenne eleganza.

«Possiamo parlarvi in un posto appartato?», domandò il militare togliendosi il cappello.

«Per di qua», rispose lei conducendoli nel salottino accanto alla cucina. «Signorina Quaglia, accompagnate le ospiti nel salone. Giovanni, servi altri pasticcini, questo dovrebbe calmarle più di qualunque spiegazione».

Aperta la porta del salottino, Amalia poté constatare che il divano era già occupato dalla governante che, dopo lo svenimento, se ne stava distesa mentre la cuoca le faceva aria col grembiule. Al vedere i due militari la donna scattò in piedi, come se avesse annusato il più potente dei tonici.

«Lasciateci soli con la signora Peyran, per cortesia», ordinò l'ufficiale alle due donne, «purtroppo sono foriero di cattive notizie».

«Allora è il caso che io rimanga», si offrì la governante, ansiosa di vedere di quale bricconata si fosse resa colpevole l'adorata padroncina. «Per confortarla, capisce?».

«Sedetevi, signora Peyran», la invitò l'ufficiale indicandole la poltrona più vicina. «È giunto oggi un telegramma da Addis Abeba». A quelle parole anche la governante si sedette, colta da un terribile presentimento, mentre Marialuigia se ne stava pietrificata con i bordi del grembiule ancora tra le mani. «Vostro marito è morto». Al sentire la frase di rito, l'attendente aprì un involto di panno contenente la medaglia al valore militare destinata alle vedove di guerra.

La governante, che si era proposta come sostegno alla

padrona, si abbandonò di nuovo priva di sensi sul divano, mentre la cuoca lasciò finalmente cadere il grembiule per giungere le mani in atto di preghiera.

«Povera signora, che il cielo l'aiuti», latrò la brava donna. «Sposa da neppure un mese e già vedova!».

"Sposa da neppure un mese, ma vedova Peyran per sempre", avrebbe voluto gridare Amalia, che però ritenne più opportuno simulare un composto e dignitoso dolore.

«È morto compiendo il suo dovere», aggiunse l'ufficiale lasciando intendere una dipartita eroica.

Era innegabile che Gottardo fosse morto nell'espletare le sue funzioni militari, ma l'ufficiale omise di spiegare che, essendo stato nominato responsabile degli approvvigionamenti, la sua dipartita era stata causata da una cassa di fagioli in scatola che gli era caduta sulla testa mentre faceva l'inventario.

«Devo congedare le mie ospiti», disse Amalia alzandosi dalla poltrona, «e dar loro personalmente la penosa notizia».

«Potremmo farlo noi», si offrì l'ufficiale.

«No», rifiutò lei con piglio coraggioso, «una padrona di casa non può venir meno ai propri doveri, neppure nelle peggiori circostanze».

«Che signora ardita», si lasciò sfuggire il giovane attendente.

«Già», confermò l'ufficiale, «un fulgido esempio di donna fascista».

«Signora, permettete che vi sorregga», si offrì Marialuigia prendendola sottobraccio.

«Faccio da sola, cara», le sussurrò. «Tu bada alla signora Arduino».

«Come siete generosa, e in un momento tanto tragico, poi!».

«Fai in modo che rinvenga», proseguì a bisbigliare,

«e quando si sarà ripresa, ordinale di raccogliere le sue cose».

«Bene, signora», acconsentì senza trattenere un sorrisetto di soddisfazione.

«Ho cambiato idea». Amalia si fermò come colta da una folgorazione. «Scendi subito dall'avvocato Ferro».

«Intendete l'ometto strambo del piano di sotto?».

«Esatto, digli che la questione dell'annullamento ormai è superata e che avrò bisogno di lui per le pratiche legate all'eredità».

«E la signora Arduino?».

«A lei penserai più tardi, anzi, posso pensarci io dopo aver annunciato alle mie ospiti la triste notizia».

«Vi prego», implorò la donna trattenendola per un braccio, «dopo tanti anni al servizio di quella strega, lo lasci fare a me».

Capitolo 40

«Andiamo?», domandò Adelina mentre Luisella era intenta a riporre i libri nella borsa.

«Oggi non verrò a lavorare alla Biblioteca Grande», dichiarò l'amica con un misto di sollievo e vergogna. «Papà ha deciso che non devo più andarci».

«Perché?», domandò Adelina stupita. «È stato lui a insistere con mia zia perché...».

«Forse è colpa mia», ammise l'amica, «gli ho raccontato del tuo svenimento».

«E siccome io svengo, lui fa smettere te?», sbuffò Adelina.

«Papà ha detto che cercherà di tirare fuori anche te, ma che prima deve parlarne con tua zia».

«Sì, ho capito», la interruppe avviandosi verso l'uscita. «Quando le cose si sistemeranno, saranno arrivate le vacanze estive».

«Non esagerare. Stasera tu e tua zia sarete a cena da noi, vedrai che papà le parlerà. Non avercela con me», la implorò Luisella trattenendola per un braccio, «io non ho fatto niente di male».

«Niente di male?», si voltò indignata Adelina. «Ieri pomeriggio, quando sono svenuta, hai tirato su un tale polverone!».

«Ma l'ho fatto per te».

«Magari le intenzioni erano buone, ma non era il caso di strapazzare così il reverendo», proseguì stizzita. «Io e te siamo diverse, a questo non hai pensato?».

«Non capisco».

«Tu sei una Vergnano e puoi permetterti di fare quello che vuoi senza preoccuparti delle conseguenze, ma sai chi sono io? Soltanto una signorina nessuno che possono rimandare al suo paese quando gli pare e piace! Dopo la tua piazzata il reverendo sarà su tutte le furie e con chi si sfogherà? Non certo con te che, mentre io sarò in quella cantina, passeggerai allegramente sotto i portici di via Po».

Luisella abbassò lo sguardo senza replicare.

«Ci vediamo stasera, vero?», mormorò quando ormai l'amica aveva già preso la porta.

Adelina entrò nel buio scantinato con l'umore ancora più buio.

«Ben arrivata, cara», la salutò il reverendo. Lei lo guardò con sospetto: tanta gentilezza la impensieriva più del consueto fare sgarbato. «Oggi ho un ultimo lavoro per te».

«Vuole dire che è l'ultimo giorno del mio castigo?», domandò già pentita di aver inveito contro Luisella e dubitato delle buone intenzioni di suo padre. «È stato il signor Vergnano a convincerla?».

«Sì», abbozzò, «ma ti chiedo ancora un ultimo favore. Sei stata così brava in questi giorni».

Un favore? Da quando quella punizione si era trasformata in un atto di cortesia? Decise di non porsi troppe domande e di sorridere ringraziando del complimento. In fondo, nella vita non era necessario comprendere ogni cosa, poteva vivere benissimo senza decodificare i pensieri di Kelley, l'importante era finire presto quell'esperienza per non doverci più pensare.

«Ti senti bene?», domandò con inquietante premura, accompagnandola alla sua solita postazione. «Hai avuto ancora quei dolori di capo?».

«No», rispose evasiva.

«Oggi ti chiedo un grande sforzo», disse Kelley poggiandole davanti la copia anastatica del manoscritto Voynich. «Questo libro è suddiviso in cinque sezioni. La prima tratta di botanica», proseguì iniziando a sfogliare il volume.

«È un erbario», dedusse Adelina, forte della recente esperienza in materia.

«Non soltanto. La seconda sezione è dedicata all'astronomia, o forse all'astrologia». Non conoscendo la differenza tra le due materie, Adelina annuì osservando il disegno di quella che poteva sembrare una costellazione.

Il reverendo voltò qualche pagina e le mostrò alcune figurine femminili nude, immerse sino al ginocchio in vasche contenenti del liquido torbido. La ragazza rabbrividì di disgusto al pensiero di dover odorare quell'acqua putrescente. «Questa è la terza sezione del manoscritto, detta biologica o anatomica». Sinora non aveva avuto molto a che fare con la biologia o l'anatomia, ma per quel poco che le era dato sapere le raffigurazioni anatomiche o biologiche non c'entravano molto con quelle donne, immerse in strane vasche collegate tra loro da tubi. «La quarta sezione è definita farmacologica». Il disegno indicato dal reverendo mostrava bottigliette e contenitori pieni di liquidi colorati, e lei sperò che tali misture fossero meno maleodoranti di quelle che le era toccato annusare il giorno precedente. «E infine abbiamo la quinta sezione, dove non ci sono disegni, se non queste stelline a margine».

«Probabilmente è l'indice», ipotizzò Adelina con un filo di frustrazione. Gli indici le risultavano molto difficili da annusare: gli odori erano variegati e finivano per mischiarsi creando un'unica indecifrabile fragranza.

«Ciò che voglio che tu faccia», riprese il reverendo con quella goffa gentilezza alla quale Adelina non era abituata, «è un riassunto di ognuna di queste sezioni».

«Di tutte e cinque?», domandò. «Ci vorrà un sacco di tempo».

«Sono certo che ci metterai meno di quanto credi», disse lasciandola al suo lavoro.

Adelina storse il naso, la faceva facile il reverendo: leggere con l'olfatto i libri era cosa da nulla, ma trascriverne il contenuto era un lavoro lungo e faticoso. Dopo aver borbottato un po' con se stessa e aver verificato che Kelley si fosse allontanato, immerse il naso nelle prime pagine del libro, quelle della sezione botanica, e inalò profondamente, ma le narici non recepirono il profumo di erbe e fiori promesse dalle immagini: quelle pagine non sapevano di niente! Passò immediatamente alla sezione anatomica, quella delle donnine nude immerse nell'acqua sudicia: niente! Neppure la brodaglia contenuta nelle misteriose vasche aveva alcun odore. Quel libro non emanava alcunché, proprio come la sua copia dei *Promessi sposi*. Adelina analizzò il libro con più attenzione, tastò la carta e la osservò da vicino: nonostante dall'aspetto sembrasse un antico manoscritto, quel volume era stato stampato di recente e nessuno si era mai preso la briga di leggerlo, ecco perché non promanava alcun effluvio, proprio come i libri della libreria di via Garibaldi.

"Come faccio adesso?", si ripeteva continuando a fissare le pagine mute.

«Tutto bene, cara?», domandò il reverendo presentandosi alla sua scrivania circa un'ora più tardi. «Ti senti bene o hai di nuovo mal di testa?».

«Sto bene, grazie», confermò Adelina che, pur essendosi sforzata di percepire il più lieve sentore da quel volume, non aveva patito le consuete fitte alle tempie.

«Non hai ancora scritto niente», si stupì Kelley nel vedere i fogli immacolati.

«No», ammise la ragazza mortificata.

«Dovresti iniziare ad appuntarti qualcosa», la esortò.

Adelina tacque; poi, pensando alle possibili conseguenze di quel suo fallimento, scoppiò a piangere.

«Andiamo, ragazzina», si spazientì lui, «cos'hai adesso da frignare?». Il fatto che il reverendo avesse riacquistato il suo consueto tono burbero stranamente la rincuorò. «Rimettiti a lavorare, da brava», la incoraggiò sfoderando ancora la sua fittizia gentilezza.

Adelina tentò nuovamente di annusare il libro, ma la carta le restituì il solito responso: nessun odore, nessuna informazione.

«Mi stai prendendo in giro?», domandò Kelley un paio d'ore dopo, sventolandole davanti i fogli degli appunti ancora bianchi. «Hai deciso di farmela pagare perché ti ho tenuta qua questo pomeriggio, mentre la tua amichetta ha avuto il permesso di tornare a casa?».

«No», riuscì a stento a balbettare.

«E allora perché non vuoi annusare questo testo per me?».

Al sentire quella frase, Adelina rimase atterrita almeno quanto colui che se l'era lasciata sfuggire. Dunque il reverendo sapeva! Da principio si sentì precipitare in un baratro, poi le venne in mente che non tutto il male veniva per nuocere: se Kelley era a conoscenza delle sue facoltà, poteva spiegargli perché non riusciva a leggere quel maledetto libro.

«Questo testo non ha odore», dichiarò in tono di scuse. «È un libro nuovo».

Il reverendo, ancora scosso per avere involontariamente scoperto le carte, osservava la ragazza sconcertato.

«Vuoi dire che sei in grado di annusare soltanto i libri già letti da qualcuno?».

«Temo di sì», rispose avvilita Adelina, quasi si trattasse di una sua mancanza. «I libri delle librerie non sanno di nulla, quelli delle biblioteche invece profumano e…», esitò, «talvolta puzzano».

«Solo libri già letti», ripeté il reverendo accarezzandosi il mento.

«Oppure», riattaccò colta da un'intuizione, «i testi scritti a mano. Quando ricevo una lettera da casa riesco ad annusarla benissimo, anche se dubito che qualcuno l'abbia già letta. Questo libro però non è scritto a mano come potrebbe sembrare, e non è mai stato letto».

«È la copia anastatica di un testo molto famoso, conosciuto col nome di "manoscritto Voynich"», si sentì in dovere di spiegarle. «È stato stampato di recente».

«Avevo intuito che si trattava di una copia ana… ananas…», non essendo sicura di quali lettere utilizzare per riproporre quello strano vocabolo, decise di non proseguire.

«Vai pure», deliberò il reverendo dopo alcuni minuti di silenzio, «qui non mi servi più».

«Mi spiace». Adelina raccolse le sue cose e si incamminò, ma dopo alcuni passi si voltò di scatto. «Lei è l'unico a…».

«Sì», la interruppe, «sono il solo a conoscenza delle tue capacità e non dirò niente a nessuno». Il reverendo abbassò lo sguardo: era fermamente convinto dell'importanza di mantenere il segreto per tutelare la ragazza, ma certo non poteva affermare in piena sincerità di essere l'unico a conoscerlo.

«Grazie», sorrise lei rincuorata.

«Ancora una cosa», la trattenne Kelley, «sei sicura di stare bene adesso?». Il tono era nuovamente gentile, ma si trattava di una gentilezza diversa, che Adelina percepì come autentica.

«Sto benone», lo rassicurò, «il mal di testa mi viene

solo quando leggo i libri con l'olfatto, ma stavolta questo non ci sono riuscita».

«Descrivimi i tuoi malori», domandò in modo talmente accorato da convincere Adelina ad aprirsi.

«Inizialmente quando annusavo i libri percepivo un dolore lieve», spiegò la ragazza, «poi, a mano a mano che ho preso l'abitudine di leggere col naso, è diventato più intenso».

«Ti proibisco di continuare», le ordinò Kelley in maniera perentoria.

«Non posso, devo studiare e non sono in grado di farlo con gli occhi come tutti gli altri».

«Non riesci a vedere bene?», chiese memore di quanto riferito da Luisella.

«Vedo benissimo», si schermì, «riesco a leggere ogni lettera singolarmente, sia da vicino che da lontano, è quando provo a metterle insieme che tutto si confonde. Una volta leggevo con gli occhi come fate tutti quanti, leggevo ogni sera, poi qualcosa è cambiato».

«Ti credo», disse Kelley dopo un lungo e pesante istante. A quella dichiarazione Adelina non poté fare a meno di sorridere: forse quel testone del reverendo non era poi così testone. «D'ora in poi non dovrai più annusare nemmeno una pagina», le ribadì. «Ne va della tua salute».

«Ma sarò bocciata!».

«Le conseguenze alle quali potresti andare incontro sarebbero ben peggiori, e in ogni caso non permetterò che ti boccino. Studieremo insieme, ti aiuterò io».

«Davvero lo farebbe?», domandò Adelina incredula.

«Certo. Continueremo a incontrarci qui ogni pomeriggio, ma tu devi promettermi due cose: che non avvicinerai mai più il naso a un libro e che non rivelerai a nessuno delle nostre lezioni private».

«Va bene», rispose un po' intristita all'idea di non

potere più immergersi nell'avvincente trama di un romanzo.

«Ne va della tua salute», ripeté come per convincerla definitivamente.

Adelina promise e si diresse verso casa, domandandosi se una vita senza libri avesse davvero motivo di essere vissuta.

Capitolo 41

Le doleva ammetterlo, ma Teresina aveva avuto ragione: la tintura bionda che le aveva applicato quel pomeriggio le toglieva almeno sette o otto anni. Il giallo paglierino che aveva ottenuto non aveva un aspetto molto naturale e probabilmente rivolgersi a una parrucchiera professionista, anziché alle stregonerie a buon mercato della domestica, avrebbe sortito effetti migliori, ma in fondo l'aspetto non era la sua maggiore preoccupazione rispetto alla cena dai Vergnano. L'anfitrione era un uomo di grande cultura e persino la bella figliola pareva saperla più lunga di un laureato a pieni voti; Amalia invece non era mai stata di buona conversazione e in società aveva risolto ogni problematica sorridendo e lasciando alle sue gambe l'onere di discutere in sua vece. In quanto al tacere e sorridere probabilmente se la cavava ancora benone, ma sull'attuale loquacità delle sue gambe nutriva forti dubbi.

«Come sto?», domandò alla nipote che rientrando l'aveva salutata educatamente, senza fare alcun commento sulla sua chioma sgargiante. «Cosa ne pensi dei miei capelli?».

«Sono gialli», azzardò Adelina colta alla sprovvista.

«Troppo gialli?».

«Gialli il giusto». "Il giusto per un pulcino o un anatroccolo", avrebbe volentieri aggiunto la ragazza.

I capelli della zia, per quanto improbabili, non la impensierivano granché: se voleva presentarsi a casa di gente a modo con la chioma giallo anatroccolo era libera di farlo, ciò che invece l'angustiava era il litigio con Luisella. L'aveva accusata di averla abbandonata al suo triste destino, quando invece diceva la verità: suo padre aveva già parlato col reverendo e la sua punizione era stata annullata. Adelina, invece, avrebbe dovuto continuare a passare i pomeriggi alla Biblioteca Grande con il reverendo, ma per motivi totalmente diversi che non dipendevano in alcun modo dalla condotta della sua amica.

Circa un'ora dopo, Adelina e Amalia, vestite con gli abiti della domenica, erano sedute su uno dei divani del salotto di casa Vergnano, entrambe afflitte dalle rispettive preoccupazioni.

Il padrone di casa e la figlia stavano su due poltrone collocate di fronte alle ospiti, con indosso i loro abiti consueti, che però erano di qualità infinitamente superiore rispetto a quelli che le due donne riservavano alle festività.

«Gradisce un bicchiere di vino, madama Peyran?», domandò Vergnano con il solito tono affabile, nel quale tuttavia a Adelina parve di percepire una sfumatura di sgomento, probabilmente suscitata dalla chioma della zia.

«Lo gradisco, grazie», rispose Amalia con un sorriso che la tensione trasformò in un ghigno grottesco.

«Matilde», chiamò Vergnano a mezza voce.

La giovane comparve quasi istantaneamente portando quattro bicchieri su un vassoio d'argento: due calici contenenti vino bianco per gli adulti e due bicchieri cilindrici e alti riempiti con succo d'arancia per le ragazze.

«Adelina, oggi hai finito la tua corvée alla Biblioteca Grande, se non sbaglio», la interpellò Vergnano. «Da domani sarai libera di tornare a casa presto».

«La punizione è finita», esitò la ragazza, «ma credo che continuerò a fermarmi in biblioteca di pomeriggio».

«Come mai, cara?», le domandò la zia.

«Io...», Adelina tentennò ancora, aveva promesso a Kelley di non rivelare delle loro lezioni private e doveva inventarsi qualcosa. «Voglio continuare ad aiutare il reverendo con la catalogazione dei libri».

«Vuoi dire che non hai ancora terminato il lavoro che ti ha assegnato?», domandò Vergnano con preoccupazione.

«Il lavoro di oggi l'ho finito», mentì, «è solo che non mi dispiace lavorare con i libri».

«Dici sul serio?», domandò Luisella prima che riuscisse a farlo il padre. «Cosa ti ha detto il reverendo per convincerti? Scommetto che ti ha minacciata».

«Luisella!», la redarguì il padre. «Sono certo che il reverendo non abbia fatto pressioni di alcun tipo», dichiarò cercando di dissimulare la sua preoccupazione. «Adelina ha capito che il lavoro alla Biblioteca Grande è una buona opportunità di apprendimento e ha deciso di proseguire. Dovresti prendere esempio».

Adelina arrossì fino alla punta delle trecce, almeno per il momento se l'era cavata; anche Vergnano era paonazzo in volto, ma per motivi del tutto differenti. Il fatto che la ragazza continuasse a frequentare la biblioteca poteva nascondere qualche macchinazione di Kelley, gliene avrebbe parlato la sera stessa alla Biblioteca Grande non appena fosse terminata quella ridicola serata.

«Questo vino è delizioso», cinguettò Amalia, imbarazzata dal silenzio che da qualche secondo era calato sul gruppetto.

«Sono lieto che le piaccia», rispose meccanicamente Vergnano.

«Ha una casa magnifica, notaio», proseguì lei, nel tentativo di rianimare la conversazione senza esporsi troppo.

Vergnano osservò la sua ospite, quel buffo esemplare

femminile era la tutrice di Adelina e, se davvero Kelley aveva in animo di giocargli un tiro mancino, doveva cercare di ingraziarsela per assicurarsi il controllo della nipote. Inoltre, la donna avrebbe potuto aiutarlo a risolvere anche i suoi problemi economici: era la vedova di Gottardo Peyran, colonnello della Regia Aeronautica, noto più per l'ingente patrimonio della sua famiglia che per il valore militare. Amalia aveva di certo ereditato una somma cospicua e, a giudicare dagli abiti lisi che indossava come dall'acconciatura – probabilmente frutto di un esperimento domestico – nonché da come vestiva la nipote, non doveva averla dissipata. La signora Peyran non doveva essere solo parsimoniosa, ma spilorcia, e certamente aveva un bel po' di contanti in banca, se non addirittura sotto il materasso; gli sarebbe bastato allettarla con il suo collaudato fascino e la prospettiva di un buon investimento per farseli affidare.

Vergnano osservò compiaciuto le sue ospiti, un'adolescente mingherlina e una dimessa cinquantenne che gli avrebbero assicurato rispettivamente la gloria accademica e la salvezza delle sue finanze.

«Ho avuto l'onore di conoscere suo marito», attaccò Vergnano, «era un uomo notevole».

«Oh, un uomo notevolissimo», rispose Amalia sollevata dal pretesto di conversazione. «In quale occasione l'ha incontrato?».

Adelina drizzò le orecchie, da quando abitava con la zia non era mai riuscita a strapparle il minimo dettaglio sul defunto zio.

«Suo marito era un personaggio di rilievo», svicolò il notaio, «tutti lo conoscevano».

«Sì, era un uomo molto in vista», confermò Amalia farcita di orgoglio. «Proprio come lei, signor Vergnano».

«La prego, mi chiami Amedeo», propose l'uomo con voce vellutata.

«E lei può chiamarmi Amalia», farfugliò arrossendo come una collegiale.

La discussione proseguiva in maniera formale senza fornire alcun dato interessante, Adelina decise pertanto di volgere la sua attenzione al bicchiere di aranciata.

«Il colonnello Peyran aveva una trentina d'anni più di lei, giusto?». A quella domanda tanto inopportuna, gli sguardi delle due ragazze si incrociarono perplessi.

«Oh no, non così tanti», si schermì Amalia, «tra me e Gottardo c'erano solo ventisei anni di differenza».

«Solo?», si lasciò sfuggire Luisella insieme a una risatina.

«Mi perdoni se mi permetto di fare certi calcoli», riprese Vergnano, «ma se tra lei e il colonnello c'erano ventisei anni di differenza, allora io e lei siamo pressoché coetanei. Avrei giurato che avesse almeno una decina d'anni in meno di me». A Adelina andò di traverso l'aranciata e incominciò a tossicchiare, cosa alla quale nessuno fece caso.

«La ringrazio, Amedeo», si sdilinquì Amalia sistemandosi con studiata civetteria una ciocca color anatroccolo.

«Non deve essere stato facile per lei», riattaccò Vergnano, «rimanere vedova così giovane. Suppongo che le abbiano chiesto centinaia di volte perché non si sia risposata, ma io non lo farò».

«No?», balbettò Amalia confusa.

«Ci vogliono anni per dimenticare un grande amore. Parlo con cognizione di causa, anch'io sono rimasto vedovo».

A quella affermazione lo sguardo di Adelina cercò il volto dell'amica, che sorprese pallido e attonito.

«Ceneremo tra mezz'ora», annunciò l'uomo rivolgendosi alle ragazze, «volete approfittarne per stare un po' per conto vostro?».

«Certo, signor Vergnano», scattò in piedi Adelina ansiosa di abbandonare quella situazione imbarazzante e ancor più di avere spiegazioni in merito alla signora Vergnano. Luisella era stata sempre vaga nel parlare di sua madre, ma da quel poco che le aveva accennato Adelina la supponeva viva e vegeta.

Le due amiche si rifugiarono nello studio, prendendo posto nelle solite poltrone di velluto, l'umore non era però quello consueto: la cortina di silenzio pareva inespugnabile e Adelina avrebbe giurato che l'atmosfera fosse persino più pesante della prima volta in cui era stata invitata in quella stanza per studiare *I promessi sposi*.

«Mi dispiace per come ti ho trattato oggi pomeriggio», trovò il coraggio di proferire Adelina, «e mi dispiace per tua madre».

«Mamma non è morta», sussurrò Luisella a volume quasi impercettibile.

Adelina preferì non aggiungere altro e attese in silenzio che le chiamassero per la cena; se l'aperitivo era stato imbarazzante, la cena lo fu anche di più.

Il signor Vergnano, generalmente tanto cortese, non degnò le giovani commensali di una sola parola, tanto era concentrato nell'adulare Amalia. Adelina allora si domandò se la scena alla quale aveva il cruccio di assistere fosse una sorta di corteggiamento, ma le parve altamente improbabile che un uomo così brillante potesse essere interessato a una donna come sua zia, che, mentre lui parlava di argomenti stimolanti, non faceva che fissarlo con occhi bovini ed emettere ridicole risatine. Che il color anatroccolo avesse un potere di fascinazione a lei ignoto?

Capitolo 42

La luna quella notte aveva disertato il cielo, e la Biblioteca Grande sembrava più buia del solito. Vergnano, ormai avvezzo a entrare dal portone che Kelley gli lasciava socchiuso, percorse quel labirinto di libri evitando ogni ostacolo, fino a raggiungere la vecchia scrivania dalle zampe di leone alla quale era solito lavorare l'amico.

«Buonasera, reverendo. Ci sono novità?», disse trafelato, con le guance rosse per l'eccitazione, come un bambino dopo una movimentata sessione di guardie e ladri.

«Sì, notaio», rispose Kelley con un'espressione molto più cupa di quella dell'amico. «L'avrei chiamata io domani. Ma si accomodi, per favore».

«Il nostro piccolo prodigio ha lavorato sul manoscritto?».

«Sì, ci ha lavorato questo pomeriggio», rispose senza aggiungere ulteriori dettagli.

«E allora?», lo spronò l'altro non potendo più trattenere la curiosità.

«Allora nulla». Il colorito di Vergnano si accese per poi dissolversi in un pallore lunare. «La ragazza non è riuscita a decifrare una sola parola».

«Ma com'è possibile?».

«Non riesce a decodificare i libri nuovi, quelli che non sono mai stati letti, per intenderci».

«Ne è certo?», domandò Vergnano dopo una lunga pausa.

«Me l'ha confessato lei stessa, da quel che ho capito non percepisce i testi con l'olfatto, bensì capta le emozioni dei lettori precedenti».

«Ma potrebbe aver mentito», Vergnano si attaccò a una flebile speranza. «Forse nel libro ha trovato cose che ha ritenuto opportuno non rivelare».

«Adelina?», sorrise il reverendo. «Quella ragazza è l'innocenza fatta persona, se ci fosse riuscita avrebbe ripetuto come un docile pappagallino le peggiori turpitudini. Era così dispiaciuta di non aver cavato nulla dal manoscritto che è scoppiata in lacrime».

«Solo libri già letti», ripeté Vergnano.

«O scritti a mano», aggiunse l'altro. «Nei manoscritti Adelina riesce a cogliere le sensazioni dell'autore».

«Scritti a mano?». Il colorito di Vergnano si riaccese all'improvviso. «Allora basterà farle leggere il manoscritto originale!».

«L'originale?», si stupì il reverendo per il quale la faccenda era già chiusa. «A New York?».

«Perché no? Oggi il manoscritto è di proprietà della vedova di Wilfrid Voynich; si chiama Ethel Lilian Boole, ed è una scrittrice, traduttrice e...».

«So benissimo chi è», lo interruppe Kelley, «ho avuto il piacere di incontrarla durante un convegno organizzato dalla Columbia University».

«Se la conosce saprà benissimo che accetterebbe volentieri di far visionare il manoscritto a un esperto».

«E l'esperto sarebbe Adelina?».

«Certo che no, saremmo noi due».

«Portare una ragazzina dall'altra parte del mondo, che idea! Ci vorrebbe il consenso dei suoi genitori, e a che titolo potremmo chiederlo?».

«Di questo non si deve preoccupare, reverendo», sorrise beffardo Vergnano. «La zia di Adelina, che ne ha la tutela, è una sempliciotta. Proprio questa sera ha cenato a casa nostra e le assicuro che pendeva dalle mie labbra; potrei convincerla ad affidarmi la nipote senza troppo sforzo».

«Non intendo più portare avanti questa follia».

«Ma perché no? Siamo così vicini a…».

«Vicini a farle esplodere una vena nel cranio». Kelley si alzò in tutta la sua ciclopica statura. «Adelina mi ha confermato che la lettura olfattiva le causa delle fitte alla testa. All'inizio erano dolori tenui, ma col trascorrere del tempo sono divenuti insopportabili. Le ho proibito di annusare alcunché, inclusi i testi scolastici».

«Lei sta mentendo!». Ora anche Vergnano era scattato in piedi. «La ragazza mi ha riferito che continuerà a lavorare qui alla biblioteca».

«Sì, è vero, continuerà a venire qui dopo le lezioni. Come le ho spiegato, Adelina non è in grado di studiare con la vista e non potrà più farlo con l'olfatto, perciò ho deciso di aiutarla».

«Reverendo», riattaccò Vergnano in tono supplichevole, «siamo a un passo da una scoperta che ci renderebbe delle autorità accademiche, e lei vuole fermarsi per uno scrupolo senza fondamento?».

Due opposti demoni lottavano nella mente di Kelley, uno era quello della conoscenza, l'altro un ricordo troppo orribile per essere rimosso.

«Mi dispiace, notaio», sospirò. «Anch'io desidero scoprire il contenuto del manoscritto, ma devo mettere la salute della ragazza davanti alle mie ambizioni di studioso, e le chiedo di fare altrettanto».

Vergnano si morse il labbro per trattenere quanto davvero avrebbe voluto dire e trasse un profondo respiro. «Comprendo il suo punto di vista», abbozzò infine. «Le auguro una buonanotte», si congedò dirigendosi verso l'uscita.

Capitolo 43

Amalia esitò qualche istante prima di prendere il mazzo di fiori che il fattorino le stava porgendo.

«È certo che siano per me?».

«Lei è la signora Peyran?». Amalia annuì. «Allora sono per lei. Buona giornata», salutò frettolosamente l'uomo.

Amalia richiuse la porta e frugò tra le rose in cerca di un biglietto chiarificatore, che trovò spillato al bel fiocco rosa che cingeva il bouquet. Amalia aprì la bustina azzurrognola e guardò subito la firma: Amedeo Vergnano?

«IERI ANDANDOSENE DA CASA MIA HA PORTATO VIA QUALCOSA CON SÉ», lesse.

Amalia allontanò il bigliettino disgustata.

Come si permetteva il notaio Vergnano di accusarla di furto?

«LEI, AMALIA CARA, HA PORTATO VIA CON SÉ IL MIO PIÙ VIVO INTERESSE».

Quella seconda frase le inferse un colpo diverso ma più devastante della prima.

«VORREI APPROFONDIRE LA NOSTRA CONOSCENZA, PER PARLARLE DI ALCUNE COSE CHE MI STANNO A CUORE. MI ONOREREBBE DI UN'ALTRA SUA VISITA DOMANI POMERIGGIO?».

«Che magnifici fiori», trillò Teresina entrando in casa Peyran e sorprendendo Amalia impalata nell'ingresso con un bouquet tra le mani, come una sposa davanti al fotografo. «Glieli ha mandati un corteggiatore?», scherzò la ragazza.

Amalia tentò di abbozzare un'espressione contrariata ma non ci riuscì, quei fiori le avevano fatto talmente piacere da impedire agli angoli della sua bocca di rivolgersi verso il basso.

«Ma che vai a pensare», rise assecondando il suo stato d'animo, «me li ha mandati mia sorella per il compleanno».

«Il suo compleanno è stato il mese scorso».

«Infatti, ma si era dimenticata».

«Meglio tardi che mai», commentò Teresina.

«Meglio tardi che mai», ripeté Amalia seguendola meccanicamente in cucina.

«Cosa vuole che faccia oggi?», domandò alla padrona, infilando il grembiule.

«Decidi tu, fa' ciò che ti sembra più urgente». La ragazza strabuzzò gli occhi, in tutti quegli anni di servizio madama Peyran non le aveva mai concesso di scegliere in autonomia da quale faccenda iniziare.

«Vado a fare una commissione», annunciò avviandosi senza aggiungere altro. Quella era un'altra bella stranezza! Per paura che battesse la fiacca o ficcanasasse in giro, madama Peyran evitava persino di abbandonare la stanza nella quale Teresina stava lavorando, com'era possibile che ora la lasciasse addirittura sola in casa? No, decisamente quei fiori non provenivano dalla sorella, ma se tenersi la curiosità era il prezzo per essere lasciata a lavorare in pace, Teresina era prontissima a farsi gli affari suoi.

Amalia uscì dall'appartamento con due libri sottobraccio, scese mezza rampa di scale e tirò fuori dalla tasca la piccola bustina azzurra contenente il biglietto di Vergnano.

«Non è mai troppo tardi», mormorò scorrendo le poche righe.

Aveva sempre creduto che l'amore fosse un lusso che potevano concedersi soltanto le ragazze molto ricche o molto stupide; le donne povere e con un po' di sale in zucca, invece, dovevano scegliere il proprio compagno oculatamente, anteponendo il buonsenso alla passione, proprio come aveva fatto lei sposando Gottardo.

Forse però la sua teoria non era così infallibile, e il momento per amare ed essere riamata stava finalmente giungendo anche per lei!

Nei primi anni della sua vedovanza, Amalia aveva avuto almeno una ventina di corteggiatori, tutti di scarso valore, squallidi arrivisti poco scaltri che puntavano al suo patrimonio. La maggior parte di loro erano insignificanti, ma alcuni erano affascinanti e spesso più giovani di lei; Amalia tuttavia non aveva mai indugiato nella tentazione di mettersi un bel ragazzotto nel letto, sapeva bene che per quegli individui lei rappresentava soltanto un poco allettante Gottardo, privo d'ogni fascino ma farcito di denaro. Vergnano però non era soltanto affascinante: a giudicare dalla sua bella casa, dall'automobile e dall'abbigliamento ricercato, doveva essere anche molto ricco, sicuramente assai più di lei, ragion per cui il suo interesse non doveva essere di tipo economico.

Appurato che non si trattava di un cacciatore di dote, c'erano altre cose che un uomo, specie uno di mondo come Vergnano, poteva desiderare da una donna ancora giovane e piacente.

Amalia non aveva appuntamenti galanti da due decenni e le cose da allora dovevano essere molto cambiate. Una regola però restava eterna e immutabile: *Gli uomini sono tutti mascalzoni e se cedi prima di avere un anello al dito, addio sogni di gloria, quindi tieni la monetina stretta tra le ginocchia e vedi di non lasciarla mai cadere.*

Il monito di Caterina risuonò limpido e squillante, proprio come il campanello che, quasi involontariamente, si era sorpresa a premere.

«Arrivo». Un pesante ciabattare precedette di qualche istante lo scattare di circa una mezza dozzina di serrature.

«Buongiorno, avvocato Ferro». L'uomo, in giacca da camera, fissava stupito la sua inaspettata visitatrice.

«Buongiorno, madama Peyran. È successa qualche disgrazia?».

«Disgrazia? No, perché dovrebbe essere successa una disgrazia?».

«Mi sta facendo visita all'alba», rispose accigliato.

«Veramente sono le dieci passate».

«Davvero?», si stupì Ferro. «Quando mi metto a lavorare sui miei libri perdo la cognizione del tempo. A cosa debbo l'onore della sua visita?».

«Ai suoi libri, per l'appunto», spiegò, «quelli che ha prestato a mia nipote».

«Se vuole lamentarsi perché le ho dato il *Decameron* sappia che, come ho detto anche alla ragazza, certe cose è meglio che le impari da Giovanni Boccaccio anziché da qualche giovinastro». Non essendo in grado di cogliere il riferimento letterario, Amalia si limitò a porgergli le copie di *Tre uomini in barca* e *Tre uomini a zonzo*.

«Li ha già finiti?», sorrise soddisfatto. «Diavolo di una ragazzina!». Amalia non aveva idea se Adelina avesse terminato o meno quelle letture: i volumi erano stati trafugati dalla sua stanza senza che lei ne fosse a conoscenza, come pretesto per poter parlare con Ferro.

«La ringrazio e le auguro buona giornata, madama», chiuse la faccenda nonché la porta.

«Aspetti!». Non essendo bastati i libri a fornire una scusa, Amalia dovette giocare a carte scoperte: «Vorrei farle una domanda».

«Certo, madama», acconsentì l'avvocato rimanendo immobile nel riquadro della porta, come una brutta opera d'arte nella sua cornice. «Chieda pure».

«Veramente si tratterebbe di una cosa un po' privata».

«E sia!», si arrese lui. «Non mi sono sposato perché non ne ho avuto il tempo: incontrare una donna, corteggiarla, accordarsi con la sua famiglia erano tutte cose che avrebbero sottratto tempo al mio lavoro e alle mie letture».

«Non capisco», ammise Amalia con la vergogna di chi è ignorante e parte dal presupposto che il non comprendere sia sempre colpa sua.

«Non voleva sapere il perché non ho mai preso moglie?».

«Veramente no», si schermì, «è senz'altro un argomento interessante, ma...».

«Di solito è la domanda che le donne mi rivolgono più spesso, anzi, che mi rivolgevano tanti anni fa; ormai non faccio più molte nuove conoscenze, specie femminili».

«Posso immaginarlo», commentò Amalia, che aveva già rinunciato a raccapezzarsi, «ma quello che vorrei chiederle è un consiglio».

«Letterario o legale?», domandò facendole finalmente cenno di entrare.

Ferro invitò Amalia a sedersi sulla sua poltrona da lettura, mentre lui trovò posto su una pila di libri che aveva pressappoco l'altezza di una sedia.

Amalia fissò il suo interlocutore: vent'anni prima quell'ometto strambo ma brillante era stato prezioso nell'aiutarla a tutelare i suoi diritti di vedova, respingendo a suon di articoli di legge le pretese dei parenti del marito che, pur non avendo reali diritti sull'eredità del defunto, erano abbastanza ricchi e influenti da poter insidiare il suo patrimonio. A distanza di un paio di decenni, Ferro era rimasto ugualmente strampalato, ma certo non aveva più nulla di brillante, anzi, la sua mente sembrava vacillare ogni giorno di più; eppure, ora come vent'anni prima, Amalia non aveva altri a cui rivolgersi.

«Teresina, portaci un caffè», gridò lui.

«Non può sentirla, avvocato».

«Dica piuttosto che non ha voglia di ascoltare. È impossibile che alla sua età sia già dura d'orecchi».

«Teresina non può sentirla perché a quest'ora lavora in casa mia», spiegò lei. «Si ricorda che la mattina lavora da me mentre nel pomeriggio viene da lei?».

«Certo che mi ricordo», rispose piccato, «non sono rimbambito. Io e lei dividiamo il pianerottolo e la donna di servizio». Vedendolo così risentito, Amalia preferì non puntualizzare che, abitando a piani differenti, non condividevano affatto il medesimo pianerottolo.

«Avvocato, sono venuta a parlarle di una faccenda delicata, ecco perché ho approfittato del momento in cui Teresina lavora in casa mia, per poter discutere senza che origli».

«Vuole mettermi in guardia a proposito di qualche suo comportamento scorretto? Non mi dica che le ha rubato qualcosa!».

«Ma no, Teresina è quasi una santa, il suo unico difetto è quello di essere pettegola».

«Non tergiversi, madama Peyran», la rimbrottò Ferro. «Non mi faccia perdere tempo narrandomi le prodezze della donna di servizio».

«Io non le stavo...». Amalia trasse un profondo respiro e tentò di arrivare velocemente al punto: «Avvocato, so che dopo la guerra lei ha aiutato molte persone a ritrovare parenti e amici che si erano persi di vista».

«Vero», rispose con orgoglio, «grazie al metodo delle ricerche incrociate. Mi servivo dei registri comunali, catastali e parrocchiali; poi, per i casi più articolati, facevo ricerche anche sui registri delle caserme, degli ospedali e dei penitenziari».

«Interessante», commentò lei, alla quale erano state fornite più informazioni di quante ne desiderasse, «ma ora che è in pensione potrebbe ancora ritrovare qualcuno di cui non si sa nulla da anni?».

«Molti dei registri che le ho elencato sono di pubblica consultazione, per cui direi di sì».

«Lo farebbe per me?».

«E perché no?», rispose l'uomo grattandosi la testa spelacchiata. «Potrebbe essere un diversivo eccitante. Non che mi lamenti della mia vita, anzi, mi diverto molto in questa stanza, ma sono anni che non provo l'ebbrezza di consultare i registri pubblici e di aprire faldoni polverosi». Nel pronunciare quelle frasi lo sguardo dell'uomo si era fatto liquido e i suoi lineamenti da vecchio topo di biblioteca risplendevano d'estasi, tanto che Amalia, turbata dalla trasfigurazione, temette per la sua salute.

«Incominciamo», deliberò l'avvocato riscuotendosi dalla sua esaltazione. «Prendo carta e penna, lei aguzzi la memoria. Deve dirmi tutto quello che sa sulla persona che stiamo cercando, ovviamente le generalità ma anche dove ha abitato, lavorato e chi frequentava».

«Quanto tempo ci vuole in genere per rintracciare una persona?».

«Talvolta pochi giorni, talvolta molti mesi».

«Potrebbe farcela per stasera?».

«Stasera?», si accigliò. «Sono cose che richiedono tempo».

«E se fosse per domani mattina?», implorò Amalia atteggiando le labbra al tenero broncio che tanto faceva girare la testa al suo defunto marito.

«Va bene, ci proverò», dichiarò Ferro tra sé e sé, ignorando gli sforzi mimici dell'interlocutrice. «Amo le sfide».

Capitolo 44

Caterina Ferrero: sorella Anna Ferrero, madre Giuseppina Ferrero, padre non pervenuto. Giuseppina Ferrero era una sarta di scarso talento, che offriva i suoi servigi di attaccabottoni ad alcuni teatri di second'ordine. Le compagnie di passaggio a Torino la assoldavano per la manutenzione ordinaria dei costumi: rammendi, orli e altre piccole riparazioni. Le figlie di Giuseppina nacquero a seguito di una relazione clandestina con un non meglio identificato attore di prosa, e sin da piccine vissero dietro le quinte. I camerini degli artisti furono il loro giardino d'infanzia, parrucche e belletto i loro balocchi. Le gemelle erano turbolente e non di rado combinavano delle marachelle alle cui conseguenze cercavano di sottrarsi dando l'una la colpa all'altra.

«Non sono stata io a rubare i lustrini», si giustificava Caterina, «è stata Anna».

«Non ho disfatto le trecce alla parrucca», tentava di scagionarsi Anna, «è stata Caterina».

Gli adulti che avevano a che fare con quelle due bambine talmente simili da sembrare l'una il riflesso dell'altra si trovavano di fronte a un grave dilemma: lasciar correre o punirle entrambe?

Quando avevano cinque anni, Ernesto Rovati, un illusionista all'epoca piuttosto noto, decise di reclutare le due "gocce d'acqua" come complici per un grandioso numero di teletrasporto.

Il mago chiudeva una delle due sorelline in un cassone con la parete mobile, di quelli che i prestigiatori utilizzano per gli effetti di sparizione, dopodiché spiegava al pubblico che grazie al tocco di una bacchetta magica la bambina si sarebbe dissolta nell'etere per poi ricomparire in un altro luogo. Rullo di tamburi: il cassone veniva riaperto rivelando la sparizione della piccola che, quasi contemporaneamente, riappariva al fondo della platea tra scrosci di applausi. Il portentoso numero divenne il cavallo di battaglia dell'illusionista che, per tenersi accanto le due piccole, le ingaggiò con una buona paga.

Che l'effetto magico dovesse avere un trucco era cosa ben nota sia ai colleghi dell'illusionista sia a buona parte del pubblico, ma quale fosse questo segreto nessuno lo aveva ancora scoperto. Il numero delle "gocce d'acqua" era custodito con infinite precauzioni: ogniqualvolta l'illusionista giungeva in un nuovo teatro, le bambine arrivavano in momenti separati, la prima sulle proprie gambe per mano alla madre e la seconda in un baule trasportato da due inservienti. Il trucco viaggiò indisturbato per le sale di tutta Europa, sino al tredicesimo anno d'età delle ragazze, quando in quel di Torino, la città dove avevano debuttato otto anni prima, la loro stupida madre cadde nel tranello tesole da un concorrente dell'illusionista.

Un giovane e promettente mago, dopo aver assistito dozzine di volte al grande numero del teletrasporto, era giunto alla conclusione che la ragazzina, per poter riapparire così velocemente a tanta distanza, doveva avere una sosia già posizionata al fondo del teatro. Dopo essersi appostato parecchie volte senza alcun successo, il giovane mago provò a far emergere la verità grazie a un sotterfugio: contando sul fatto che dietro le quinte le notizie si diffondono a velocità portentosa, aveva riferito a una maschera che la casa di produzione cinematografica Ambrosio di Torino era alla ricerca di due gemelle assolutamente identiche, tra i dodici e i quattordici anni, per farne le protagoniste di una serie di comiche. Non avendo ancora trovato le attrici adatte, l'Ambrosio era disposta a pagare ben cinquemila lire per ognuna delle attrici. La voce giunse all'orecchio della signora Ferrero in due minuti, e non gliene occorsero altri per deliberare che diecimila lire erano una cifra che con il suo lavoro di sarta e l'ingaggio delle ragazze non sarebbe mai riuscita a mettere insieme. Il Grande Rovati aveva provveduto al mantenimento di tutte e tre per otto anni, ma se erano state sfamate certo non avevano corso il rischio di ingrassare; così, la mattina seguente, piena d'avidità e spirito di rivalsa, la madre e le figlie tirate a lucido si presentarono in corso Vittorio alla sede dell'Ambrosio, dove il giovane mago, accompagnato da giornalisti e fotografi, poté immortalare le due gemelle in tutta la loro specularità.

La notizia apparve su giornali e riviste, e le due ragazzine e la madre furono bandite all'istante dalla compagnia di Ernesto Rovati. Il giovane mago, di nome Arturo Rossi, conosciuto come il "Prodigioso Rossi", impietosito dalla situazione delle poverette, decise di mettere a tacere il suo senso di colpa ingaggiandole nella piccola compagnia di varietà che aveva fondato da poco. Non potendo utilizzare le gemelle per i suoi numeri magici, poiché il trucco delle "gocce d'acqua" era stato ormai svelato, Rossi decise di farle debuttare come canzonettiste. Le gemelle, al pari di tutti coloro che avevano avuto la fortuna – o la sventura – di vivere nei retropalchi, sapevano cantare un po', ballare un po' e purtroppo anche leggere, scrivere e far di conto soltanto un po'. Così, identiche e belline, dotate di movenze aggraziate e voci squillanti, le ragazzine divennero subito uno dei numeri di punta del repertorio della neonata compagnia.

Se la madre non era affatto contenta di essere passata da una compagnia di prim'ordine a una scalcinata, le figlie se la godevano un mondo: non dovevano più viaggiare e alloggiare separate affinché nessuno le vedesse l'una accanto all'altra, né essere trasportate a turno nel baule, né sorbire tutte quelle raccomandazioni sull'essere prudenti e, soprattutto, non dovevano più vivere nella perenne paura di essere scoperte. Un paio di anni più tardi, mentre le giovani artiste mietevano i primi successi, la loro madre, da sprovveduta qual era, decise di abbandonarle alle cure del Prodigioso Rossi per sposare un commerciante di tessuti toscano, che ben presto rivelò una propensione al gioco d'azzardo di gran lunga superiore all'istinto per gli affari. La signora Ferrero non ebbe più contatti con le figlie, fatta eccezione per il vaglia con il quale Rossi le inviava periodicamente buona parte della loro paga. Qualche anno dopo, però, il vaglia tornò al mittente privo di firma, rivelando alle gemelle ormai diciassettenni che la loro madre era deceduta in un incendio, mentre del loro patrigno si erano perse le tracce.

L'avvocato terminò la lettura dei suoi appunti e guardò Amalia in attesa di una reazione.

«Sono storie che sapevo già», disse la donna dopo aver ascoltato il racconto per intero, «alcune di queste notizie erano apparse sui giornali».

«Lo so», confermò l'avvocato, «è proprio dai giornali che ho ricostruito la storia, altrimenti non sarei mai riuscito a mettere insieme tutti questi dati in così poco tempo».

«E sui giornali non ha trovato altro?».

«Sui giornali no», ammise, «ma sono riuscito a rintracciare una loro anziana zia».

«Davvero?», scattò in piedi per l'entusiasmo.

«Purtroppo non è più molto lucida».

Amalia si rifugiò nuovamente nell'abbraccio della poltrona.

«Qualcosa però è riuscita a dirmela: si ricordava del matrimonio di Anna con un certo Manlio».

«Si sono sposati?», si rianimò Amalia.

«Sì, il primo marzo del 1936 nella chiesa di Sant'Agata in Trastevere. Ho contattato un amico di Roma perché verificasse i registri parrocchiali».

«E Caterina? Si è sposata anche lei?».

«Non saprei, l'unica cosa che ho scoperto è che questo Manlio era un ragazzo piuttosto facoltoso».

«Sapevo anche questo», sbuffò.

«Ma si sposò senza il consenso del padre, che tirò i cordoni della borsa lasciandolo senza un soldo».

«Questo non lo sapevo, ma potevo immaginarlo».

«Le due ragazze ricominciarono a lavorare in teatro in compagnie di terz'ordine. I tre vivevano in un piccolo appartamento in via degli Orti di Trastevere».

«E poi?», domandò avida di dettagli.

«Poi non se ne hanno più notizie certe. Abbiamo solo la dichiarazione di un loro vicino, che da giovane faceva la maschera in teatro, secondo il quale i tre partirono per cercare fortuna all'estero».

«All'estero dove?».

«Purtroppo l'uomo non ha saputo dare spiegazioni chiare, prima ha parlato di Argentina, poi di Stati Uniti. Insomma, non ne ha idea».

«Tutto è perduto, dunque?».

«Non ancora», la rassicurò Ferro, «ma le ricerche si fanno più complicate. Le ultime notizie che si hanno delle gemelle risalgono al 1938, quando i loro nomi apparvero sulla locandina di un varietà messo in scena in un teatrino della Garbatella. Se davvero quei tre sono emigrati, bisognerà controllare i registri dei passeggeri dei transatlantici partiti in quegli anni dai porti del centro

Italia e al contempo indagare se le gemelle o il marito di Anna avessero parenti o amici nel nuovo mondo».

«Quante sono le probabilità di venirne a capo?».

«Non così poche, in fondo parliamo di tre persone», la tranquillizzò. «Quel che è certo è che, salvo un colpo, di fortuna, ci vorrà molto tempo».

«La ringrazio, avvocato», disse Amalia alzandosi con aria delusa. «Devo tornare a casa per prepararmi. Nel pomeriggio ho un impegno».

«Mi tolga una curiosità, madama», la trattenne l'uomo. «Lei non vede questa Caterina da ventidue anni, perché ora ha tutta questa smania di ritrovarla?».

«Avrei bisogno di un suo consiglio», sospirò imboccando la porta, «ma vedrò di arrangiarmi da sola».

Gli uomini sono tutti mascalzoni e se cedi prima di avere un anello al dito, addio sogni di gloria, quindi tieni la monetina stretta tra le ginocchia e vedi di non lasciarla mai cadere. Il monito di Caterina risuonò, ancora una volta, nella mente di Amalia.

"Non lasciar cadere la monetina", ripeté a se stessa imboccando le scale per rientrare nel suo appartamento.

Anche se Caterina non sarebbe stata con lei, quel pomeriggio, all'appuntamento con Vergnano, avrebbe seguito i suoi antichi ma pur sempre preziosi precetti, quelli che due decenni addietro l'avevano portata a diventare madama Peyran.

Capitolo 45

La voce del reverendo suonava fastidiosa e monotona come il frinire delle cicale in certi caldi pomeriggi estivi, quando l'unica cosa che si chiede alla vita è un sonnellino nella penombra di una stanza dalle imposte serrate.

Adelina fissava il suo professore, seduto dietro alla scrivania dalle zampe leonine, standosene ritta contro lo schienale della sedia e cercando di ostentare un atteggiamento vigile e attento.

«Fin qui tutto chiaro?», le domandò il reverendo, infrangendo la sua trance.

«Tutto chiaro, certo», lo rassicurò, cercando di ricordare se le stesse ancora leggendo il libro di francese o se fosse già passato a quello di storia. «Prosegua pure reverendo», si affrettò a esortarlo, per non dargli modo di porle ulteriori domande constatando che si era distratta.

Kelley sorrise in modo appena percettibile e riattaccò a leggere. Era passato alla lezione di storia, non c'erano dubbi, non fosse altro per il fatto che la sua noiosa giaculatoria ora era in lingua italiana e non in francese. Adelina apprezzava molto l'impegno che il reverendo stava mettendo in quelle sessioni private di lettura ad alta voce e avrebbe davvero voluto ascoltare attentamente ognuna delle sue parole, per poi ricompensarlo, nei giorni seguenti, prendendo dei bei voti, ma la Biblioteca Grande, con tutti quei libri che spandevano i loro aromi, non era certo un luogo che favorisse la sua concentrazione.

Con il trascorrere dei giorni si era abituata a quell'aria satura di profumi e fetori che si intrecciavano tra loro; ormai lo stomaco non le si rivoltava neppure più e l'unico effetto che quella commistione di fragranze le provocava era un lieve ronzio nelle orecchie, peraltro molto simile alla voce del suo professore. Talvolta però, proprio quando cercava con più forza di concentrarsi, una scia odorosa emergeva tra le altre e tentava di attirare la sua attenzione per condurla con sé, lontano nel tempo e nello spazio. Proprio in quel momento, per esempio, mentre il reverendo le leggeva di crociate e paladini della cristianità, cinque giovani sorelle cercavano di trascinarla nella contea inglese dell'Hertfordshire, per narrarle dei loro amori. Adelina provò a sviare le loro pretese trattenendo il respiro per qualche istante e focalizzando tutta la sua attenzione sulla voce di Kelley, ma ecco un altro reverendo, un pastore anglicano per la precisione, fare capolino tra i suoi pensieri non appena ebbe rilasciato il fiato. Si trattava del signor Collins, un ometto ridicolo e ciarliero che... la ragazza non poté resistere e inalò con voracità la traccia fragrante che le lambiva le narici: ora poteva vedere quell'omarino pedante dichiararsi a Elizabeth, la secondogenita delle sorelle Bennet. Purtroppo l'odore che percepiva era troppo flebile, sicché non fu in grado di sentire le parole del signor Collins, che dovevano essere a dir poco buffe a giudicare dall'espressione di Elizabeth. Adelina tentò di reprimere l'impulso di catapultarsi verso il libro che le inviava quei segnali olfattivi, per affondare, libera, il naso tra le sue pagine.

«La lezione di storia ti è chiara?», la sorprese nuovamente Kelley.

«Chiarissima», rispose con prontezza, «anche se...».

«Vuoi che ti rilegga quest'ultimo capitolo?».

«Sì, la prego reverendo», rispose la ragazza richiamando a sé tutta la concentrazione di cui era capace.

Il reverendo ricominciò a leggere, ora Adelina era davvero risoluta ad ascoltarlo attentamente, ma ecco di nuovo le quattro sorelle tornare a distrarla. Quattro? Che fine aveva fatto la quinta? Non poteva credere che Elizabeth avesse accettato di sposare quello spaventapasseri di Collins, per poi scomparire con lui nella sua remota canonica, edificata all'ombra del palazzo della sua sgradevole benefattrice. Adelina inspirò incredula, le sorelle che ora volevano rubarle l'attenzione non erano più le Bennett, ma quattro ragazze americane che aveva avuto modo di conoscere qualche anno prima, quando ancora era capace di leggere con gli occhi. Erano Meg, Jo, Beth e Amy March, che vivevano in uno dei volumi della *Piccola biblioteca delle fanciulle*, la selezione di romanzi che suo padre le aveva regalato quando aveva conseguito la licenza elementare. Ora le sorelle erano davanti a lei: la bella Meg, l'esuberante Jo con la lunga chioma ancora intatta, la dolce Beth... Adelina cercò di reprimere un singhiozzo. Povera Beth! Chi l'avrebbe detto, nel vederla tutta allegra suonare il pianoforte, che tempo pochi mesi e...

La giovane sentì gli occhi velarsi di lacrime, mentre un altro gemito tentava di sfuggirle dalle labbra.

«Ti senti bene?», le domandò preoccupato il reverendo.

«Sì, sto benissimo», lo rassicurò.

«Hai male alla testa?».

«Un pochino, ma credo che sia solo stanchezza».

Anche se il suo naso si teneva a debita distanza dalle pagine, trascorrere tanto tempo in quel luogo pieno di libri le causava un leggero torpore e un senso di pesantezza al capo.

«Sei certa di non aver...», il reverendo esitò, «letto qualche libro con l'olfatto?».

«Certo che no!».

«Bene, cara, vai pure a casa», le concesse dopo qualche istante di riflessione. «Fai una passeggiata», la esortò, «vai a prendere una cioccolata calda con qualche tua compagna. Divertiti, e mi raccomando: tieniti lontana dai libri».

«Lo prometto», rispose lei di malavoglia.

Uscita dalla biblioteca, Adelina si diresse a passo spedito verso casa di Luisella, accarezzando la banconota che quella mattina aveva prelevato dal calzino in fondo al cassettone e infilato nella tasca del cappotto. Aveva in animo di fare una sorpresa alla sua amica portandola al piccolo caffè accanto al santuario della Consolata, per bere il famoso *bicerin*, una squisita mistura di caffè, cioccolato fuso e panna, della quale aveva sentito parlare tante volte ma che non aveva mai avuto modo di provare.

Luisella era di pessimo umore dalla cena di due giorni addietro, quando suo padre e Amalia si erano prodotti in una vergognosa scenetta che l'aveva turbata. La mattina successiva, in classe, aveva salutato a stento Adelina, e da allora aveva tenuto il broncio fino alla fine delle lezioni: un invito al caffè era esattamente ciò che ci voleva.

Giunta al portone intarsiato di casa Vergnano, Adelina suonò il campanello e l'ormai ben noto omino dalla testa calva le aprì.

«Oh, la giovane fidanzata bionda del mio padrone! Buon pomeriggio, signorina», la salutò Ugo con l'ironica deferenza che spesso gli adulti riservano ai ragazzi e che a lui poco si addiceva, essendo non più alto di un dodicenne.

«Vado dalla signorina Luisella», rispose Adelina un po' piccata dalla burla, ma comunque in maniera rispettosa, così come le era stato insegnato a fare quando si rivolgeva a un adulto, seppur più basso di lei.

«So che non è la morosa del signor Vergnano», proseguì l'ometto facendole strada verso l'ascensore, «è che mi piace scherzare. In ogni caso è meglio per lei non esserlo», disse aprendole la porta metallica dell'ascensore e abbassando la voce, «è un gran don Giovanni il mio caro notaio...».

Adelina sorrise senza approfondire l'argomento e premette il pulsante dell'ultimo piano ancor prima che Ugo richiudesse l'anta in ferro battuto.

Dopo la magica risalita dell'ascensore, che continuava a piacerle molto anche se non la incantava più come le prime volte, suonò il campanello di casa Vergnano.

«Che piacere vederti», trillò Luisella aprendo la porta, «è meraviglioso che tu sia arrivata proprio ora che Matilde sta sfornando i muffin!».

«Cosa sta sfornando?», domandò Adelina spiazzata.

«Sono dolci inglesi, delle specie di tortine, li adorerai», disse sbucciandola del cappotto e trascinandola, come di consueto, per il corridoio. «Matilde, tè per due per cortesia!», strillò la padroncina di casa in direzione delle camere di servizio.

Luisella non aprì la solita porta che dava accesso allo studio, bensì quella successiva, che rivelò un delizioso salottino dalle poltrone beige e le pareti di un azzurro tenue adorne di quadri dalle cornici dorate.

«Accomodati», la invitò l'amica indicandole una delle poltrone, «sono molto contenta che tu sia qui».

«Grazie», rispose Adelina frastornata: dopo il broncio degli ultimi due giorni, si sarebbe aspettata di trovare la sua amica, se non proprio immusonita, almeno non felice come una pasqua.

«È permesso?», domandò Matilde sospingendo la porta e poggiando sul tavolino da tè il vassoio con tazze e teiera e un piatto pieno di dolcetti tondeggianti dall'aria invitante. «Buonasera, Adelina».

«Buonasera, signora Matilde», salutò scattando sull'attenti per poi subito risedersi.

«Grazie Matilde, va' pure», la congedò Luisella col

piglio cortese ma deciso di una padrona di casa da romanzo vittoriano. «Servo io il tè».

«Benissimo, signorina», sorrise la donna ritirandosi in maniera così silenziosa da far sospettare che i suoi bei piedini non toccassero terra.

«Oggi Matilde ha preparato i muffin con i pezzetti di cioccolato», la informò Luisella versando il tè. «Sono deliziosi, anche se personalmente mi piacciono di più quelli alle mele e cannella».

Mentre Adelina cercava di decifrare l'umore della sua amica, una risatina garrula e molto familiare giunse alle sue orecchie.

«Zia Amalia?», domandò stupita scattando di nuovo in piedi.

«Certo», rispose Luisella serafica, «non è per lei che sei venuta qui?». Adelina la guardò attonita. «Per tornare a casa con lei dopo che avrà finito di parlare di affari con mio padre».

«*Affari?*», domandò Adelina esterrefatta. «Mia zia che parla di affari, ma ne sei sicura?».

«Certo che sì, papà dice che tua zia è una che sa il fatto suo», spiegò l'amica porgendole la tazza e invitandola a rimettersi a sedere con uno sguardo esplicativo. «Dice che ha le idee molto chiare sulla gestione del denaro».

Adelina avrebbe voluto dirle che, sì, in effetti sua zia aveva una politica chiarissima in fatto di soldi: evitare di spenderne. Tuttavia, ancora turbata da quella strana scoperta, si limitò a prendere la tazza che Luisella le offriva e a portarla alle labbra.

Un'altra chiocciante risatina giunse fino al salottino dalle poltrone beige. Fare affari doveva essere davvero uno spasso, se la zia rideva a quella maniera. Da quando la conosceva l'aveva sentita ridere soltanto un paio di volte, e sempre in presenza di Vergnano.

«Prova un muffin, Adelina», la esortò Luisella prendendone uno con una piccola pinza argentata e poggiandolo su un piattino.

«Ma sei davvero certa che tuo padre e mia zia stiano discutendo di affari?».

«Senza dubbio», confermò l'altra. «Anche se l'altra sera, vedendo mio padre e tua zia parlare con tanta familiarità, avevo pensato...», Luisella si abbandonò a una lieve risata, molto più sobria ed elegante di quelle che provenivano dalla stanza accanto. «Dal tuo sguardo perplesso mi sa che anche tu avevi pensato che tra mio padre e tua zia ci fosse del tenero, giusto?».

«Giusto», ripeté distrattamente, «ma tuo padre ha anche detto che tua madre...».

«Ti piace il muffin?», la interruppe Luisella.

«Delizioso, grazie», colse al volo Adelina. «Hai mai letto un romanzo che parla di cinque sorelle», si affrettò a cambiare subito discorso, «una delle quali si chiama Elizabeth e...».

«*Orgoglio e pregiudizio*!», la anticipò. «Certo, l'ho letto più volte», dichiarò Luisella sbocconcellando il suo muffin. «Lo so praticamente a memoria».

«Potresti raccontarmelo?».

«Non sarebbe meglio se te lo prestassi?».

«Immagino di sì», borbottò tra sé, pensando alle odiose raccomandazioni di Kelley, «ma preferirei sentirtelo raccontare».

Capitolo 46

Camerieri in abito scuro si muovevano leggeri come eleganti spettri, nel caldo chiarore delle candele, mentre una musica ancor più lieve del loro incedere si spandeva attorno ai tavoli ricoperti da lunghe tovaglie di fiandra.

«La vedo assorta, Amalia», constatò Vergnano in tono premuroso. «La cena non è di suo gradimento?».

«Oh no, Amedeo», si affrettò a rispondere carezzandosi la vecchia collana di granati che aveva rispolverato per l'occasione, l'unico gioiello che negli anni si era astenuta dal vendere. Amalia si sentiva frastornata: le ci era voluta una buona dose di coraggio per accettare l'invito pomeridiano del notaio e, soltanto una manciata di ore dopo, si ritrovava addirittura a cenare in un ristorante di lusso, sola con lui.

«Questo posto è una sciccheria, deve costare un capitale».

«Mi piace il suo spirito pratico, Amalia», sorrise l'uomo versandole altro vino, «è una dote così rara nelle belle donne».

A quell'affermazione lusinghiera Amalia non poté fare a meno di nascondere il suo compiaciuto imbarazzo con la solita risatina adolescenziale.

«Allora, Amalia, vuole dirmi cosa la preoccupa?», la

incoraggiò il notaio, mentre un cameriere con il gilet di seta ritirava i loro piatti vuoti.

«Sono in pena per mia nipote», mentì fissando le acque del Po, che scorrevano al di là della finestra accanto al loro tavolo. Come scusa non era un granché, ma non poteva certo raccontargli che le sue ansie erano dovute alla monetina immaginaria che, memore dei consigli di Caterina, teneva stretta tra le ginocchia e che mai, sino ad allora, aveva percepito tanto in bilico. Molti anni prima, quando aveva cercato di farsi sposare da Gottardo buonanima, non lasciar cadere la monetina era stata un'impresa tutto sommato semplice. Lui le aveva dato spesso l'assalto con la foga di un mezzo corazzato, ma lei era stata brava a svicolare, e tale abilità era stata favorita dall'avversione che provava per quell'omone calvo e sempre sudato. Ora però le cose erano diverse: era ancora ben consapevole che cedere a un uomo prima delle nozze equivaleva a perderlo la mattina seguente, ma se il bel notaio l'avesse assaltata, seppur con un decimo della furia del suo Gottardo, Amalia non solo avrebbe lasciato cadere la monetina, ma l'avrebbe scagliata lei stessa nelle acque del Po.

«Non deve preoccuparsi per Adelina, mia cara, sono certo che starà bene insieme a mia figlia. Matilde si occuperà della loro cena e Ugo, il custode dello stabile, la accompagnerà a casa con la nostra automobile di servizio. È stata una fortuna che sua nipote sia venuta a trovare mia figlia proprio questo pomeriggio, mentre io e lei discutevamo delle nostre faccende, così non è stata costretta a tornare a casa per provvedere alla sua cena e abbiamo potuto goderci questa bella serata».

«Ha ragione, Amedeo», biascicò affascinata dal suo eloquio, mentre la monetina stretta tra le ginocchia, seppur metaforica, sembrava essersi fatta incandescente.

«La sua collana è deliziosa», buttò lì il notaio, dopo qualche istante di imbarazzante silenzio.

«La ringrazio, è una cosuccia di poco conto ma ci sono molto affezionata, me la regalò un'amica più di vent'anni fa».

«La bellezza non teme il tempo», sussurrò Amedeo puntando i suoi occhi neri in quelli di Amalia. Lei avvampò di euforia e imbarazzo: quell'uomo affascinante era pazzo di lei, su quello non c'erano dubbi. Ma di una cosa non era ancora certa: quali erano le sue intenzioni? Cercava una nuova moglie da amare e onorare per il resto della vita, o soltanto una donna attraente – quale lei evidentemente era ancora – per spassarsela un po'? Doveva prendere tempo per studiare a fondo la situazione.

«Mi parli ancora di quell'investimento del quale mi accennava questo pomeriggio», gli domandò per riportare la conversazione su argomenti meno perturbanti e consentire alla monetina, ormai ardente come una caldarrosta appena tolta dalle braci, di raffreddarsi un po'. «Sembra un affare molto conveniente, ma non sono ancora del tutto convinta».

«Vuole parlare di investimenti qui?», si stupì un po' piccato il notaio indicandole il fiume, al di là del quale si stagliava l'ombra scura della collina torinese, punteggiata da mille lucine che ad Amalia, anima semplice, ricordavano tanto quelle di un presepe.

Vergnano era perplesso e un po' infastidito: quella donnetta ridicola aveva due cose che lui desiderava – e nessuna delle due era quella che Amalia preservava con la sua immaginaria monetina – e, nonostante sembrasse ammaliata dai suoi modi, non accennava a capitolare.

«Non desidero parlare di affari proprio ora», sussurrò l'uomo sfoderando il suo miglior sorriso, «mi prenda pure per pazzo, ma vorrei affrontare ben altri argomenti stasera. So che ci conosciamo da poco, mia cara, ma sento che tra noi c'è una grande affinità e non posso trattenermi dal farle una proposta che spero non la turbi».

«Una proposta?», ripeté Amalia con la voce strozzata per l'emozione. Era possibile che il notaio volesse già chiederla in moglie? Lui le piaceva, era un uomo bello e ben fornito di denari, ma era troppo presto per affidargli la sua vita.

«Tra pochi giorni dovrò recarmi a New York per una faccenda di lavoro», dichiarò.

«Starà via molto?», chiese lei tanto per stemperare la tensione.

«Non più di una settimana, cara Amalia, e vorrei portare Luisella con me».

«È un'ottima idea», rispose Amalia confusa e al contempo rassicurata dalla stramba piega che aveva preso la conversazione. «Sarà un'esperienza istruttiva per la ragazza».

«Tra me e lei c'è proprio una grande intesa. Sapevo che avrebbe concordato con me».

«A che proposito?».

«Sul fatto che viaggiare sia un elemento fondamentale nell'istruzione di una ragazza».

«Certo», farfugliò spiazzata, «avendone la possibilità...».

«È proprio per questo che mi piacerebbe che con noi venisse anche Adelina».

«Adelina dall'altra parte del mondo, senza nessuno della sua famiglia?», si animò Amalia, ormai del tutto dimentica della rovente monetina.

«Anche questa volta è d'accordo con me».

«Davvero?», domandò lei strabuzzando gli occhi.

«Vede, a New York avrò degli impegni da assolvere, gente da incontrare, affari da sbrigare, e come farei con Luisella? Potrei forse lasciarla per diverse ore sola e abbandonata a se stessa in un paese straniero?».

«Non sarebbe affatto opportuno», concordò la sempre più confusa Amalia.

«Se invece lei e sua nipote mi faceste il grande favore di unirvi a noi, potrei attendere alle mie incombenze in tutta tranquillità, sapendo che mia figlia ha con sé un'amica con la quale svagarsi e una donna assennata quale è lei che badi a loro».

«Oh no, Amedeo!», si scandalizzò Amalia. «Questa cosa è sbagliata sotto ogni punto di vista. Innanzitutto Adelina non è mia figlia. Dovrei chiedere il permesso a mio fratello».

«Quale padre farebbe perdere alla figlia la grande opportunità di un viaggio completamente gratuito in America?».

«Completamente gratuito?», biascicò in risposta.

«Questo era sottinteso, lei e sua nipote sarete mie ospiti».

«Ha ragione, forse mio fratello acconsentirà, ma resta il fatto che né io né mia nipote abbiamo il passaporto, e so che ci vuole molto tempo per ottenerlo».

«Non deve preoccuparsi neppure di questo», le sorrise lui mellifluo. «Mi basterà fare un paio di telefonate alle persone giuste, e in poche ore avrete i vostri documenti di espatrio».

Amalia restò per un attimo in silenzio a riorganizzare le idee: un uomo che si recava dall'altra parte del mondo per affari doveva avere cose davvero grosse per le mani. Nessuno si sarebbe preso la briga di fare un viaggio del genere per faccenduole da mille lire, pensò Amalia, e sarebbe stata davvero una sciocchezza da parte sua lasciarsi scappare un così buon partito. Inoltre lei non aveva mai viaggiato e, anche se avrebbe preferito iniziare con mete più abbordabili come Stresa o Montecatini, l'idea di godersi un bel viaggio senza spendere un soldo l'attraeva molto.

«La sua proposta mi tenta», ammise infine.

«Si lasci tentare, Amalia cara; la vizierò come non

mai: alloggeremo in un grande albergo, la porterò nei migliori ristoranti e a fare compere sulla Quinta Avenue».

«Ma devo comunque rifiutare».

«Cosa?», domandò Vergnano riuscendo a stento a trattenere il disappunto di chi non è abituato ai rifiuti.

«Un viaggio del genere sarebbe una grande opportunità», cominciò a spiegare Amalia, «intendo per mia nipote, ovviamente. Ma non posso accompagnarla perché, vede…». Vergnano era sul punto di esplodere, ma continuava a fissarla sorridendo. «Non è bene per una donna viaggiare con un uomo che non sia suo marito», rovesciò poi tutto d'un fiato.

Vergnano la fissò incredulo per qualche istante, dopodiché scoppiò a ridere.

«Le sembro ridicola?», domandò lei con la voce tremante di pianto, mentre la risata del notaio ancora echeggiava nel lussuoso ristorante.

«Mi perdoni, Amalia», cercò di ricomporsi. «Apprezzo il suo ammirevole contegno».

«Davvero?», domandò titubante.

«Ma certo», la rassicurò, «il mondo è pieno di donne sfacciate e leggere, ma a nessuna di quelle sciacquette affiderei mia figlia».

Affidarle sua figlia! Quelle parole infiammarono il cuore di Amalia, ancor più della monetina stretta tra le ginocchia: dunque quell'uomo non voleva solo approfittarsi di lei, ma stava cercando una compagna dai sani principi che potesse diventare una seconda mamma per la sua piccina.

«Non pensi a me come a un uomo», rincarò Vergnano, «faccia conto di viaggiare con un socio d'affari».

«Ma, Amedeo, cosa dirà la gente quando vedranno una coppia non sposata viaggiare insieme?».

«Davvero la preoccupa ciò che penseranno di noi gli americani? In ogni caso non verremo scambiati per una coppia: lei e sua nipote alloggerete nella vostra camera, e io e mia figlia nella nostra. Sarà tutto assolutamente rispettabile e alla luce del sole».

«Accetto», capitolò infine Amalia, mentre la monetina, che aveva ormai dimenticato di reggere tra le ginocchia, ricominciava a sobbollire.

Capitolo 47

La serata tra Adelina e Luisella era trascorsa piacevolmente; le due ragazze, alla fine, avevano cenato insieme assaggiando le prelibatezze inglesi preparate da Matilde, chiacchierando e ridendo per ogni sciocchezza e gustando ogni attimo della reciproca compagnia.

Non appena Adelina venne riaccompagnata a casa dal fidato Ugo, come accadeva spesso quando suo padre trascorreva la serata fuori e Matilde era distratta da qualche faccenda, Luisella scivolò nella camera da letto dei genitori e, senza accendere la luce, trovò rifugio nella poltrona foderata di damasco che un tempo era stata di sua madre. La poltrona era rivolta verso la finestra e, con un gesto abituale, Luisella scostò leggermente le tende, di modo che la luce di un lampione filtrasse come una sottile lama dorata. La ragazza infilò la mano sotto al sedile della poltrona e ne tirò fuori il libro che vi aveva nascosto.

«Dove eravamo rimaste?», sussurrò cercando tra le pagine il nastrino di raso che fungeva da segnalibro. «Ah, ecco: *Nell'ottobre 1827, all'alba, un giovane di circa sedici anni, il cui abbigliamento dava a intendere quello che la moderna fraseologia chiama tanto insolentemente un proletario, si fermò su una piccola piazza che si trova a Provins bassa*», incominciò a leggere a mezza voce. «*A quell'ora, poté esaminare senza essere notato le diverse case situate su quella piazza che ha la forma di un ampio quadrato*».

Le parole iniziarono a distorcersi attraverso la lente deformante di un velo di lacrime. Quel piccolo rito segreto, che da tempo ormai portava avanti, generalmente riusciva a rasserenarla, ma quello era stato un giorno davvero fuori dal comune.

«Dobbiamo parlare», aveva annunciato a suo padre non appena era tornata da scuola quel pomeriggio. Vergnano se ne stava seduto dietro alla scrivania dello studio, intento a pestare i tasti della sua calcolatrice elettromeccanica.

«Certo, cara, accomodati», le disse invitandola a prendere posto su una delle due sedie poste davanti allo scrittoio.

Luisella eseguì l'ordine senza esitare.

«Di cosa vuoi parlarmi, tesoro?».

La ragazza trasse un profondo respiro e dischiuse le labbra, dalle quali non fuoriuscì neppure una sillaba. Dov'erano finite tutte le domande a cui aveva pensato quella mattina in classe, anziché badare alle lezioni?

«Suppongo che tu voglia delle spiegazioni a proposito della cena dell'altra sera con la tua amica e sua zia», la tolse d'impaccio il padre. «Probabilmente il mio comportamento ti ha imbarazzato».

«Perché papà?», riuscì finalmente ad articolare.

«Nonostante ciò che si dice in giro, tuo padre è un uomo molto goffo», le sorrise. «Volevo mettere la signora Peyran a proprio agio lusingandola un po', ma temo di essere scivolato nel ridicolo».

«Perché fare una cosa del genere?».

«Semplice galanteria! Come ti dicevo la signora sembrava a disagio e io, come padrone di casa, mi sono sentito in dovere di...», Vergnano incrociò gli occhi severi della figlia e non riuscì a trattenere un risolino nervoso. «E va bene, mi arrendo! Volevo conquistare la simpatia della signora Peyran perché, nonostante le apparenze, è una donna molto ricca e io sono alla ricerca di alcuni investitori per un progetto».

«Non sapevo che si dovessero corteggiare i soci in affari», lo sfidò Luisella.

«Te l'ho detto, tuo padre è un uomo goffo. Tuttavia il mio approccio ha funzionato e questo pomeriggio la signora Peyran verrà qui per parlare d'affari».

«La signora Amalia si occupa di affari?», domandò la ragazza in tono sprezzante.

«Non la sottovalutare. Quella donna sa il fatto suo, ha le idee chiare sulla gestione del denaro. È rimasta vedova molto giovane e ha saputo amministrare in maniera oculata il patrimonio del marito. Molte donne, nella sua situazione, avrebbero sperperato tutto nel giro di un paio d'anni».

«Capisco», annuì Luisella senza accennare ad alzarsi.

«Non è tutto, vero?», sospirò Vergnano.

«No».

«D'accordo», le concesse dopo un lungo silenzio, «non dovevo dire che mamma è morta. Ti porgo le mie scuse, ma per me è come se lo fosse; e per quanto ci è dato sapere, potrebbe essere davvero così».

«Ma papà», protestò lei mentre gli occhi le si riempivano di lacrime, «mamma è in viaggio». Mentre pronunciava quelle parole, Luisella percepì quanto suonassero ridicole e infantili.

«Pensavo che ormai ci fossi arrivata da sola, ma evidentemente avrei dovuto essere più chiaro. Non avevi ancora compiuto dodici anni quando tua madre è scappata di casa, e io ho preferito raccontarti che aveva deciso di fare un lungo viaggio per curarsi i nervi, anziché dirti che era fuggita. In questi due anni non ho mai smesso di cercarla. Speravo di ritrovarla e di sistemare le cose».

«Capisco», mormorò più a se stessa che al padre. «Avevi ragione tu: in fondo lo sapevo già».

«*I mulini adagiati sui fiumi di Provins già erano in movimento*», riattaccò a leggere dopo essersi asciugata gli occhi.

Quella di leggere ad alta voce era un'abitudine che le aveva trasmesso sua madre.

La signora Vergnano non era stata una madre come le altre e, specie nella prima infanzia della figlia, aveva avuto notevoli difficoltà nell'interagire con Luisella. Talvolta la cullava con la stessa foga che una bambina avrebbe usato con la sua bambola, mentre altre volte la maneggiava con imbarazzata cautela, quasi si trattasse di un ordigno da disinnescare anziché di una neonata.

Il loro rapporto si era rafforzato quando Luisella aveva dato segno di capire quanto le veniva detto e la giovane madre aveva iniziato a parlarle, ma non bamboleggiando come si usa fare con i bambini, bensì dandole tutte le informazioni che riteneva opportuno spartire con lei.

Le aveva spiegato, per esempio, che il non essere una buona madre dipendeva dal fatto di non averne avuta una.

«Non ho mai conosciuto mia madre, solo mio padre», le aveva raccontato. «Pagava la retta del collegio e mi comprava tutto ciò di cui avevo bisogno, ma non lo vedevo spesso. È stato lui a propormi tuo papà come marito; io avrei potuto rifiutare, ovviamente», aveva detto alla bambina, che seguiva il flusso di parole come avrebbe fatto con una filastrocca, «ma mi dispiaceva scontentare l'uomo che aveva badato a me fin dalla nascita. Inoltre, tuo padre mi piacque fin da subito, me ne innamorai all'istante e lo amo ancora; come amo te, piccola mia. Tuo padre è l'uomo migliore del mondo, e tu gli somigli tanto».

Quando la conversazione languiva perché la piccola non riusciva a seguirne il filo, la madre prendeva un romanzo e iniziava a leggerglielo ad alta voce. Sosteneva che, durante gli anni del collegio, i romanzi erano stati i suoi migliori alleati e spesso gli unici amici, specie durante i mesi estivi, quando le sue compagne tornavano dalle famiglie mentre lei, che una famiglia vera non l'aveva, rimaneva sola con le monache.

«Quelle brave suore mi hanno insegnato le preghiere, le buone maniere e le materie scolastiche, ma sono stati i romanzi a prepararmi a vivere. La matematica non ti spiega il potere dell'astuzia come fa Tom Sawyer, e non è grazie alla grammatica che impari ad arrangiarti con ciò che hai a disposizione come faceva Robinson Crusoe».

La donna le aveva letto i romanzi di Francis Scott Fitzgerald per insegnarle che in amore non sempre tutto va come dovrebbe, ma dopo era passata a Jane Austen per farle capire che è comunque legittimo sperare nel lieto fine. Talvolta le aveva letto romanzi inadatti alla sua età, come *Nanà* di Émile Zola, la storia di un'attricetta arrivista e dei molti amanti che aveva portato alla rovina.

«La vita di Nanà è tutta sbagliata», aveva protestato Luisella.

«È facile per te dirlo, visto che sai com'è andata a finire, ma Nanà non ne aveva idea. Questo è il bello dei romanzi: ti mostrano le conseguenze degli errori umani, sollevandoti dalla fatica di doverli sperimentare tu stessa».

Il libro che Luisella stava leggendo in quel momento era uno dei venti volumi della prima raccolta completa della *Commedia umana* di Honoré de Balzac, un'edizione rara e preziosa che Vergnano aveva regalato alla moglie per il loro decimo anniversario di matrimonio.

«Sono centotrentasette libri tra romanzi, saggi, novelle e racconti», le aveva spiegato la madre, «ma la cosa più straordinaria è un'altra: ti è mai capitato, alla fine di un romanzo, di dispiacerti di non poter avere più notizie di un certo personaggio?».

«Sì, molte volte», aveva risposto Luisella.

«Finire un romanzo è come dire addio a dei cari amici, ma nella *Commedia umana* molti dei personaggi si muovono da un'opera all'altra: il protagonista di un romanzo può ricomparire come comprimario in un racconto, mentre un personaggio al quale non era stata dedicata che qualche paginetta può diventare protagonista dell'opera successiva».

La donna aveva iniziato a leggerle *La commedia umana* partendo dal primo dei venti volumi.

«Chissà se riusciremo a finire per il tuo matrimonio», scherzava.

Qualche tempo dopo, però, le cose cambiarono: i suoi genitori, sino a quel momento molto affettuosi l'uno con l'altra, incominciarono a litigare, anche se in realtà quelli non potevano dirsi veri litigi, quanto piuttosto pacati ma risoluti monologhi della signora Vergnano, che ogni volta irrompeva nello studio del marito, mentre lui si trastullava con un manoscritto o un raro incunabolo, e iniziava ad accusarlo di trascurare l'attività notarile e gli interessi della famiglia, sprecando tempo e denaro in giro o con la sua ossessione per i testi antichi. Dopo aver parlato per mesi, senza ottenere risposta, la signora Vergnano tacque, e non soltanto col marito bensì con chiunque, inclusa la sua Luisella. L'unica parvenza di dialogo che sopravviveva tra madre e figlia era la lettura ad alta voce.

Ogni pomeriggio, quando Luisella finiva i compiti, la

madre si introduceva silenziosamente nella sua camera, prendeva uno dei volumi della *Commedia umana* e ricominciava a leggere da dove avevano interrotto il giorno precedente. A parte quelle sessioni di lettura, che potevano durare pochi minuti o diverse ore, la donna trascorreva la giornata distesa sul letto della camera da letto, dalla quale sgusciava fuori poco prima che il marito vi si ritirasse per la notte. Da quel momento e sino al mattino seguente, la donna si aggirava a passo leggero per le stanze del grande appartamento, vagolando priva di meta. Senza la sua padrona, la casa era allo sbando, la cuoca e la cameriera bighellonavano, in mancanza di direttive. Il signor Vergnano corse ai ripari assumendo una governante, che però se la diede a gambe dopo pochi giorni, turbata dall'anima in pena che nottetempo si aggirava per i corridoi, sostando per lunghi minuti davanti alla sua porta. A quella prima governante ne seguirono altre, ognuna delle quali si dissolse in meno di una settimana. Poi un giorno Vergnano partì per un viaggio e fece ritorno con Matilde.

Matilde era diversa dalle altre; innanzitutto era giovane e di bell'aspetto, in secondo luogo era molto istruita e altrettanto determinata a rimanere. Aveva studiato in una delle migliori università inglesi e si tratteneva per ore con il notaio a parlare di testi antichi e manoscritti. Il padrone di casa l'ascoltava affascinato e lei non perdeva occasione di compiacerlo, sciorinandogli informazioni, aneddoti e nuove teorie su questa o quella opera letteraria. Il vagare notturno della signora Vergnano non la scalfì minimamente e quando la padrona di casa comprese che Matilde non se ne sarebbe andata come tutte quelle che l'avevano preceduta, si chiuse ancora di più in se stessa e abbandonò anche l'abitudine della lettura ad alta voce nella stanza della figlia. Fu a quel punto che Luisella prese la consuetudine di andare nella camera dove sua madre se ne stava sdraiata al buio: si sedeva sulla poltrona damascata, scostava leggermente le tende e leggeva ad alta voce *La commedia umana*.

Una sera, mentre stava cenando col padre, a Luisella parve di percepire la voce della madre. Da principio pensò a una sorta di allucinazione, ma poi notò che anche suo padre aveva sentito qualcosa, infatti si era diretto come una furia nell'atrio dell'appartamento, dove aveva sorpreso la moglie intenta a bisbigliare al telefono.

Luisella fece appena in tempo a intendere alcune parole che subito suo padre strappò la cornetta dalle mani della moglie e la trascinò nello studio. Da dietro la porta chiusa Luisella poté sentire Vergnano inveire contro la donna, accusandola di tramare alle sue spalle. «Ti sei trovata un avvocato», lo sentiva berciare. «Vuoi rovinarmi con uno scandalo?». La situazione si era invertita, ora era suo padre a recitare un lungo monologo, mentre la moglie taceva.

Il giorno seguente Luisella andò come di consueto nella camera della madre per continuare la lettura, ma il letto era vuoto, e quando chiese spiegazioni al padre, lui le propinò la frottola del viaggio che la donna aveva intrapreso per curarsi i nervi.

«*Il loro suono ripetuto dall'eco della città alta, in armonia con l'aria frizzante, insieme al limpido fulgore del mattino, rivelava la profondità del silenzio che permetteva di udire lo sferragliare di una carrozza, a un miglio da lì, sulla strada principale*».

Proseguì la lettura a mezza voce, come se sua madre fosse ancora distesa sul letto ad ascoltarla.

Luisella era talmente intenta nella sua declamazione sussurrata da non udire la serratura della porta d'ingresso scattare né fare caso ai passi nel corridoio.

La porta della camera si dischiuse alle sue spalle, suo

padre era rientrato prima del previsto. La ragazza si rannicchiò nella poltrona per non essere vista.

«Tutto è andato come speravo», sentì pronunciare dalla voce del padre. «La signora Peyran ha accettato di partire con la nipote per New York; e per quanto riguarda il farmi affidare il suo patrimonio, conto di convincerla durante il viaggio».

«E quando partiremo, Amedeo?», sentì domandare da Matilde con insolita familiarità.

«Tu non verrai», tagliò corto l'uomo, «ho detto alla signora Peyran che ho bisogno di lei per badare alle ragazze mentre io mi occuperò dei miei affari, come scusa non reggerebbe se portassi con me la governante».

«Ma Amedeo, io credevo che...».

«Matilde, non insistere», la mise a tacere. «Quando tutto sarà finito faremo un viaggio noi due da soli, te lo prometto». Luisella dovette fare appello a tutto il suo autocontrollo per non dare voce al tumulto di sensazioni che la scuoteva nel profondo.

«Davvero, Amedeo?».

«Certo, tesoro, ti porterò ovunque», disse il notaio pregustando gli onori che gli sarebbero derivati dal risolvere il mistero del manoscritto Voynich e figurandosi tutti gli inviti che avrebbe ricevuto dai più prestigiosi atenei del mondo. «Viaggeremo tanto, mia cara, ma ora devi rimanere qui e occuparti del reverendo. Dovrai sviarlo qualora dovesse presentarsi facendo domande, non fargli sapere dove siamo. Temo che Kelley potrebbe metterci i bastoni tra le ruote. Mi ha proibito di portare Adelina a New York, sostenendo che la sua vita potrebbe essere in pericolo».

Luisella trattenne a stento il fiato.

«Ed è così?».

«No, Matilde. Le sue sono solo supposizioni. Ti prometto che andrà tutto bene», disse dandole un bacio, che fece sobbalzare Luisella, lasciandole sfuggire il gemito che tanto a lungo aveva trattenuto.

«Chi c'è?», domandò Vergnano accendendo la luce. Con grande prontezza di spirito Luisella emerse dalla poltrona stiracchiandosi e sbadigliando. «Ciao, papà», salutò con voce assonnata, «mi ero messa qui per aspettarti e darti la buonanotte, ma poi mi sono addormentata».

«Sei stata un tesoro a volermi fare questa sorpresa», rispose Vergnano in tono dolce, con la stessa prontezza della figlia, «ma ora vai a letto, è tardi».

«Certo», acconsentì Luisella appiccicandogli un bacio sulla guancia e lasciando la stanza con simulata indifferenza.

«Perdonami, Amedeo, pensavo che fosse già a letto», si scusò Matilde.

«Non ha importanza», la rassicurò.

Vergnano non se la sentì di rimproverare Matilde per quel contrattempo, biasimava semmai se stesso per aver agito in modo tanto imprudente. Era da tempo che aveva scoperto l'abitudine un po' eccentrica della figlia di rifugiarsi nella sua camera da letto per leggere al buio, ma da padre troppo indulgente, quale spesso era, non aveva ritenuto opportuno intervenire per proibirglielo.

«Credi che ci abbia sentiti?», lo riscosse Matilde.

«Non ti preoccupare», la tranquillizzò ancora. «Che ci abbia sentiti o meno, non farà alcuna differenza».

Capitolo 48

«Hai dormito bene, tesoro mio?», le domandò Amalia introducendosi nella sua camera mentre Adelina ancora indugiava sotto le coperte. La zia portava un'acconciatura oltremodo vaporosa e reggeva un piatto sul quale erano adagiati la tazza del caffellatte e alcuni biscotti di meliga.

«Mi alzo subito, zia», farfugliò confusa. «Credo di aver dormito troppo», aggiunse sapendo che Amalia non tollerava che ci si attardasse a letto. «Devo sbrigarmi o farò tardi alle lezioni».

«Al diavolo le lezioni, per una volta puoi prendertela comoda», la sorprese porgendole il piatto con caffellatte e biscotti. «Ultimamente passi molto tempo a scuola. Ti scriverò una giustificazione».

Pur stupita da tanta magnanimità, Adelina non fece obiezioni; aveva avuto una nottataccia. Da quando il reverendo le aveva proibito di annusare i libri, sembrava che le sue facoltà si fossero acuite. Ora bastava la presenza di un libro nella stanza perché la sua testa si riempisse di dialoghi e immagini, come una piccola sala cinematografica. Per evitare le interferenze notturne, Adelina aveva dovuto chiudere i suoi pochi libri nel cassettone tra maglie e calzini; nonostante tale precauzione, tuttavia, quella notte era stata svegliata a più riprese da immagini confuse ma molto insistenti di un giardino incantato, una mela proibita, un serpente tentatore, gente che vagava nel deserto e animali caricati su un gran barcone da un uomo barbuto, mentre il diluvio si abbatteva sulla terra: tutte storie molto intriganti che a catechismo aveva ascoltato ben volentieri, ma che non gradiva sorbirsi in piena notte! A un certo punto, non potendone più, si era messa a cercare a tentoni nella camera buia finché non aveva rinvenuto, su una mensola sopra al suo letto, una vecchia Bibbia dalla copertina consunta che subito aveva stipato nel cassettone, insieme agli altri libri.

«Stamattina presto sono stata dalla parrucchiera», la informò Amalia scuotendo la vaporosa chioma odorosa di lacca, «e tornando ho pensato di prenderti qualche biscotto di meliga per colazione».

«Grazie», biascicò Adelina mezza addormentata e molto stupita, tirandosi a sedere sul letto e prendendo il piatto che Amalia le porgeva. In genere la colazione che la zia le propinava consisteva in una fetta di pane del giorno prima, abbrustolita e spalmata con pochissimo burro, il quale, secondo la padrona di casa, era da consumarsi in modica quantità così da preservare salute e portafoglio. Anche il fatto che la zia si fosse recata di buon mattino da un'autentica parrucchiera, anziché affidarsi alle sperimentazioni gratuite di Teresina, era una circostanza davvero straordinaria.

«Devo dirti una cosa meravigliosa», disse la zia prendendo la sedia accanto allo scrittoio e sedendosi al capezzale della nipote, che intanto sgranocchiava perplessa i suoi biscotti. «Faremo un viaggio, Adelina, un viaggio magnifico».

«Davvero?».

«Andremo in America».

Adelina quasi si strozzò col biscotto che stava masticando, e fu solo grazie a una pronta sorsata di caffellatte se evitò di mettersi a tossire, sputacchiando briciole di meliga sulla coperta.

«In America?», domandò non appena recuperò l'uso della parola. «L'America è all'altro capo del mondo!», la informò memore del fatto che non voleva mai andare a fare visita a certi suoi cugini di Genova, adducendo la motivazione che il viaggio sarebbe stato troppo impegnativo.

«Non ti preoccupare, cara, ho già chiesto il permesso ai tuoi genitori, che ovviamente hanno accettato. Non capita tutti i giorni di avere l'occasione di fare un viaggio del genere senza dover spendere una lira».

Vedendo che la nipote era talmente basita da ignorare persino i biscotti che rimanevano nel piatto, Amalia reputò opportuno concederle una spiegazione più articolata: «Il notaio Vergnano deve andare a New York per affari», attaccò, «e desidera portare con sé Luisella, perché viaggiare è un'esperienza molto istruttiva per una ragazza», aggiunse citando le parole del notaio. «Ma dovendo occuparsi di affari non avrà sempre modo di stare dietro alla figlia, così ci ha invitate ad andare con loro di modo che Luisella abbia un'amica con la quale svagarsi e una donna responsabile che si occupi di lei».

«Ma quando dovremmo partire?».

«Presto, prestissimo! Oggi il notaio è fuori città per lavoro e si tratterrà un paio di giorni, ma ha lasciato detto al suo segretario di fiducia di occuparsi dei biglietti aerei e dei nostri documenti. Non appena Vergnano sarà rientrato, partiremo. Non è eccitante, mia cara?».

«Mi sembra così strano, zia. Ieri Luisella non mi ha detto nulla».

«Forse ancora non lo sa», minimizzò Amalia, «magari il padre vuole farle una sorpresa».

«Gliene parlerò oggi in classe».

«Mi pare un'ottima idea. Allora preparati e corri a

scuola», la spronò. «Si è fatto davvero tardi, sbrigati a lavarti e vestirti, e non badare al letto da rifare, per una volta ci penserò io», disse sfilandole il piatto di biscotti dalle mani e tirandole via le coperte con uno strattone.

D'improvviso sembrava che la zia volesse togliersela dai piedi, ma Adelina non si pose ulteriori domande e decise di assecondarla preparandosi e uscendo di casa il più velocemente possibile. In fondo, anche lei aveva una certa fretta di arrivare a scuola per poter parlare con Luisella di quel viaggio che, a suo parere, non avrebbe mai avuto luogo. Quasi certamente sua zia, così stralunata nell'ultimo periodo, doveva aver preso un grosso abbaglio.

Rimasta sola, Amalia rincalzò alla buona il letto della nipote facendogli assumere la forma di un ignobile fagotto pieno di bozzi, una bravata domestica che, se a farla fosse stata Adelina, sarebbe stata punita con una bella lavata di capo.

Amalia non poteva perdersi nelle sue solite pignolerie, aveva premura di preparare il bagaglio, perché, anche se ancora non conosceva la data esatta della partenza, Vergnano le aveva annunciato che sarebbe stata imminente. Ciò che più la preoccupava del suo equipaggiamento da viaggio non erano gli abiti – di quelli ne aveva talmente pochi da non temere l'imbarazzo della scelta –, semmai gli accessori, o meglio un accessorio in particolare. Il notaio era molto attratto da lei, ne aveva dato prova a più riprese, quindi non valeva la pena sprecare tempo, e soprattutto denaro, per rifarsi il guardaroba quando lui la trovava già così desiderabile con i soliti straccetti. Quello che la turbava era il fatto che chi non dà importanza alla forma bada molto alla sostanza, e lei non si sentiva affatto "sostanziosa" agli occhi di un uomo tanto colto, la cui casa era quasi interamente tappezzata di libri.

Doveva procurarsi un libro, non da leggere ovviamente, ma da portare in viaggio con sé ed esibire alla bisogna. Le persone colte e raffinate viaggiano sempre con un libro, lo aveva notato ogniqualvolta le era capitato di prendere il treno per andare a trovare i suoi fratelli in campagna. Ecco perché aveva spedito Adelina in fretta e furia fuori di casa, per ispezionare la sua camera alla ricerca di un libro adatto allo scopo.

Amalia si guardò intorno: niente né sul comodino né sullo scrittoio. Dove teneva i suoi libri quella benedetta ragazza? Doveva averne di sicuro più d'uno, visto che passava metà del suo tempo con un libro in mano. Amalia iniziò a frugare tra le poche cose della nipote: aprì il cassetto dello scrittoio, lo sportello del comodino e infine si gettò come un uccello rapace sulla cassettiera, che tuttavia sembrava contenere solo indumenti e un calzino contenente qualche banconota, sulla cui presenza avrebbe indagato in seguito. Colta da un'intuizione, Amalia affondò le mani nei panni lanosi di Adelina e, al terzo cassetto che perlustrava, le sue dita si imbatterono in qualcosa di duro. Amalia estrasse da sotto le camicie da notte alcuni volumi, purtroppo tutti testi scolastici. Non poteva presentarsi al cospetto di Vergnano con un libro di matematica o una grammatica latina, avrebbe fatto la figura di un'attempata ripetente, anziché di una donna colta. Amalia rimestò ancora e le sue dita rinvennero un volume dalla copertina rigida, sulla quale era raffigurata una giovane donna che calzava una cuffietta inamidata.

«*Jane Eyre*», sillabò a fatica. Cosa volevano dire quelle due parole straniere? Sotto al misterioso titolo, scritto in piccolo, trovò la dicitura "romanzo", che riuscì quantomeno a rassicurarla sul fatto che non si trattasse di un libro in francese, inglese o qualunque altra lingua differente dall'unica che conosceva. Amalia indugiò sull'immagine di copertina: la ragazza con la cuffietta sembrava molto giovane, quasi una bambina. Forse il romanzo che teneva tra le mani non era una lettura adeguata a una donna istruita e raffinata quale lei voleva apparire, ma piuttosto era destinata a una ragazzina dell'età di sua nipote. Non voleva rischiare di farsi sorprendere dal suo Amedeo con un libro per ragazze, perciò doveva farsi consigliare da qualcuno che quanto a letture sapesse il fatto suo. Ebbe un'idea: quel volumetto vecchio e consunto doveva provenire dalla biblioteca dell'avvocato Ferro, le sarebbe bastato riportarglielo chiedendogliene in prestito un altro, a uso e consumo di una donna della sua età.

Amalia si precipitò giù per le scale e suonò il campanello dell'avvocato, pregando tra sé e sé che fosse in casa.

«Chi va là?», una vocetta acuta e sospettosa appagò le sue speranze.

«Sono madama Peyran», si identificò prontamente Amalia, «sono venuta a restituirle un libro e a chiederle se sarebbe così gentile da prestarmene un altro».

«Bene, benissimo», acconsentì l'uomo iniziando a far scattare una dopo l'altra le molte serrature. Ferro non amava ricevere visite, ma il suo ruolo di bibliotecario condominiale gli dava un'infinita soddisfazione.

«Si accomodi, madama Peyran», la invitò a introdursi nel suo santuario e a sedersi sulla solita poltrona. «Cos'abbiamo qua?», domandò l'avvocato prendendo il volume che Amalia gli porgeva. «*Jane Eyre*. Un gran capolavoro, non crede madama?», le chiese appoggiando distrattamente il romanzo su una pila di altri libri.

«Sì, bello ma...», tentò di improvvisare, «vorrei leggere qualcosa di più adatto a me, ecco».

«Ha trovato che *Jane Eyre* non le si confacesse?», si stupì Ferro. «Io direi che Charlotte Brontë sta bene su tutto, proprio come il sale sulle pietanze».

«Quello che intendevo dire», cercò di abbozzare Amalia, senza avere idea del contenuto del romanzo, ma appellandosi alla sola copertina, «è che mi è parsa una storia da ragazzine, un libro fanciullesco, diciamo».

«Mi permetto di dissentire, secondo me *Jane Eyre* è un'ottima lettura a qualunque età».

«Sì, certo, e infatti l'ho molto apprezzata», tentò di rimediare, «ma vorrei qualcosa di più adatto a una donna, non so se mi spiego».

«Lei mi stupisce, madama Peyran, ma credo di aver capito benissimo», sogghignò l'uomo dirigendosi verso una delle molte pile di libri e sfilandone uno: «Ecco a lei: *L'amante di Lady Chatterley*, questo sicuramente non le sembrerà fanciullesco».

«Cosa?», si scandalizzò Amalia, alla quale il titolo di quell'opera era sufficiente per fargliela bollare come oscena. «Non posso farmi vedere in giro con una sconcezza simile tra le mani».

«Non la definirei una sconcezza, ma ammetto che in alcuni punti può risultare piuttosto audace».

«Ascolti, avvocato», Amalia incominciò a vuotare il sacco, «quando le ho chiesto di ritrovare la mia amica Caterina Ferrero...».

«Sto proseguendo nelle mie indagini e conto di venirne a capo nel giro di poche settimane. Prima che lei arrivasse stavo giusto scrivendo una lettera a un conoscente di Civitavecchia domandandogli di verificare i registri portuali per...».

«La ringrazio, avvocato», lo interruppe bruscamente. «Io volevo ritrovare la mia amica perché avevo bisogno di un suo consiglio a proposito di...», Amalia trasse un profondo respiro, «di un corteggiatore del quale ancora non mi fidavo ma che oggi...».

«Un uomo di cui non ci si può fidare? Non aggiunga altro!», la interruppe Ferro a sua volta. «Ho il libro perfetto per lei».

Ferro si affrettò verso uno degli scaffali; il suo scheletrico indice percorse i dorsi di una decina di volumi, per poi fermarsi su uno in particolare.

«Ecco a lei, mia cara: *Bel-Ami* di Maupassant fa esattamente al caso suo. Parla di un uomo molto affascinante che...».

«Un uomo affascinante!», trillò Amalia pensando al suo bel notaio. «Ha ragione, avvocato, questo libro fa proprio al caso mio».

Capitolo 49

Temo che Kelley potrebbe metterci i bastoni tra le ruote. Mi ha proibito di portare Adelina a New York, sostenendo che la sua vita potrebbe essere in pericolo.

Le parole che il padre aveva pronunciato la sera precedente in camera da letto, mentre lei se ne stava rimpiattata sulla poltrona, risuonarono tutta la notte nel sonno agitato di Luisella. Perché il padre voleva portare Adelina a New York? E cosa voleva farle fare di tanto pericoloso al punto da causare perfino l'opposizione di Kelley? Se i discorsi su Adelina, sua zia e il viaggio a New York non le erano chiari, il tono generale della conversazione non le era sfuggito: Matilde che si rivolgeva a suo padre chiamandolo per nome e dandogli del tu, lui che l'apostrofava "tesoro", così come era solito fare con lei. Doveva aver sognato, ecco l'unica spiegazione plausibile: le parole di suo padre e della governante si erano intrufolate nelle sue orecchie assopite e il cervello le aveva filtrate e rielaborate a suo capriccio.

No, non aveva sognato!

Non poteva continuare a mentire a se stessa in maniera tanto spudorata; quando suo padre e Matilde l'avevano sorpresa rannicchiata sulla poltrona lei stava solo fingendo di dormire, per cui ciò che aveva sentito non poteva essere frutto di un incubo.

Decise di far finta di niente almeno per il momento con il padre e Matilde e di chiedere semmai consiglio al reverendo Kelley, con il quale non era mai andata troppo d'accordo, ma che probabilmente era l'unico in grado di chiarirle il mistero del viaggio a New York e del pericolo che a suo parere stava correndo la sua amica.

«Matilde, sono quasi le dieci», gridò mettendo a fuoco la sveglia che ticchettava placida sul suo comodino e precipitandosi a piedi nudi nel corridoio. «Perché non mi hai svegliata?».

«Disposizioni di suo padre, signorina», argomentò la donna in tono imbarazzato. «Temeva che essendo andata a dormire tanto tardi non sarebbe stato salutare mandarla a scuola».

«Che sciocchezza», protestò la ragazza, «mi ha costretto ad andare a scuola con la febbre, e ora per un paio d'ore di sonno in meno mi fa perdere le lezioni?».

«Non so cosa dirle, signorina», la liquidò la governante dirigendosi verso la cucina. «Venga a fare colazione, le ho preparato i muffin con le mele e la cannella che le piacciono tanto».

«Ma no», obiettò Luisella prendendo la direzione opposta, «devo vestirmi e correre a scuola, alle undici ho un compito in classe».

«Non posso permetterglielo, signorina». Matilde la trattenne per un braccio, cosa che fino a quel momento non aveva mai osato fare. «Suo padre mi ha ordinato di non lasciarla uscire di casa fino al suo ritorno».

«E va bene», si arrese, «ti ha detto se tornerà per pranzo?».

«Suo padre è partito per un viaggio di lavoro, sarà di ritorno tra circa una settimana».

«Papà è partito senza nemmeno salutarmi? Impossibile», affermò la ragazza incrociando le braccia al petto ed esibendo un'espressione che avrebbe voluto essere di sdegno, ma che invece somigliava più a un broncio infantile.

«È venuto a salutarla stamattina in camera sua», improvvisò Matilde, «solo che lei dormiva».

«E io dovrei rimanere segregata in casa fino ad allora?».

Matilde annuì con finta naturalezza, come se fosse la cosa più ovvia del mondo.

«Questo non ha senso!». Due lacrime di rabbia rigarono le guance di Luisella.

«Ha ragione, signorina», convenne la donna cercando di ingraziarsela. «Gliel'ho fatto notare anch'io, ma il padrone è lui».

«Il padrone tuo, forse, ma non il mio». Luisella si slanciò lungo il corridoio, Matilde cercò di afferrarla per un lembo della camicia da notte, ma la ragazza riuscì a sfuggirle.

«È chiusa a chiave», le comunicò la governante mentre Luisella armeggiava con la maniglia della porta d'ingresso, «l'ha ordinato suo padre».

Spintonando Matilde che le si era parata davanti, Luisella raggiunse la sua camera, prese la cartella e ne rovesciò il contenuto sul pavimento.

«Dove sono le mie chiavi?», domandò disperata.

«Non ne ho idea, signorina».

Scansando ancora una volta la donna, si precipitò in corridoio, ma giunta nell'atrio s'immobilizzò atterrita: il telefono che da anni stava appoggiato su una consolle era scomparso.

«Non sai niente anche di questo?», strillò la ragazza indicando la presa telefonica alla quale non era più collegato il telefono.

«È stato portato a riparare», spiegò Matilde col piglio artificioso di chi ha imparato una battuta a memoria.

Presa dallo sconforto, Luisella non trovò soluzione migliore che rifugiarsi in camera sua.

«Signorina, venga a fare colazione», la implorò la donna afferrando la maniglia. «Si è chiusa dentro? Guardi che non può farlo!».

«Voi potete imprigionarmi in casa e io non posso chiudere la porta della mia camera?», domandò la ragazza tra i singhiozzi.

«Ma io non c'entro nulla, signorina», cercò di giustificarsi da dietro la porta, «è stato suo padre a decidere ogni cosa. Io devo obbedire, sono solo la governante».

Luisella avrebbe voluto urlarle in faccia che doveva essere qualcosa di ben diverso da una semplice dipendente, data la familiarità con la quale l'aveva sentita rivolgersi a lui la notte precedente, ma l'astuzia che aveva ereditato dal padre le suggerì di non scoprire troppo le sue carte.

«Hai ragione, Matilde, scusami», fece ammenda dischiudendo la porta.

«Sono lieta che l'abbia capito», dichiarò l'altra con un misto di sollievo e soddisfazione. «Ora verrà a fare colazione?».

«Me la serviresti nello studio?», domandò col tono cortese con il quale le si rivolgeva di solito. «Se devo saltare una settimana di lezioni mi toccherà recuperare studiando per conto mio, e intendo cominciare subito».

«Bene, signorina, benissimo», assentì rincuorata la donna dirigendosi verso la cucina.

Rimasta sola nello studio, Luisella prese un libro da uno scaffale, uno a caso, e lo aprì altrettanto casualmente. Osservò le righe stampate e iniziò a suddividerle mentalmente in parole, sillabe e lettere. *In qualunque pagina di qualsivoglia libro si possono trovare tutte le lettere necessarie per dire ciò che si desidera, l'importante è che l'interlocutore conosca la chiave di lettura*, così aveva detto Kelley qualche sera addietro spiegandole un sistema di scrittura crittografica. A qualunque rischio suo padre volesse esporre Adelina, il reverendo si era opposto, lo aveva sentito con le sue orecchie, le sole delle quali, ormai, poteva fidarsi.

«Matilde», disse riaffiorando dallo studio dopo un paio d'ore, «ho bisogno di un favore».

«Dica pure, signorina», sorrise lieta della docilità della sua prigioniera.

«Devo assolutamente restituire questo libro al reverendo Kelley, glielo avevo promesso per oggi. Possiamo farglielo avere?».

«Non so, signorina», titubò la governante.

«Ti prego, Matilde. Sai quanto è severo il reverendo, potrebbe arrabbiarsi molto se io...».

«Non credo che suo padre approverebbe», cercò di chiudere il discorso.

«E se venisse a riprenderselo lui stesso?», provò a controbattere Luisella. «Se chiedesse di vedermi e scoprisse che papà non mi manda a scuola, nonostante sia in salute?».

«Anche questo è vero». Matilde sfogliò il libro e lo rivoltò con gesto apparentemente noncurante, ma a Luisella non sfuggì il significato delle sue manovre: la donna sospettava che il volume contenesse una lettera o qualche messaggio scritto a bordo pagina.

«Più tardi manderò Ugo a consegnarlo», le concesse infine la governante, poggiando il libro sulla consolle che sino a qualche ora prima ospitava il telefono.

Luisella ringraziò, pur intuendo che non aveva la minima intenzione di obbedirle ma soltanto di prendere tempo.

Non le rimaneva che stare all'erta e attendere che Matilde abbassasse la guardia.

Capitolo 50

Da quando Amalia aveva annunciato la loro partenza per New York erano trascorsi soltanto tre giorni, ma assai caotici e convulsi. Sua zia continuava a preparare e disfare le valigie, talvolta nel dubbio di aver scordato qualcosa, talaltra credendo di averci infilato troppi abiti.

In tutto quel bailamme di eccitazione e frenesia, Adelina aveva mantenuto i nervi saldi, certa che il vagheggiato viaggio fosse una mera fantasia della zia. I suoi sentimenti erano però mutati la sera del secondo giorno, quando il signor Vergnano, tramite il fedele Ugo, aveva fatto sapere che sarebbe passato a prenderle in auto la mattina seguente per condurle con sé a Roma, dove poi avrebbero preso l'aereo per New York.

«Luisella dov'è?», aveva domandato l'indomani Adelina scoprendo di essere l'unico passeggero sul sedile posteriore dell'auto.

«Tua zia non te ne ha parlato?», le domandò Vergnano dal posto di guida.

«Oh, mi perdoni, Amedeo! Con tutti i preparativi per il viaggio, non ne ho avuto il tempo», si scusò Amalia dal sedile accanto al guidatore. «Adelina cara, la tua amica non verrà con noi perché si è presa una brutta infreddatura».

Adelina tacque, la notizia che le aveva appena dato sua zia la rattristava, ma purtroppo non la stupiva.

Non vedeva Luisella dal giorno nel quale avevano preso il tè con i muffin di Matilde e poi cenato insieme, e quando il giorno successivo aveva domandato a suor Bettina perché la sua compagna non fosse in classe, la monaca le aveva risposto che era indisposta, forse per un raffreddore o magari per le "cose da signorine".

Adelina rimuginò ancora per qualche istante sull'assenza di Luisella, poi, non appena riavutasi dalla delusione, deliberò che fosse suo diritto indagare.

«Se Luisella non può venire, perché noi siamo qui?». Amalia si voltò e la fulminò con lo sguardo. «Zia, mi avevi detto che il signor Vergnano ci aveva invitate a partecipare a questo viaggio perché io facessi compagnia a Luisella e tu badassi a noi mentre lui si occupava di affari».

Amalia, che sino a quel momento non aveva notato, o forse aveva preferito non notare, quel significativo dettaglio, non riuscì ad articolare alcuna risposta.

«I biglietti aerei sono molto costosi», le venne in aiuto Amedeo, «e li avevo già acquistati quando Luisella ha cominciato ad ammalarsi. Se tu e tua zia non foste venute, sarebbero andati sprecati tre biglietti anziché uno soltanto».

«Ora ti è chiaro, Adelina?», domandò Amalia col tono di chi si aspetta come risposta un semplice "sì", privo della compagnia di ulteriori domande.

La ragazza annuì poco convinta.

«Hai fame?», le domandò poi, tirando fuori dalla borsa un familiare fagotto di stoffa unticcia.

«Ma Amalia, non era il caso che lei portasse le provviste», intervenne Vergnano voltandosi verso la passeggera. «Il viaggio sarà piuttosto lungo e ho previsto delle soste per rifocillarci».

«Lei è molto gentile, Amedeo, ma è solo un panino con la frittata che ho preparato nel caso mia nipote avesse fame. Adelina è magra come un leprotto, ma mangia come un lupo».

La ragazza afferrò l'involto unto e se lo poggiò in grembo sperando che sua zia la smettesse di sproloquiare a proposito del suo appetito. Mentre Amalia le porgeva il panino, Adelina notò qualcosa di davvero insolito: dalla sua borsa sporgeva un libro!

«Zia», la interpellò, «hai portato un libro?».

«Certo, cara», si affrettò a rispondere, «porto sempre un buon romanzo quando viaggio», dichiarò estraendo il volumetto dalla borsa e poggiandoselo sulle ginocchia.

Dopo qualche chilometro, un profumo caldo e ambrato, che inizialmente Adelina confuse col dopobarba di Vergnano, iniziò a solleticarle il naso. Adelina cercò di ignorarlo, ma l'odore si fece sempre più intenso e accattivante, sino a quando la sua mente materializzò un giovane dai capelli fulvi, la cui avvenenza declassava quella di Vergnano al livello di "appena passabile". Il giovanotto dalla chioma rossa le sorrise malizioso e dischiuse le belle labbra, ma Adelina non aveva la minima intenzione di starlo a sentire, così si affrettò a sciogliere i lembi del tovagliolo contenente il panino, di modo che il lezzo unto della frittata coprisse le folate melliflue provenienti dal libro della zia.

Ora nella sua testa era tornato il silenzio e anche l'abitacolo dall'auto era altrettanto silenzioso.

Il silenzio si protraeva e Amalia, per superare il momento di impasse, prese il suo libro e lo aprì con simulata disinvoltura. Adelina spiò attentamente i movimenti della zia constatando che non stava leggendo davvero, ma soltanto facendo finta. Forse il notaio ci sarebbe cascato, ma Adelina aveva sin troppa esperienza di lettura simulata per non rendersi conto che Amalia faceva scorrere gli occhi da sinistra a destra, senza prendersi il disturbo di mettere a fuoco le parole.

«È un bel libro?», domandò Vergnano, poco prima che Amalia si rendesse strabica a furia di fare su e giù con le pupille.

«Molto interessante», affermò sfoggiando il più neutro dei commenti. «Lei lo ha mai letto?», domandò richiudendo il volume e mostrandoglielo.

«*Bel-Ami* di Maupassant», lesse dalla copertina. «No, non l'ho letto. A dire il vero preferisco dilettarmi con le lettere antiche, in famiglia la divoratrice di romanzi è Luisella. Mi racconti di cosa parla», domandò anche lui esasperato dalla noia.

«Sono solo alle prime pagine», si schermì, constatando con frustrazione che, per non farsi cogliere in castagna, alla fine quel maledetto libro lo avrebbe dovuto leggere sul serio!

Giunti a notte inoltrata in un non meglio identificato paese nei dintorni di Roma, pernottarono in una villa che Vergnano spiegò essere una proprietà di famiglia. A giudicare dai teli che ricoprivano i mobili del pianterreno, la casa doveva essere disabitata, fatta eccezione per la custode, una donnetta mingherlina e affabile che condusse Adelina e sua zia in una bella camera al primo piano. Pur avendo sonnecchiato a lungo in auto, Adelina si rifugiò immediatamente in uno dei due letti gemelli della bella camera dal mobilio chiaro e le pareti rosa cipria. La zia Amalia però era troppo agitata per permetterle di prendere sonno: da prima aveva iniziato a decantare la bellezza di quella casa e ad azzardare ipotesi sul suo valore di mercato, dopodiché aveva proseguito parlando del viaggio in aereo del giorno seguente.

«Non avrei mai pensato», ripeteva, «che avrei avuto l'occasione di prendere un aereo. A dire il vero ho un po' di timore, il che è piuttosto ridicolo visto che sono stata sposata con un ufficiale dell'Aeronautica. Anche tu sei in ansia per il volo, cara?», domandava alla nipote sepolta sotto le coperte.

Quando si arrese al fatto che Adelina non intendeva

fare conversazione, anziché tentare di imitarla chiudendo gli occhi e attendendo la visita di Morfeo, Amalia trasse dalla borsa la copia di *Bel-Ami* e tentò di leggerla bisbigliando ogni parola e producendo un mormorio simile a quello di un gruppo di beghine intente a recitare il rosario. Dopo qualche minuto di giaculatoria, abbandonò esausta il volume sul comodino spegnendo finalmente la luce.

Quando Amalia ormai ronfava, Adelina venne importunata dalle fragranti attenzioni di *Bel-Ami*, il quale, in agguato sul comodino, sembrava risoluto a sedurla. Adelina si difese dal corteggiamento olfattivo affondando il naso nella federa, il cui profumo di sapone di Marsiglia la proteggeva delle incursioni odorose in maniera altrettanto efficace, ma infinitamente più gradevole del panino bisunto che aveva utilizzato in auto allo stesso scopo.

Protetta da quella fragranza, Adelina riuscì a addormentarsi, ma dopo qualche minuto, o forse qualche ora, il suo sonno venne turbato da un grido, un urlo breve e acuto.

Saltò allora giù dal letto; il contatto dei piedi nudi sul pavimento freddo la fece tornare in sé. Stette qualche istante in piedi nell'oscurità e percepì un altro urlo, questa volta più debole, quasi un uggiolio.

Qualcuno in quella casa stava male, la cosa migliore da fare era andare a vedere di cosa si trattasse.

La ragazza provò a svegliare la zia ma ogni tentativo risultò vano, decise pertanto di lasciare la stanza per avventurarsi nel lungo corridoio costellato da una sfilata di porte bianche decorate da fregi dorati. Seguendo l'istinto e ignorando la paura che da qualche passo incominciava a pervaderla, snobbò le eleganti porte e proseguì oltre, sino a ritrovarsi a salire una scala ricoperta dalla striscia di un tappeto verde scuro, o forse verde chiaro, o magari neppure verde, tanto quel punto della casa era buio per attribuire l'esatta sfumatura alle cose. I gradini dovevano però essere di legno, perché ogni suo passo provocava un lieve scricchiolio.

Giunta in cima alla scala, scoprì una porta diversa da quelle intraviste nella penombra del corridoio: il colore era sempre bianco, ma più sbiadito e senza i decori dorati, inoltre si trattava di una porticina bassa e tozza, né alta né slanciata come le sue sorelle del piano inferiore. Adelina sospinse l'anta, che si aprì emettendo un cigolio al quale fece eco un sottile gemito. Le sue narici furono investite da un forte odore di disinfettanti e medicinali, la piccola stanza che le apparve era rischiarata da un lumicino da notte che spandeva una luce azzurrognola. Riuscì a distinguere un letto, una sorta di brandina dove dormiva una signora grassa vestita di bianco. Era lei a lamentarsi? Probabilmente no, dormiva della grossa e ora che si era voltata a pancia in giù russava sonoramente. Guidata dalla luce azzurrognola, seguì uno stretto corridoio al fondo del quale trovò un'altra porta assicurata da un chiavistello, lo fece scorrere ed ecco di nuovo il fievole lamento.

«Buonasera, signora», Adelina salutò una donna dai capelli riccioluti e il viso scarno seduta su una poltrona. «Non si sente bene?».

«Luisella, sei tu?», domandò la donna alzandosi e accomodando la cintura di una vestaglia damascata. «Vieni dalla mamma, mia cara».

«Mi spiace, signora», si scusò Adelina senza riuscire a distogliere lo sguardo dai decori della bella vestaglia, «non sono Luisella, però la conosco, è mia amica».

«Davvero?», domandò la donna sorridendo. «Avvicinati, fatti vedere».

Adelina attraversò la camera, una stanzetta dai soffitti spioventi rischiarata da due grandi abbaini dai quali filtrava la luce vellutata di una mezza luna. Una cameretta modesta ma accogliente, tappezzata con carta da parati floreale e arredata con mobili semplici ma di buon gusto, nella quale solo il letto metallico da ospedale rovinava l'atmosfera da romanzo vittoriano.

«Sei carina», disse la donna prendendole il volto tra le mani, «i tuoi occhi sembrano rubati al mare». Adelina, non avvezza ai complimenti, avvampò, ma il suo rossore fu inghiottito dalla penombra.

«Sei venuta a trovare la mia Luisella?», domandò la donna. «Ora di certo dorme e domattina andrà a scuola. Non viene spesso a trovarmi quassù».

«Mi spiace».

«Non devi dispiacerti, ragazza dagli occhi color del mare», sorrise. «Luisella è tanto impegnata: di giorno deve studiare e di notte deve dormire».

Adelina osservò il volto della sua interlocutrice, un viso ovale reso appena spigoloso dall'eccessiva magrezza e un sorriso strano, malinconico ed euforico al contempo, un sorriso folle, insomma.

«Anche tu studi?», le domandò scostandosi dal volto un ricciolo bruno sfumato d'argento.

«Studio nella stessa scuola di sua figlia».

«Devi aver parecchio da studiare anche tu, allora».

«Sì, infatti».

«Penso che dovresti andare a dormire, non credi?».

«Certo, signora».

La donna abbracciò Adelina, le si aggrappò in maniera vorace, quasi disperata, poi la lasciò di colpo.

«Vai a dormire, tesoro», le ordinò con fare dolce ma deciso, «e uscendo richiudi il paletto, per favore, altrimenti se dovessero trovarlo aperto la signora Narducci verrebbe sgridata».

«È la donna grassa che dorme qua fuori?».

«Non è educato fare commenti sull'aspetto delle persone», il sorriso della donna fu adombrato da una sfumatura di rimprovero.

«Ha ragione, signora».

«Ricordatene sempre, e dillo anche a Luisella».

«Non mancherò. Buonanotte».

«Aspetta», la donna la trattenne per un polso. Adelina sussultò; ora il volto della sua interlocutrice pareva trasfigurato, lo sguardo sembrava più vigile, quasi lucido, e del sorriso mesto e rassegnato non vi era più traccia.

«Devi dire a Luisella che non è stata colpa mia, me lo prometti?».

«Certo, signora», rispose lei smarrita, senza cercare di divincolarsi dalla mano che la stringeva.

«Dille esattamente così», ribadì allentando la presa e liberando Adelina dalla stretta. «Sono certa che capirà».

«Va bene», acconsentì Adelina indietreggiando per guadagnare l'uscita.

«Dille anche che...», la donna si interruppe, mentre i suoi occhi ricominciarono a velarsi e il suo sorriso mansueto a rifiorire. «No, non serve dirle altro. Lei capirà».

«D'accordo, signora», sussurrò la ragazza afferrando la maniglia che aveva finalmente raggiunto. «Ora devo proprio andare».

«Certo, cara», le sorrise in modo dolce e lontano. «E ricorda di chiudere il chiavistello esterno».

Adelina sgattaiolò fuori dalla stanza, richiuse porta e chiavistello, ripercorse lo stretto corridoio e passò davanti all'infermiera dormiente senza svegliarla. Tornata al piano inferiore si rimpiattò confusa e frastornata nel suo letto, mentre la zia russava in quello accanto.

Quando Luisella le aveva raccontato che sua madre adorava il romanzo *Jane Eyre*, non avendola mai incontrata, le era venuto spontaneo figurarsela nei panni della giovane istitutrice che, grazie alla sensibilità e all'intelligenza, riesce a fare breccia nel cuore del suo padrone.

Ora che l'aveva conosciuta, però, aveva realizzato che la donna non era Jane, bensì Bertha, la povera moglie pazza rinchiusa in soffitta.

«Chi ci pensava a Bertha?», borbottò addormentandosi cullata dal ronfare della zia. «A quelle come Bertha non pensa mai nessuno».

Capitolo 51

Il numero di telefono era lungo una quaresima e, dalla scarsa esperienza nell'uso di quel mezzo di comunicazione, l'avvocato Ferro aveva imparato che più numeri ci sono più gettoni ci vogliono. L'uomo entrò nella cabina telefonica munito di un sacchetto che ne conteneva una trentina e infilò i primi dieci nell'apparecchio. Ogni gettone, cadendo, emetteva un suono argentino che gli ricordava l'infanzia, quando ancora metteva al sicuro i suoi risparmi in un salvadanaio di latta.

Ferro, che in generale non amava le novità, aveva accolto con benevolenza la recente introduzione nei principali comuni italiani delle cabine telefoniche: scatole anguste di vetro e metallo che tuttavia si erano rivelate molto più confortevoli e riservate dei vecchi *posti telefonici pubblici* o PTP, come li chiamavano i pigri e i cultori degli acronimi.

Ora che i gettoni erano stati accolti nel ventre metallico dell'apparecchio telefonico, era giunto il momento di comporre il numero, ma il sacchetto di gettoni e la cornetta gli impedivano di spiegare il bigliettino diligentemente ripiegato in quattro. In una soffusa nube di improperi, l'avvocato tentò di bloccare la cornetta tra spalla e orecchio, poi aprì il bigliettino, ma il movimento, seppur cauto, fece cadere a terra il sacchetto con i restanti gettoni che incominciarono a saltellare qua e là sul pavimento del cubicolo. Con grande sforzo atletico, e un'altra ventina di improperi, l'uomo si chinò a raccogliere i gettoni ma la cornetta sfuggì dalla morsa della spalla e, penzolando dall'apparecchio come un frutto maturo, lo colpì sulla fronte mentre era accovacciato. Ormai la soffusa nube d'improperi si era trasformata in una fitta nebbia di violente imprecazioni. Dopo parecchi tentativi, e quando fuori dalla cabina si era ormai creata una coda mormorante, Ferro trovò finalmente la soluzione: infilò tutti i gettoni nell'apparecchio – tanto quelli non utilizzati sarebbero stati restituiti, era scritto ben chiaro su una placchetta metallica –, bloccò nuovamente la cornetta tra spalla e orecchio e, sorreggendo il biglietto con la mano sinistra, riuscì a comporre il chilometrico numero telefonico con la destra. Dopo un lungo istante di silenzio, il telefono incominciò a emettere un fievole segnale, che indicò all'avvocato che l'apparecchio della persona chiamata stava squillando a migliaia di chilometri di distanza. Uno squillo, due squilli, tre, quattro... il pover'uomo stava quasi per arrendersi e riagganciare quando il suo orecchio percepì un debole: «*Hello?*».

«Pronto», gridò nella cornetta, convinto che una telefonata transoceanica necessitasse di un tono proporzionato alla distanza.

«*What?*», rispose una voce maschile assonnata.

«Posso parlare con Caterina Ferrero?», scandì l'uomo sempre gridando, mentre i gettoni cadevano a uno a uno nell'apparecchio, come una pioggerella metallica. «Caterina Ferrero, *s'il vous plaît Vite, vite!*».

«*Cat*», gridò a sua volta la voce assonnata, «*it's for you*». A quella frase seguirono altre parole che Ferro, pur non conoscendo una parola d'inglese, fu comunque in grado di identificare come imprecazioni.

«*Hello?*», una voce femminile si manifestò al cadere del quindicesimo, o forse sedicesimo, gettone.

«Caterina Ferrero?», berciò l'avvocato.

«*Yes...*».

«Sono l'avvocato Ferro, da Torino».

«Torino?», si stupì la voce. «Chi è lei, e cosa deve dirmi di tanto urgente a quest'ora di notte?».

«Notte? Giusto, non avevo pensato al fuso orario, mi perdoni. Lei è la signora Caterina Ferrero, sorella di Anna?».

«Conosceva mia sorella?», la voce di Caterina si raddolcì.

«No, io no». I gettoni continuavano a cadere. «La chiamo per conto della signora Amalia Peyran».

«Amalia Peyran», ripeté l'interlocutrice perplessa.

«È il suo cognome da sposata», spiegò Ferro mentre i gettoni cadevano inesorabilmente e la coda alla porta della cabina iniziava a rumoreggiare, «prima si chiamava...». Fece mente locale, non aveva idea di quale fosse il cognome da nubile di Amalia. «Coscia lunga!», disse come colto da un'illuminazione. «Le più belle gambe di Torino».

«*Oh my Lord*, Amalia!».

«La signora Peyran mi ha pregato di rintracciarla e...».

«Signora Peyran», ripeté la donna in tono compiaciuto, «allora ce l'ha fatta la sgualdrina».

«Prego?», domandò stupito l'avvocato. «Signora, lei mi conferma di essere la Caterina Ferrero amica ed ex collega di Amalia Peyran?».

«Glielo confermo, certo. Mi dia il numero telefonico di Amalia, così potrò...», l'ultimo gettone cadde, troncando la voce di Caterina.

«L'ho trovata!», gridò l'avvocato Ferro, ancora tarato sul volume da chiamata internazionale, mentre usciva dalla cabina telefonica. «L'ho trovata!».

«Buon per lei», rispose una signora con il foulard annodato sotto al mento e una sporta in mano, «ora però lasci il telefono libero».

«Certo, signora. Mi scusi», proseguì a berciare. «Scusatemi tutti, stavo facendo una chiamata transcontinentale», aggiunse avviandosi verso casa a passo saltellante, con l'entusiasmo di un bambino diretto alle giostre.

Alla velocità massima consentita dai suoi molti anni, Ferro imboccò le scale del suo palazzo e, anziché fermarsi al primo piano, proseguì di gran carriera sino al secondo, dove, giunto alla porta di madama Peyran, sferrò una vigorosa scampanellata.

Al lungo trillare non vi fu alcun seguito, come neppure al successivo scampanellio, che l'uomo decise di replicare, non per insistenza ma solo per accertarsi che in casa non vi fosse realmente nessuno.

Deluso dal contrattempo si diresse verso il suo appartamento. La cosa che più amava della sua attività di ricerca delle persone di cui si erano perse le tracce era comunicare ai suoi committenti l'esito positivo delle indagini.

Pazienza, si sarebbe consolato con qualche bella lettura.

Entrato nella sua caotica biblioteca, Ferro prese alcuni volumi che aveva messo da parte proprio per quel giorno e si sedette sulla fida poltrona imbottita. Qualcosa tuttavia lo disturbava: un elemento fuori posto che ancora non aveva identificato, ma che gli impediva di dedicarsi alla lettura con la concentrazione necessaria.

L'avvocato si guardò intorno soffermandosi sugli scaffali stipati di libri, le colonne di volumi impilati che dal pavimento si ergevano per circa un metro d'altezza, i libri affastellati sulle sedie, sullo scrittoio e persino sui davanzali delle finestre: tutto gli sembrò al suo posto, cos'era dunque quella nota stonata che tanto lo infastidiva?

Gli occhietti miopi dell'uomo scandagliarono nuovamente l'ambiente, ed eccolo, l'elemento di disturbo!

In cima a una pila di libri giaceva un volumetto che, nonostante l'aria familiare, appariva fuori contesto. Ferro prese in mano il libro, era la copia di *Jane Eyre* che qualche giorno prima madama Peyran gli aveva restituito. Conosceva bene quell'edizione, ne aveva una copia identica, ma non si trattava di quella che ora reggeva tra le mani e che gli trasmetteva una sensazione di estraneità.

Ferro aprì il libro e subito il mistero fu chiarito: all'interno della copertina, un'etichetta con bordure floreali dichiarava che quel volume non apparteneva a lui, bensì a una certa Camelia Vergnano.

Chiunque fosse la proprietaria di quella copia di *Jane Eyre*, lui doveva restituirlo immediatamente, ne andava del suo onore di lettore!

L'uomo fece mente locale, e alla fine la dinamica gli fu chiara: Amalia doveva aver rinvenuto il libro in camera di sua nipote e credendolo provenire dalla sua biblioteca glielo aveva riconsegnato, ma il romanzo in realtà apparteneva a un'amica di Adelina, che doveva averglielo prestato.

Teresina, la donna di servizio, una volta gli aveva fornito un resoconto completo delle compagne di scuola di Adelina, sottolineando come quasi ognuna di loro appartenesse a una famiglia di spicco. In mezzo alla carrellata di figlie di medici, assessori comunali, cioccolatieri e orologiai, Teresina aveva citato anche una certa signorina Vergnano, figlia del notaio Amedeo.

Quel nome gli era rimasto impresso, essendo Amedeo Vergnano noto, oltre che per il suo studio notarile che da anni si mormorava essere alquanto decaduto, per la sua prestigiosa collezione di libri antichi, nella quale annoverava codici miniati di gran pregio, rari incunaboli e diverse cinquecentine.

«La famiglia Vergnano abita in piazza Solferino», proclamò Ferro prendendo la copia di *Jane Eyre* e preparandosi, con donchisciottesca baldanza, a compiere il doveroso atto di restituirla alla legittima proprietaria.

«Che piacere, avvocato Ferro», lo accolse la minuscola sentinella a guardia dell'androne di casa Vergnano.

«Ugo, sei proprio tu?», si stupì Ferro. «Come sei cresciuto, Ughin».

«Mi prende in giro, avvocato?», rise l'ometto. «Dall'ultima volta che ci siamo visti credo di non essermi alzato nemmeno di due dita. L'unica cosa che mi fa assomigliare a un uomo adulto è la calvizie».

«Non ti buttare giù, Ughin, hai fatto grandi progressi. Ora hai un lavoro perbene, vedo».

«Oh, sì. Ho imparato la lezione, avvocato, e non ci cascherò più, altrimenti chi la sente la mamma?».

«Che donna in gamba tua madre, era una delle signorine più richieste di via Barbaroux, peccato per quel suo vizietto di frugare nelle tasche dei clienti».

«Parliamo spesso di lei, io e la mamma: se non fosse stato per il suo intervento sarei finito in un ospizio per l'infanzia abbandonata, e sappiamo che posti erano quelli: prigioni per innocenti. Lei è stato il nostro santo patrono», disse aprendogli l'ascensore. «Da chi deve andare, avvocato?».

«Dalla signorina Vergnano, Ughin».

«Ultimo piano», disse aprendogli la porta dell'ascensore, del tutto dimentico delle raccomandazioni del suo padrone di non consentire visite a sua figlia sino al suo ritorno.

Prima un lieve tocco, poi una scampanellata più decisa.

«Buongiorno», salutò Ferro toccandosi il cappello,

mentre la porta di casa Vergnano si dischiudeva di pochi centimetri.

«Il notaio non c'è», gli rispose una voce con accento straniero da dietro lo spiraglio.

«Non voglio disturbare il notaio, devo solo restituire un libro a Camelia Vergnano».

«Cosa?», la voce da dietro la porta si animò, per poi subito abbassarsi: «Deve esserci un errore, la signora non…».

«Chi è, Matilde?», sentì domandare, sempre da dietro la porta semichiusa, da una vocina fresca.

«Buongiorno, signorina Vergnano», Ferro colse l'opportunità al volo. «Temo di avere un libro di sua proprietà, è finito nelle mie mani per sbaglio. Suppongo che lei l'abbia prestato alla sua compagna di scuola Adelina che, per combinazione, è anche mia vicina di casa».

«Lasciami passare, Matilde», ordinò la vocina. «È la copia di *Jane Eyre* che avevo prestato a Adelina, vero?».

«Esatto», rispose infilando il volume nella fessura della porta dischiusa, che subito venne risucchiato.

«Signorina, stia indietro», si infervorò la voce matura.

«Ti ho detto di farti da parte», cercava di imporsi la voce della signorina Vergnano.

L'avvocato rimase immobile ad ascoltare quelli che sembravano i rumori di una colluttazione, poi, dal sottile spiraglio tra le ante, apparve una giovane mano con un altro libro, che l'uomo afferrò prontamente.

«Lo consegni al professor Kelley, all'Istituto Maria Cristina di Savoia, la prego», implorò la vocina un attimo prima che l'uscio si richiudesse.

Dall'altro lato della porta, Ferro poté ancora intendere qualche strepito, ma decise di ignorarlo.

«Povero notaio Vergnano», borbottò fra sé scendendo le scale, «chissà che vita grama con due pazzerelle del genere in casa, e chissà la moglie! Deve essere una donna davvero originale per permettere alla servitù e alla figliola di fare certi teatrini davanti a un visitatore. E che dire della maleducazione della ragazza? Mi ha preso per il suo fattorino».

Ferro osservò la copertina del libro che gli era stato affidato in maniera tanto rocambolesca: *Il capitale* di Karl Marx.

«Ma che diavolo fanno studiare alle signorine oggigiorno?», commentò ficcando il volumetto nella falda della giacca. «Voglio proprio vedere in faccia il professore scellerato che incoraggia certe letture», disse ormai persuaso della necessità di una nuova missione.

Capitolo 52

Arrivati all'aeroporto di Ciampino, Amalia e Adelina guardarono estasiate e al contempo intimorite il viavai di passeggeri, valigie e carrelli. La lieve agitazione che la notte precedente aveva tormentato Amalia all'idea di salire su un aereo, col trascorrere delle ore si era tramutata in timor panico; anche Adelina era un po' turbata dalla nuova esperienza che stava per vivere, ma ciò che più la impensieriva era lo strano incontro della nottata appena trascorsa. La moglie di Vergnano era viva, seppur non del tutto presente a se stessa, e lei doveva trovare il modo di informare al più presto sua zia e soprattutto Luisella.

Seguendo Vergnano come due anatroccoli tengono dietro a mamma anatra, le due donne giunsero a un bancone, dietro al quale era seduta una bella ragazza con indosso una divisa di foggia militaresca. Vergnano consegnò alla donna i documenti che lei esaminò, senza mai smorzare il sorriso rosso vivo.

«Buon viaggio, signori», disse la ragazza restituendo il piccolo plico a Vergnano. «È la prima volta che voli, cara?».

«Oh sì, signorina», rispose Amalia di slancio, pensando che la ragazza si stesse rivolgendo a lei. «Si nota così tanto?». Il sorriso carminio della soldatessa si sciolse in una lieve risata.

«Hai proprio una mamma simpatica», strizzò l'occhio a Adelina.

«È mia zia», rispose, ringraziando il cielo che la goffaggine di Amalia fosse stata scambiata per umorismo.

«State comode?», chiese Vergnano alle sue ospiti mentre le aiutava ad allacciare le cinture di sicurezza. Le due annuirono angustiate.

«Sarà un'esperienza divertente», le rassicurò. «Le signorine che vedete», disse indicando le hostess, «ci porteranno il pranzo, la merenda e persino la cena».

«Addirittura la cena?», domandò Adelina una frazione di secondo prima che lo facesse sua zia. «Quanto dobbiamo stare su questo affare?».

«Incluso lo scalo tecnico a Boston, una decina d'ore». Adelina decise di soprassedere sul significato della parola "scalo" e si concentrò sul conto delle ore.

«Arriveremo a tarda notte».

«No, arriveremo nel primo pomeriggio».

Adelina, questa volta all'unisono con Amalia, calcolò nuovamente le ore aiutandosi con le dita, ma i conti proprio non le tornavano.

«Hai mai sentito parlare di *fuso orario*?». Le due donne assentirono entrambe, ma il loro volto tradiva la più assoluta ignoranza in materia. Le accurate spiegazioni di Vergnano sui misteri del fuso orario vennero poco dopo interrotte da qualcosa di ben più affascinante: il decollo. Adelina non sapeva decidere se fosse più impaurita o estasiata; poi, quando dal suo finestrino apparvero grandi e vaporose nuvole bianche che fluttuavano nell'azzurro, decise di propendere per la seconda opzione. In quanto ad Amalia, i suoi sentimenti erano meno contrastanti, la sua era autentica fifa e la riuscì a tenere a bada solo grazie a certe pasticche consigliate dal suo farmacista che la tramortirono per tutto il volo facendole perdere il pranzo, la cena e gli spuntini intermedi, cosa della quale ebbe modo di rammaricarsi in seguito, trattandosi di pasti già pagati.

Una volta scesi dall'aereo, le due donne ebbero modo di constatare che l'aeroporto di New York, seppur molto più grande, non era troppo differente dall'unico di loro conoscenza, ovvero quello di Roma dal quale erano decollate una decina di ore prima.

Nonostante l'orologio da polso di Vergnano segnasse le dieci di sera, Adelina ebbe la conferma che in quella parte del mondo era ancora giorno, così come le aveva spiegato il notaio. Mentre salivano su un taxi, la ragazza si ripromise che al suo ritorno si sarebbe messa a studiare seriamente la geografia e anche le lingue straniere, in primo luogo l'americano.

«*Two East Fiftyfive Street, please*», blaterò Vergnano all'autista, che farfugliò a sua volta uno: «*Yes, Sir*».

«Signor Vergnano, lei conosce l'americano?», domandò Adelina.

«Non esiste l'americano».

«No che non esiste!», rafforzò Amalia, tanto per darsi un tono.

«E allora gli americani come fanno a parlare?», insistette Adelina.

«Parlano l'inglese». La ragazza annuì pur non spiegandosi il perché in America si parlasse la lingua di un paese europeo, lontano migliaia di chilometri. Anche Amalia si pose la stessa domanda, ma al contrario della nipote non si ripromise di indagare in seguito.

Intanto il paesaggio fuori dai finestrini del taxi, dapprima anonimo, incominciò a trasformarsi in quello che le due donne avevano avuto modo di conoscere dai giornali e al cinema.

Adelina si sporse leggermente fuori dal finestrino per riuscire a vedere fin dove arrivassero quegli alti e immensi palazzi che, a un primo esame, dovevano essere alti almeno due o tre centinaia di piani.

«Molti di meno», la deluse Vergnano. «Il Chrysler Building ha settantasette piani e l'Empire State Building centodue. Stasera vi porterò sulla terrazza in cima all'Empire e poi andremo a Brooklyn, perché bisogna essere al di là del ponte per godere appieno la vista di Manhattan».

Amalia ringraziò per la premura, domandandosi tuttavia se fosse proprio necessario inerpicarsi per i cento e passa piani del grattacielo di cui parlava Vergnano e se la cosa non potesse in qualche modo essere evitata.

Il taxi si fermò davanti a un palazzo dei primi del Novecento, con l'ingresso sormontato dalla scritta «ST REGIS». Adelina ammirò per qualche istante le bandiere sventolanti, la porta girevole e il portiere in livrea, ma fu subito attirata da qualcosa di ancor più meraviglioso: dall'altro lato della strada una nuvola di fumo si alzava dal lastrico stradale.

«Quello è un tombino famoso», esclamò tirando la zia per una manica, «l'ho visto al cinema».

«A New York molti tombini fumano», rispose Vergnano, «vuoi sapere il perché?». Non avendo altra scelta, Adelina annuì come di consueto, ma non riuscì ad ascoltare una sola parola, troppo incantata com'era nell'osservare la lussuosa hall, la gente elegante che vi stazionava e il personale di servizio con indosso divise ancora più sfarzose degli abiti dei clienti.

Amalia era altrettanto strabiliata, ma il suo principale pensiero era quanto sarebbe costato a Vergnano farle alloggiare in un tale sfarzo. Forse aveva deciso di conquistarla sorprendendola con tutto quel lusso, e in tal caso quel gesto poteva essere perdonato; se invece il notaio era un uomo incline allo spreco, allora le sarebbe toccato raddrizzarlo prima di farne suo marito. Non importava quanti soldi avesse, era comunque intollerabile sperperare denaro per dormire in un albergo da stelle del cinema, quando si poteva riposare altrettanto comodamente in uno per commessi viaggiatori.

Zia e nipote furono alloggiate in una camera che Adelina giudicò un sogno, mentre Amalia un'inutile ostentazione; tuttavia le toccava portare pazienza, poiché sapeva bene che gli uomini innamorati scadevano in certe esagerazioni, come quando il suo Gottardo le aveva fatto arrivare in camerino quel filo di perle così lungo che lei in seguito vi aveva potuto ricavare quattro collane di misura normale, che negli anni aveva poi riutilizzato come regali di nozze per cugine e nipoti, risparmiandosi il disturbo di mettere mano al portafoglio.

«Zia, devo parlarti», le disse Adelina mentre disfacevano le valigie.

«Ora non possiamo, cara. Amedeo ci aspetta nella hall».

«Devo dirti una cosa importante a proposito del signor Vergnano. Sono un po' preoccupata perché...».

«Non aggiungere altro», la interruppe Amalia. «Ormai sei grandicella, e non ti sarà sfuggito che quell'uomo è pazzo di me».

«Forse, ma...».

«Non ti devi preoccupare, cara, tua zia non è una sprovveduta né una sciacquetta, saprò tenerlo a debita distanza sino a quando non saremo sposati». A quelle parole Adelina avvampò di imbarazzo. «Qualcuno potrebbe giudicare impertinente il tuo intervento», proseguì Amalia, «ma io lo apprezzo molto. Hai giudizio, piccola mia, e mi fa piacere che tu conosca già l'importanza di non concedersi prima delle nozze. Io non sarei madama Peyran se mi fossi concessa, e non diventerei la signora Vergnano se mi concedessi ora».

Adelina, troppo turbata per ribattere, decise di rimandare il discorso a un momento migliore.

«Avete bisogno di vestiti nuovi», deliberò Vergnano non appena le sue ospiti lo raggiunsero nella hall con indosso i loro modesti abiti. «Andremo a comprare qualcosa ai grandi magazzini della Quinta Avenue, e non ditemi di no, perché insisto».

Adelina non osò proferire parola e Amalia reputò che il suo guardaroba necessitasse comunque di una bella rimodernata, per cui tanto valeva approfittare della prodigalità del suo innamorato che, probabilmente, si sarebbe stemperata dopo le nozze.

Per Adelina, che nulla sapeva della Quinta e dei suoi grandi magazzini, fu come ricevere la proposta di fare acquisti al mercato che il lunedì si teneva nel suo paese. Il dettaglio che invece la incuriosì fu che in quella città le vie non fossero contraddistinte da nomi di personaggi celebri o date storiche, bensì da numeri. Evidentemente da quelle parti non dovevano avere uomini illustri o cose memorabili da celebrare, visto che anziché intitolare le strade si limitavano a contarle. Il dilemma passò in secondo piano una volta varcata la soglia di uno dei sontuosi grandi magazzini, dove i suoi occhi si smarrirono davanti a infinite meraviglie: mobilio, gioielli, abiti e una miriade di altre cose, tutte esposte con cura e illuminate come se fossero, ognuna, il fulcro dell'universo.

Adelina e Amalia furono affidate alle cure di una commessa che gli fece provare abiti, scarpe e cappellini, sempre sorridendo e parlando in una lingua ignota a entrambe. Amalia arraffò tutto quanto le veniva proposto, purché potesse tornarle utile, escludendo pertanto abiti da sera e accessori troppo stravaganti. Non sapendo l'inglese, Adelina non poté dare pareri in merito a quanto le veniva mostrato, ma tutto le parve bello in egual misura e il carosello d'abiti terminò con un ricco bottino di calzature, camicette, calze di ogni colore, gonne e addirittura un cappotto. L'unica cosa sulla quale si permise di esprimere – o meglio di mimare – una richiesta fu un baschetto in morbida lana d'angora, esattamente identico a quello che aveva tanto desiderato ogniqualvolta era stata costretta a calzare la sua berretta di lana grigiastra.

Vergnano disse poi qualcosa alla commessa e un assortimento di vestiti identico a quello di Adelina, ma di una taglia più grande, fu preparato e aggiunto al suo conto.

«Luisella ne sarà felice», commentò Adelina stordita da tutti quegli acquisti, senza tuttavia poter fare a meno di pensare che, nonostante i regali, la sua amica era di certo molto triste per essere rimasta a casa.

Addobbate con i loro abiti nuovi, le due donne vennero condotte prima in cima all'Empire State Building, poi a cena in un prestigioso ristorante nell'Upper East Side e infine a Brooklyn, dove poterono osservare Manhattan in tutto il suo luminescente splendore e con i piedi ben saldi a terra, come rimarcò Amalia che non aveva affatto apprezzato la gita sul più alto grattacielo newyorkese.

«Domani dovrò andare a un incontro d'affari con una scrittrice di fama internazionale», disse Vergnano ad Amalia mentre i due si concedevano un tête-à-tête al bar dell'albergo, «e col suo permesso pensavo di portare con me Adelina, credo che sarebbe un'esperienza istruttiva».

«Se a Adelina fa piacere...», rispose Amalia poco convinta.

«Ovviamente può venire anche lei, Amalia cara, sempre che non preferisca rimanere a rilassarsi in albergo».

«Preferisco», si affrettò a rispondere.

Vergnano sorrise soddisfatto, sapeva bene che Amalia non si sarebbe mai esposta sino al punto di accompagnarlo a casa di una persona colta come la vedova Voynich. La sua ritrosia gli avrebbe offerto l'opportunità di disporre liberamente di Adelina e di farle annusare il manoscritto Voynich in piena riservatezza e senza interferenze.

«Potrebbe approfittare della giornata di domani», le suggerì Vergnano porgendole alcuni fogli preparati in precedenza, «per esaminare i dettagli dell'investimento di cui le ho parlato giorni fa. Le consiglio di firmare quanto prima, i buoni affari non aspettano».

Quando Vergnano, giorni prima, l'aveva invitata a casa sua per un caffè e poi a cena, le aveva parlato in grande confidenza di un certo investimento che avrebbe potuto fruttare ben più dei quattro spiccioli che le accordava la banca in cui teneva i soldi ereditati dal suo povero marito. Pur essendo molto cauta nella gestione delle sue finanze, la proposta l'aveva allettata, ma le emozioni degli ultimi giorni lì per lì gliel'avevano fatta dimenticare.

«Parliamo davvero di un buon affare?», gli domandò scorrendo i fogli, senza leggerli.

«Un ottimo affare, lei potrebbe raddoppiare il suo capitale, forse addirittura triplicarlo, e senza alcun rischio. È tutto scritto nero su bianco».

«Allora domani le darò una risposta». Amalia non era affatto incline ad affidare del denaro a chi non fosse una banca o il suo materasso, ma Vergnano doveva saperla lunga in fatto di affari. Non approvava il suo stile di vita prodigo, ma doveva ammettere che solo chi guadagna molto denaro può permettersi di spenderlo con tanta leggerezza.

«Posso farle una domanda?».

«Certo, Amalia. Dica pure».

«Sarei curiosa di sapere quale genere di affare la porta a incontrare una scrittrice».

«L'acquisto di un libro molto raro». A quelle parole Amalia quasi si strozzò col vino bianco che stava sorseggiando. «La signora Voynich è la vedova di un illustre mercante di testi antichi», proseguì Vergnano, «e ne ha uno che mi interesserebbe aggiungere alla mia collezione».

Amalia non poteva credere a quanto aveva appena sentito. Comprare preziosi, petrolio o proprietà immobiliari: quelli erano affari! Comprare libri, invece, peggio ancora se antichi e costosi, era solo un trastullo da ricchi spreconi o da vecchi rimbecilliti come l'avvocato Ferro. Amalia si ripromise di leggere il contratto di Vergnano parola per parola e di non firmarlo fino a quando non fosse stata assolutamente certa che il mirabolante investimento che le proponeva non avesse nulla a che fare con i libri.

Capitolo 53

«Buonasera, sorella». Ferro salutò con deferenza la prima suora che riuscì a intercettare nell'androne dell'Istituto Maria Cristina di Savoia. «Sto cercando il professor Kelley».

«A quest'ora padre Kelley dovrebbe essere nella Biblioteca Grande. Attraversi il cortile e scenda nel seminterrato».

«Grazie», si congedò l'avvocato toccandosi il cappello e incamminandosi.

Padre Kelley! Dunque il facinoroso professore che indottrinava delle innocenti fanciulle con gli scritti di Marx era un prete? Ferro si sarebbe aspettato un giovinastro fresco di laurea, con gli occhiali in bachelite e una zazzera di capelli talmente lunga da coprirgli quasi per intero le orecchie.

Non appena varcata la bassa porticina della Biblioteca Grande, Ferro restò incantato dalla quantità di libri stipati negli scaffali, appoggiati su tavolacci e impilati in ogni dove. Quel grande seminterrato gli ricordava la sua amata biblioteca, ma era almeno dieci volte più grande. Ripresosi dall'estasi, l'uomo intonò un saluto al quale non seguì alcuna risposta.

«C'è nessuno?», chiamò più forte.

«Chi è?», domandò a sua volta una voce sofferente.

«Sono l'avvocato Ferro, vengo per conto della signorina Vergnano», si presentò seguendo la voce.

Quando vide sbucare da dietro una delle librerie un uomo alto ed emaciato con indosso la veste talare, l'avvocato trasalì.

«Lei è un parente della signorina Vergnano?», gli domandò la lugubre apparizione.

«In realtà sono un vicino di casa della sua compagna di scuola Adelina e...».

«Ha notizie di Adelina?», domandò Kelley interrompendolo. «Non la vedo a scuola da giorni, e sono molto preoccupato».

«Mi spiace, reverendo», rispose Ferro stupito da tanta urgenza. «Anch'io non vedo Adelina da giorni, ma suppongo che se le fosse successo qualcosa sarei venuto a saperlo, visto che abitiamo nello stesso palazzo».

«Certo, capisco», farfugliò Kelley per nulla rassicurato.

L'avvocato lo osservò con attenzione, aveva gli occhi bordati da un'aureola nera, tipici di chi non dorme a sufficienza da parecchio tempo.

«Come le dicevo», riattaccò Ferro infilando la mano nella falda della giacca ed estraendo il libriccino che vi custodiva, «sono qua per conto della signorina Vergnano, che mi ha pregato di consegnarle questo».

«Un compendio del *Capitale* di Marx?», lesse incredulo il reverendo.

«Già! Che razza di libri pervertiti fate leggere a quelle povere anime innocenti?».

«Questo non è un testo scolastico», rispose Kelley dirigendosi verso la scrivania mentre sfogliava il volume. «Perché la signorina Vergnano mi manda questo libro?».

«Non ne ho idea», rispose Ferro seguendolo sino allo scrittoio dietro al quale aveva preso posto per esaminare il libercolo, «mi ha solo pregato di portarglielo, e io l'ho fatto».

Il reverendo continuava a ispezionare il libro senza badare al suo interlocutore.

«Visto che la consegna è fatta, ora la saluto», dichiarò Ferro dopo due minuti buoni di ininterrotto sfogliare dell'altro.

«Che stranezza», sussurrò Kelley senza badare a lui.

Incuriosito, l'avvocato mise a fuoco la pagina sulla quale il reverendo si era soffermato e notò che il foglio era disseminato di numerosi tagli di forma rettangolare.

«I giovani non hanno più rispetto per i libri, nemmeno quel degenerato di Marx merita un simile trattamento».

«La pagina è stata tagliuzzata per evidenziare alcune lettere della pagina successiva, sembrerebbe un messaggio cifrato», spiegò Kelley.

«Una griglia di Cardano!», raccolse prontamente Ferro.

«Lei conosce i sistemi di scrittura in codice?».

«Diciamo che me la cavo. Sono un annusatore da più di sessant'anni e ho dedicato tutta la vita ai libri, escludendo le ore che ho dovuto impiegare per i pasti, il sonno e il lavoro».

Ferro interruppe il suo monologo, il reverendo lo fissava esterrefatto.

«Ho detto qualcosa di inopportuno, padre?».

«No, anzi, è solo che non speravo di avere la fortuna di incontrare un annusatore... in questo momento poi. Ho milioni di domande da farle».

«Risponderò più che volentieri», acconsentì Ferro lusingato da tanto interesse.

«Lei è piuttosto anziano», constatò Kelley dopo averlo squadrato da capo a piedi.

«Anche lei non è esattamente un giovanotto», rispose piccato.

«Non volevo offenderla, intendevo dire che deve aver superato i quindici anni da un pezzo».

«Da una settantina d'anni», rispose l'avvocato toccandosi il cappello e facendo il gesto di andarsene: la conversazione stava prendendo una piega troppo farneticante.

«Aspetti, la prego. Ho bisogno di alcune informazioni che potrebbero rivelarsi di vitale importanza. Mi permetta soltanto di trascrivere le lettere del messaggio della signorina Vergnano. Suppongo che, se si è ingegnata tanto per comunicare con me, debba avere delle cose davvero urgenti da riferirmi», disse Kelley prendendo carta e penna. «La prego, mi detti ciò che riesce a vedere attraverso i fori».

«È senz'altro un giochino istruttivo, non dico di no», si schermì Ferro, «ma dovrei… E va bene, dia qua!».

Dopo qualche minuto il messaggio si delineò sulla pagina bianca in tutta la sua inquietante bizzarria: «SONO PRIGIONIERA IN CASA. MIO PADRE HA CIRCUITO LA SIGNORA PEYRAN E ORA STA ANDANDO CON LEI E ADELINA A NIUIORC».

«Madama Peyran… circuita?», sobbalzò Ferro. «E cosa vuol dire *niuiorc*?».

«Vuol dire che la signorina Vergnano non ha trovato nella pagina una W, una Y e una K», sospirò il reverendo accasciandosi sulla sedia.

«Madama Peyran e Adelina a New York! Vuole spiegarmi, padre?».

«Il notaio Vergnano ha raggirato la signora Peyran per poter disporre liberamente di Adelina e condurla a New York», disse Kelley scattando in piedi e stringendo i pugni per contenere la rabbia.

«Sta dicendo che quel pervertito ha finto di interessarsi alla zia, quando in realtà aveva mire sulla ragazzina?».

«Vergnano non vuole disporre di Adelina in quel senso», gli spiegò, «intende piuttosto avvalersi delle sue facoltà di annusatrice, il che, come lei probabilmente sa, potrebbe essere addirittura più pericoloso».

«L'unico rischio che si corre annusando i libri è quello di essere bollati come eccentrici», obiettò Ferro. «Inoltre Adelina non è un'annusatrice, o almeno non è ancora stata ammessa nella nostra società segreta».

«È un'annusatrice nel pieno delle sue facoltà!», si sovrappose Kelley alle parole dell'avvocato. «Riesce a leggere con l'olfatto libri in lingue che non conosce, e addirittura testi cifrati!».

«Le dico che non è ancora un'annusatrice», proseguì Ferro, «non è ancora stata tesserata».

I due uomini tacquero fissandosi: ognuno aveva percepito nel blaterare dell'altro qualcosa di stonato.

«Adelina riesce a leggere i libri con l'olfatto?», trasecolò Ferro.

«Credevo che l'avesse capito, essendo anche lei un annusatore».

«Ma noi annusatori siamo soltanto un circolo di amanti del profumo dei libri».

«Amanti del profumo...», il reverendo ricadde sposato sulla sedia. Aveva preso un grosso abbaglio e, quel che più lo impensieriva, aveva rivelato a uno sconosciuto più di quanto fosse opportuno. Ora poteva soltanto sperare che l'avvocato avesse preso le sue parole per farneticazioni e le avesse già archiviate nel faldone delle discussioni senza capo né coda.

«Sapevo che quella bambina aveva qualcosa di speciale», dichiarò Ferro in tono serenamente pensoso. «Leggeva dei tomi enormi in poche ore e poi mi ha fatto domande sulla nostra confraternita di annusatori, ma quando ha capito chi eravamo e cosa facevamo mi è sembrata molto delusa, un po' come lei in questo momento, reverendo».

Più che deluso Kelley era basito, l'avvocato non aveva nulla a che spartire con gli annusatori e i loro poteri, eppure il venire a conoscenza della loro esistenza non lo stupiva affatto.

«Avanti, reverendo», cercò di farlo riavere dal suo stato di trance, «ha detto che Adelina sta correndo un grave pericolo. Vuol essere così cortese da spiegarsi meglio?».

Kelley tacque, il suo volto emaciato esprimeva la ferma intenzione di non aggiungere altro, ma l'avvocato era altrettanto determinato a fargli vuotare il sacco.

«Riassumiamo la situazione: Adelina ha il potere di leggere con l'olfatto testi scritti in lingue sconosciute», attaccò Ferro, com'era solito fare quando esercitava la professione di avvocato, per poi fare una lunga pausa al fine di indurre la controparte a parlare.

«Alcune leggende tardomedievali definiscono quelli come lei Annusatori Assoluti», ammise il reverendo.

«Capisco», proseguì Ferro sempre con piglio forense. «Immagino anche che facoltà come quelle di Adelina possano far gola a molti, specie a un cultore di testi antichi come Vergnano». Ferro fece un'altra pausa a effetto che indusse Kelley ad annuire. «Quel che invece non capisco, e che mi aspetto di sapere da lei, è perché Vergnano l'abbia portata a New York».

«Per farle annusare il manoscritto Voynich», rispose Kelley tutto d'un fiato, come fosse l'imputato di un processo.

«Oh, buon Dio, e non poteva metterle sotto il naso una copia anastatica?».

«Ci abbiamo provato, ma...».

«*Ci abbiamo provato?* Vuol dire che c'entra anche lei con questa storia?».

Kelley tacque: era abituato a dominare i suoi interlocutori, ma quell'avvocato lo teneva in scacco. Il reverendo si vide costretto a rovesciare ogni dettaglio della storia, dalla leggenda di santa Bibliana alle notizie sul ragazzino polacco deceduto a Boston, sino ad arrivare ai malori di Adelina e al suo tentativo fallimentare di leggere la copia anastatica del manoscritto.

«Quindi la nostra Adelina non legge davvero con l'olfatto, ma capta le tracce mnemoniche dei precedenti lettori», dedusse Ferro.

«Avevo proibito alla ragazza di avvicinare ancora il naso ai libri, questo almeno in attesa di una soluzione migliore. Sono convinto che si trovi ormai a un passo dal...».

«Fare la fine degli altri due», terminò la frase Ferro, «e teme che l'annusare un libro oscuro e misterioso come il manoscritto Voynich possa darle il colpo di grazia».

Kelley distolse lo sguardo da quello di Ferro, mentre la sua mente rievocava ancora una volta l'immagine di un giovane riverso sullo scrittoio, tra pile di antichi volumi.

«Andiamo, reverendo, questo non è il momento di indulgere in rimorsi», lo fece riscuotere Ferro.

«Ma lei come...».

«Non si stupisca, ho passato anni a difendere le più svariate canaglie in tribunale». Kelley lo guardò sbigottito. «Non intendo darle della canaglia, reverendo, le sto solo dicendo che riconosco il senso di colpa quando lo vedo. Qualcosa di terribile è accaduto nella sua vita e lei non ha potuto fare nulla per impedirlo, vero?».

Kelley annuì suo malgrado.

«Non conoscendo la storia non cercherò di persuaderla che quanto è successo non sia in alcun modo dipeso da lei, ma ormai le cose non potranno cambiare, che lei si tormenti o meno. Anche quanto sta accadendo alla nostra Adelina è in parte sua responsabilità, ma forse possiamo ancora fare qualcosa per la ragazza».

«Lo crede davvero?».

«Tanto per cominciare, dovremo far arrestare Vergnano prima che costringa la ragazza ad annusare il manoscritto».

«Con quale capo d'imputazione? Ha condotto Adelina e sua zia a New York di loro spontanea volontà, non si tratta di un rapimento».

«Ascolti, reverendo, la mia grande passione è sempre stata la lettura, ma raramente si viene pagati per leggere. Ho dovuto dedicarmi come chiunque a un mestiere e scelsi quello che già praticava mio padre e prima di lui mio nonno. Loro sono stati grandi avvocati, io no, e tale circostanza non è dipesa da qualche incapacità, bensì è stato frutto di una precisa scelta. La principale difficoltà per un avvocato non è vincere le cause ma coltivarsi una buona clientela, cosa che richiede molto tempo. Io però quel tempo volevo impiegarlo nella lettura, ecco perché, anziché frequentare gli ambienti giusti tentando di accaparrare clienti prestigiosi, mi sono sempre accontentato di difendere piccoli truffatori, ladruncoli e donnine allegre. Se c'è però una cosa che ho imparato difendendo le canaglie è che non soltanto loro, ma anche la gente perbene ha qualcosa da nascondere».

«Cosa intende dire?», domandò smarrito il reverendo.

«Mi segua, ora ci faremo un giretto a casa Vergnano, innanzitutto per vedere come sta la povera signorina Camelia, che afferma di essere tenuta prigioniera in casa sua, e poi valuteremo il da farsi».

«La signorina Vergnano si chiama Luisella», lo corresse Kelley apprestandosi a seguirlo, perplesso ma al contempo affascinato dalla sua surreale eloquenza.

«Vogliate perdonarmi», si scusò Ugo parandosi davanti ai due visitatori, «ma non posso farvi passare. La signorina Vergnano non può ricevere visite».

«Che assurdità è questa?», protestò Kelley.

«Lasci fare a me», gli bisbigliò Ferro colto da un'illuminazione. «Non siamo qua per la signorina, Ughin», improvvisò guardando serio il custode. «È con te che dobbiamo parlare».

«Parlare di cosa?», si allarmò l'uomo.

«Del tuo lavoro tanto onesto», lo sfidò l'avvocato.

«Il mio lavoro è onestissimo».

«Hai ragione, è solo il tuo padrone a non esserlo».

«Il notaio è una persona rispettabile che mi ha sempre fatto del gran bene».

«Scommetto che è molto generoso», insinuò Ferro, «ma la tua gratitudine vale la galera? Ricordati che per finire in gattabuia delle volte non occorre aver fatto qualcosa, basta esserne a conoscenza».

«Io non so niente», giurò segnandosi il petto con le mani tozze.

«Ti credo, e speriamo che ti creda anche il giudice», sospirò Ferro, «mi spiacerebbe per quella povera donna di tua madre, che credeva ormai avessi messo la testa a posto».

«Ma io…», balbettò l'ometto quasi in lacrime.

«Non ti disperare, Ughin. Se ci dirai tutto quello che sai, farò in modo che tu ne esca pulito».

«La ringrazio», disse il custode facendogli strada verso la portineria.

«Cosa crede che sappia quel poveraccio di tanto compromettente sul suo padrone?», bisbigliò Kelley non appena il custode si fu allontanato di qualche passo.

«Per parafrasare un proverbio asiatico», sogghignò Ferro, «io non ne ho idea, ma lui lo sa benissimo».

Capitolo 54

«Sei molto carina vestita così», si congratulò Vergnano mentre con galanteria le apriva la portiera del taxi. «*Twenty-fifth Street, please*», ordinò poi all'autista.

Adelina si lasciò sfuggire una smorfia: i complimenti le piacevano come a chiunque, ma era stato Vergnano a decidere, tra gli acquisti del giorno precedente, la mise che più aveva ritenuto consona all'occasione. Doveva tuttavia ammettere che quel soprabito di velluto rosso con i polsini e il colletto in ciniglia nera era quanto di più grazioso avesse mai immaginato di poter indossare.

Dopo qualche minuto di contemplazione dei polsini in ciniglia, Adelina volse la sua attenzione a Vergnano, che era insolitamente taciturno.

«Si sente bene, notaio?».

«Certo, cara, ma avrei bisogno di chiederti un favore».

«Mi dica».

«Come sai ora andremo a trovare una signora molto importante». Adelina annuì. «Si chiama Ethel Lilian Boole Voynich, ma preferisce essere chiamata Elv, ed è una musicista di talento, nonché traduttrice e scrittrice di fama internazionale».

Adelina annuì ancora, questa volta sorridendo. Sino a quel momento, per lei gli scrittori erano stati soltanto dei nomi riportati sulle copertine dei libri e, anche se sapeva della loro condizione di persone in carne e ossa, si era sempre figurata che appartenessero a una sorta di universo parallelo, un mondo lontano nel tempo e nello spazio al quale le persone comuni non potevano accedere. Chi l'avrebbe detto, soltanto qualche giorno prima, che lei, una ragazzotta di campagna col berretto e i calzettoni di lana, si sarebbe trovata nella stessa stanza con una scrittrice di fama internazionale?

«Elv Voynich è la vedova di un noto commerciante di libri antichi e ne ha ereditato uno che tu già conosci». Il cervello di Adelina elaborò istantaneamente le informazioni: Elv Voynich. Come il manoscritto Voynich, il libro inodore che Kelley aveva cercato di farle annusare. Ricordava nitidamente l'angoscia di quel pomeriggio, quando aveva cercato di cavare il minimo sentore da quelle pagine asettiche per non far arrabbiare il reverendo, poi si era accorta che lui conosceva il suo segreto e… Adelina sentì un fiotto di collera salirle dal ventre e imporporarle le guance: il reverendo aveva assicurato di essere l'unico a conoscenza delle sue facoltà e invece… La ragazza alzò gli occhi al cielo e ripensò a una frase che suo nonno ripeteva spesso, mandando in escandescenze la nonna: «Mai fidarsi di un prete».

«Il manoscritto Voynich è probabilmente il libro più misterioso della storia dell'umanità», riprese Vergnano. «Nessuno è mai riuscito a decifrarne il contenuto, ma tu grazie alle tue meravigliose facoltà potresti far cadere ogni segreto. Insomma, Adelina cara, annuseresti questo libro per me?».

«Purtroppo non posso aiutarla, notaio», si rifiutò cercando di assumere un tono rammaricato, dietro al quale si nascondeva tutta la sua indignazione per essere stata manipolata.

«Questa volta ci riuscirai, il volume che ti ha sottoposto il reverendo era una copia anastatica, ma la signora Voynich possiede l'originale».

Adelina scosse il capo amareggiata, il reverendo non aveva soltanto spifferato i fatti suoi, ma era stato addirittura prodigo di dettagli.

«Non è per questo», cercò di spiegare, «la ragione è che il reverendo Kelley mi ha proibito di continuare ad annusare i libri».

«Il reverendo Kelley lo fa perché ha paura».

«Sì, lo so», si strinse nelle spalle, «è preoccupato per la mia salute».

«No, cara, è preoccupato che qualcuno ne sappia più di lui». La voce di Vergnano vibrava di rabbia, trattenuta a stento. «Kelley non è in grado di leggere quel misterioso libro e non vuole che qualcun altro lo faccia. È un superbo, un invidioso, un…».

«Capisco», lo interruppe Adelina prima che sciorinasse tutti i vizi capitali. «Annuserò il manoscritto Voynich», capitolò infine, «ma a una condizione».

«Dimmi», la incalzò Vergnano, «qual è la tua condizione?».

«Voglio che mi prometta che questa sarà la prima e ultima volta che mi chiederà una cosa del genere».

«Lo prometto sul mio onore».

Adelina trattenne a fatica un sorriso di scherno: era ridicolo che l'uomo che – ormai era chiaro – aveva usato come pretesto il falso interesse verso Amalia solo per potersi servire delle sue facoltà di annusatrice, ora giurasse nientemeno che sul proprio onore. Secondi fini a parte, il notaio in quegli ultimi giorni era stato troppo gentile con lei e la zia per potergli negare un favore.

In fondo doveva soltanto annusare un libro e di certo non sarebbe stata quella sola e ultima volta a ucciderla, come invece sosteneva Kelley, delle cui affermazioni peraltro cominciava a dubitare.

«Sii educata e non toccare niente», le raccomandò Vergnano mentre risalivano in ascensore un palazzo che in Italia le sarebbe sembrato altissimo, ma che a New York faceva la figura di un nanerottolo. «So che sei una ragazza a modo, ma gli intellettuali e gli artisti di successo sanno essere molto eccentrici, e la signora Voynich è entrambe le cose».

Adelina non comprese appieno le sue osservazioni, ma percepì con chiarezza una cosa: l'insigne notaio si sentiva a disagio all'idea di incontrare la signora Voynich, esattamente quanto lei e sua zia erano state in soggezione nella sua elegante casa di piazza Solferino. Che si sia notai o ragazzotte di paese, arriva per ognuno il momento di sentirsi piccoli e indegni.

Giunto davanti alla porta di casa Voynich, Vergnano consultò l'orologio e attese in silenzio per alcuni interminabili minuti prima di premere il campanello. Lo squillo non aveva ancora consumato la sua eco, quando la porta si dischiuse mostrando una signora di circa sessant'anni con i capelli raccolti in una crocchia e un paio di occhialetti rotondi che le conferivano un'aria buffa e intelligente insieme. La signora si presentò come Anne-qualchecosa, Adelina non riuscì a cogliere il cognome, ma le fu chiaro che non si trattava della famosa Elv. La donna li invitò a seguirla, aveva modi dignitosi e al contempo dimessi: sembrava nata per studiare, ordinare, organizzare e catalogare.

La donna occhialuta li condusse in un luminoso salotto dove una vecchietta di ottantacinque, forse novant'anni, elegantemente vestita, li attendeva seduta su di un divano. La vecchia signora non era esattamente come Adelina aveva immaginato fosse un'autrice di fama internazionale, ma il suo salotto era inequivocabilmente quello di un'artista: la camera contava ben tre scrittoi dislocati in vari punti e altrettante lampade dal lungo stelo col paralume bianco se ne stavano sull'attenti accanto a essi, pronte a illuminare il lavoro dell'anziana scrittrice.

«Signor Vergnano, sono lieta di conoscerla», salutò in un buon italiano, facendo strabuzzare gli occhi a Adelina. «Conosco l'italiano perché ho fatto un lungo viaggio in Italia», spiegò la donna cogliendo lo sguardo perplesso della ragazza, «e ho anche scritto un romanzo ambientato in Italia».

Non sapendo cosa dire e se poteva permettersi di replicare, Adelina decise di applicare la regola aurea di zia Amalia: "Sorridi molto e parla il meno possibile".

«Come ti chiami, cara?», proseguì la signora Voynich.

«Adelina».

«Ti piace leggere, Adelina?», scandì il suo nome con un impegno che la lusingò.

«Sì, mi piace molto».

La signora Voynich posò lo sguardo sulla signora con gli occhialetti da gufo, che subito si alzò dalla poltroncina sulla quale aveva appena preso posto e senza esitazione si diresse a eseguire quella che era senza dubbio una richiesta muta.

Le due donne dovevano essere amiche da lungo tempo se per comunicare bastava loro uno sguardo, senza bisogno di parlare.

«Il suo telegramma mi ha fatto molto piacere», proseguì Elv tornando a Vergnano, «la sua offerta è la più generosa ricevuta finora».

«Si tratta di un libro di inestimabile valore», rispose Vergnano prendendo finalmente posto su una sedia e dando modo a Adelina di fare altrettanto.

«Cosa la spinge a voler acquistare il manoscritto?», gli domandò la donna con tono indagatore.

«Ho intenzione di donarlo alla Biblioteca Nazionale di Torino, assieme ad altri testi della mia collezione», rispose l'uomo tutto d'un fiato come se mandasse a memoria una battuta studiata ad arte. Adelina nel frattempo cercava di venire a capo della conversazione: se Vergnano aveva intenzione di comprare quel libro, avrebbe potuto acquistarlo per conto proprio, portarlo in Italia e poi farglielo annusare comodamente a casa, anziché farle sorvolare l'oceano.

«Una donazione è un atto di grande filantropia», commentò la scrittrice. «O forse di vanità?».

«Entrambe le cose», rispose il notaio cercando di imporre alla sua frase un'inflessione spiritosa, senza tuttavia riuscirci.

«*Thank you, Anne*». La padrona di casa prese il libro che la sua assistente le porgeva. «Sai l'inglese, cara?», domandò a Adelina.

«No, signora», rispose la ragazza abbassando lo sguardo, «ma vorrei incominciare a studiarlo quando sarò rientrata a casa».

«Questo è per te», le disse facendole cenno di alzarsi e avvicinarsi, «è il mio primo e più famoso romanzo, quello ambientato in Italia. È scritto in inglese, lo leggerai appena sarai in grado di farlo».

«Si tratta del *Figlio del cardinale*», le spiegò Vergnano. «Un romanzo che è stato tradotto in molte lingue e nell'Unione Sovietica è un testo scolastico obbligatorio, proprio come *I promessi sposi* in Italia».

«*Il figlio del cardinale*», ripeté Elv Voynich divertita. «E pensare che il titolo originale è *The Gadfly*, il tafano. C'è una bella differenza tra il figlio di un cardinale e un tafano, non credi, Adelina?».

La ragazza neppure sospettava che i cardinali potessero avere figli, ma di tafani in campagna ne aveva visti un bel po', pertanto si sentì autorizzata ad annuire e, dopo aver ringraziato per il dono, andò a rifugiarsi lusingata e imbarazzata sulla sua sedia.

«Torniamo a noi, caro signore», riprese la scrittrice.

«Sarei più che lieta di venderle il manoscritto, purché il comitato la approvi unanimemente come acquirente».

«Mi scusi?», domandò Vergnano con simulato stupore.

«Mio marito Wilfrid teneva moltissimo al manoscritto, vero Anne?». La donna occhialuta, che ora aveva preso posto sul divano accanto a Elv, annuì. Da quel cenno Adelina poté dedurre che l'assistente della scrittrice, pur non padroneggiando l'italiano, certo lo comprendeva quel tanto che bastava a seguire la conversazione.

«Prima di morire, mio marito nominò un comitato di cinque membri, del quale facciamo parte anche la signorina Nill e io», proseguì indicando la donna. «Insomma, signor Vergnano, se intende acquistare il codice Voynich è necessario che tutti i membri del comitato siano d'accordo».

«Certo, capisco», acconsentì fingendo un leggero disappunto.

«Faremo delle ricerche sul suo conto», riprese Elv, «sulla sua solvibilità ma anche sulla sua moralità».

«È più che giusto», abbozzò il notaio. «E quanto tempo ci vorrà?».

«Un mese, due al massimo».

Adelina strabuzzò gli occhi: dunque il notaio aveva intenzione di far svernare lei e sua zia a New York? Ora si spiegava l'acquisto di così tanti vestiti.

«Benissimo», acconsentì Vergnano, certo di poter concludere tutta la faccenda ben prima che la signora Voynich e gli influenti membri del comitato incominciassero a indagare sul suo conto. Il notaio non era realmente interessato all'acquisto del prezioso libro, non poteva certo permetterselo; ciò che gli premeva era farlo esaminare a Adelina, per svelarne i segreti. «Tuttavia avrei anch'io una richiesta», proseguì. «Prima di formalizzare la mia offerta d'acquisto vorrei esaminare il manoscritto in privato».

Lo sgomento di Adelina sfumò: il notaio intendeva farle annusare il manoscritto prima che il comitato prendesse una decisione.

«La sua richiesta mi pare ragionevole», confermò la signora Voynich dopo aver scambiato uno sguardo d'intesa con la signorina Anne. «Il manoscritto è custodito in una camera di sicurezza presso un istituto bancario specializzato in opere d'arte», spiegò. «Daremo ordine affinché glielo lascino consultare oggi stesso, in una saletta privata».

«Non chiedo di meglio», sorrise Vergnano, nuovamente padrone della sua baldanza.

Capitolo 55

Amalia si trovava nella più celebrata città d'America, eppure non poteva godersela se non attraverso i vetri delle finestre della sua lussuosa camera d'albergo. Nessuno ovviamente le impediva di lasciare la stanza; nessuno a parte la sua ignoranza e soprattutto l'enorme senso di vergogna con cui da sempre la prima andava a braccetto. Forse avrebbe potuto sgattaiolare fuori, prendere l'ascensore e fare un giretto nei dintorni; testa alta e sguardo altero, sperando che nessuno le rivolgesse la parola.

Nel caso si fosse decisa a quella piccola fuga, forse sarebbe stato preferibile usare le scale, in quanto, al contrario dell'ascensore, non prevedevano la presenza di un inserviente vestito come il capotreno di un trenino giocattolo, pronto a chiederle in svariate lingue – tutte a lei sconosciute – quale fosse il piano al quale desiderava andare. Di certo, se la fuga dalle scale fosse stata fattibile in discesa, si sarebbe però dimostrata più difficoltosa al momento di dover risalire una dozzina di piani; inoltre, che avrebbe fatto se qualcuno, vedendola passeggiare disinvolta ed elegante nei suoi nuovi abiti, le avesse chiesto un'informazione scambiandola per un'autentica americana?

Ignorare la richiesta del passante sarebbe apparso oltremodo maleducato, ma tentare di rispondere, anche soltanto per scusarsi di non essere in grado di aiutarlo, le avrebbe fatto fare la figura della provincialotta che non parla le lingue, anzi, che a malapena conosce la propria.

Amalia si risolse così a trascorrere la giornata chiusa in camera, nell'attesa che Vergnano concludesse i suoi incontri d'affari e rincasasse con Adelina. Povera Adelina, pensava: il notaio aveva insistito per portarla con sé e lei, per educazione, aveva accettato ma probabilmente si stava annoiando a morte. In fondo, Amalia si sentiva più fortunata di sua nipote, poiché, seppur confinata in una stanza, aveva la possibilità di fare nuove e interessanti esperienze come per esempio la doccia, un cubicolo dall'aria poco rassicurante che a parere del notaio, grazie alla sua praticità, avrebbe ben presto soppiantato la vasca da bagno. Amalia però non aveva trovato particolarmente pratico essere inondata da uno scroscio d'acqua fredda, che le era piovuto sulla testa senza alcun preavviso non appena aveva sfiorato il rubinetto. L'improvviso acquazzone le aveva rovinato la messa in piega, dandole però l'opportunità di impiegare un moderno asciugacapelli a parete per rimettersi in ordine. Tra esperimenti e imprevisti, Amalia era riuscita a trascorrere la mattinata, ma quando, verso le undici, Vergnano le aveva fatto sapere che lui e la nipote non sarebbero tornati a metà pomeriggio bensì all'ora di cena, la sua buona disposizione di spirito cominciò a vacillare.

«Mi perdoni», si era scusato Vergnano al telefono, «a volte gli affari richiedono più tempo del previsto».

Scarpinare sino all'altro capo del mondo per acquistare un libro non era ciò che lei avrebbe definito un affare! A Torino c'erano librerie ogni tre passi, per non parlare delle biblioteche presso le quali i libri si potevano prendere in prestito senza nemmeno dover pagare niente. Il notaio era un uomo bello e molto ricco, ma la bellezza per sua natura è fugace e la ricchezza, se gestita male, può esserlo ancora di più.

Dopo aver rimuginato un buon quarto d'ora su pregi e difetti del suo corteggiatore, Amalia decise di assolvere l'unico impegno che si era assunta per quella giornata: leggere il contratto che Vergnano auspicava che lei firmasse.

«Investimento garantito», si leggeva in grassetto nel primo paragrafo. «Si assicura al sottoscrittore almeno il trenta percento del capitale investito».

Amalia si strinse i fogli al petto: un uomo in grado di garantire un utile del trenta percento, quando le banche non riuscivano neppure lontanamente a fare altrettanto, doveva avere un fiuto per gli affari davvero formidabile; forse, il fatto che si concedesse stravaganze come attraversare il mondo per acquistare un libro era una spesa del tutto irrilevante rispetto al denaro che riusciva a incamerare quotidianamente, ma era comunque uno spreco.

Amalia percepì un forte calore esploderle nel petto, per poi dividersi in mille rivoli di tenerezza: Amedeo era l'uomo più attraente e in gamba che avesse mai conosciuto, e lei lo amava.

Inizialmente ne aveva dubitato, poiché nella sua vita non si era mai davvero innamorata. Aveva avuto una cottarella per Leandro, il suo compaesano che aveva finito per sposare una forestiera istruita e di buona famiglia, ma la sua attrazione per lui era stata in gran parte indotta dai suoi genitori che la volevano moglie di un giovanotto talmente ricco da possedere un autocarro; poi, una volta trasferitasi a Torino, aveva attirato l'attenzione del misterioso uomo in frac, che dopo averla pedinata per settimane si era rivelato un teatrante coniugato, in cerca di un'assistente di scena per sostituire la moglie incinta. E infine c'era stato il caro buon Gottardo che forse, se il destino non avesse deciso altrimenti, un giorno avrebbe anche potuto amare, se non come uomo quantomeno in qualità di marito e padre dei suoi figli.

Talvolta Amalia si chiedeva come sarebbe finita se quel grottesco incidente non fosse mai capitato. Sarebbe rimasta la signora Peyran oppure Gottardo, grazie alle sue molte conoscenze, l'avrebbe rispedita al mittente nuovamente signorina?

Gottardo non l'aveva mai amata, pensava, l'aveva desiderata molto, questo sì, e ogni regalo, cena o altra carineria era sempre seguita da un assalto diretto alla sua persona. Quante volte aveva dovuto sottomettersi a baci umidicci, abbracci molesti e carezze inopportune. Amedeo invece era diverso, la sua generosità non aveva secondi fini, o almeno non di quelli che cercavano una soddisfazione immediata e carnale. Negli ultimi giorni l'aveva viziata in mille modi, ma non aveva dato segno di volere alcuna ricompensa, anzi, la sera precedente, quando loro due soli si erano attardati al bar dell'hotel, Amalia aveva pensato di concedergli un bacio sulle labbra, giusto per dargli a intendere che la sua galanteria era gradita, ma lui si era rapidamente ritratto, certamente nel timore che, a causa della grande passione che lo pervadeva, la situazione potesse sfuggirgli di mano inducendolo a compiere atti poco consoni a un gentiluomo.

Amalia poggiò il contratto di investimento sul tavolino e si alzò per andare in cerca di una penna. Aveva deciso: avrebbe firmato il contratto. Di un uomo tanto generoso e di così sani principi ci si poteva fidare.

Ovviamente, prima di firmare, avrebbe letto per intero il documento, poiché innamorata o meno rimaneva una donna pratica e di buonsenso che non firmava nulla, nemmeno la ricevuta di una raccomandata, senza prima aver letto e compreso dalla prima all'ultima parola.

Si avvicinò, quindi, allo scrittoio dove il giorno prima aveva notato, accanto alla carta da lettere con l'intestazione dell'hotel, alcune penne. Il ripiano ora era sgombro: la responsabile della sparizione doveva essere stata sua nipote, che non aveva resistito alla tentazione di accaparrarsi della cancelleria gratuita.

«Quella ragazzina mi somiglia ogni giorno di più», sospirò con fierezza, avviandosi verso il suo comodino dove le pareva vi fosse un'altra penna. No, Adelina doveva aver razziato l'intera stanza, sul comodino non c'era altro che l'abat-jour e la copia di *Bel-Ami*, il romanzo che si era portata in viaggio a scopo squisitamente decorativo per rigirarselo tra le mani dandosi un tono, un po' come avrebbe fatto col suo ventaglio una dama del secolo precedente durante un ballo. Amalia pensò che non valeva la pena leggere il contratto ora che non aveva la penna, poiché, quando fosse riuscita a procurarsene una, si sarebbe probabilmente già scordata di quanto aveva letto.

L'orologio sulla parete segnava le undici e trenta, ciò significava che le rimanevano ancora otto, o forse nove ore di solitudine e noia. Dopo aver elaborato la situazione, si risolse a compiere un gesto estremo, pressoché disperato: afferrò la copia di *Bel-Ami* e, preso posto in una comoda poltrona, incominciò a leggerlo.

Trovandosi sola, Amalia non si fece problemi a seguire le parole stampate con il dito indice o a bisbigliarle una per una, e dopo un quarto d'ora di pura agonia, le frasi sembravano scorrere più fluide ed entrarle delicatamente in testa, evocando le scene del romanzo. Il protagonista le stava piuttosto simpatico, poiché aveva una storia simile alla sua. Anche Georges Duroy era andato a cercare fortuna in una città sconosciuta senza un soldo in tasca, armato soltanto di gioventù e bellezza. Georges si era trasferito a Parigi, mentre lei a Torino, ma quella era una differenza di poco conto poiché, come amano dire i torinesi, spesso senza avere prove a supporto, Torino è una piccola Parigi. Pagina dopo pagina la simpatia di Amalia per quel giovanotto tanto sveglio e intraprendente sfumò. Pur avendo ottenuto un buon posto come giornalista, a conti fatti Georges, detto Bel-Ami, non sapeva fare nulla se non ingraziarsi le mogli dei potenti passando con disinvoltura dal loro salotto alla camera da letto. Per non parlare di quella povera Madeleine che Georges aveva sposato al solo scopo di farle scrivere gli articoli per il giornale al posto suo e che poi aveva svergognato e ripudiato non appena individuata una giovane ereditiera.

Amalia richiuse il libro e lo poggiò velocemente sul tavolino da tè, quasi la copertina fosse arroventata.

Attraversata da un orribile sospetto, riprese il contratto che Vergnano voleva che firmasse: «Investimento garantito. Si assicura al sottoscrittore almeno il trenta percento del capitale investito».

Il trenta percento del capitale investito, diceva, non il capitale stesso più il trenta percento di utile. Era come dire: se mi dai la tua mucca, ti garantirò un litro di latte al giorno; ma allora tanto valeva tenersi la mucca e mungersela da soli: altro che un litro di latte al giorno, se ne sarebbero ottenuti almeno quattro o cinque e per di più conservando il capitale nella stalla.

Ma come aveva fatto a non arrivarci prima? Il notaio voleva alleggerirla dei suoi soldi, e tutti i regali e le attenzioni che le aveva profuso facevano soltanto parte della trattativa commerciale.

Grazie al cielo un romanzo scritto circa settant'anni prima era riuscito ad aprirle gli occhi.

Con gesto sicuro, fece il contratto a brandelli.

Forse era per cose come quella, pensò Amalia, che tanta gente amava i romanzi.

Capitolo 56

Dopo aver lasciato l'appartamento della signora Voynich, Vergnano chiamò l'hotel da un telefono pubblico per avvertire Amalia che sarebbero rientrati più tardi del previsto, dopodiché lui e Adelina passeggiarono senza meta per le strade di Manhattan. Vergnano era cortese ma silenzioso, e non si profondeva nelle solite dettagliate spiegazioni quando Adelina gli indicava un monumento o un palazzo dalla forma bizzarra. Verso le tre del pomeriggio, quando le gambe di entrambi già invocavano una tregua e gli occhi di Adelina, al contrario del suo stomaco, erano ormai sazi dei suggestivi scorci newyorkesi, Vergnano si ricordò improvvisamente che l'ora di pranzo era passata da un pezzo.

«Suppongo che tu abbia fame». Adelina fece cenno di no, anche se il cibo occupava i suoi pensieri ormai da diverse ore. «Temo che non avremo il tempo di fermarci in un ristorante», la informò fermandosi davanti a uno dei tanti carretti che lungo il percorso l'avevano allettata con i loro fumi deliziosi e unticci. «Dovrai accontentarti di un hot dog», le disse, «non è un cibo di lusso, ma è tipicamente newyorkese, lo mangiano tutti, dagli studenti agli uomini d'affari. Sarebbe un peccato se tu non lo provassi».

Adelina non aveva idea di cosa fosse un hot dog, ma la

fame che aveva accumulato nonché la buona educazione le imposero di sorridere e ringraziare.

Il notaio diede un paio di monete all'uomo dietro al carretto, che in cambio gli porse un panino bislungo dalle cui estremità sporgeva un salsicciotto.

Vergnano le consegnò il panino e si riavviò spedito senza darle il tempo di ringraziare; Adelina lo seguiva cercando di tenere il passo mangiucchiando il suo cibo dal nome arcano, che tuttavia trovò gradevole e molto pratico da consumare in piedi camminando, fatta eccezione per le salse che, seppur molto gustose, non facevano che colare giù dal pane in densi goccioloni gialli o rossi.

«Non macchiarti», le ordinò Vergnano, come se l'esuberanza delle salse dipendesse in qualche modo dalla sua volontà, «non voglio presentarmi all'appuntamento con una ragazzina sbrodolata. E quando avrai finito pulisciti bene le mani, non possiamo certo macchiare il manoscritto con la senape».

Adelina ingollò gli ultimi bocconi del suo hot dog, giusto pochi passi prima di raggiungere la loro meta. L'ingresso dell'istituto bancario al quale la signora Voynich li aveva indirizzati era un tripudio di marmi e dorature, che lo rendevano più simile a un albergo che non a una delle banche che Adelina aveva avuto modo di vedere in Italia.

Vergnano confabulò con un signore impettito con indosso una divisa piena di fregi dorati come quelli del portone che presidiava; il tizio pluridecorato gli rispose gesticolando.

«Andiamo», la esortò Vergnano mentre lei, memore delle raccomandazioni, si strofinava le mani col fazzoletto.

Varcata la soglia i due si ritrovarono in un grande atrio, attorniato da un girotondo di colonne bianche e lucide. Vergnano si rivolse a un secondo signore, altrettanto impettito ma non in divisa, che dopo aver domandato a un terzo tizio, li invitò a seguirli.

Vergnano e Adelina furono invitati a salire su un ascensore grande come una stanza, tutto foderato di specchi. L'uomo impettito premette uno dei tasti della pulsantiera d'ottone e la camera degli specchi iniziò la sua rapida discesa.

I tre percorsero poi un corridoio dalle pareti ricoperte di legno scuro sulle quali si apriva una quantità incalcolabile di porte numerate, circostanza che rafforzò in Adelina la sensazione di trovarsi in un albergo.

«*Please*», disse l'uomo impettito aprendo una delle porte e invitandoli a entrare.

«Ora ci porteranno il manoscritto», le spiegò Vergnano, «e tu dovrai cercare di trascrivere rapidamente tutto ciò che percepirai. Non ci permetteranno di restare qui a lungo».

Adelina annuì guardandosi intorno. Si trovavano in una stanzetta priva di finestre, il cui solo arredamento erano un tavolo e un'unica sedia sulla quale lei avrebbe dovuto prendere posto per intraprendere l'analisi olfattiva del manoscritto Voynich. Se non fosse stato per la moquette beige che ricopriva pavimento e pareti, Adelina avrebbe giurato di trovarsi in una prigione, anziché nel sotterraneo di una banca. Vergnano le aveva spiegato che i cubicoli adiacenti al caveau servivano ai titolari delle cassette di sicurezza per verificare comodamente e lontani da occhi indiscreti i loro tesori.

La porta, insolitamente spessa, si aprì con uno scatto sordo e un uomo con indosso una divisa meno elegante del suo collega impalato davanti al portone sospinse nel cubicolo un carrello sopra il quale era poggiata una scatola larga e bassa. La guardia infilò dei guanti bianchi, rimosse il coperchio della scatola e sollevò con estrema precauzione il libro che vi era contenuto. «*Gloves are mandatory, Sir*», si raccomandò dopo aver poggiato il manoscritto sul tavolo.

«*Yes, of course*», rispose Vergnano prendendo il sacchetto trasparente che la guardia gli stava porgendo.

Come da istruzioni ricevute dalla signora Voynich, la guardia si congedò per permettere ai visitatori di visionare il manoscritto in piena riservatezza. Non appena l'uomo ebbe spinto fuori il carrellino e richiuso la porta, Vergnano porse i guanti a Adelina.

«Indossali», la esortò impaziente, per poi ribadire: «Dobbiamo sbrigarci».

I guanti, di una stoffa chiara e leggera, le sembrarono striminziti, ma quando provò a indossarli fu sorpresa di scoprire che calzavano perfettamente, avvolgendo ogni dito in un aderente abbraccio.

Vergnano scostò la sedia per farle prendere posto davanti al tavolino sul quale era stato poggiato il manoscritto Voynich. Adelina osservò il famoso libro che Vergnano, solo il cielo sapeva perché, desiderava tanto farle annusare. Si trattava di un volume di piccole dimensioni con la copertina in pelle, apparentemente simile ad altri libri che il reverendo Kelley conservava nella Biblioteca Grande.

Adelina richiamò a sé tutta la concentrazione di cui disponeva, impugnò la penna con la quale doveva annotare su un blocco per gli appunti ogni informazione che fosse riuscita a percepire e appoggiò la mano guantata sulla copertina che sollevò poi con cautela: un fievole aroma si sprigionò dalle pagine in pergamena, sulle quali erano raffigurate foglie e piante che non riuscì a identificare. Si trattava della sezione botanica della quale le aveva parlato il reverendo quando aveva tentato di farle annusare la copia anastatica del manoscritto. Adelina socchiuse gli occhi e inalò il profumo delle pagine: un brusio confuso le affollò la mente.

«Di cosa parla il manoscritto?», domandò Vergnano non appena la vide voltare pagina.

«Non lo so», sussurrò turbata, mentre dal brusio indistinto che percepiva incominciavano a emergere delle risate.

Vergnano strinse i pugni per dominare l'agitazione. «Prova ancora», la intimò sforzandosi di mantenere un tono gentile.

Adelina inspirò ancora cercando di distinguere i molteplici sentori che la investivano e che sembravano attorcigliarsi l'uno all'altro in un inestricabile garbuglio di risate, scricchiolii e versi inarticolati. Per accontentare il notaio li avrebbe decifrati uno per uno e trascritti su carta così come li avvertiva, solo che erano suoni davvero inesplicabili, gutturali, strascicati e ovattati. E poi le risate! Risate squillanti, stridule, sfiatate o tetre che esplodevano nel confuso brusio trafiggendole il cervello. Ogni nuovo scroscio di risate le causava un dolore sottile e acuto, come la puntura di uno spillo, annebbiandole per qualche istante la vista. Uno dei tanti suoni inarticolati che si sforzava di decifrare per un istante le sembrò prendere forma; Adelina inspirò disperatamente e le parve di udire ancora quel suono. Impugnò la penna per annotarlo, prima che un ennesimo scoppio di risate le offuscasse la mente, ma una fitta le morse le tempie, poi una più forte, insopportabile, e infine il buio.

«Tutto bene?». Adelina sentì le mani di Vergnano afferrarla per le spalle e scuoterla.

«La testa», rispose lei tappandosi le orecchie per cercare di schermarle dalle risate che continuavano a tormentarla.

«Rimettiti al lavoro, Adelina. Ti prego!».

Le risate sinistre si mischiarono alle suppliche del notaio, mentre la testa le doleva come non mai; Adelina allontanò il viso dalle pagine e incominciò a sfogliarle alla ricerca di un odore riconoscibile. Davanti a suoi occhi sfilarono piante con foglie tonde, seghettate, a stella; alimentate da radici orrendamente ramificate, rigonfie, oscene. Le piante lasciarono il posto a raffigurazioni geometriche formate da cerchi concentrici popolati da strani personaggi o da misteriosi astri dai quali si irradiavano raggi ipnotici, che attiravano lo sguardo del lettore verso il centro. Adelina inspirava a fatica quei sentori polverosi e pesanti, che risalivano dolorosamente le sue narici come se stesse respirando sabbia, e senza rilasciare alcuna informazione intellegibile. Ancora quel suono semiarticolato: vo... volpe! Adelina strinse la penna per annotarlo, ma la mano le tremava talmente da non riuscirci. *La volpe e l'uva*, percepì più distintamente. Ora sulla pergamena sfilava una pletora di donnine nude, intente a sguazzare in recipienti d'acqua torbida. Una scia profumata emerse dal guazzabuglio di risate e versi inarticolati, Adelina l'afferrò con tenacia: finalmente un odore familiare. Una folata di gelsomino introdusse l'apparizione della bella principessa pagana della *Gerusalemme liberata*, poi l'odore di fiori si dissolse, coperto dal puzzo di una vecchia bestia rognosa. Ronzinante! Il paziente e scheletrico destriero di don Chisciotte nitriva infastidito dalle risate, che nel frattempo continuavano a echeggiare tutt'intorno; i nitriti cessarono per far emergere lo scroscio delle acque di un tranquillo fiume, sul quale galleggiava una piccola barca con a bordo tre uomini e un cagnolino chiassoso.

Com'era possibile che quell'antico manoscritto fosse popolato dai personaggi dei romanzi che aveva letto? Mentre il buio ricominciava a lambirle la mente, Adelina ebbe un'intuizione: quegli odori non provenivano dal manoscritto, bensì dalla sua memoria di lettrice. Non stava leggendo il manoscritto, era il manoscritto a leggere lei! Un rivolo tiepido le colò sulle labbra lasciandovi un sapore ferroso e dolciastro, la testa sembrava diventare più pesante a ogni nuovo scroscio di risate, sino a quando l'esile collo della ragazza non fu più in grado di sostenerla.

Adelina sentì le forze abbandonarla, mentre il corpo si afflosciava senza che lei potesse fare alcunché per impedirlo. La sua testa, forse per allontanarsi dai nefasti influssi del manoscritto, si sporse in avanti precipitando verso il pavimento sul quale atterrò con un tonfo doloroso.

Il corpo scosso dalle convulsioni, il sapore di sangue, poi la stretta di due mani robuste che la rimisero a sedere.

«Continua ad annusare», sentiva implorare in lontananza. «Tra poco sarà tutto finito, te lo prometto».

La voce del notaio le parve così querula e gentile che Adelina tentò di inspirare per l'ennesima volta, ma l'unico odore che riuscì a percepire fu quello nauseante del sangue che le colava dalle narici. L'oscurità stava ricominciando ad avvolgerla mentre le illustrazioni del manoscritto sfumavano nel fragore insistente delle risate; poi un rumore sordo, che Adelina riconobbe come quello prodotto dalla serratura della porta del cubicolo nel quale si trovava, seguito da un tramestio e un convulso vociare. Si sentì afferrare e sollevare da decine di mani e poi, finalmente, il silenzio.

Strane forme fluttuavano veloci sopra la sua testa, o forse erano ferme ed era lei a volare, ma a pancia in su. Doveva essere morta e le scie luminose che vedeva correre sopra di sé le stavano indicando la via verso il paradiso.

Era certamente trascorso molto tempo da quando si trovava con Vergnano nei sotterranei della banca davanti a quel terribile libro… O forse erano passati soltanto pochi istanti?

Il suo volo si interruppe con un sobbalzo, ora le scie luminose avevano preso la forma di brutte lampade dalla luce tremolante.

«*Pay attention, Martin*», si raccomandò una creatura biancovestita chinandosi su di lei. «*Oh, my poor child!*».

La presenza angelica, che indossava una bella cuffietta inamidata, le poggiò un panno sul volto dolorante. Il naso le faceva male e anche lo zigomo destro, per non parlare della testa che sembrava sul punto di esploderle; doveva affrettarsi a raggiungere il paradiso, lì almeno non avrebbe sentito dolore, era scritto chiaro e tondo in ogni libro del catechismo che le avevano propinato da quando aveva imparato a leggere.

«*Oh, poor child*», sospirò l'angelo dalla cuffia inamidata allontanando dal suo naso il panno bianco, che nel frattempo si era tinto di rosso.

«*Nurse Johnson, don't trouble the patient, please*». Adelina percepì alle sue spalle una voce profonda che avrebbe classificato come maschile, nonostante alla dottrina domenicale le avessero detto che gli angeli non avevano sesso.

«*She looks like my daughter*», sospirò l'angelo femmina mentre la corsa verso il paradiso stava ricominciando. La creatura dalla cuffia inamidata le accarezzava i capelli e le sussurrava frasi dal tono gentile, che però Adelina non era in grado di intendere.

"Che disdetta", pensò mentre gli occhi, anch'essi doloranti, le si chiudevano, "essendo morta a New York devo essere finita nel paradiso degli americani e passerò l'eternità senza capire una parola!". Un boato la ridestò dal breve sonno. Continuando a volare a pancia in su, con l'angelo femmina al suo fianco e quello maschio alle sue spalle, aveva sbattuto contro una porta a due ante – probabilmente quella del paradiso – che si era spalancata al suo passaggio. Adelina fu travolta da una luce abbagliante, circostanza alla quale era stata preparata dalle lezioni di catechismo. Ciò di cui nessuno l'aveva avvertita erano le figure vestite di verde, con il volto parzialmente coperto da un pezzo di stoffa legato dietro alle orecchie. Uno degli uomini in verde, che sembrava più un emissario del purgatorio che non del paradiso, le piazzò una sorta di mascherina su bocca e naso.

«*Breathe deeply*», le ordinò la creatura del purgatorio; Adelina non capì ma, sentendosi soffocare dall'oggetto che le premeva sul viso, respirò profondamente. «*Just like that, good girl!*», si congratulò l'uomo in verde, o almeno così le parve.

Ciò che inalò tanto avidamente non era tuttavia aria fresca, aveva piuttosto una consistenza evanescente e un odore strano che la inebriò come quando, da piccina, nella cascina dei nonni, annusava il mosto sobbollire nei tini.

Le palpebre gonfie si fecero ancora più pesanti, e le risate che aveva sentito echeggiare poco prima di venire meno le risuonarono nuovamente nella testa, ma solo per un attimo, giusto il tempo di inalare ancora una boccata di quell'aria rarefatta e inebriante… E poi più nulla.

Capitolo 57

Insospettabile notaio torinese arrestato con l'accusa di sequestro di persona. Trattenuta per accertamenti anche la governante dell'imputato, sospettata di complicità.

Secondo la testimonianza resa da un suo dipendente, il notaio avrebbe tenuto segregata per circa due anni la moglie affetta da una grave forma di depressione in una villa nei pressi di Roma. Dalle dichiarazioni dell'avvocato Edmondo Ferro, che ha avuto un ruolo chiave nell'arresto del notaio, durante la reclusione la donna non riceveva altra terapia se non potenti sedativi che la rendevano incapace di intendere e volere. Dalle successive indagini è emerso come il notaio avesse intrapreso le pratiche di interdizione della consorte, al fine di essere nominato suo tutore legale e poter disporre interamente dei suoi beni. Dopo il ritrovamento, la vittima è stata ricoverata in una clinica specializzata, dove sarà sottoposta a cure adeguate. Dalle indagini sono emerse altre imputazioni a carico del notaio, in particolar modo brogli di natura finanziaria perpetrati ai danni di…

Amalia allontanò da sé il quotidiano in lingua italiana che si era faticosamente procurata, e lo ripiegò bruscamente: quella parte della storia la conosceva sin troppo bene, ci era mancato poco che finisse lei stessa nel novero dei semplicioni raggirati da Vergnano!

La donna trasse un profondo respiro per far sbollire la rabbia e rivolse l'attenzione alla nipote che sembrava così piccina, distesa nel massiccio letto metallico del reparto postoperatorio del New York-Presbyterian Hospital, e talmente inerme con le bende che le fasciavano la testolina un tempo bionda, ora interamente rasata.

Secondo i dottori l'operazione era perfettamente riuscita e Adelina avrebbe dovuto riprendere conoscenza già da tempo, ma evidentemente la giovane malata non era stata informata del buon esito dell'intervento, e ancora indugiava in un lungo e preoccupante sonno.

Dopo aver riposto il giornale sul comodino, che insieme al letto e alla sedia sulla quale sedeva costituiva l'intero arredamento della camera d'ospedale, Amalia prese in mano un libro.

«Vuoi che ti legga qualcosa, Adelina?», domandò alla ragazza come se fosse stata vigile e presente a se stessa. «Dove eravamo rimaste? Ah, eccoci: *Vorrebbe dirmi sua grazia quale strada prendere per uscire da qui?, disse Alice. Dipende principalmente da dove vuoi andare, rispose il gatto. Non ha molta importanza, disse Alice. Allora non importa che strada prendi, disse il gatto*».

Amalia interruppe la sua stentata lettura ad alta voce e osservò ancora la nipote; per un momento ebbe la vana illusione che le sue labbra fossero attraversate da un impercettibile fremito.

Lo sguardo di Amalia fece ritorno al libro e sostò qualche istante sull'illustrazione del gatto del Cheshire.

«Parlare o leggere alle persone prive di sensi può favorirne il risveglio», le aveva assicurato Caterina, la cara amica che Ferro aveva ritrovato e mandato in suo soccorso quel terribile pomeriggio di due settimane addietro.

Si trovava sola nella sua camera d'albergo, mentre il notaio era fuori con Adelina.

Amalia aveva appena realizzato le cattive intenzioni di colui che credeva un devoto corteggiatore, così, per stemperare l'indignazione e la tristezza stava leggendo gli ultimi capitoli di *Bel-Ami*.

Qualcuno bussò alla sua porta, ma lei non rispose nel timore che potesse trattarsi di una cameriera, o di qualunque altro americano intenzionato a parlarle in quella lingua incomprensibile.

«Amalia!», sentì gridare alla terza o quarta bussata, «sono Caterina Ferrero. Muovi le tue cosce lunghe e vieni ad aprirmi, dobbiamo correre in ospedale, tua nipote deve essere operata!».

Amalia era incredula: possibile che una persona che non vedeva da vent'anni sbucasse dal nulla, per darle una simile notizia?

«Mi manda l'avvocato Ferro», chiarì la voce di Caterina da dietro la porta.

Amalia fece scattare la serratura e si ritrovò faccia a faccia con la sua vecchia amica che, salvo il caschetto biondo ora tinto di nero e alcune sottili rughe sul bel viso, era esattamente identica a come la ricordava.

Confusa e frastornata, Amalia si lasciò condurre al New York-Presbyterian Hospital, un ospedale grande come una città dove, secondo quanto dichiarava Caterina, sua nipote stava subendo un delicato intervento chirurgico a causa di un'emorragia cerebrale.

«La settimana scorsa mi ha contattato un certo avvocato Ferro», le raccontò Caterina nelle lunghe ore trascorse in ospedale mentre Adelina era in sala operatoria. «Ha detto che mi stavi cercando, poi però la linea è caduta e non ne ho più saputo nulla».

Amalia annuì debolmente.

«Oggi quel signore mi ha richiamato pregandomi di raggiungerti al tuo hotel e di condurti in ospedale. Si è raccomandato che mi occupassi di te», sorrise Caterina.

«Mi è sembrato un uomo molto buono, anche se non proprio con tutte le rotelle a posto».

In qualunque altro momento Amalia avrebbe voluto avere maggiori dettagli, ma la preoccupazione per la nipote le permise di proferire soltanto uno stentato ringraziamento.

«Tua nipote ce la farà, me lo sento», la rassicurò Caterina prendendole le mani. «Se ti assomiglia almeno un po' cascherà in piedi. Vero, madama Peyran?».

Amalia abbozzò un lieve sorriso.

«Fino a quando tua nipote non si sarà ripresa starai a casa mia, ho un appartamento bello grande e ci viviamo soltanto io e mio nipote», spiegò con una punta d'orgoglio. «E se ne avrai bisogno ti aiuterò con le spese ospedaliere. Anche se non ho trovato un buon partito come il tuo colonnello, mi sono sistemata piuttosto bene qui a New York».

«Vuoi che riprenda a leggere, Adelina?», domandò la zia ridestandosi dai suoi pensieri.

«Dove eravamo rimasti? Ah, sì, al gatto parlante: *Vorrebbe dirmi sua grazia quale strada prendere per uscire da qui?, disse Alice*», riattaccò a leggere. «*Dipende principalmente da dove vuoi andare, rispose il gatto. Non ha molta importanza, disse Alice. Allora non importa che strada prendi, disse il gatto. Purché arrivi in qualche posto, aggiunse Alice a mo' di spiegazione. Ah, per questo sta' tranquilla, disse il gatto, basta che non ti fermi prima*».

Amalia sospirò e richiuse il libro: magari un gatto così saggio le avesse dato qualche buon consiglio!

Caterina, invece, sì che doveva aver parlato col gatto del Cheshire! Era andata avanti nonostante le mille difficoltà, conquistandosi l'indipendenza economica senza l'aiuto di un marito e, soprattutto, senza "fermarsi prima", proprio come diceva il gatto di *Alice nel Paese delle Meraviglie*.

Non si era arresa neppure quando aveva perso la sorella in un tragico incidente e suo cognato Manlio era sparito, abbandonando il figlio ancora piccolo alle sue cure. Caterina aveva continuato a lottare, e dopo tanti sacrifici era diventata una rinomata coreografa, mentre suo nipote, ormai diciottenne, era stato ammesso a una prestigiosa – e molto costosa – università newyorkese.

Amalia sospirò ancora; la sua amica aveva avuto una vita dura ma piena di soddisfazioni, lei invece cosa aveva avuto?

Un buon matrimonio e una conveniente vedovanza, che apparentemente erano più di quanto avesse potuto sperare, ma nonostante ciò non era mai stata felice. Negli ultimi tempi aveva riflettuto molto su quell'argomento ed era giunta alla conclusione che alla base della sua infelicità vi fosse una sorta di senso di colpa, che le faceva percepire come immeritato tutto ciò che aveva ottenuto.

Era riuscita a sposare Gottardo con mille sotterfugi, ma in fondo al cuore sperava di riparare agli inganni diventando una moglie esemplare, dandogli dei figli, rendendolo insomma un uomo felice; tuttavia la sua morte improvvisa – della quale si era vergognosamente rallegrata –, pur assicurandole lo status perenne di madama Peyran, le aveva tolto qualunque possibilità di redenzione.

Era a causa di quel senso di indegnità che non si era concessa alcun tipo di piacere, neppure quelli piccoli e innocenti come un paio di scarpe di riserva, una tazza di cioccolata alla caffetteria o la lettura di un romanzo. Quelle erano cose da *signora* e lei era solo una contadinotta baciata dalla sorte.

Nelle ultime settimane, tuttavia, era accaduto qualcosa di apparentemente insignificante, ma per lei straordinario: aveva imparato a trarre piacere dalla lettura, e questo nonostante non fosse un'autentica signora! Negli ultimi vent'anni si era sbagliata credendo che certi lussi non facessero per lei, ma ora aveva trovato consolazione nei libri e in seguito avrebbe potuto concedersi un paio di scarpe supplementari o una bella cioccolata in tazza senza per questo sentirsi una truffatrice.

Ovviamente anche la cara Adelina avrebbe avuto la sua parte, e non soltanto in scarpe e cioccolata; per lei aveva in mente qualcosa di ben più prezioso. La ragazzina era stata mandata in città dal padre per prendere il diploma, affinché un giorno potesse aiutarlo a condurre gli affari di famiglia. Il futuro della ragazza sembrava più roseo di quello che si era prospettato a lei quando aveva la sua età, ma era comunque frutto della scelta di qualcun altro, e Adelina meritava di più! Ormai aveva deciso: avrebbe investito parte del suo denaro per finanziare gli studi universitari della nipote e, se suo fratello Adelmo avesse fatto storie, la minaccia di diseredarlo lo avrebbe reso docile come un agnellino.

«Cos'è successo al gatto?».

Amalia percepì una voce flebile, quasi un soffio.

«Cos'è successo al gatto?», ripeté la vocina. «Continua a leggere, zia».

* * *

«Ti trovo bene».

«Davvero, avvocato?», domandò Adelina toccandosi la testa rasata, che stava incominciando a ricoprirsi di una rada lanugine bionda.

L'avvocato e il reverendo si guardarono spiazzati, e Adelina pose fine al loro imbarazzo scoppiando a ridere. Che bello tornare a ridere, e lo sarebbe stato ancora di più non appena i punti sulla tempia avessero smesso di farle male.

Adelina si tirò a sedere sul letto, ma non quello massiccio e metallico dell'ospedale di New York, bensì un bel letto di legno chiaro nuovo di zecca, che zia Amalia aveva fatto collocare nella cameretta d'angolo del suo appartamento di Torino, al posto di quello vecchio e sgangherato.

Dopo cinque settimane di degenza nell'ospedale americano, la ragazza aveva finalmente recuperato le forze necessarie per affrontare il viaggio di ritorno, ma era ancora molto debole.

«Stai bene?», le domandò il reverendo Kelley carico d'apprensione. «Il volo ti ha affaticato?».

«Incomincio a riprendermi, ma sono sempre stanca», sospirò la ragazza. «Aveva ragione lei quando sosteneva che continuare a leggere con l'olfatto mi avrebbe causato gravi conseguenze».

«Ti hanno trovato una massa tumorale benigna che premeva sull'emisfero sinistro, è stata quella a causare l'emorragia», commentò Ferro.

«Il dottore ha detto che quasi certamente era il tumore a impedirmi di leggere con gli occhi; quello che non sospetta è che forse quella cosa mi dava anche la possibilità di sentire gli odori».

«Hai perso l'uso dell'olfatto?», domandò Kelley preoccupato.

«Oh, no! Sento l'odore dei medicinali, quello del cibo e dei fiori che mi avete portato», rispose accennando al mazzo di rose bianche che, con un certo impaccio, Kelley reggeva tra le braccia come se fosse un delicato neonato da cullare.

«Sento persino l'odore dei libri, ma soltanto quello della carta e dell'inchiostro».

«Ti dispiace?», chiese Kelley.

«No», dissentì scuotendo la testa. «Ora posso leggere con gli occhi, come fanno tutti quanti».

I tre emisero all'unisono un profondo sospiro, al quale seguì un breve silenzio.

«Vi ringrazio per tutto quanto», riprese Adelina.

«Non abbiamo fatto granché», si schermì l'avvocato. «Il reverendo e io abbiamo semplicemente contattato la vedova Voynich, avvertendola che l'uomo con il quale era in trattative per l'acquisto del manoscritto era un truffatore incallito, di modo che allertasse la polizia prima che...». Ferro si interruppe e abbassò lo sguardo. «Purtroppo non siamo riusciti a fare in tempo».

«Non si rimproveri, avvocato», cercò di consolarlo Adelina. «Ha fatto tanto per me e la zia, ci ha mandato la signora Caterina che è stata tanto buona con noi e, soprattutto, ha aiutato Luisella a ritrovare la sua mamma».

Adelina si stropicciò gli occhi, sui quali stava calando un velo di torpore.

«Cosa c'era scritto?», trovò finalmente il coraggio di domandare Kelley.

«Nel manoscritto Voynich? Nulla, o almeno nulla che potessi comprendere».

«Non aveva odore?», chiese il reverendo.

«Ne aveva anche troppo», rispose la ragazza. «C'erano tanti aromi, tutti confusi e ingarbugliati, e poi risate, un mucchio di risate irritanti».

«Forse tutti quelli che hanno tentato di leggere il manoscritto l'hanno sporcato con la loro frustrazione», teorizzò Kelley, «e intanto l'autore, chiunque fosse, se la ride dei loro sforzi».

«Ti ho portato un libro», cambiò discorso l'avvocato. «Visto che dovrai stare a letto ancora qualche settimana e che ora sei di nuovo in grado di leggere, credo che ti tornerà utile».

«Grazie, avvocato», sorrise. «Ora sono ancora troppo debole, ma lo leggerò appena mi sentirò meglio. Lo metta sul comodino, se non le spiace, e lei reverendo appoggi lì i fiori, per piacere. La zia più tardi troverà un vaso in cui metterli».

«Volete una tazzina di caffè?», domandò Amalia entrando nella stanza. «Ho preparato in salotto, così lasceremo tranquilla Adelina. I dottori le hanno raccomandato di non affaticarsi».

«Certo, madama Peyran. Andiamo, reverendo», lo spronò Ferro. «La nostra malata ha bisogno di riposo».

I due uomini uscirono dalla stanza lasciando zia e nipote da sole.

«Hai bisogno di qualcosa?», le domandò Amalia.

«Sì, grazie. Puoi metterle in un vaso con l'acqua?», disse indicando le rose bianche.

«Certo, e poi te le riporterò qui».

«Oh no, zia, lasciale in salotto. Non dirlo al reverendo, ma hanno un odore strano».

«Strano, dici?», domandò prendendo il bouquet e annusandolo. «Hanno un ottimo profumo, invece».

«Sarà...», abbozzò Adelina, «ma a me sembra che puzzino di pesce».

«Di pesce? Oh, buon Dio», rise Amalia. «Tutti i medicinali che ti fanno prendere ti danno le allucinazioni».

«Deve essere così», confermò con poca convinzione.

«L'avvocato ti ha portato un libro», notò Amalia. «Di cosa si tratta?».

«Non lo so, ma se vuoi puoi prenderlo tu. Ora ho tanto sonno».

«Lo leggerò volentieri», accettò Amalia prendendo il volume. «Buon riposo, Adelina».

«Grazie, zia».

Adelina si girò a gran fatica sul fianco e chiuse gli occhi addormentandosi all'istante; Amalia restò per qualche secondo a osservarla, intenerita e incredula nel vederla riposare serenamente nella sua camera.

«Le rose puzzano di pesce», farfugliò la donna tra sé e sé lasciando la stanza.

Amalia fece alcuni passi lungo il corridoio, poi si fermò per guardare meglio il libro che stava reggendo. «*Moby Dick*», lesse. «È un librone bello grosso» constatò soppesando il volume, «ma se lo ha scelto Ferro, sarà di sicuro interessante».

Collana «Le strade»

250. Robert McLiam Wilson, nuova edizione, *Eureka Street*, traduzione di Lucia Olivieri. (8ª ed.)

251. Cristina Guarducci, *Malefica luna d'agosto*. (2ª ed.)

252. Wilkie Collins, *La donna in bianco*, traduzione di Stefano Tummolini. (7ª ed.)

253. Henry James, *Indignazione*, traduzione di Maurizio Bartocci. (2ª ed.)

254. Pierre Lemaitre, *L'abito da sposo*, traduzione di Giacomo Cuva. (2ª ed.)

255. Hilary Mantel, *I giorni del Terrore. La storia segreta della rivoluzione, terza parte*, traduzione di Giuseppina Oneto. (2ª ed.)

256. Giulio Querini, *Sotto il cielo del Madagascar*. (2ª ed.)

257. Holly Goddard Jones, *La prossima volta*, traduzione di Silvia Castoldi. (2ª ed.)

258. John Williams, *Butcher's Crossing*, nuova edizione, traduzione di Stefano Tummolini. (3ª ed.)

259. Elizabeth Strout, *Amy e Isabelle*, nuova edizione, prefazione di Valeria Parrella, traduzione di Martina Testa. (3ª ed.)

260. Elizabeth Strout, *Resta con me*, nuova edizione, traduzione di Silvia Castoldi. (3ª ed.)

261. Wilkie Collins, *Senza nome*, traduzione di Luca Scarlini. (5ª ed.)

262. Rocco Fortunato, *I reni di Mick Jagger*.

263. Azza Filali, *Ouattan. Ombre sul mare*, traduzione di Maurizio Ferrara.

264. Elizabeth Jane Howard, *Gli anni della leggerezza*, traduzione di Manuela Francescon. (11ª ed.)

265. Dawn Powell, *Café Julien*, introduzione di Natalia Aspesi. Traduzione di Silvia Castoldi. (2ª ed.)

266. Leonard Gardner, *Città amara*, traduzione di Stefano Tummolini. (2ª ed.)

267. Francesca Albergotti, *Nonostante tutto*.

268. Thomas Williams, *I capelli di Harold Roux*, traduzione di Giacomo Cuva. (2ª ed.)

269. Jonathan Carroll, *Mele bianche*, traduzione di Lucia Olivieri.

270. Dorothy Baker, *La leggenda del trombettista bianco*, traduzione di Stefano Tummolini. (2ª ed.)

271. Valentino Zeichen, *La sumera*. (2ª ed.)

272. Charlotte Brontë, *Shirley*, traduzione di Fedora Dei. (3ª ed.)

273. Thomas Hardy, *Nel bosco*, traduzione di Stefano Tummolini. (3ª ed.)

274. Shifra Horn, *Scorpion Dance*, traduzione di Silvia Castoldi. (2ª ed.)

275. Wilkie Collins, *Armadale*, traduzione di Alessandra Tubertini. (3ª ed.)

276. Anna Luisa Pignatelli, *Ruggine*. (2ª ed.)

277. Hilary Mantel, *Al di là del nero*, traduzione di Giuseppina Oneto. (2ª ed.)

278. Nikolaj S. Leskov, *Una famiglia decaduta*, traduzione di Flavia Sigona. (3ª ed.)

279. Ernst Haffner, *Fratelli di sangue*, traduzione di Madeira Giacci.

280. Mauro Mazza, *Il destino del papa russo*. (2ª ed.)

281. Elizabeth Jane Howard, *Il tempo dell'attesa*, traduzione di Manuela Francescon. (5ª ed.)

282. Charlotte Brontë, *Il professore*, traduzione di Martina Rinaldi. (2ª ed.)

283. Mary Elizabeth Braddon, *Il segreto di Lady Audley*, traduzione di Chiara Vatteroni. (2ª ed.)

284. Gore Vidal, *Creazione*, nuova edizione, traduzione di Stefano Tummolini. (2ª ed.)

285. Ivan A. Gončarov, *Una storia comune*, traduzione di Patrizia Parnisari. (3ª ed.)

286. Angela Carter, *Figlie sagge*, traduzione di Rossella Bernascone e Cristina Iuli. (3ª ed.)

287. Georges Rodenbach, *Bruges la morta*, traduzione di Catherine McGilvray.

288. Gajto Gazdanov, *Ritrovarsi a Parigi*, traduzione di Manuela Diez. (2ª ed.)

289. Elido Fazi, *La Bellezza di esistere*. (2ª ed.)

290. Amy Bloom, *Beate noi*, traduzione di Giacomo Cuva. (3ª ed.)

291. Cristóvão Tezza, *La caduta delle consonanti intervocaliche*, traduzione di Daniele Petruccioli. (3ª ed.)

292. Wilkie Collins, *La pietra di Luna*, traduzione di Martina Rinaldi. (3ª ed.)

293. Charlotte Brontë, *Shirley*, nuova edizione, traduzione di Sabina Terziani. (2ª ed.)

294. Elizabeth Jane Howard, *Confusione*, traduzione di Manuela Francescon. (4ª ed.)

295. Paul Beatty, *Lo schiavista*, traduzione di Silvia Castoldi. (3ª ed.)

296. Wilkie Collins, *La Legge e la Signora*, traduzione di Luca Scarlini.

297. Jakob Wassermann, *Il caso Maurizius*, traduzione di Lucia Sgueglia.

298. Juan Esteban Constaín, *L'uomo che non fu Giovedì*, traduzione di Andrea Rigato.

299. Claudio Damiani, *Cieli celesti*. (2ª ed.)

300. Orazio, *Carpe diem*, a cura di Giovanni Ricciardi.

301. Rainald Goetz, *Johann Holtrop. Ascesa e declino*, traduzione di Stefano Jorio.

302. John Williams, *Stoner*, nuova edizione, postfazione all'edizione italiana di Peter Cameron. Traduzione di Stefano Tummolini. (5ª ed.)

303. Thomas Hardy, *Via dalla pazza folla*, traduzione di Enrico Mistretta. (2ª ed.)

304. Kate O' Brien, *Mary Lavelle*, traduzione di Antonella Sarti. (2ª ed.)

305. Chiara Rapaccini, *Baires*. (2ª ed.)

306. Patricia Nell Warren, *La corsa di Billy*, traduzione di Silvia Nono. (2ª ed.)

307. Tim Winton, *Il nido*, traduzione di Stefano Tummolini. (2ª ed.)

308. Gore Vidal, *Giuliano*, nuova edizione, traduzione di Chiara Vatteroni. (3ª ed.)

309. Anna Giurickovic Dato, *La figlia femmina*. (4ª ed.)

310. Angela Carter, *Notti al circo*, traduzione di Mariagiulia Castagnone.

311. Paul Beatty, *Slumberland*, nuova edizione, traduzione di Silvia Castoldi. (2ª ed.)

312. Arnaldo Colasanti, *La Magnifica*.

313. John Burnside, *La natura dell'amore*, traduzione di Giuseppina Oneto.

314. Elizabeth von Arnim, *Un incantevole aprile*, traduzione di Sabina Terziani. (4ª ed.)

315. Wilkie Collins, *Basil*, traduzione di Alessandra Tubertini.

316. Elizabeth Jane Howard, *Allontanarsi*, traduzione di Manuela Francescon. (2ª ed.)

317. Daniele Zito, *Robledo*.

318. Wajdi Mouawad, *Il volto ritrovato*, traduzione di Antonella Conti.

319. Gajto Gazdanov, *Strade di notte*, traduzione di Claudia Zonghetti.

320. Willa Cather, *Il mio nemico mortale*, traduzione di Stefano Tummolini.

321. Inge Schilperoord, *Nuvole di fango*, traduzione di Stefano Musilli.

322. Valentino Zeichen, *Le poesie più belle*.

323. Thomas Hardy, *Due occhi azzurri*, traduzione di Maria Felicita Melchiorri.

324. Hilary Mantel, *Otto mesi a Ghazzah Street*, traduzione di Giuseppina Oneto. (2ª ed.)

325. Cesarina Vighy, *L'ultima estate e altri scritti*, prefazione di Pier Vincenzo Mengaldo.

326. John Williams, *Augustus*, traduzione di Stefano Tummolini. (2ª ed.)

327. Elizabeth Jane Howard, *Tutto cambia*, traduzione di Manuela Francescon. (2ª ed.)

328. Maria Edgeworth, *Il castello Rackrent*, traduzione di Pietro Meneghelli.

329. Paul Beatty, *Il blues del ragazzo bianco*, traduzione di Nicoletta Vallorani.

330 Roman Senčin, *L'ultimo degli Eltyšev*, traduzione di Claudia Zonghetti.

331. Elizabeth von Arnim, *Il giardino di Elizabeth*, traduzione di Sabina Terziani.

332. Victor Serge, *Il caso Tulaev*, traduzione di Robin Benatti.

333. Wilkie Collins, *Uomo e donna*, traduzione di Alessandra Tubertini. (2ª ed.)

334. Joseph Andras, *Dei nostri fratelli feriti*, traduzione di Antonella Conti.

335. Ricardo Romero, *Storia di Roque Rey*, traduzione di Vittoria Martinetto. (2ª ed.)

336. Gore Vidal, *L'età dell'oro*, traduzione di Luca Scarlini.

337. Elizabeth von Arnim, *La Fattoria dei Gelsomini*, traduzione di Sabina Terziani.

338. Lev Tolstoj, *La felicità domestica*, traduzione di Clemente Rebora.

339. Mihail Sebastian, *Da duemila anni*, traduzione di Maria Luisa Lombardo.

340. Franco Faggiani, *La manutenzione dei sensi*. (3ª ed.)

341. Paula Fox, *Quello che rimane*, traduzione di Alessandro Cogolo. (2ª ed.)

342. Sabahattin Ali, *Madonna con il cappotto di pelliccia*, traduzione di Barbara La Rosa Salim.

343. César Aira, *Il pittore fulminato*, traduzione di Raul Schenardi.

344. Guillermo Arriaga, *Il bufalo della notte*, traduzione di Stefano Tummolini.

345. Gore Vidal, *Emma, 1876*, traduzione di Silvia Castoldi. (2ª ed.)

346. Elizabeth Jane Howard, *All'ombra di Julius*, traduzione di Manuela Francescon. (2ª ed.)

347. Emma Orczy, *La primula rossa*, traduzione di Daniela Paladini.

348. Dario Levantino, *Di niente e di nessuno.*

349. Juli Zeh, *Turbine*, traduzione di Roberta Gado e Riccardo Cravero. (2ª ed.)

350. Luc Lang, *All'inizio del settimo giorno*, traduzione di Maurizio Ferrara.

351. Robert McLiam Wilson, *Ripley Bogle*, traduzione di Enrico Palandri.

352. Thomas Hardy, *Sotto gli alberi*, traduzione di Marco Pettenello. EDIZION EBOOK

353. George Eliot, *Daniel Deronda*, traduzione di Sabrina Terziani.

354. Chuck Kinder, *Lune di miele*, traduzione di Giovanna Scocchera.

355. Shifra Horn, *Quattro madri*, traduzione di Sarah Kaminski. (2ª ed.)

356. Delia Ephron, *Siracusa*, traduzione di Enrica Budetta. (2ª ed.)

357. Gore Vidal, *La statua di sale*, nuova edizione, traduzione di Alessandra Osti.

358. Valentino Zeichen, *Diario 1999.*

359. Rebecca West, *La famiglia Aubrey*, traduzione di Francesca Frigerio. (5ª ed.)

360. Wilkie Collins, *Il fiume della colpa*, traduzione di Patrizia Parnisari. (2ª ed.)

361. Elizabeth von Arnim, *Un'estate in montagna*, traduzione di Sabina Terziani. (2ª ed.)

362. Laura Fusconi, *Volo di paglia.* (2ª ed.)

363. Elizabeth Jane Howard, *Cambio di rotta*, traduzione di Manuela Francescon.

364. Paula Fox, *Il silenzio di Laura*, traduzione di Monica Pavani.

365. Fiona Mozley, *Elmet*, traduzione di Silvia Castoldi.

366. Tash Aw, *Miliardario a cinque stelle*, traduzione di Giuseppe Marano.

367. Wilkie Collins, *La veste nera*, traduzione di Andreina Lombardi Bom.

368. Carmen Korn, *Figlie di una nuova era*, traduzione di Manuela Francescon e Stefano Jorio.(2ª ed.)

369. Andrej Belyj, *Il Colombo d'argento*, traduzione di Carmelo Cascone.

370. Elizabeth von Arnim, *Una principessa in fuga*, traduzione di Sabina Terziani.

371. William Makepeace Thackeray, *La storia di Henry Esmond*, traduzione di Marinella Magrì.

372. Kevin Wilson, *Piccolo mondo perfetto*, traduzione di Silvia Castoldi.

373. Oliver Goldsmith, *Il vicario di Wakefield*, traduzione di Barbara Bartoletti.

374. Wilkie Collins, *La donna in bianco*, nuova edizione, traduzione di Stefano Tummolini.

375. John Williams, *Stoner*, postfazione all'edizione italiana di Peter Cameron, con illustrazioni di Yuri Rodkin. Traduzione di Stefano Tummolini.

376. Roland Schimmelpfennig, *In un chiaro, gelido mattino di gennaio all'inizio del ventunesimo secolo*, traduzione di Stefano Jorio.

377. Anna Luisa Pignatelli, *Foschia*.

378. Davide Rondoni, *E come il vento*.

379. Rebecca West, *Nel cuore della notte*, traduzione di Francesca Frigerio.

380. H.G. Wells, *Il rimedio miracoloso*, traduzione di Chiara Vatteroni.

381. Elizabeth Strout, *Resta con me*, traduzione di Silvia Castoldi.

Finito di stampare
nel mese di febbraio 2019
presso Print on web s.r.l.
Via Napoli, 85 – 03036 Isola del Liri (FR)
per conto di
Fazi Editore